rowohlt
POLARIS

VERA BUCK

WOLFS-KINDER

THRILLER

Rowohlt Polaris

Originalausgabe
Veröffentlicht im Rowohlt Taschenbuch Verlag, Hamburg, April 2023

Covergestaltung Hafen Werbeagentur, Hamburg
Coverabbildung Shutterstock
Satz aus der Minion Pro bei hanseatenSatz-bremen, Bremen
Druck und Bindung CPI books GmbH, Leck
ISBN 978-3-499-00968-6

Die Rowohlt Verlage haben sich zu einer nachhaltigen Buchproduktion verpflichtet. Gemeinsam mit unseren Partnern und Lieferanten setzen wir uns für eine klimaneutrale Buchproduktion ein, die den Erwerb von Klimazertifikaten zur Kompensation des CO_2-Ausstoßes einschließt.
www.klimaneutralerverlag.de

FSC www.fsc.org
MIX
Papier | Fördert gute Waldnutzung
FSC® C083411

Für Papa,
den pensionierten Kommissar

PROLOG

Die Wände schwarz. Der Boden schwarz. Es riecht nach Moder und Schimmel und nassem Stein. Mein Atem geht hektisch, stoßweise.

Finde den Ausgang.

Ich bin auf allen vieren, schon wieder. Ich habe Platzangst. Etwas kriecht mir über die Hand, und ich reiße sie so erschrocken hoch, dass sie gegen den Fels schlägt. Schmerz schießt in meine Finger, bis in die abgeschabten Fingernägel. Ich schüttele hektisch mein Handgelenk. Was auch immer es war, es ist weg, versuche ich mich zu beruhigen. Sicher nur ein Tausendfüßler. Eine Schabe. Ein Spinnenläufer. Es gibt hier nichts, was du nicht kennst.

Eine Lüge, die ich mir erzählen muss, um vor lauter Panik nicht vollends den Kopf zu verlieren. Die Wahrheit nämlich ist, dass ich hier gar nichts kenne. Die Höhle ist mir fremd. Dieses Labyrinth im Berg, aus dem es angeblich einen zweiten Ausgang geben soll.

Finde den Ausgang.

Ein einfacher Auftrag. Selbst Ratten finden den Weg aus einem Labyrinth. Aber hier gibt es nur Schwärze. Egal, in welche Richtung ich mich vortaste: Schwärze. Irgendwo tropft es.

Ein plötzlicher Ruck an meinen Beinen, meinen Fußgelenken. Zuerst ganz leicht.

Nicht jetzt schon, flehe ich in Gedanken.

Der zweite Ruck kommt so heftig, dass ich vor lauter Schreck vergesse zu schreien. Plötzlich fehlen die Knie unter meinem Körper, ich lande auf dem Bauch, werde nach hinten gerissen, als wäre da ein Sog, der mich rückwärts durch den Tunnel zieht. Diesen Tunnel, durch den ich gerade so mühsam gekrabbelt bin. Mit den Armen versuche ich meinen Kopf zu schützen. *Zu schnell*, denke ich, *zu schnell*, und schlage in der nächsten Sekunde schon mit dem Rumpf gegen eine Ecke, die ich in der Dunkelheit nicht kommen sah. Ich schreie nun doch, meine Füße werden um die Ecke herumgerissen, mein Körper knallt gegen die gegenüberliegende Wand, ich werde rückwärts durch den nächsten Tunnelgang geschleift. Ich schreie lauter, greife um mich, will mich irgendwo festhalten. Aber der Stein ist glatt und der Zug an meinen Füßen stark. Ich weiß, was dort draußen steht und an mir zerrt und dass ich ihm nichts entgegenzusetzen habe.

Meine Knie, mein Bauch, mein ganzer Körper brennt. Ich lege die Arme wieder schützend um den Kopf, lasse mich widerstandslos ziehen, wie eine Puppe.

Was für eine Ironie, dass ich dem Berg entkommen wollte.

Und jetzt stecke ich mittendrin.

SMILLA

Ich habe auch diesmal niemandem Bescheid gesagt. Das hier bleibt unser Geheimnis, Juli, wie damals. Nenn es leichtsinnig oder dumm. Aber ich versuche alles, um die gleichen Bedingungen zu schaffen. Als wären dieser Wald und der Felsen Teil eines wissenschaftlichen Experiments.

Ich habe einen Schlafsack dabei und eine Thermoskanne mit heißem Kakao, in den ich, ebenfalls wie damals, einen Schuss Amaretto gegeben habe. Wir haben in dieser Zeit in alles Amaretto gekippt, weißt du noch? Amaretto und Orangensaft, Amaretto und Kirschsaft, Amaretto mit heißer Schokolade. Nur einen Fingerhut voll, aber wir haben getan, als wären wir betrunken. Nein, nicht so getan. Wir haben es geglaubt. Wir haben so vieles geglaubt in jener Zeit, Juli. Wir haben geglaubt, dass nur die Sommerferien endlich sind und dass wir ewig leben. Wir haben geglaubt, dass wir gemeinsam studieren würden und irgendwann Zac Efron heiraten, auch beide natürlich, weil beste Freundinnen sich ja alles teilen. Wir haben geglaubt, dass es für immer so weitergehen würde, du und ich und «High School Musical», wovon damals gefühlt jedes Jahr ein neuer Teil rauskam. Nachdem du weg warst, Juli, hat auch das aufgehört. Wie alles andere.

Inzwischen wärst du, *bist* du, 26, so wie ich. Ich habe deinen Geburtstag gefeiert, Juli, jedes Jahr. Und dieses Jahr zu deinem zehnjährigen Verschwinden übernachte ich noch einmal am Faunfelsen. Darum bin ich hier. Ich gehe zwar nicht davon aus, dass ich viel schlafen werde, aber das ist ja nichts Neues. Weißt du, dass ich das ohnehin nicht mehr kann, seelenruhig durchschlafen? Nicht seit jener Nacht, als ich seelenruhig neben dir geschlafen habe, tief und fest, während jemand dir die Hand über den Mund gelegt und dich fortgezogen haben muss.

Meine Eltern haben mich zu Entspannungspädagogen geschleppt, zu Psychotherapeuten und diversen Ärzten. Denn das ist die Reihenfolge: Erst versuchen sie, dir das Atmen beizubringen, dann den Satz: «Ich bin nicht schuld an der Entführung meiner Freundin» – und am Ende stehen die Medikamente. Ich habe das alles mitgemacht, für eine gewisse Zeit. Aber langfristig wirkt nichts davon. Langfristig gibt es nur die Nacht und dich und mich und irgendeinen Unbekannten, den ich in meiner Erinnerung zu erkennen versuche, während sein Gesicht sich immer weiter zurückzieht, undeutlich wird, als entferne der Mann sich in einem dichten Nebel. Manchmal, in diesem Zustand zwischen Schlaf und Wachsein, in diesem Zustand des Wahnsinns, scheint es mir das Wichtigste, dem Mann zu folgen, ihn an der Schulter zu packen und umzudrehen, damit ich endlich sein Gesicht sehen kann. Und hin und wieder gelingt mir das auch. Aber wenn ich dann wach werde, kann ich mich nicht erinnern, wie er ausgesehen hat. Und wie sollte ich auch?

Die Wissenschaft sagt, dass alle Gesichter, denen wir im Traum begegnen, Gesichter sind, die wir schon einmal im Wachzustand gesehen haben. Und ich habe deinen Entführer nie gesehen, Juli. Ich habe geschlafen, tief und fest – und vielleicht zum letzten Mal in meinem Leben traumlos.

Der Faunfelsen ist größer als in meiner Erinnerung. Dabei sind weder er noch ich seit jenem Tag gewachsen. Ich stehe da und blicke auf das Loch im Fels, wegen dem wir damals hier waren. Wegen dieses verdammten Lochs und dem Gerücht, das Sonnenlicht würde morgens die Form eines Teufels auf den Boden malen, wenn es hindurchfällt. Die Form eines Teufels, dass ich nicht lache! Das Felsloch ist oval, und ich verstehe nicht, wie wir damals glauben konnten, wir würden am Morgen irgendetwas anderes sehen als einen ovalen Sonnenfleck am Boden. Aber bei etwas so Abstraktem wie dem Teufel lässt sich formtechnisch wohl streiten, oder? Vom Teufel weiß niemand, wie er aussieht. Außer dir, Juli. Vielleicht war er wirklich da, als die Sonne aufging, und hat dich gefunden. Vielleicht hast du genau in seinem Fleck gelegen, und darum hat er dich mitgenommen – dich und nicht mich. Obwohl ich doch diejenige war, die diese beschissene Idee überhaupt hatte.

Weißt du, dass der Polizist, der mich später verhört hat, mich zuallererst darüber aufgeklärt hat, dass Wildcampen verboten sei? Als wäre das das Wichtigste. Als würde es noch irgendeinen Unterschied machen, dass ich unbefugt in einem Schlafsack auf öffentlichem Boden herumgelegen habe, wo mein Verbrechen doch ein viel größeres ist: Ich habe dir das Leben geklaut.

Meinetwegen hast du so vieles verpasst, Juli. Dein erstes Mal, deinen Schulabschluss, dein Studium. Du hast das Smartphone verpasst. Du hast WhatsApp verpasst und Tinder und Spotify und unzählige Partys, auf denen wir zusammen zu Hits getanzt hätten, die du nie hören wirst. Und wenn das alles im Einzelnen gesehen nicht unbedingt die Welt ausmacht, ist es insgesamt doch genau das: die Welt, in der du hättest leben sollen. Wegen mir hast du nur einen Bruchteil dessen kennengelernt, was es heißt, jung zu sein.

Ich rolle meinen Schlafsack an der Stelle aus, von der ich glaube, dass du dort gelegen hast, vielleicht einen Meter weiter rechts oder links. Wenn man Orte nur noch aus Albträumen kennt, verschieben sich die Dimensionen. Es gibt hier kein Kreuz, das die Stelle markiert, an der du das letzte Mal geatmet hast. Es gibt überhaupt nirgendwo ein Kreuz für dich, auch wenn deine Eltern darauf hoffen, dass es einmal so sein wird. Ein Kreuz in schwarzer Erde würde ihnen endlich Frieden bringen. Ich verstehe nicht, wie das gehen soll. Mir würde es nur Frieden bringen, wenn sie endlich das Schwein schnappen, das dich aus meinem Leben gerissen hat. Oder noch besser: wenn ich dich wiederfinden könnte, Juli.

Ich setze mich auf den Schlafsack und warte. Worauf, weiß ich auch nicht so genau. Vielleicht darauf, dass der Faunfelsen sich als Teil eines Steinkreises entpuppt, in dem Menschen verschwinden und nach einer exakt berechneten Zeit wieder auftauchen, nämlich nach zehn Jahren, auf den Tag genau. Oder darauf, dass auch mich jemand holen kommt.

Vielleicht wünsche ich es mir ein bisschen, Juli. Dass jemand kommt und mich mitnimmt, wie er es schon damals hätte tun sollen, an deiner Stelle. Warum hat er dich mitgenommen und mich schlafen lassen?

Ich gieße mir Kakao aus der Thermoskanne ein und proste dir in der einbrechenden Dunkelheit zu, wie in einer verqueren Version von «Dinner for One». Selbst das Wetter macht bei der absurden Inszenierung mit. Über den Bergen braut sich ein Sommergewitter zusammen, aber hier ist der Himmel noch klar. In dem Dampf aus meiner Tasse liegt der Geruch nach Amaretto. Mir wird schlecht. Ich muss mich geradezu zwingen, daran zu nippen. Unfassbar, was die Erinnerung an einen Geruch in einem Menschen auslösen kann. Ich habe keinen Amaretto mehr angerührt, seit du weg bist, Juli.

Die Dunkelheit kommt heute nicht schrittweise, vielmehr scheint sie einen Satz zu machen. Mit einem Sprung stülpt sie sich über den Faunfelsen. Die Bäume, die die Lichtung umstehen, werden zu hohen schwarzen Wächtern. Um mich beginnt es zu zirpen, zu rufen und zu rascheln. Wenn die Leute von der «Stille des Waldes» reden, meinen sie den Teil, der von Spaziergängern an einem Sonntagnachmittag totgetreten ist. In Wahrheit ist ein Wald nicht still. Er ist voller Geräusche und aus dem Stoff, aus dem meine Albträume sind.

Mein Puls schlägt mir bis zum Hals. Mir ist völlig klar, dass ich heute Nacht kein Auge zutun werde. Als ganz in der Nähe ein Rabe schreit, springe ich erschrocken auf und verschütte dabei den Kakao auf meinen Pulli. Ich atme tief durch und setze mich zittrig wieder hin. Es fehlen noch die Gruselgeschichten, die wir uns erzählt haben, die werde ich nicht vergessen. Alles so wie damals, Juli. Dabei wissen du und ich längst, dass es nicht wirklich um ein Experiment geht, bei dem die exakten Bedingungen wiederholt werden müssen, um auf das gleiche Ergebnis zu kommen. Es geht auch nicht wirklich darum, zu verstehen, was mit dir passiert ist, auch wenn ich das wohl bis zu meinem Lebensende nie aufgeben werde. Es geht um Selbstgeißelung.

Denn es war meine Idee. Ich habe dich zu dieser Sache überredet. Ich habe dich beruhigt, als du die dunklen Wolken in der Ferne gesehen und gemeint hast, hoffentlich würden sie nicht zu uns kommen. Weil das Schlimmste, was du dir in deiner jugendlichen Arglosigkeit vorstellen konntest, ein Schauer war, der auf uns niederging, während wir schliefen. Gott, waren wir naiv, Juli.

Ich hebe meinen Becher.

«Prost», sage ich zur Dunkelheit, zum Wald, zu allem, was darin lauert. Soll es ruhig kommen. Bist du bereit für die erste Gruselgeschichte, Juli?

EDITH

Die Gedärme sind über die gesamte Wiese verteilt. Überall liegen sie im nassen Gras, wie nicht aufgeräumtes Spielzeug sieht das aus. Selbst hinten am Wolfstann, wo es bereits dunkel ist, kann ich noch was von dem blutigen Zeug entdecken. Der Kopf ist vom Körper abgerissen und hängt an dem Strick, dessen Ende um einen Pflock gebunden ist. Es sieht ein bisschen komisch aus, mit dem Kopf und dem Strick. Es muss ja wirklich niemand Angst haben, dass der jetzt noch davonrollt.

Unser Priester ist da, wie immer, wenn etwas gestorben ist. Er stößt mit dem Schuh gegen den toten, aufgerissenen Körper. Die Fliegen brummen verärgert und stieben auseinander, aber nur kurz, dann setzen sie sich wieder auf das Fleisch, in die Augen und die zerfetzte Kehle. Fliegen sind stur. Sie hören nicht auf unseren Priester. Nicht mal auf meinen Papa. In der Hütte müssen wir immer alles gut mit Tüchern abdecken, weil sie überall dran wollen. Am liebsten sitzen sie auf Fleisch. Auf verrottenden Früchten. Und auf allem, was tot ist. Fliegen können mit den Füßen schmecken. Fliegen legen ihre Eier auf alles, und wenn man die Eier aus Versehen mitisst, hat man Schmerzen im Bauch. Die kommen von den Maden, die nämlich aus den Fliegeneiern schlüpfen. Wenn man so eine weiße, gesichtslose Made ansieht, dann kann man sich gar nicht richtig vorstellen, dass da mal eine schwarze Fliege draus entstehen soll. Aber genauso ist es. Ich habe das beobachtet.

Fliegen können außerdem nicht wirklich fressen, sondern nur trinken, darum machen sie überall ihre Spucke drauf, und die Spucke löst das Fleisch dann auf, sodass sie es durch ihre Rüssel saugen können. Ich weiß viel über Fliegen. Ich weiß überhaupt sehr viel, auch wenn immer alle denken: Die Edith, die spricht ja gar nicht, und zur Schule geht sie auch nicht, die ist bestimmt ein bisschen dumm im Kopf. Aber es ist genau andersrum. Ich spreche nicht, weil ich so einiges kapiere. Man muss nicht in die Schule gehen, um ein schlaues Köpfchen zu sein.

Unser Priester wendet sich um und sieht hoch zum Antennenmast. Dann spuckt er auf den Boden. Mitten zwischen seine Füße spuckt er, wo die tote Ziege liegt. Als wäre er selbst eine Fliege, die das Fleisch trinken will.

«Es ist die Antenne», sagt er. «Nur wegen der beschissenen Antenne kommen die Viecher so nah an Jakobsleiter. Ich sage, wir reißen das Ding ab, bevor noch mehr von deinen Ziegen dran glauben müssen.»

Jesses Vater sagt lange nichts, weil er auch nicht so gern spricht. Aber dann knurrt er doch etwas durch die Zähne: «Erst mal knall ich das Scheißvieh ab.»

«Den Wolf?», fragt unser Priester. «Aber der ist nur der Schwanz deines Problems! Kapierst du's denn nicht, Gabriel? Bevor nicht die verdammte Antenne verschwunden ist, wird der nächste Wolf durchdrehen und danach wieder einer. Das Ding muss weg, bevor wir vor die Hunde gehen.»

Ich schaue die beiden an. Ich weiß, was es heißt, wenn einer sagt, dass man vor die Hunde geht. Früher, da haben die Menschen mit Hundemeuten gejagt, auch hier oben am Berg. Hunde können sehr schnell sein. Sie springen das Opfer an und zerfetzen es. Ich hätte auch gerne so einen Jagdhund, aber Papa hat sein Gewehr und seine guten Augen, und er sagt, dass uns das reicht. Und außerdem hat er ja mich. Ich helfe ihm bei der Jagd, darin bin ich sehr gut, denn ich kann mich so leise anschleichen wie sonst keiner. Richtig mucksmäuschenstill kann ich sein. Manchmal, da probiere ich unten in Almenen aus, wie lange ich hinter jemandem herschleichen kann, ohne dass die Person sich umdreht. Ich bin so nah hinter ihnen, dass ich sie antippen kann, und dann bleiben sie plötzlich stehen und fassen sich in den Nacken, aber bis sie sich umdrehen, habe ich mich schon längst hinter einer Hausecke versteckt. Almenen ist voller guter Verstecke, fast so wie der Wald.

Noch einmal spuckt unser Priester zwischen die Füße. Einen richtigen Schleimklumpen spuckt er, es macht ihm gar nichts, dass da noch ein Kopf liegt. Er sagt: «Das Biest wird uns noch alle zugrunde richten, Gabriel.»

SMILLA

Im Osten dämmert es. Es ist diese klamme Stunde zwischen Tag und Nacht, in der die Sonne sich anschleicht und der Himmel bereits ein wenig Farbe bekommt. Es ist kalt. Alles ist taunass, regennass, einschließlich mir. Am Ende ist der Gewitterschauer doch noch gekommen, ist einmal über die Lichtung gezogen, und ich bin einfach sitzen geblieben. Es ist ein Trugschluss, dass der Wald ein Schutzraum ist. Er war kein Schutzraum für dich, Juli.

Vielleicht bin ich hin und wieder eingenickt, auf meinem Schlafsack. Doch ich fühle mich wie sechsunddreißig Stunden wach. Der Kakao in der Thermoskanne ist noch warm. Ich gieße mir einen Becher ein, um mir meine kalten, zittrigen Finger zu wärmen. Mein Atem bildet feine Gespenster in der Luft, während die Sonne näher kriecht. Sie leckt bereits am Faunfelsen, als wäre sie selbst der Teufel mit der langen Zunge. Ich starre unbeirrt auf das Loch. Meine Augen sind schwer und müde. Ich fühle mich, als hätte ich die Nacht durchgetanzt und durchgetrunken, nur ohne die euphorischen Erinnerungen, die damit einhergehen. Als die Sonne durch das Loch im Felsen fällt, kneife ich die Augen zusammen, so hell blendet das Licht. Ich sitze am richtigen Ort. Genau im Teufelslicht. Ich blicke um mich, erfasse die Form, die sich bildet. Es ist alles andersherum, als sie es uns beigebracht haben, Juli. Der Teufel ist nicht Schatten, er ist Licht.

Und dann sehe ich ihn plötzlich.

Über dem blendenden Kreis aus Morgenlicht steht eine Gestalt auf dem Felsen und blickt ruhig auf mich herab. Den Becher Kakao noch in der Hand, erstarre ich zu absoluter Reglosigkeit.

Natürlich weiß ich, dass in dieser Region Wölfe leben. Wer Vieh hat, der versucht sie abzuknallen, andere stellen Plakate auf, um sie zu schützen. Und wir, die Unbeteiligten, hören die Wölfe nachts manchmal heulen. Aber ich habe nie einen gesehen. Wir blicken uns an, er und ich. Das Blut pumpt bis unter meine Schädeldecke. Mein Körper ist bereit zur Flucht, die Angst zerrt an meinen Organen. Von dem wenigen, das ich über Wolfsangriffe gehört habe, weiß ich, dass der Mensch in den meisten Fällen der Unterlegene ist. Wir sind nur Herrscher über die Welt, solange wir uns in unseren selbst geschaffenen Sicherheitszonen bewegen. Die Natur aber, der Wald, die Berge sind wild.

In meinem Kopf überschlagen sich die Gedanken, während der Wolf einfach weiter ruhig dasteht und mich anblickt, als wolle er mir etwas sagen. Aber was? Es kann doch kein Wolf sein, der dich von mir fortgezogen hat, oder, Juli? Man hätte dich irgendwo gefunden. Hätte Spuren gefunden. Es ist nicht wie im Märchen, in dem ein böser Wolf kommt, dessen Magen groß genug ist, um sieben Geißlein und noch eine ganze Großmutter zu verspeisen. Ein Wolf ist auch kein Teufel, der dich schultern und mit in seine Unterwelt nehmen kann. Oder doch? Ich blicke wieder um mich, auf die Form, die das Sonnenlicht bildet.

Mit einem Mal bin ich ganz ruhig. Ich breite die Arme aus. Eine einladende Geste.

«Bist du gekommen, um mich zu holen, Teufel?»

JESSE

Ich strecke mich neben Rebekka auf dem Moos aus und blicke in den Himmel. Wir haben unsere Jacken auf den Waldboden gelegt, denn das Moos ist noch nass vom nächtlichen Schauer. Es riecht so intensiv nach Wald, dass ich am liebsten meine Lungen mit dem Duft füllen und einen Vorrat für den Winter anlegen würde. Die Tannen zeichnen sich vor dem Blau ab wie ein Scherenschnitt. Freigeist schnüffelt an meinem Gesicht, und ich schiebe ihn beiseite, als er mir das Kinn leckt. Er legt sich ebenfalls ins Gras, direkt neben mich, rollt sich auf die Seite. Wenn ich den Kopf abknicke, kann ich seinen warmen Bauch als Kissen benutzen.

Unsere Sommer hier oben in Jakobsleiter sind kurz, und dieser ist fast vorbei. Nicht einmal fünf Monate lang ist der Wald schneefrei, darum sind Tage wie diese selten. Wir sollten das genießen. Aber Rebekka ist mit ihren Gedanken woanders. Ist in der Stadt, wo sie nie wirklich gewesen ist, aber von wo der Kerl kommt, der ihr den verhängnisvollen Zettel zugesteckt hat. Sie hat ihn dabei, diesen Zettel. Ich sehe, wie sie ihn in der hohlen Hand versteckt. Er ist bereits ganz klein gedrückt und verschwitzt, hoffentlich so sehr, dass man die Schrift darauf nicht mehr lesen kann.

Ich habe die Blicke gesehen, die Rebekka und der Antennenkerl sich vor ein paar Tagen zugeworfen haben. Der Mann war etwas älter als wir und nicht mal attraktiv. Aber hier oben fehlt ihm die Konkurrenz und Rebekka der Vergleich. Er hatte auch einen Kollegen dabei, Mitte vierzig, schätze ich, mit Bart und Bauch und großen Schweißflecken unter den Armen, die schon da waren, bevor er überhaupt mit der Arbeit begonnen hat. Sie sind auf den Turm gekraxelt und haben etwas von «Smart Farming» und «Precision Farming» erzählt. Aber als wir alle mit unseren Gerätschaften Aufstellung nahmen, mit Spaten und Harken und Spitzhacken, Geräten, die weit entfernt von jeder Digitalisierung sind, da haben sie doch recht schnell das Maul gehalten. Wir haben uns um den Antennenmast versammelt wie ein Lynchtrupp, während die Männer oben stumm und nervös ihre Arbeit verrichteten. Eine Arbeit, um die sie niemand von uns gebeten hat. Selbst die Antenne hat sich gesträubt, weil sie nicht bei uns bleiben wollte, und es hat lange gedauert, bis die Männer sie endlich bezwungen und an dem Mast festgeschraubt hatten.

Bisher war die Kapelle von Jakobsleiter der höchste Punkt weit und breit. Jetzt ist es die Antenne. Über ihr gibt es nur noch die Berge, massive Dreitausender, die immer schneebedeckt sind. Darum haben sie den Antennenmast hierhingestellt. Er wird in einem Umkreis von fünfzehn Kilometern alles mit Internet versorgen, hat Frau Bender in der Schule unten im Dorf gesagt und sehr froh darüber ausgesehen, denn Almenen liegt auch im Umkreis dieser fünfzehn Kilometer. Weil ich Frau Bender mag, hatte ich der Antenne eine kleine, eine winzige Chance eingeräumt, doch nicht so schlecht zu sein, wie unser Priester es uns allen prophezeit. Doch das war, bevor der Kerl, der sie brachte, Rebekka den Kopf verdreht hat.

Die Installateure waren hungrig und durstig, als sie nach ihrer stundenlangen Arbeit endlich von dem Mast heruntergeklettert kamen. Aber keiner von uns hat sie auf ein Mittagessen eingeladen oder auch nur auf einen Schnaps, wie man ihn hier nach getaner Arbeit sonst kippt. Diese Männer waren nicht von hier. Sie waren von «dort», waren Stadtmenschen und damit alles, vor dem man uns immer gewarnt hat. Und trotzdem hat Rebekka diesen Zettel angenommen und nervös in ihre Rocktasche gesteckt, als sie glaubte, keiner würde es sehen. Als alle anderen damit beschäftigt waren, die neue Antenne anzustarren wie einen Fremdkörper. Und genau das ist sie auch: ein Kommunikationsmast – ausgerechnet in einem Ort, in dem das höchste Gut das Schweigen ist.

Ich blicke Rebekka von der Seite an. Müsste ich wetten, würde ich sagen, dass eine Telefonnummer auf dem Zettel steht. Er ist also eigentlich völlig wertlos, weil es in Jakobsleiter ja nicht mal ein Telefon gibt. Aber Rebekka dreht den Zettel zwischen den Fingern, als wäre er ihr Ticket in ein anderes Leben. Sie will weg, das will sie schon lange. Aber jetzt, wo sie eine Adresse oder eine Telefonnummer hat, irgendetwas, das Freiheit und Abenteuer verspricht, weiß sie auch, wie sie es anstellen kann. Warum muss sie bloß immer gegen alles rebellieren?

Freigeists Flanke bewegt sich unter mir, als er den Kopf hebt. Irgendetwas hat er gehört oder gewittert. Bestimmt nur ein Kaninchen, denke ich, lege ihm beruhigend die Hand auf die Schnauze und mache: «Schhhscht.» Er bleibt noch zwei Sekunden angespannt, dann legt er den Kopf zurück auf die Pfoten. Ich atme durch. Ich wünschte, ich könnte ihm das Jagen abgewöhnen.

Vor acht Monaten hat mein Vater die Wölfin erschossen, die Freigeist geboren hat. Sie ist zu nah an die Siedlung gekommen, ist unseren Ziegen zu nahe gekommen, und darum sind wir eines Nachts losgezogen, auf Wolfsjagd. Mein Vater drückte mir das Gewehr in die Hand, als könnte ich damit etwas ausrichten. Als hätte ich jemals etwas anderes geschossen als ein paar Konservendosen vor unserem Haus. Und natürlich war am Ende er es, der den Abzug drücken musste. Im Gegensatz zu mir trifft mein Vater immer. Im Gegensatz zu mir hasst er die Wölfe. Ich kann ihn verstehen, wir leben von den Ziegen. Aber wir leben auch mit den Wölfen. Teilen kann ich seinen Hass darum nicht. Nach dem Schuss hat das sterbende Tier vor uns gelegen und in den Waldboden geblutet. In der Dunkelheit hat das Blut schwarz ausgesehen, ein schwarzes Loch, das sich unter ihm ausbreitete. An den prallen Zitzen habe ich erkannt, dass es eine Wölfin war und dass es irgendwo noch Wolfsjunge geben musste. Zwei Tage später habe ich sie in einer Erdhöhle gefunden. Nur eines von ihnen hat überlebt.

Freigeist.

Den Namen hat Rebekka sich ausgedacht. Freigeist, weil dieser Wolf nirgends hingehören soll, so meinte sie, nicht zu den Berggeistern und nicht zu den Talgeistern. Weil dieser Wolf Rebekkas Meinung nach ein Grenzgänger ist. Aber ich habe in ihren Augen gesehen, dass sie im Grunde selbst dieser Freigeist sein will.

Ich ziehe das Lederband aus der Tasche, das ich in der Nacht zuvor geknüpft habe.

«Ich habe etwas für dich gemacht», sage ich und halte es hoch. Ich hoffe, dass Rebekka den kleinen geschnitzten Anhänger daran erkennt. Aber sie ist abwesend, als sie sich bedankt. Und als ich ihr das Armband ums Handgelenk knote, legt sie nicht einmal den Zettel beiseite. Mit der freien Hand fährt sie durch Freigeists Fell, ihre Finger sind direkt neben meinem Gesicht, ihre dunklen Haare fallen nach vorn, und ich nehme den Geruch nach Seife wahr, der von ihnen ausgeht. Wir riechen hier oben alle nach der gleichen Kernseife. Eine, die in den Boden sickern kann, ohne ihn zu vergiften. In der Stadt nennt man so etwas biologisch abbaubar. Aber bei uns ist alles biologisch abbaubar, und ich weiß nicht, warum man sich mit etwas anderem waschen sollte. Mit etwas, das giftig ist.

«Es soll ein Wolf sein», sage ich, und an ihrem verwirrten Blick erkenne ich, dass sie einen Moment lang nicht einmal weiß, wovon ich spreche. «Der Anhänger. Das soll ein Wolf sein.»

Sie nickt. «Freigeist», sagt sie und dann, ohne erkennbaren Zusammenhang: «Ich glaube übrigens nicht mehr an Talgeister.»

Es klingt ein wenig trotzig und so, als verkündige sie etwas, das sie lange Zeit im Kopf gewälzt hat. Dabei ist mir die Information gar nicht neu. Spätestens seit wir zur Schule gehen, wissen wir beide, dass die Sache mit den Talgeistern ja eigentlich nichts weiter sein kann als eine Geschichte, die die Erwachsenen sich ausgedacht haben, damit wir uns nicht zu weit von der Siedlung entfernen. Aber das ändert nichts daran, was im Tal, in der Stadt, mit meiner Mutter geschehen ist. Irgendjemand muss ihr das zugefügt haben, und wenn es nicht die Talgeister waren, dann waren es die Städter. Tagelang haben wir sie in den Wäldern gesucht, als sie eines Abends nicht nach Hause kam. Und als mein Vater sie endlich fand und zurückbrachte, war etwas mit ihrem Kopf passiert, das sie für immer verändert hat. Ihr Lachen, ihre glasklare Stimme, ihr ganzes Wesen – alles ausgelöscht. Seitdem müssen mein Vater und ich uns um sie kümmern, wie um ein kleines Kind. Mama kann nicht mehr alleine auf die Toilette gehen. Sie kann nicht mehr sprechen. Manchmal weiß ich nicht mal, ob sie mich noch erkennt.

Rebekka weiß das, so wie wir alle es wissen. Meine Mutter musste jahrelang als Beweis dafür herhalten, dass die Geschichte über Talgeister stimmt. «Das waren die Talgeister!» war das Erste, was mein Vater damals gesagt hat, nachdem er meine Mutter zurückgebracht hatte. Und er hat es häufig wiederholt, bis ich älter wurde und sich die Geschichte ein wenig veränderte, so als würde sie zusammen mit mir wachsen. Die brutale Geschichte, wie man meiner Mutter den Schädel eingeschlagen hatte, wurde detaillierter, wie eine Gestalt im Nebel, die man von Weitem nur verschwommen sieht und die erst beim Näherkommen deutlich aus ihrer Umgebung hervortritt.

Mag ja sein, dass es keine Talgeister gibt. Mag sein, dass es nur Menschen gibt, gute und schlechte. Aber man muss nur meine Mutter ansehen, um zu wissen, wer auf welcher Seite lebt.

Rebekka streicht sich eine Strähne hinters Ohr und sieht mich endlich an. In ihren Augen spiegeln sich der Wald und der Berg, aber auch noch etwas anderes, das ich nicht greifen kann. In meinen Augen liegen schon immer nur der Berg und der Wald. Sonst nichts.

«Wir brauchen die Welt dort draußen nicht», sage ich. Ich sage es fest und bestimmt und merke selbst, dass ich dabei klinge wie mein Vater.

ISAIAH

Unser Jesse ist mit Rebekka im Wald verschwunden. Ich kann mir schon vorstellen, was er da mit ihr anstellt. Dieses Ferkel. Da kann er noch so unschuldig tun. Er ist jetzt siebzehn, und es gibt keinen in unserer Siedlung, dem nicht aufgefallen ist, wie Rebekka herangereift ist.

Wir haben drei Frauen in Jakobsleiter, von denen zwei durch jedes Raster fallen: Die eine ist ständig betrunken und die andere bescheuert im Kopf. Und dann ist da Rebekka, sechzehn Jahre jung und jetzt drall und weich. Ich schaue zum Wald und kratze mir durch mein Priestergewand den Sack. Es ist ja eh nicht normal, wie wir hier oben leben, fast nur unter Männern.

Ich stelle mir vor, wie sie es da im Wald treiben. Hinter einem umgefallenen Baum versteckt. Oder an den rauen Stamm einer Tanne gepresst. Bevor ich die Hand unter mein Gewand schieben kann, weht ein Windstoß den Gestank des Plumpsklos neben der Kapelle herüber. Das verdirbt mir jegliche Lust. Irgendwer hat wohl seinen Dienst verpennt und das Klo nach der letzten Messe nicht geleert. Ich werde in meiner Dienstliste nachsehen müssen, wer. Alles totale Trottel hier oben. Diese Siedlung ist ein dermaßen beschissener Ort, dass ich mich manchmal frage, warum ich mich überhaupt mit dem Pack abgebe. Ich mache kehrt und will zu meiner Hütte gehen, stoße dabei aber mit Abel zusammen, der plötzlich hinter mir steht. Wenn man vom Teufel spricht.

Abel hat etwas Zähes, Tropfendes in der ausgestreckten Hand, das ihm durch die Finger rinnt wie Wichse.

«Isaiah», sagt er. Ich verziehe das Gesicht, muss mich aber wohl oder übel mit ihm abgeben. Jetzt sehe ich, dass es zerbrochene Eier sind, die er mir entgegenstreckt.

«Kein einziges Küken», sagt er in seiner dümmlichen, kindlichen Art. Abel ist Anfang dreißig, aber er ist einer von denen, die wohl nie richtig erwachsen werden. Die eigentlich noch die Mama bräuchten, um ihnen den Arsch abzuwischen und sie daran zu erinnern, ihren Hosenstall zuzumachen. Ich habe keine Ahnung, warum er überhaupt hier auf dem Berg ist, und es hat mich auch nie genug interessiert, um ihn danach zu fragen.

Ich fasse sein Handgelenk ein wenig fester als notwendig und sehe mir die zerbrochenen Eier an. Sie sind tatsächlich leer und tot. Nichts als Eiklar.

Es wundert mich nicht, dass Abel damit zu mir kommt, denn so habe ich meine Schäfchen erzogen. Sie holen und fragen mich bei allem, ohne mich geht in diesem gottverlassenen Ort nichts mehr. Ich habe Führungsqualitäten, hatte ich schon immer. Ein guter Anführer zu sein, ist eine Gabe. Man muss Stärke ausstrahlen, manipulieren können und Angst verbreiten. Wenn du Angst verbreitest und gleichzeitig ein Fels bist, werden sich alle an dich klammern, sobald der Boden ihnen unter den Füßen wegrutscht. Bei Abel ist das besonders leicht, denn er ist weich und anhänglich. Er hat nur darauf gewartet, dass einer wie ich kommt, um ihm den Weg zu weisen.

Ich zeige hoch zur Antenne.

«Strahlen», sage ich. «Man muss das Ding abreißen.» Ich sage nicht: «Du sollst» oder «Du solltest», denn das würde klingen wie ein Gebot, und auf so etwas scheißen die Männer. Verbote, Gesetze – so was gibt es in Jakobsleiter nicht, darum leben wir ja hier. Ich habe auch in den Messen längst aufgehört, von den Zehn Geboten zu sprechen, und predige stattdessen Seelenheil und Höllenqualen. Das ist wenigstens eine Sprache, die das Pack versteht.

Abel, der Schwachkopf, blickt mich stumm und fragend an.

«Es ist die Antenne», setze ich nach, um ganz klarzumachen, was ich meine, und um auch bei ihm einen Samen zu säen, der bis zur nächsten Sonntagspredigt keimen kann und dann nur noch gegossen werden muss. «Die Strahlen machen deine Hennen unfruchtbar. Sie werden uns noch alle unfruchtbar machen, wenn wir nichts dagegen tun, Abel, warte es nur ab.»

Und dann lasse ich ihn und seine Eier stehen, weil die mein geringstes Problem sind. Abels Eier und Gabriels Ziegen, drauf geschissen, aber das kapieren sie natürlich nicht. Der wahre Feind sind nicht die Wölfe oder die Strahlen dieser Antenne. Es ist das, wofür die Antenne steht, die Gegenwart, die damit bei uns Einzug hält. Wir brauchen hier kein Internet. Und wir brauchen keine Installateure, die kommen, um das Ding zu reparieren und instand zu halten.

Nur wer in der Vergangenheit lebt, ist für die moderne Welt unsichtbar.

EDITH

Ich stecke das Blatt und den Bleistift hinten in meinen Hosenbund, bevor ich auf alle viere gehe und durch die Höhle krieche. Es ist eigentlich keine richtige Höhle, sondern ein Tunnel. Aber das kann man vorn am Eingang nicht sehen, weil er so lang und verworren ist, und ich glaube, außer mir weiß es auch keiner. Ich selbst habe den Ausgang auf der anderen Seite nur durch Zufall entdeckt, als ich mich beim Spielen in der Höhle einmal so verirrt habe, dass ich schon dachte, ich würde nie mehr nach draußen finden. Und dabei bin ich doch so schlau. Aber an dem Tag war ich gar nicht schlau, weil ich nämlich in die Höhle gekrochen bin, als es draußen schon langsam dunkel wurde. Wenn eine Höhle ein Labyrinth ist, darf man immer nur im Hellen hineinkriechen, weil die unterschiedlichen Schwarztöne im Inneren einem dann nämlich zeigen können, wo es langgeht. Wenn man ganz tief in der Höhle ist, ist es so schwarz, dass man gar nichts mehr sehen kann, nicht mal sich selbst. Die Höhle verschluckt in der Mitte die ganze Welt, und man kommt nur durch Tasten voran. Aber an den Rändern wird die Dunkelheit verschwommener, und man kann die Form der Hände auf dem Boden erkennen. Und auch das leise Pfeifen kann man hören, das der Wind macht. Es klingt, als würde jemand gespitzte Lippen an eine Wasserflasche legen und sanft pusten, nur viel leiser. Und je näher man dem Ausgang kommt, desto mehr wird das Pfeifen zu einem langen Heulen, und man kann den Luftzug spüren. Der Wind war es auch, der mir an dem Tag aus der Höhle herausgeholfen hat, auf der anderen Seite. Erst dachte ich, ich wäre wieder da, wo ich hineingekrabbelt war. Aber als ich aufgestanden bin und mich im Mondlicht orientieren wollte, hat gar nichts mehr zusammengepasst. Es ist, wie wenn man nachts verkehrt herum im Bett aufwacht und beim Aufstehen in die falsche Richtung laufen will. Erst als die Wolken sich verzogen haben, konnte ich etwas sehen: Ich stand in einer Klamm, die sich wie ein Riss durch den Bauch des Berges zieht. Da habe ich zum ersten Mal verstanden, dass die Höhle keine Höhle, sondern ein Tunnel ist. Der Wind ist mein Freund, und die Klamm ist jetzt mein Geheimversteck. Im Frühjahr kann man sie nicht begehen, weil dann das Gletscherwasser der Oberen Schwärze hier durchrauscht, aber jetzt ist sie fast ganz trocken. Es war ja auch ein heißer Sommer.

Ich krieche aus dem Loch und springe über die Steine bis zu der Stelle, an der ich die neue Blume entdeckt habe. Niemand außer mir hat diese seltene Blume je gesehen, das weiß ich so genau, weil sie nicht in dem dicken Pflanzenbuch steht, das Jesse mir aus der Schule mitgebracht hat. Ich mag das Pflanzenbuch. Ich habe es versteckt, als Jesse es wieder mitnehmen wollte. Er musste es eigentlich zurückgeben, aber ich glaube nicht, dass sie es in der Schule brauchen, sie haben so viele Bücher dort, dass eins mehr oder weniger gar nicht auffällt. Jesse hat mir gedroht, dass er mir keine Bücher mehr mitbringen kann, wenn ich ihm dieses eine nicht wiedergebe. Aber das ist mir egal. Ich will gar keine anderen Bücher, wenn ich das Blumenbuch behalten kann. Ich brauche kein Buch über das Meer oder über Schiffe oder über afrikanische Tiere. So etwas gibt es bei uns ja sowieso nicht.

Wenn eine Pflanze und Blume nicht in dem dicken Buch steht, dann heißt das, dass sie außer mir noch keiner gesehen hat. Und immer der, der etwas neu entdeckt, darf ihm einen Namen geben. Darum haben ganz viele Blumen hier in meiner Klamm Namen, die nur ich kenne. Das ist das Besondere an meiner Klamm, dass der liebe Herrgott hier Pflanzen erschafft, die es vorher noch nicht gegeben hat. Weil der Riss im Berg seine Werkstatt ist.

Ich hocke mich hin. Ich will die Blume abmalen und benennen

und das Bild Jesse schenken. Er hatte vor ein paar Tagen Geburtstag. In Jakobsleiter gibt es keine Feiern wie unten in Almenen, wo die Menschen sich manchmal auf dem Dorfplatz treffen, Musik machen und tanzen. Feiern und Musik machen Lärm, sie machen, dass die Leute sich anschreien und lauter lachen, und das passt ja nicht dazu, dass man immer still sein soll. Ich kann das am besten von allen, das Stillsein, nicht nur mit dem Mund, sondern auch mit den Füßen. Man muss bei uns immer schön still sein, wenn man überleben will. Das haben die Frauen und Mädchen in meinem Geheimversteck nicht verstanden.

Als ich in den Wald geschlichen und auf den Baum geklettert bin, hat nur Freigeist mich gehört, und das ist ja kein Wunder. Ein Wolf kann doppelt so gut hören wie ein Mensch und bis zu zwei Kilometer weit wittern.

Wenn ich das Bild für Jesse male und es ihm schenke, macht er mir vielleicht auch so ein Armband, wie er es für Rebekka gemacht hat. Ich habe die beiden im Wald belauscht und gesehen, wie er es ihr geschenkt hat. Ich hätte auch gern so einen kleinen geschnitzten Wolf, aber Rebekka hat sich über ihren gar nicht richtig gefreut. Darum finde ich nicht, dass sie ihn verdient hat.

Ich ziehe meine Malsachen aus dem Hosenbund und konzentriere mich auf meine Aufgabe. Man muss sich beim Malen immer gut konzentrieren, sonst verpasst man eine der Blüten oder Blätter, und dann ist die Zeichnung am Ende falsch. Ich male auch die Härchen, die auf den Blättern wachsen, und dann ziehe ich die Blume vorsichtig aus dem verwesten Körper heraus, um auch die Wurzeln abzumalen. Die Körper sind der Grund, warum der liebe Herrgott diese Klamm zu seinem Laboratorium gemacht hat. Das habe ich längst erkannt. Er kann die Blumen hier so zahlreich und so besonders wachsen lassen, weil es so viel Totes gibt. Totes ist wichtig für die Natur.

Auf Totholz zum Beispiel wachsen Pilze, Moose, Farne und Käfer. Dreißig Kilo Kadaver sorgen für hundert Jahre Dünger.

Das hat mein Papa gesagt, um mir zu erklären, warum wir alles, was wir nach der Jagd von den Kadavern nicht brauchen können, zurück in die Wälder bringen und dort verscharren. Unser Wald ist so gesund, dass er nur vier Tage braucht, bevor die Aasfresser das Aas bis auf die Knochen verspeist haben.

Als ich mit Malen fertig bin, lege ich den Stift an meine Lippen, wie man es macht, wenn jemand still sein soll. Aber ich mache das, um zu überlegen. Ich muss mir einen guten Namen ausdenken, und ohne es zu merken, fange ich an, beim Denken auf der Rückseite des Stifts herumzukauen. Jesse mag es nicht, wenn ich das tue. Wenn er mir zum Beispiel erklärt, was Halluzinationen sind, und ich dann auf dem Stift herumkaue, statt zu antworten, nimmt er mir den Stift aus dem Mund. Aber Jesse ist nicht hier, und wenn ich kaue, kann ich besser denken. Ich streiche das Papier auf dem Stein noch einmal glatt und schreibe dann in meiner schönsten Schrift den Namen der neu entdeckten Blume: «Gelbes Rippenkraut», schreibe ich. Nach ihrer Farbe und nach dem Ort, an dem ich sie gefunden habe.

JESSE

Der Weg von Jakobsleiter zur Schule dauert etwa eine Stunde, 750 Höhenmeter den Berg hinab. Es ist mehr ein Pfad als ein Weg, ausgetreten nur durch unsere eigenen Schuhe und kaum sichtbar in den dichten Laub- und Tannenwäldern, durch die er führt. Unsere Siedlung hat trotzdem Vorsichtsmaßnahmen getroffen und Schilder aufgestellt, die jeden Wanderer abschrecken sollen, der sich doch mal in diesen Winkel des Berges verirrt. «Vorsicht: Steinschlag. Lebensgefahr», steht zum Beispiel an der Stelle, wo der Pfad an einer gerölligen Felswand entlangführt. Und etwas weiter unten, bei der Schwarzalm: «Warnung. Frei laufender Stier». In Wahrheit gibt es hier nicht einmal mehr Kühe, seit der alte Janosch verstorben ist. Die Ställe und das Wohnhaus der Schwarzalm sind nur noch eine vom Feuer zerfressene Ruine. Vor einigen Jahren haben Rebekka, Edith und ich noch zwischen den verkohlten Balken Verstecken gespielt. Aber das war, bevor Rebekka angefangen hat, sich mehr wie die anderen Mädchen in der Schule und weniger wie sie selbst zu verhalten.

Nur zwei Schilder stehen zu Recht hier: Eins warnt vor Lawinen, auf dem anderen steht: «Achtung, Wölfe». Unser Wald heißt Wolfstann, weil die Wölfe hier, anders als in anderen Regionen, nie ausgestorben sind. Genauso wenig wie wir.

Vielleicht fühle ich mich den Wölfen deshalb so verbunden. Auch sie haben sich versteckt und sind sie selbst geblieben, während alle anderen sich haben fangen und domestizieren lassen. Wir sind die letzte überlebende Kommune von Alttäufern, die es in Europa noch gibt. Unsere Vorfahren haben Verfolgungen, Zwangskonvertierungen, Plünderungen und Deportationen überlebt. Sie haben überlebt, indem sie sich versteckten – zunächst in verborgenen Höhlen in den Bergen und später in Jakobsleiter, unserer Siedlung. Im Laufe der Generationen mag uns ein wenig von der Religion abhandengekommen sein, aber diese Geschichte von Verfolgung und Ausgrenzung verbindet uns. Im Vergleich zu unseren Vorfahren haben wir, die Übriggebliebenen, ein gutes Leben. Nur Rebekka sieht das nicht.

Wir erreichen den Waldrand. Zu unseren Füßen liegt Almenen, ein kleiner Ort inmitten dunkler Wiesen und bewirtschafteter Felder. Die gedrungenen Häuser scharen sich um den Ortskern wie durstiges Vieh um eine Tränke. Als versuchten alle, möglichst nah dran zu sein an der Post, dem Rathaus, der Apotheke, dem Lebensmittelladen und einer Kirche, die nicht unsere ist. Es gibt von allem nur eins in Almenen, weil eins von allem reicht. Auch daran würde ich Rebekka gerne erinnern. Uns hat doch immer alles gereicht, bevor sie angefangen hat, sich nach Orten zu sehnen, die sie nicht einmal kennt. Die jenseits des dunklen, schmalen Tals liegen.

Ich wende mich um und hebe die Hand, um mich von Edith zu verabschieden, die uns neuerdings immer nachläuft, wenn wir zur Schule gehen. Sie wartet dann hier oben oder stromert durch die Wälder, bis wir mit dem Unterricht fertig sind, um uns auf dem Rückweg wieder nachzulaufen. Ich glaube, Edith würde auch gerne zur Schule gehen, immerhin ist sie inzwischen neun. Aber ihr Vater erlaubt es nicht, und mittlerweile denke ich, dass es vielleicht besser so für sie ist. Schon Rebekka und ich gelten in der Klasse als eigenartig. Für Edith aber, die nie spricht und sich ihr Verhalten von den Tieren abschaut, die selbst unter uns Außenseitern noch eine Außenseiterin ist, würde die Schule sicher zur Hölle werden.

Edith bleibt stehen, als sei meine Geste ein Kommando, doch sie erwidert den Gruß nicht. Ich lächle ihr aufmunternd zu, überlege, ob ich ihr zum Trost versprechen soll, ihr wieder ein Buch mitzubringen, und erinnere mich dann daran, dass ich das nicht mehr tun wollte. Das letzte Buch, das ich ihr mitgebracht habe, hat sie irgendwo versteckt und nie zurückgegeben, und ich musste es in der Schule bezahlen. Mit Geld, das ich nicht habe und das auch mein Vater nicht hat, weil das, was wir mit den Ziegen verdienen, gerade mal für die notwendigsten Einkäufe im Supermarkt reicht. Wenn wir ein gutes Jahr haben.

«Ich erzähle dir später alles, was wir heute lernen», verspreche ich ihr stattdessen, und dann versuche ich Rebekka einzuholen, die mit ihrem Rucksack bereits über die Wiese marschiert. Ihr Gang kommt mir heute entschiedener vor als sonst, sie hat einen richtigen Stechschritt drauf. Erst beim Schultor hole ich sie ein. Rebekka stapft weiter, in Richtung Ortskern.

«Was hast du vor?», frage ich. Sie wirft einen Blick auf die Kirchturmuhr.

«Geh du schon mal rein, ich muss noch was kaufen.»

Ich bleibe neben ihr, halte mit ihr Schritt. Der Lebensmittelladen öffnet um acht, zur gleichen Zeit also, zu der die Schule beginnt. Darum erledigen wir alles, was wir an Besorgungen aufgetragen bekommen, immer erst nach dem Unterricht.

«So dringend?», frage ich, und mein Blick wandert zu ihrer Hand, um zu sehen, ob möglicherweise der blöde Zettel darin steckt.

«Frauensachen, davon verstehst du nichts», spuckt sie aus, streicht sich eine Strähne hinters Ohr, und ich werde knallrot im Gesicht. Wegen ihres herablassenden Tons und weil mir plötzlich klar wird, was sie kaufen muss. Ich bleibe stehen, sie stapft weiter. Es ist seltsam. Ich kenne Rebekka seit Kindesbeinen an. Wir haben gemeinsam Verstecken gespielt und nackt im Schwarzbach gebadet. Wir haben am Gletscher nach den geheimnisvollen Höhlen gesucht, in denen unsere Vorfahren gelebt haben sollen, und sind dabei so tief eingebrochen, dass wir einen vollen Tag lang eng aneinandergepresst in einer Gletscherspalte ausharren mussten, bevor mein Vater uns gefunden hat. Die Obere Schwärze ist ein zerklüfteter, gefährlicher Gletscher, auf den sich kaum mal ein Bergsteiger verirrt. Uns war er eigentlich verboten. Einen vollen Tag lang dort festzustecken, das bedeutet, dass man den Atem des anderen atmet und sich gegenseitig anpinkeln muss. Man sollte meinen, danach gäbe es nichts mehr, das einem voreinander peinlich wäre.

Ich sehe zu, wie sie hinter einer Häuserecke verschwindet, und betrete die Schule, die eigentlich nur aus drei Räumen besteht: dem Klassenraum, einer Abstellkammer für Unterrichtsmaterialien und dem Zimmer der Lehrerin, auf dessen Schild nun seit einiger Zeit nicht mehr «Fr. Walsch», sondern «Fr. Bender» steht.

Hinter vorgehaltener Hand haben die älteren Kinder den jüngeren jahrelang zugeflüstert, hinter zwei der drei Türen verberge sich ein Skelett, und dann haben alle leise gekichert, weil sie damit das Schulskelett in der Abstellkammer und auch Frau Walsch in ihrem Büro meinten. Aber seit Frau Walsch Ende letzten Schuljahres in Rente gegangen ist und Frau Bender da ist, geht der Scherz nicht mehr auf. Frau Bender ist jung und hübsch, bei ihr stechen keine Knochen aus der Hüfte oder den Schultern hervor. Die Erwachsenen im Dorf sind noch immer skeptisch, ob eine so junge Lehrerin uns überhaupt etwas beibringen kann. Und tatsächlich wussten auch wir Schüler am Anfang nicht recht, was wir von ihr halten sollten. Da, wo Frau Bender vorher gearbeitet hat, wurden die Klassen nach Altersstufen unterteilt, sie sagt, das ist normal in der Stadt. Fast täglich haben wir unsere Tische durch den Raum schieben müssen, in Hufeisenform, Halbkreise und andere seltsame Formationen, wir kamen uns schon vor wie eine römische Legion. Aber seit wir die Gruppentische haben, wirkt Frau Bender recht zufrieden. An der Stimmung in der Klasse merkt man, dass wir sie insgeheim alle mögen. Nicht nur, weil sie hübsch ist, sondern auch, weil sie das Lineal entsorgt hat, mit dem Frau Walsch uns auf die Finger gedroschen hat.

Frau Bender kommt aus einer Großstadt, die so weit von hier ist, dass man 85 Stunden zu Fuß gehen müsste, um sie zu erreichen. Das habe ich auf Google Maps nachgesehen. Es ist Frau Bender zu verdanken, dass wir jetzt einen Computer in der Schule haben und dass ich weiß, was Google Maps ist. Frau Bender hat einiges neu an dieser Schule eingeführt, und manche meinen sogar, dass die Antenne in Jakobsleiter auf ihr Konto geht. Schließlich war sie es, die sich in den ersten zwei Wochen ständig darüber beschwert hat, dass man keinen Unterricht in einer Schule abhalten könne, die nicht einmal eine vernünftige Verbindung zum Internet hätte. Als wäre das Lernen nicht jahrhundertelang nur mit Büchern möglich gewesen.

Als ich den Klassenraum betrete, ist Frau Bender schon da. Sie trägt eine Stretch-Jeans, ein sonnengelbes T-Shirt, einen lockeren Pferdeschwanz und sieht damit überhaupt nicht aus, wie ich mir eine Lehrerin vorstelle. Frau Walsch kannte ich nur im schwarzen biederen Kleid mit streng zurückgebundenen Haaren. Jeden Tag das gleiche Kostüm und die gleiche Frisur, so als habe sie sich abends in den Schrank gestellt und sei morgens wieder daraus hervorgetreten.

Vielleicht ist ja Frau Bender auch ein Grund für Rebekkas Veränderung. Als Rebekka jetzt, mit zehn Minuten Verspätung, zur Tür hereinschlüpft und eine Entschuldigung murmelt, lächelt Frau Bender nur nachsichtig und bittet sie, Platz zu nehmen. Sie züchtigt sie nicht für ihre Verspätung, stellt sie nicht bloß. Rebekka muss nicht einmal auf einem Stuhl in der Ecke sitzen, mit dem Gesicht zur Wand. Frau Bender ist eine Städterin, aber sie erfüllt keines der Kriterien, die man uns über die Menschen aus der Stadt beigebracht hat. Sie ist freundlich und nett und geduldig, und einzig die Tatsache, dass sie manchmal ein wenig schreckhaft ist, lässt mich vermuten, dass es da etwas in ihrer Vergangenheit geben muss, das mit Angst und Gewalt zu tun hat. Ich kann es sehen, wenn die Pausenglocke schellt: Jedes Mal zuckt Frau Bender zusammen und verzieht dann kurz das Gesicht, als ärgere sie sich selbst über ihre Schreckhaftigkeit.

Ich betrachte Rebekka von der Seite, als sie sich setzt. Ihre Wangen sind gerötet, vielleicht weil sie sich so beeilt hat oder vielleicht weil ihr die Blicke der anderen peinlich sind. Wir versuchen normalerweise, durch den Tag zu kommen, ohne aufzufallen. Und als Frau Bender meinen Aufsatz über den Einfluss des Klimawandels auf die Alpen vor der ganzen Klasse lobt, senke ich beschämt den Kopf.

In der großen Pause läuft Rebekka zur Mädchentoilette, und ich warte an unserem gewohnten Platz auf dem Schulhof auf sie. Dieser Platz vor dem Fenster des Lehrerzimmers ist strategisch ausgewählt. Es ist der Punkt, wo die Lehrerin uns am besten sehen kann. Das macht diesen Teil des Schulhofs unattraktiv für die anderen Schüler und verschafft uns ein wenig Sicherheit. Die Prügel und Tritte sind schlimmer, wenn sie in Ecken stattfinden, in denen unsere Mitschüler sich unbeobachtet fühlen.

Ich stopfe die Hände in die Taschen und scharre mit dem Fuß auf dem Boden. Außer mir haben sich alle auf der anderen Seite des Schulhofs versammelt, irgendetwas müssen sie entdeckt haben, ich höre es an ihren aufgeregten Stimmen. Es wäre eine Lüge zu behaupten, dass ich nicht neugierig bin, was es ist. Aber ich drehe mich trotzdem nicht zu ihnen um. Es ist besser, alles zu vermeiden, was die Aufmerksamkeit am Ende auf mich lenken könnte.

Rebekka braucht heute lange auf dem Mädchenklo. Ich denke darüber nach, wie herablassend sie zu mir war, als sie von dieser Sache geredet hat, von der ich angeblich nichts verstehe. In Wahrheit verstehe ich wohl mehr davon als sie. Immerhin helfe ich meinem Vater seit Jahren, die Kleider meiner Mutter zu waschen. Und jeden Monat vergrabe ich die vollgebluteten Stofffetzen, die er in den Eimer vor dem Klohaus wirft, hinter dem Ziegenstall. Ich frage mich, ob Rebekka ihre Tage wohl schon öfter bekommen hat und wer ihr eigentlich beim ersten Mal erklärt hat, was zu tun ist. Freundinnen hat sie hier in der Schule nicht, und ihrer Mutter wird sie sich kaum anvertraut haben.

Ich sehe von meinen Füßen auf. Zu meiner Überraschung ist Rebekka gar nicht mehr auf dem Klo, sondern steht ein paar Meter vor dem Schulhof auf der Straße, den Blick von mir abgewandt. Sie sieht dorthin, wo die holprige Dorfstraße einen Knick macht und hinunter ins Tal führt. Dorthin, wo der Ortsausgang liegt.

Als Kind habe ich immer gedacht, dass diese Straße einfach abreißt, ins Nichts führt. Ein bisschen so wie bei einer Weltkarte aus dem Mittelalter: Die unentdeckten Gebiete blieben einfach weiß, so als würden sie nicht existieren. Es ist einfach, auszublenden, dass es Dinge außerhalb dessen geben mag, was man kennt und sehen kann.

Ich könnte so leben. Aber nicht Rebekka. Während ich um die Stelle, an der die Straße aus dem Dorf hinausführt, herumschleiche wie um einen schlafenden großen Hund, den man nur nicht wecken darf, um weiterhin seinen Frieden zu haben, ist Rebekka eine, die sich direkt vor die Nase des Hundes stellt, mit dem Blick stets am Horizont. Warum kann ihr die Welt, die wir haben, nicht genug sein?

Ich sehe mich zu den anderen um, aber die sind glücklicherweise noch immer mit dem beschäftigt, was sie da über den Schulhof jagen. Vielleicht eine streunende Katze oder ein Hund. Manche der Jungen aus dem Dorf haben Spaß daran, die Ruten von Hunden anzuzünden. Und ich habe drei von ihnen mal dabei beobachtet, wie sie zwei Katzen an den Schwänzen zusammengebunden und über eine Wäscheleine gehängt haben. Als die Panik zu groß wurde, fingen die Tiere an, sich gegenseitig die Augen auszukratzen.

Unbemerkt schlüpfe ich durch das Schultor und trete zu Rebekka. Sie zuckt zusammen, als ich sie am Arm berühre, und schaut mich einen Moment erschrocken, fast verwirrt an. Geradeso als habe sie jemand anderen erwartet.

«Hey», sage ich und kicke gegen einen Stein, der über den aufgerissenen Asphalt springt, in Richtung Ortsausgang. Wir folgen ihm beide mit den Augen. Fast als erwarteten wir, dass ihm gleich etwas passiert, dass die Straße sich öffnet oder irgendeine Klaue nach ihm greift. Aber natürlich passiert nichts. Der Stein hopst aus unserem Blickfeld, und was bleibt, ist harmloser, verletzter Asphalt.

«Dieser Stein ist freier als wir», sagt Rebekka düster, und das ärgert mich noch mehr.

Aber ehe ich etwas sagen kann, bricht hinter uns, auf dem Schulhof, lautstarkes Geschrei aus, und wir wenden uns um. Plötzlich erkenne ich, um was sich der Pulk von Schülern versammelt hat, was sie da über den Schulhof gejagt und jetzt in eine Ecke gedrängt haben, weit weg von dem Fenster des Lehrerzimmers: Edith. Die Kinder stehen um sie herum, schreien, lachen, schubsen sie. Edith lässt alles über sich ergehen, selbst als Lorenz ein Feuerzeug in der Hand aufflammen lässt und es an ihre Haare hält. Wieder wird sie geschubst, Edith taumelt und fällt direkt vor die Füße von Rick, der das zum Anlass nimmt zuzutreten.

«Jesse», sagt Rebekka mahnend. Aber ich renne schon zum Schulhof, stoße das Schultor auf.

Die Kinder haben ihren Kreis verengt. Alle treten nun zu. «Bergmädchen!», rufen sie mit jedem Tritt und: «Bist du stumm, du Schlampe?» Ich greife die erste Schulter, die ich zu fassen bekomme, es ist die von Rick. Er ist zwar erst sechzehn, aber einen guten Kopf größer als ich. Einer von jenen, denen körperliche Arbeit guttun würde, weil sie nicht wissen, wohin mit ihrer wachsenden Kraft. Aber weil die Kinder hier unten nicht arbeiten müssen, weil sie zusammen draußen abhängen und Langeweile haben, braucht Rick ständig ein Ventil, um nicht zu explodieren. Wir Kinder vom Berg sind so ein Ventil.

Als habe er nur auf mich gewartet, lässt er von Edith ab und geht auf mich los. Er verkeilt einen Fuß hinter meinen und stößt mich zu Boden. Es macht keinen Unterschied für ihn, wen er tritt, solange er nur jemanden treten kann. Wir beide kennen das Spiel schon.

«Lauf zu Rebekka», rufe ich Edith zu, die auf die Knie kommt und zwischen den Beinen der anderen hindurchkriecht. Ein paar der Schüler versuchen noch, sie an den nackten Füßen festzuhalten und zurückzuziehen, aber die meisten haben inzwischen begriffen, dass ich nun das Opfer bin, und lassen von ihr ab. Ich sehe, wie Edith aufsteht, in Richtung Schultor rennt, neben Rebekka stehen bleibt und sich zu mir umsieht. Dann schließt sich der Kreis um mich, und eine Sneakerspitze trifft mich im Gesicht. Ich zucke zusammen, schließe die Augen und lege die Arme schützend um den Kopf.

Die Schäden sind schlimmer, als ich erwartet habe. Ich spucke Blut ins Waschbecken der Schultoilette und taste mit der Zunge über die Zähne, um sie zu zählen. Dass mir irgendwann mal jemand einen Zahn austritt, ist meine größte Sorge. Hier im Ort gibt es keinen Zahnarzt, geschweige denn einen Kieferorthopäden, und ich glaube kaum, dass sie mir einen fehlenden Zahn in der Apotheke ersetzen können. Alles andere in meinem Körper wird heilen und zuwachsen, das tut es immer. Aber ein Zahn wächst nicht nach. Daran wird man bei uns oben am Berg immer wieder erinnert, wenn die Bewohner den Mund aufmachen und ihre lückenhaften Zahnreihen zeigen.

Ich spucke noch einmal. Das Blut in meinem Mund ist zäh, aber es scheint nur das Zahnfleisch zu bluten. Keiner der Zähne ist lose. Ich richte mich auf und wische mir den Mund mit einem Papiertuch ab. Da ist ein kleiner Riss über dem Auge, der bereits anzuschwellen beginnt. Außerdem tun mir die Rippen und die Nieren weh. Ich drehe den Wasserhahn auf, wasche mir das Gesicht und die aufgeschürften Hände. Dann trockne ich mich noch einmal ab. Wie immer verbringe ich mehr Zeit auf der Toilette als nötig. Das fließende, warme Wasser ist für mich ein kleiner Luxus, und ich mag die braunen Papiertücher, die man neuerdings aus einer Box neben dem Waschbecken rupfen kann. Auch die gehen auf Frau Benders Konto, natürlich. Frau Bender hat das alte Handtuch, das vorher neben dem Waschbecken hing, mit einem einzigen entsetzten Gesichtsausdruck bedacht und gemeint, das tauge ja wohl lediglich als Wohnstätte für Bakterien und Viren. Daran muss ich nun immer denken, wenn ich das inzwischen fast schwarze Handtuch sehe, mit dem mein Vater sich nach der Arbeit die Hände abwischt. Frau Bender würde sich in Jakobsleiter nicht besonders wohlfühlen.

Als es zur Stunde klingelt, werfe ich die gebrauchten Papiertücher in den Korb und gehe zur Klasse zurück. Ich vermeide es, jemanden anzuschauen, ganz besonders Frau Bender. Aber aus den Augenwinkeln bemerke ich natürlich trotzdem, wie sie die Stirn runzelt, als sie mein Gesicht sieht, und wie sie dann streng in die Runde blickt. Es ist ein Problem von Frau Bender, dass sie glaubt, alles, was ihr nicht passt, so leicht austauschen zu können wie das Handtuch auf der Toilette. Aber es gibt Probleme, die schon viel länger bestehen als sie und die auch noch bestehen werden, wenn Frau Bender wieder weg ist. Ausgrenzung gibt es nicht nur in Almenen.

Ich hätte gedacht, dass ich der Letzte bin, der den Raum betritt, aber auch Rebekkas Stuhl ist noch frei. Ich drücke mich auf meinen Platz und spähe durch das Fenster auf den Schulhof. Lorenz, der auf der anderen Seite des Gruppentischs sitzt, lehnt sich grinsend zur Seite, um mir die Sicht zu versperren. Die anderen Schüler kichern.

«Pssscht», macht Frau Bender, und selbst dieses «Pssscht» klingt ganz anders als das von Frau Walsch. Es klingt nicht scharf, so als würde heißes Wasser überkochen und auf der Herdplatte verzischen. Frau Benders «Pssscht» hat etwas Beruhigendes an sich.

Sie geht herum und verteilt die Aufgaben an die jeweiligen Tische. Als sie bei uns ankommt, fällt ihr Blick auf den leeren Stuhl, und sie sieht mich fragend an. Ich kann nur die Schultern zucken.

«Vielleicht ist sie auf der Toilette», sage ich leise, und zwei der Mädchen vom jüngeren Gruppentisch kichern. Vielleicht über meine Stimme, die sie so selten hören.

Als Rebekka nach zehn Minuten noch immer nicht da ist, lässt Frau Bender uns mit unseren Aufgaben allein und verlässt den Raum. Ich rutsche auf meinem Stuhl hin und her und blicke mich um, erwarte, dass irgendwo ein Ellbogen in eine Seite gestoßen und ein verräterisches Grinsen ausgetauscht wird. Aber da ist nichts. Die meisten sitzen konzentriert über ihre Aufgaben gebeugt, und wo doch Blicke getauscht werden, da sind es eher fragende. Einige scheinen wie ich auf Frau Benders Schritte zu lauschen, die sich nun wieder nähern. Hektischer als vorhin, finde ich, und mein Herz fällt in den neuen Takt ein. In mir ist eine plötzliche Unruhe, die nichts Gutes bedeuten kann. Frau Bender kommt zurück in den Raum, mit einer Falte zwischen den Brauen, und blickt erst auf mein geschwollenes Gesicht und dann sehr streng in die Runde.

«Okay. Ich will jetzt genau wissen, was vorhin in der großen Pause vorgefallen ist», sagt sie. Ich betrachte jeden meiner Mitschüler genau. Während ich auf der Toilette war und meine Wunden versorgt habe, hätten sie genug Zeit gehabt, sich Rebekka vorzuknöpfen. Mein Magen zieht sich zusammen, macht sich klein und hart wie ein Stein, als ich mir vorstelle, wie sie sie irgendwo hingeschleppt und eingesperrt haben. Aber keiner lässt sich etwas anmerken. Frau Bender verschränkt die Arme vor der Brust.

«Ich frage jetzt ganz konkret», sagt sie. «Wo ist Rebekka?»

Niemand antwortet. Jetzt, wo einmal etwas Wichtiges zu sagen wäre, wo jemand den Mund auftun und laut sein müsste, wie sie es sonst immer sind, kneifen alle die Lippen zusammen und schweigen.

EDITH

Unsere Welt besteht aus Zonen, die übereinanderliegen, wie Geschosse in einem Haus. Wo eine Zone endet und die andere anfängt, kann man an den Bäumen, Blumen und Sträuchern sehen, die in ihnen wachsen. Ganz unten zum Beispiel, wo Jesse und Rebekka zur Schule gehen, gibt es Felder und Obstbäume. Darüber liegt die Zone mit dem Wald, wo einige Bäume bis zu dreißig Meter in den Himmel wachsen. Je höher man kommt, desto kälter wird es und desto kleiner werden die Bäume, bis es ganz oben, am Waldrand, nur noch Bäume und Sträucher gibt, die so klein sind wie ich.

Man muss durch alle diese Zonen durch, um vom Dorf in unsere Siedlung zu kommen, 1800 Meter über dem Meer. Das mit dem Meer habe ich auswendig gelernt, ich finde es eigentlich komisch, dass man die Höhe unserer Welt an etwas abmisst, das so weit von uns entfernt ist. Ich habe das Meer nie gesehen und kann mir auch nicht vorstellen, dass es besonders schön ist. Mein Papa hat es mir mal vorgemacht, wie das Meer ist, als sich Regenwasser in unserem Trog gesammelt hat. Er hat den Trog hin und her geschwenkt, und das Wasser hat geschwappt, nach rechts und nach links, schwapp, schwapp. Und mein Papa hat hinter dem Trog gehockt und ihn immer stärker geschwenkt. Er hat erklärt, dass das Meer nicht nur schwappt, sondern auch rauscht. Wie ein aufziehender Sturm in den Bäumen. Dann hat er es vorgemacht, mit dem Mund. Und dass es viele Menschen und Kinder gibt, da am Meer, hat er gesagt, die alle schreien und Lärm machen. Und weil das Meer das nicht mag, packt es die Kinder und zieht sie in die Tiefe, sodass sie ertrinken. Auch das hat er mir vorgemacht, mein

Papa. Obwohl ich gar nicht laut war, hat er mich gepackt und in den eiskalten Trog geworfen und dann unter Wasser gedrückt, bis ich keine Luft mehr bekommen habe. Ich habe gestrampelt und geprustet und gehustet. «So ist es am Meer», hat mein Papa gesagt, als ich wieder oben war. Und dass ich froh sein soll, auf dem Berg zu wohnen.

Die Menschen sind ein bisschen schwieriger einzuschätzen als die Pflanzen, aber man kommt mit ihnen klar, wenn man versteht, dass man sie letztendlich auch in die Zonen einteilen kann, in denen sie am besten gedeihen. Jesse zum Beispiel ist am liebsten im Wald. Und mein Papa fühlt sich in der Zone mit der Bergsiedlung am wohlsten. So wohl fühlt er sich, dass er sie fast nie verlässt – um keinen Höhenmeter nach oben oder nach unten. Meistens ist es Jesse, der uns etwas aus Almenen mitbringt, wenn wir etwas brauchen, und selbst als mein Papa den faulen Zahn hatte, hat er sich nicht dazu bewegen lassen, zum Doktor in die Stadt zu gehen. Mein Papa ist wie ein Korken auf dem Wasser, er ploppt immer wieder hoch, wenn man versucht, ihn runterzudrücken. Er hat sich einfach mit einem Arm an der Bank vor unserer Hütte festgebunden und mir gesagt, ich soll eine Zange aus dem Schuppen holen. Dann hat er auf seinen faulen Zahn gezeigt und mir erklärt: «So etwas wie ein Arzt ist totaler Quatsch, Edith, wir können das alleine, du und ich.» Und dann hat er gesagt, dass ich ihm vorsichtshalber auch noch den zweiten Arm an der Bank festbinden soll, damit er nicht aus Versehen um sich haut und mich trifft, wenn ich für ihn der Zahnarzt bin. Es braucht ganz schön viel Kraft, um so einen Zahn aus dem Mund zu reißen. Ich musste mich mit einem Fuß richtig gegen die Bank stemmen, an der mein Papa festgebunden war wie der gekreuzigte Herr Jesus. Aber ich bin stark. Als der Zahn dann endlich ganz in der Zange und nicht mehr in Papas Mund gesteckt hat, bin ich nach hinten gestolpert und auf meinen Hintern gefallen, so fest hat der faule Zahn gesessen. Mein Papa hat recht gehabt. So ein Arzt ist totaler Quatsch, genau wie die Schule. Wir können das alleine, er und ich.

Meine Zone jedenfalls ist ganz oben, in der Zone mit dem Fels und dem Eis, wo Pilze und Flechten und Moose und ganz seltene Blumenarten wachsen und wo es still ist. Man muss immer schön still sein, wenn man überleben will. Ich taste nach dem Zettel, den ich unter mein T-Shirt und in meinen Hosenbund geschoben habe. Die Kinder haben ihn nicht bemerkt, als sie mich geschubst haben, und das ist gut, denn der Zettel ist nicht für sie. Aber ich hätte trotzdem vorsichtiger sein sollen, als ich zur Schule geschlichen bin und durch das Fenster gespäht habe. Ich mache eine Faust und haue mir damit gegen den Kopf, dreimal und sehr fest, wie man es machen muss, wenn man etwas falsch gemacht hat. Eins! Zwei! Drei! Wenn es nicht wehtut, dann war es für die Katz, dann hat man nix gelernt. Man muss immer feste zuhauen, wenn jemand etwas lernen soll.

JESSE

Edith steht an der üblichen Wegstelle, als ich den Hügel zum Waldrand hinaufhetze. Ich bin erleichtert, sie zu sehen, zu wissen, dass nicht auch sie plötzlich weg ist. Aber sie ist allein. Erst jetzt merke ich, dass ich mich an die leise Hoffnung geklammert habe, Rebekka könnte bei ihr sein.

Edith ist verschrammt von dem, was die Kinder ihr auf dem Schulhof angetan haben, aber es scheint ihr nichts auszumachen. Weil sie viel Schlimmeres gewohnt ist. Sie streckt die Hand aus, ihre Finger greifen nach meinen, sie will gehen. Als würde sie gar nicht bemerken, dass Rebekka noch fehlt.

«Warte, Edith, warte», sage ich, noch völlig außer Puste. Ich entziehe ihr meine Hand und stütze sie auf das Knie, während ich mir mit der anderen die Rippen halte, die noch immer schmerzen. «Hast du Rebekka gesehen? Du warst zuletzt bei ihr. Weißt du, wo sie ist?»

Natürlich sagt Edith nichts. Ich habe nichts anderes erwartet. Doch sie runzelt die Stirn, auf ihre sehr konzentrierte Art, und als sie erneut meine Hand nimmt, denke ich schon, sie habe vielleicht doch eine Antwort auf meine Frage und wolle mich zu Rebekka führen. Aber Edith schlägt nur erneut den Weg in Richtung Berg ein, zerrt regelrecht an meiner Hand, als ich stehen bleibe. Will sie mir sagen, dass Rebekka bereits den Berg hinauf ist? Unsicher werfe ich einen Blick auf den Pfad zwischen den Bäumen und dann zurück zum Dorf. Ich versuche einen Grund zu finden, warum Rebekka nach der Pause einfach aus der Schule fortgelaufen und zurück nach Hause gegangen sein könnte, aber mir fällt keine Erklärung ein.

Ich gehe vor Edith in die Hocke. «Wir suchen sie erst im Dorf und dann oben bei uns in Jakobsleiter, in Ordnung?»

Edith antwortet nicht, aber als ich mich wieder aufrichte und umdrehe, folgt sie mir durch das Gras den Hügel hinunter.

Ich habe mir keine Vorstellung von den Blicken gemacht, die Edith im Dorf ernten würde. Wir vermeiden es normalerweise, sie mitzunehmen, und bis ich sie heute Morgen zwischen den Kindern auf dem Schulhof gesehen habe, wusste ich auch gar nicht, dass sie überhaupt schon mal bis nach Almenen gekommen ist. Edith treibt sich normalerweise am liebsten dort herum, wo es keine Menschen gibt. Irgendwo weit oben, in Fels und Schnee. Es dämmert häufig schon, wenn sie zurück nach Jakobsleiter kommt, mit Blättern und kleinen Zweigen in den verfilzten Zöpfen und mit dreckverschmierten oder vom Schnee aufgeweichten Hosen. Manchmal glaube ich, dass Edith den Berg und die Wälder so gut kennt wie niemand sonst hier. Dass sie über die Gletscherspalten der Oberen Schwärze springt, als wäre es ein Spiel. Andererseits weiß man ohnehin nie, wohin sie oft stundenlang verschwindet. Vielleicht stromert sie ja zwischendurch auch in Almenen herum? Ich betrachte die frischen Schürfwunden auf ihrer Wange und ihren nackten Armen, die ich der Prügelei heute in der großen Pause zuordne. Aber auch das ist schwer zu sagen, denn Edith hat immer irgendwelche Schrammen. Bisher bin ich einfach davon ausgegangen, sie habe sie sich beim Spielen in den Bergen zugezogen.

Ich fasse Ediths Hand fester, als wir durch das Dorf gehen, und lasse sie auch nicht los, als wir den Lebensmittelmarkt betreten. Die Kassiererin blickt Edith ebenso missbilligend an wie die Leute auf der Straße. So missbilligend sogar, dass mir kurz der Gedanke kommt, Edith könne schon einmal versucht haben, hier etwas aus den Regalen zu stehlen. Ich drücke Ediths Finger, die im Begriff sind, mir aus der schwitzigen Hand zu gleiten. Rebekka ist nicht hier, der Markt ist klein genug, um das mit einem

Blick zu sehen. Wir suchen sie auch in der Apotheke und der Post. Dann nehmen wir uns die außen liegenden Kellertreppen der Häuser vor und ganz zum Schluss die Schuppen und Heuschober. Bei vielen werden wir von Hunden verbellt. Bei einigen schnauzen uns die Besitzer an, was uns einfiele, hier herumzulungern. Nirgends ein Zeichen von Rebekka.

Edith folgt mir überallhin, ist mir aber keine Hilfe bei der Suche. Ich zeige in verschiedene Richtungen. «Ist sie vielleicht dorthin gegangen, Edith? Kannst du dich erinnern? Oder dorthin?» Aber das Aussagekräftigste, was ich von ihr erhalte, ist ein Schulterzucken – auch als ich mir schließlich ein Herz nehme und den Zeigefinger in Richtung Ortsausgang strecke. Am liebsten hätte ich Edith geschüttelt, um endlich ein Wort aus ihr herauszubringen. Sie muss gesehen haben, wo Rebekka nach der Pause hin ist! Sie waren doch zusammen! Aber das wäre Edith gegenüber nicht fair. Ich weiß ja, dass sie besonders ist. Dass sie nicht anders kann. Ich lasse den Arm sinken und gebe auf.

«Okay. Gehen wir zurück», sage ich.

LAURA

Dieser Berg ist mir ein Rätsel. Diese Kinder sind mir ein Rätsel. Ich weiß nicht, wie meine Vorgängerin den Job geschafft hat, achtunddreißig Jahre lang. Achtunddreißig Jahre! Das ist so lange, wie ich alt bin. Ich dagegen bin gerade mal ein paar Wochen hier und schon überfordert.

In der Spiegelung eines der kleinen Butzenfenster, die jeden Raum dieser Schule wie vergittert aussehen lassen, wirkt mein Gesicht fahl und müde.

Ich habe gelogen, als ich meiner Mutter bei unserem letzten Telefonat sagte, ich würde meine Medikamente noch nehmen. In Wahrheit habe ich sie nicht mehr genommen, seit ich nach Almenen umgezogen bin. Ich habe Angst vor der lustlosen, dumpfen Person, zu der mich die Tabletten machen. So eine Lehrerin will ich nicht sein.

«Frau Bender, sind Sie noch dran?», fragt die Stimme zwischen meinem Ohr und meiner Schulter. Nicht die meiner Mutter, sondern die vom Direktor des Schulbezirks. Ich streiche mir durchs Gesicht und reiße mich zusammen.

«Ja, Herr Sommer, ich bin noch dran.»

«Sie verstehen doch sicher, wie Ihr Anruf auf mich wirken muss, Frau Bender.»

Ich wickele mir das spiralförmige Telefonkabel um den Zeigefinger. Unglaublich, dass es hier noch Schnurtelefone gibt.

«Nein, Herr Direktor, Sie werden mich wohl aufklären müssen», sage ich, obwohl ich natürlich weiß, worauf er anspielt. Wie alle anderen ist Sommer über meine Vergangenheit im Bilde und muss nach meinem Anruf natürlich denken, dass ich Gespenster sehe. Der Direktor räuspert sich. Selbst dem Räuspern kann ich sein Unbehagen anhören.

«Nun, man könnte zum Beispiel zu dem Schluss kommen, dass Sie noch immer nicht von Ihrem Trauma mit dem Amoklauf geheilt sind. Zumal Sie schon wieder von auffälliger Schweigsamkeit und Zurückgezogenheit reden – etwas, das Sie, sofern ich richtig informiert bin, nach dem Vorfall in Ihrer alten Schule schon in einige Kinder …» Er bricht ab, sucht nach den richtigen Worten.

«Hineingedichtet habe?», schlage ich vor.

«Ich bevorzuge den Ausdruck hineininterpretiert.»

Damit scheint er zufrieden zu sein. Interessant, wie beruhigend die Wahl eines aalglatten Wortes mitunter sein kann, selbst wenn die gleiche abwertende Idee dahintersteckt.

«Sie verstehen das nicht, Herr Sommer. Es ist nicht so wie das andere Mal. Die besagten Schüler …»

«*Das* andere Mal?», unterbricht er mich. «Sofern ich weiß, haben Sie in der Vergangenheit mindestens fünfmal bei Direktor Ross angerufen und Schülerinnen und Schüler gemeldet, die Ihrer Meinung nach Probleme mit dem Elternhaus haben könnten.»

Ich mache den Mund auf, um etwas zu erwidern, stocke dann aber irritiert und beuge mich näher zum Fenster. Gerade ist Jesse vor das Schultor getreten. Zusammen mit einem kleinen Mädchen, das ich hier noch nie gesehen habe. Das Kind ist barfuß, hat ein zerschlissenes Kleid an und einen wirren, schwarzen Haarschopf. Sie sieht aus wie eine wilde Version von Michael Endes Momo. Hastig wische ich den Atemkreis weg, der sich an der Scheibe bildet. Ich schätze das Kind auf mindestens acht oder neun Jahre. Es müsste also längst zur Schule gehen. Wo kommt es überhaupt her? Ich sehe, wie Jesse sich zu dem Mädchen hinunterbeugt und mit dem Finger in Richtung Schulhof weist.

«Glauben Sie mir, Frau Bender.» Ich zucke zusammen, als die Stimme des Direktors wieder in mein Ohr tönt. Ich habe fast vergessen, dass er noch am Apparat ist. «Sie sind in eine friedliche Region gekommen. Wenn in Ihrer Schule wirklich jemand Amok laufen würde, dann wäre das die erste Gewalttat in der Geschichte dieses Dorfes.» Er lacht. Was für ein armer, naiver Mann, denke ich, ohne den Blick von Jesse zu nehmen, dessen schlimm zugerichtetes Gesicht die Worte des Bezirksdirektors Lügen straft. Eine friedliche Region, dass ich nicht lache. Vielleicht hat es hier noch keine Amokläufe oder größere Gräueltaten gegeben, deren Nachricht es aus dem Dorf herausgeschafft hätte. Aber von den wahren Gewalttaten, die sich hinter verschlossenen Türen oder in der dunklen Ecke eines Schulhofs abspielen, bekommt der Schuldirektor doch überhaupt nichts mit.

«Ja», sage ich, um das fruchtlose Gespräch zu beenden. «Danke, Herr Sommer.»

Ich lege auf und haste nach draußen, auf den Schulhof. Jesse und das sonderbare kleine Mädchen sind bereits nicht mehr da.

EDITH

Jesse hatte gar keinen Kopf für die schöne Blume, die ich ihm gemalt habe. Er hat seinen Kopf nur für Rebekka.

Rebekka, Rebekka, Rebekka.

Als wäre sie für uns wichtig. Dabei schaffen wir das auch gut alleine, mein Papa, der Jesse und ich. Aber Jesse sieht das noch nicht. Er hat sich so an Rebekka gewöhnt, dass er sich jetzt wie ein Hund benimmt, der sein Herrchen sucht. Ein Hund an einer langen Leine, die an einem Pflock festgemacht ist. Unsere Siedlung oben auf dem Berg ist der Pflock. Und die Leine reicht bis hinunter nach Almenen. Jesse kann nur bis zum äußersten Rand laufen und winseln und den Arm ausstrecken.

«Ist sie vielleicht dorthin gelaufen, Edith? Oder vielleicht nach dort drüben? Bitte, du warst doch mit ihr zusammen!»

Jesse kennt die Länge der Leine. Er kennt den Radius, in dem er sich bewegen darf. Er weiß nur nicht, wo Rebekka ist.

Rebekka, Rebekka, Rebekka.

Als wir dann endlich nach Hause können, rennt er so schnell den Berg hinauf, dass ich gar nicht mitkomme. Ich bin ja eigentlich auch flink. Aber Jesse hat viel längere Beine als ich. Und mit denen macht er Storchenschritte, sehr schnelle. Ich habe es mir eigentlich sehr schön vorgestellt, wie Jesse und ich den Berg hinaufgehen, und hätte gerne seine Hand festgehalten. Ich habe mir vorgestellt, dass wir so, Hand in Hand, durch den Wald laufen und noch einen Abstecher zu Freigeist machen. Dass Jesse wieder seinen Kopf auf Freigeists Bauch legt und dass ich mich dazulege, wie auf ein Kissen aus Sonne, und er mir dann auch so ein Armband schenkt, wie er es Rebekka geschenkt hat.

Aber stattdessen will Jesse so schnell wie möglich in die Siedlung.

Er klopft an die Tür von Rebekkas Mama. Die ganze Aufregung hat ihn wohl ein bisschen dumm im Kopf gemacht. Was sollte Rebekka denn freiwillig vor Schulende in der Hütte ihrer Mama? Jesse klopft trotzdem an die schiefe kleine Holztür. Es dauert ein bisschen, weil Rebekkas Mama sich wahrscheinlich erst vom Boden aufrappeln muss, dann macht sie die Tür auf und starrt uns an. Sie hat ein verquollenes, unfreundliches Gesicht, und ihre Haare hängen ihr wirr in die Stirn. Aus ihrem Körper quillt ein scharfer Geruch, weil schon Nachmittag ist. Rebekkas Mama tut jeden Nachmittag so, als wäre die Arbeit getan, und trinkt dann Schnaps.

Sie findet, glaube ich, auch, dass Jesse ein bisschen dumm ist, denn sie schlägt uns die Tür ins Gesicht, kaum dass er «Ich suche Rebekka» gesagt hat.

Jesse dreht sich zu mir um. Er macht ein Unglücksgesicht. «Sie ist nicht hier», sagt er zu mir, als wäre ich es, die das gedacht hat. «Glaubst du, sie ist zu diesem Antennenkerl gegangen, ohne sich zu verabschieden?»

Ich antworte nicht, schiebe nur meine Hand in seine. Hoffentlich können wir jetzt endlich meinen Unterricht machen! Ich will Jesse sein Bild zeigen und möchte gern, dass er mich lobt. Weil ich so gut malen kann und weil ich einen schönen Namen für die Blume gefunden habe.

Aber Jesse macht seine Hand aus meiner frei. Er reibt sich über die Augen und durch das Gesicht, reibt noch mehr Unglück hinein. Er sieht jetzt gar nicht mehr aus wie der Jesse, den ich kenne. Und er redet auch nicht mehr so.

«Wir müssen etwas übersehen haben, unten im Dorf! Wir müssen noch einmal runter und nach ihr suchen. Überall!», sagt er laut und bestimmerisch. So ist Jesse sonst nicht. Normalerweise ist er einer von den Leisen, die sich anpassen. So wie das

Moos auf dem Waldboden ist er, das nachgibt, wenn man sich hineinlegt. Sein Stockwerk ist der Waldboden. Er liebt den Wald und die Tiere darin.

Mein Stockwerk ist das oberste, mit dem Schnee, den Felsen und den seltenen Flechten und Blumen. Wo es still ist.

Rebekka hat nirgends hingehört, in keins der Stockwerke. Sie hat sich nämlich nirgends wohlgefühlt in unserer Welt. Darum ist es auch gut, dass sie weg ist. Es ist gut, dass es jetzt nur noch Jesse und mich gibt. Und meinen Papa vielleicht.

Ich lege meine Finger erneut in seine, und diesmal hält er sie fest. Er drückt sie sogar ein bisschen, und in meinem Magen bewegt sich etwas, als ob ich Fleisch mit Maden drin gegessen hätte.

Die Suche nach Rebekka ist totaler Quatsch. Wir schaffen das auch alleine, er und Papa und ich.

SMILLA

Der Teufel hat mich nicht mitgenommen. Ich sollte wohl froh darüber sein, Juli. Aber als ich heute Morgen, zwei Tage später, das Auto auf dem leeren Parkplatz abstelle, vor diesem Gebäude, das ich so hasse, da kann ich nicht anders, als zu denken, er hätte es besser tun sollen.

Ich schalte den Motor aus und bleibe noch eine Weile sitzen, weil ich keine Lust habe auszusteigen. Es ist sechs Uhr früh. Über den Bergen bildet sich ein erster rosafarbener Streifen. Ich möchte in mein Bett zurück. Oder in die Berge. Irgendwo anders sein als hier.

Es gibt zwei ironische Dinge an der Aussage, ich sei Volontärin bei «Regional Investigativ». Erstens müsste «Volontärin» wohl bedeuten, dass ich freiwillig hier bin, was definitiv nicht zutrifft, und zweitens ist der Lokalsender so investigativ wie eine Backzeitschrift. Ich glaube außerdem inzwischen erkannt zu haben, dass sie überhaupt nur Volontäre annehmen, weil die Redakteure selbst so gerne ausschlafen.

Ich seufze und schnalle mich ab. Rächt sich die Zeit eigentlich irgendwann einmal, wenn man sie vehement totzuschlagen versucht? Inzwischen rechne ich mir nämlich schon morgens aus, wie viele Stunden es noch dauert, bis ich das Gebäude wieder verlassen kann.

Ich hole den Stapel Tageszeitungen aus dem Briefkasten und schalte die Lichter an. Es dauert eine kleine Ewigkeit, bis die Energiesparlampen über den Schreibtischen aufflackern. Ich schalte auch die Kaffeemaschine an und fahre den Computer hoch, um mich durch die Pressemitteilungen im Mailpostfach zu scrollen. Verkehrsunfall. Ein Firmenfest. Ein Frettchensammler, der mit fünfzehn Frettchen zu Hause wohnt, aha. Während ich auf das Drucken-Symbol klicke, muss ich daran denken, wie begeistert der Mann von der Berufsberatungsstelle von der Idee war, mich in die Nachrichtenredaktion eines lokalen Fernsehsenders zu stecken.

«Das ist doch *die* Alternative zur Polizei», hat er gemeint. «Und Sie erfüllen alle Voraussetzungen, um es da ganz weit zu bringen!»

«Sie meinen, weil es keine Mindestgröße gibt?», habe ich gefragt.

«Ich meine, weil es alle Ihre Interessen und Fähigkeiten vereint! Fälle recherchieren, nah am Geschehen sein, schreiben …»

«Ich habe nie gesagt, dass ich gerne schreibe.»

«Aber Ihre Mutter ist Krimiautorin, oder nicht? Sie werden also bestimmt etwas von ihrem Talent geerbt haben.»

Ich habe darauf verzichtet, über das Talent oder Nichttalent meiner Mutter zu sprechen. Es hätte sich bestimmt nicht gut gemacht, ihm zu sagen, dass ich nur den ersten ihrer 35 Krimis gelesen habe. Und den nicht einmal ganz.

«Die Mutter Krimiautorin und der Vater pensionierter Kommissar. Wie ich sehe, haben Sie außerdem ein Studium in Soziologie begonnen.»

«Und abgebrochen», ergänzte ich, aber darauf ging er gar nicht ein.

«Was sollte da wohl besser passen als ein Volontariat bei der Presse?», sagte er, und ich sagte: «Eine Ausbildung bei der Polizei?», aber es tat mir schon ein wenig leid, dass ich seinen Enthusiasmus derart ausbremsen musste.

Der Berufsberater konnte nichts dafür, dass ich bei einer Größe von 1,58 Metern einfach aufgehört habe zu wachsen und damit unter der erforderlichen Mindestgröße liege, um bei der Polizei zu beginnen. Dabei habe ich die Hoffnung bis zum Schluss nicht aufgegeben, habe nach der Matura sogar noch ein Jahr im Ausland angehängt, weil man an einem Auslandsaufenthalt doch immer wächst, oder nicht? In absoluten Ausnahmefällen ist es sogar möglich, noch bis zum 24. Lebensjahr zu wachsen. Ich habe das nachgelesen.

Aber ich bin kein solcher Ausnahmefall. Nach dem Auslandsjahr habe ich erst den Einschreibetermin für ein Studium verpasst, ein Jahr lang gejobbt und mich dann für einen Bachelor in Soziologie eingeschrieben – und auch das eigentlich nur, weil man mir sagte, an einen Bachelor in Soziologie könne man einen Master in Kriminologie anhängen. Zwei Jahre später habe ich das Studium wieder abgebrochen. Weil ich in empirischer Sozialforschung, Kultursoziologie und statistischer Datenanalyse keine Verbindung zu dem sah, was mich wirklich interessiert. Und weil ich da erst erfahren hatte, dass Kriminologie einen nicht zur Arbeit bei der Polizei qualifiziert.

«Also, du bist jetzt sechsundzwanzig, Smilla», hat meine Mutter schließlich festgestellt, nachdem ich dieses Frühjahr wieder bei meinen Eltern eingezogen war. Ich saß in der Küche, desillusioniert auf meiner Unterlippe kauend und genauso klein wie nach dem Abitur. «Ich glaube nicht, dass da noch viel geht mit deinem Wachstum.»

«Aber ich brauche doch nur ein paar Zentimeter!»

«Ich habe gelesen, dass Nüsse helfen», meinte mein Vater und legte die Zeitung beiseite. «Beim Wachsen, meine ich.»

«Aber doch nicht mehr mit sechsundzwanzig!», widersprach meine Mutter, während ich schon aufstand und zu unserem Vorratsschrank ging. «Da wächst man als Frau höchstens noch in die Breite!»

«Wir haben Erdnussbutter im Kühlschrank», informierte mich mein Vater.

«Wieso denn im Kühlschrank, da wird die doch ganz hart!», sagte meine Mutter.

«Wenn das Glas angebrochen ist, muss es gekühlt werden»,

meinte mein Vater, der seit seiner Frührente den Haushalt schmeißt. Bevor ich am Ende wirklich noch einen Löffel aus der Schublade holen und die Erdnussbutter aus dem Kühlschrank nehmen konnte, schlug meine Mutter vor: «Vielleicht lässt du dir die Sache mit der Nachrichtenredaktion einfach mal durch den Kopf gehen? Du kannst doch zumindest erst mal irgendwo anfangen, ein Volontariat machen und sehen, wie es dir gefällt.»

Und da bin ich nun. In meinem Volontariat bei «Regional Investigativ» und sehe, wie es mir gefällt: nämlich gar nicht.

Meine Aufgabe ist es, mich am Morgen durch Zeitungen und Pressemitteilungen zu arbeiten, das Irrelevante von dem noch Irrelevanteren zu trennen und dem Chefredakteur nur das hinzulegen, was für den Zuschauer interessant sein könnte. Wobei mir auch nach Wochen noch immer nicht klar ist, was das sein mag. Eine Hitzewelle im Sommer? Holzfällerfeste? Die Meldung darüber, dass der Nachbarshund der Pirchers beim Grillfest einen der Gäste gebissen hat?

«Wie oft soll ich es noch sagen, Smilla? Nur die relevanten Mitteilungen landen auf meinem Schreibtisch!», meckert mein Chef jedes Mal. Als könne ich einen Karpfen aus einem Goldfischteich angeln. Das, was wirklich relevant wäre – nämlich dass die Zahl vermisster Personen in unserer Region alarmierend weit über dem Durchschnitt liegt und nicht einmal die Hälfte dieser Vermisstenfälle jemals aufgeklärt wird –, das wird verschwiegen. Es sind die hohen Berge, sagen sie, die weiten Wälder. Es sind die unerfahrenen Wanderer, die das Wetter unterschätzen und in Fels- oder Gletscherspalten stürzen. Aber auch das sagen sie nur leise und um sich selbst zu beruhigen. An die große Glocke wird nichts davon gehängt. Wir sind eine Region, die auf den Tourismus angewiesen ist.

Wenn ich mit der Vorsortierung der Nachrichten fertig bin, bestehen meine Aufgaben am Nachmittag hauptsächlich darin, alte Aufnahmen aus der Online-Datenbank oder dem Archiv zu suchen und im Schnittraum zuzuschauen, wie man dort in aller Schnelle die Beiträge für den Abend zusammenschustert. Also alles wahnsinnig nah dran an echter Polizeiarbeit.

Ich klicke großzügig auf das Papierkorb-Symbol, während ich das Mailpostfach bis zum Ende durchgehe. Dann bleibe ich unerwartet an einer Pressemeldung hängen.

‹Noch immer vermisst: Gina Bailer soll für verschollen erklärt werden›, steht da im Betreff. Und mit einem Mal bin ich hellwach.

Ich kenne den Fall der 19-jährigen Gina – der 21-jährigen Gina, korrigiere ich mich, sofern sie dieses Alter, das ja eigentlich keines ist, denn erreichen durfte. Ginas Foto hängt zusammen mit deinem, Juli, und mit 31 weiteren Fotos auf einer Schnur in meinem Zimmer. Eine Girlande vermisster Frauen und Mädchen, die meine Mutter als gespenstisch und mein Vater als makaber bezeichnet. Mädchen und Frauen, von denen jede Spur fehlt. Ich kenne alle eure Fälle in- und auswendig.

Morgen wird es genau zwei Jahre her sein, dass Gina ihr Elternhaus verlassen hat, um mit dem Bus in die dreißig Kilometer entfernte Stadt zu fahren. Dort hatte sie um 11.30 Uhr einen Termin beim Bürgeramt, den sie noch wahrnahm. Die Überwachungskameras zeigten, wie sie um 11.56 Uhr das Amt verließ. Sie hatte noch einiges in der Stadt zu tun, denn am Freitag, drei Tage vorher, war ihr in einer Bar die Handtasche gestohlen worden, mit Handy, Portemonnaie und allem. Aber weder in der Sparkasse noch im Mobilfunkladen war Gina später aufgetaucht, und sie sollte auch nie nach Hause zurückkehren.

Es ist ein seltsamer Fall, der noch immer viele Fragen offenlässt, vor allem die, wie es möglich war, dass Gina am helllichten Tag aus einem belebten Stadtkern verschwinden konnte, ohne dass jemand etwas davon bemerkte. Natürlich wurde auch hier die Wandertheorie diskutiert, insbesondere vom Tourismusverband, von Hotel- und Restaurantbesitzern. Ein Gewaltverbrechen hätte man doch mitbekommen, argumentierten sie, Gina müsse also freiwillig die Stadt verlassen haben. Wandern, mit Stoffschuhen und einer 7/8-Jeans! Natürlich war Gina in Wahrheit ebenso wenig wandern wie du, Juli, in deinem Schlafanzug, auf dem vorne das Logo von *High School Musical* prangte. Aber Gina war neunzehn, nicht sechzehn wie du damals. Da dauert es generell länger, bis man eine Mannschaft zusammentrommelt, die mit Hunden die Wälder durchkämmt, und es dauert länger, bis die Trommelzeichen auch die Öffentlichkeit außerhalb unserer Region erreichen. Bis man wirklich glaubt, dass niemand ohne Geld und Handy von zu Hause ausreißen würde.

Die Pressemitteilung von heute greift den Fall in knappen Worten noch einmal auf. Auch die Telefonnummer des zuständigen Polizeiamtes steht dabei, für den Fall, dass doch noch jemand Hinweise liefern will. Aber allein die Tatsache, dass Ginas Status nun von «vermisst» zu «verschollen» wechselt, zeigt, wie hoch man die Chancen dafür einschätzt.

Ich öffne das Foto im Anhang der E-Mail und vergrößere es auf dem Bildschirm, bis Gina mich überlebensgroß anblickt. Es ist nicht das gleiche Bild, das in meinem Zimmer hängt. Auf diesem Bild lächelt Gina nicht. Ich ertappe mich dabei, wie ich in dem Gesicht der blonden jungen Frau nach Ähnlichkeiten suche, die nicht da sind. Nach Ähnlichkeiten zu dir, Juli. Meiner besten Freundin aus Kindertagen.

Ich bin auf der Suche nach einem Serienmörder, obwohl die Polizei mir wieder und wieder erklärt hat, dass es für einen Serienmörder eine Serie braucht und für eine Serie ein Muster. Hier gibt es kein Muster, keine zusammenhängenden Taten. Die Frauen und Mädchen, deren Fälle ich gesammelt habe, waren zu verschieden, manche älter, manche jünger, manche blond, manche nicht. Sie sind zu verschiedenen Tageszeiten und an verschiedenen Orten verschwunden. Einige galten als rebellisch, einige waren selbstmordgefährdet, und ja, die meisten hatten tatsächlich vor, wandern zu gehen, bevor sie spurlos verschwanden.

Das weiß ich. Aber an einen Täter zu glauben, der nach dir noch weitergemacht hat, der noch immer Spuren hinterlässt, denen ich folgen kann, und der dabei irgendwann einen Fehler begeht, ist alles, woran ich mich festhalten kann. Was sonst sollte ich machen, Juli? Mich damit abfinden, dass dein Täter irgendwo sitzt und nie gefasst werden wird? Oder an die Erzählungen glauben, die besagen, dass die Wälder ungezogene Kinder fressen?

Mein Handy neben der Tastatur leuchtet auf und lenkt mich ab. Es ist eine Nachricht von Simon, der ankündigt, dass nächste Woche Donnerstag eine House-Warming-Party bei einem seiner Kollegen aus der Polizeiausbildung stattfindet, zu der ich mitkommen soll. Ich habe gerade «Hi, Simon. Geht klar» getippt, als der Aufzug mit seinem unmelodischen *Ping* die Ankunft der Redakteure ankündigt. Mir ist gar nicht klar gewesen, wie spät es inzwischen ist. Nicht einmal die Zeitungen bin ich durchgegangen. Ich klicke hastig auf «senden», ohne nach weiteren Details zu fragen, und drucke dann die Meldung über Gina Bailer aus, bevor ich den Lokalteil einer Zeitung aufschlage und willkürlich einen Artikel markiere. Ich brauche etwas, das ich ihnen hinlegen kann, damit keine Fragen aufkommen, was ich den ganzen Morgen lang gemacht habe. Das Büro füllt sich, während ich das Prozedere mit einer zweiten Zeitung wiederhole. Um sieben ist die morgendliche Konferenz, bei der die Redakteure die Themen besprechen und die Aufgaben verteilen. Ich schnappe mir die Zeitung und die Ausdrucke, mit der Meldung zur verschwundenen Gina Bailer ganz obenauf, und eile zu dem Plexiglaswürfel in der Mitte des Großraumbüros, der als Konferenzraum dient.

«Irgendjemand Kaffee?», frage ich und lege meine Rechercheergebnisse auf den Tisch. Als ich aufblicke, begegne ich hochgezogenen Augenbrauen. Es sind bereits alle mit Kaffee aus der Bäckerei auf der gegenüberliegenden Straßenseite versorgt. In der Tischmitte liegt außerdem eine Tüte frischer Croissants, die, wie ich vermute, ebenso abgezählt sind wie die Kaffeebecher.

«Wir haben schon», sagt Lena, eine der Redakteurinnen, während ich dastehe und mich nicht bewege. «Sonst noch was?»

Ich verlasse den Raum und schließe die Glastür hinter mir.

Ich stelle mich darauf ein, dass ich auch heute wieder auf keinen Außendreh mitgenommen werde und meinen Nachmittag stattdessen in der Redaktion totschlage. Natürlich könnte ich es darauf schieben, dass das Team und ich einfach generell nicht miteinander zurechtkommen, die Sache mit den Kaffees und den Croissants ist ein weiteres Beispiel dafür. Aber das ist nur die halbe Wahrheit. Tatsächlich werde ich erst seit dem Tag nicht mehr mitgenommen, an dem ich «über meine Kompetenzen hinausgeschossen bin», wie man so schön sagt.

Was sie meinen, ist, dass ich bei einem Außendreh die 50-jährige Rita Knels zum Ableben ihres 76-jährigen Mannes gelöchert habe. Ich hatte Zweifel an ihrer Geschichte, ihr Mann sei auf dem Bootssteg am See gestolpert, bevor er ertrank, vor allem deshalb, weil ich im Vorfeld meine Hausaufgaben gemacht und ein wenig über Frau Knels' Hintergrund erfahren hatte. Das ist es nämlich, was *ich* unter investigativ verstehe. Das und nicht die reine Bebilderung von Informationen, die einem in der Boulevardpresse vorgekaut wurden.

Frau Knels war bereits zweimal verwitwet, und beide Male waren die Männer durch Ertrinken ums Leben gekommen. Da das außer mir keiner der Redakteure recherchiert hatte, würde ich also eher sagen, dass der Fall die Kompetenzen der Redaktion überschritten hat und nicht meine. Ich bin lediglich über meine Aufgabe hinausgeschossen, die darin bestand, das Mikrofonkabel zu halten. Das habe ich auch unserem Chefredakteur Mario gesagt. Ich habe gesagt, dass das Nachrichtenformat sicher nicht «Regional Investigativ» heiße, damit wir alles ungefragt glauben, was man uns erzählt. Zu dem Zeitpunkt hatten Frau Knels und ihr verärgerter Hausarzt allerdings schon bei Mario angerufen und sich über mich beschwert.

«Wir sind nicht die Polizei, Smilla!», hat Mario gedonnert, obwohl er mich daran wirklich nicht erinnern müsste.

Als sich Mario jetzt neben meinem Schreibtisch aufbaut und den Mund öffnet, stelle ich mich also darauf ein, dass ich wieder einmal nur mit der Aufgabe betraut werde, irgendwelche Aufnahmen aus dem Online-Archiv herauszusuchen. Aber es kommt schlimmer.

«Smilla, du fährst mit Frank raus zu der Bulldogge.»

Ich blinzle verwirrt. «Bulldogge?»

«Der Bulldogge mit den Socken im Magen.» Er runzelt die Stirn, woraus ich schließe, dass er eigentlich von mir erwartet, zu wissen, wovon er spricht. Wahrscheinlich geht es um einen der Artikel, die ich in der Zeitung markiert habe. Die meisten meiner Vorschläge werden bei der morgendlichen Konferenz abgelehnt. Ich nicke irritiert. Mario fährt fort: «Und tu uns allen bitte den Gefallen und halte dich diesmal an die Aufgaben, die Frank dir gibt. Keine Befragung nach dem Motto ‹Haben Sie die Socken mit Absicht in Ihre Bulldogge gestopft, damit Sie den Fotopreis gewinnen?› oder Ähnliches!»

Eine Bulldogge mit Socken im Magen? Mario blickt streng, was die ganze Sache noch absurder macht. «Frank ist nicht gerade scharf darauf, dich mitzunehmen.» Das hätte er mir nicht sagen müssen. Frank, der an seinem Schreibtisch steht, macht ein Gesicht, als habe man auch ihm gerade eine Socke irgendwohin gestopft. «Aber die anderen beiden Teams brauchen wir für den Fall Gina, Andrea ist im Urlaub, und Jana hat die Sommergrippe. Damit bleibst nur du. Ihr fahrt mit Arne.» Er deutet auf die andere Seite des Raums, wo Arne steht, der Kameramann, der aussieht wie dieser schmierige Computerfreak aus *Jurassic Park*. Im Gegensatz zu Frank scheint er überhaupt nicht enttäuscht darüber, mich dabei zu haben. Er nickt in meine Richtung und schiebt seine Brille zurück auf die Nasenwurzel. Ich erinnere mich, dass er mir einmal erzählt hat, er würde in seiner Freizeit

Onlinerollenspiele machen, und wissen wollte, ob ich schon mal Cosplay-Rollenspiele ausprobiert hätte. Ich musste nach unserem Gespräch googeln, was das überhaupt ist.

«Toll», sage ich emotionslos. Mario sieht mich nachdrücklich an. Ich hebe die Hände. «Ich werde weder die Besitzerin noch die Bulldogge zu ihrer Tat vernehmen, versprochen.»

Sein Blick wandert zur Decke, dann wirft er die aufgeschlagene Zeitung auf meinen Tisch und dreht sich ohne ein weiteres Wort um. «Bulldogge frisst 31,5 Socken – Besitzerin gewinnt US-Wettbewerb für die skurrilsten Röntgenbilder», lautet die Schlagzeile.

JESSE

Ich weiß nicht genau, was ich erwartet habe. Wie ein Idiot stürme ich am nächsten Tag in die Klasse und werfe meinen ersten Blick auf Rebekkas Platz, als könnte sie plötzlich wieder da sein. Als wäre sie lediglich für zwanzig Stunden unsichtbar gewesen. Aber ihr Stuhl ist leer und bleibt es auch, den ganzen Tag lang.

Wir haben Englisch, Naturkunde und große Pause. Dann Mathematik und Deutsch. Frau Bender lobt mich wieder für einen Aufsatz. Irgendetwas, das wir vor Tagen mal als Hausaufgabe abgeben mussten. Ich schaue aus dem Fenster und lasse Frau Benders Worte an mir abperlen. Sie hat noch immer nicht verstanden, dass sie mir keinen Gefallen damit tut, mich vor der versammelten Klasse zu loben.

Ich habe inzwischen entschieden, dass Rebekka nicht freiwillig gegangen wäre, ohne sich wenigstens von mir zu verabschieden. Sie muss von den anderen Schülern irgendwohin verschleppt worden sein und ist jetzt in einem Schuppen oder einer Scheune eingesperrt, vielleicht in einem Keller. Ich habe gestern nur nicht gründlich genug gesucht!

Heute werde ich nicht zurück nach Jakobsleiter gehen, bevor ich Rebekka gefunden habe. Wo habe ich noch nicht nachgesehen? Ich wische mir über die Augen, als könne mir das helfen, ein klareres Bild von der Situation zu bekommen.

«Jesse?»

Almenen ist größer als Jakobsleiter, denke ich. Aber so groß doch nun auch wieder nicht! Welchen Winkel könnte ich übersehen haben?

«Jesse, hast du mich nicht gehört?», hakt Frau Bender nach. Sie muss mir irgendeine Frage gestellt haben.

Ich habe mir so lange durch die Augen gewischt, dass ich Frau Bender nur verschwommen sehe. Sie steht an unserem Gruppentisch und hält mir das Blatt mit meinem Aufsatz hin. «Möchtest du das gerne laut vorlesen?»

Das möchte ich sicher nicht. Ich habe noch nie etwas laut vorgelesen. Bei uns am Berg schätzt man die Stille. Der Einzige, der dort hin und wieder etwas laut vorliest, ist unser Priester. Ich nehme das Blatt entgegen, blicke auf die verschwommenen Buchstaben.

Frau Bender geht zurück zum Lehrerpult, stellt sich dahinter und sieht mich an. Abwartend. Alle sehen mich abwartend an. Ein paar von ihnen grinsen. Sie wissen schon, dass ich es nicht tun werde. Ich lege das Blatt auf den Tisch und knibble an der Holzplatte herum.

«Jesse?», fragt Frau Bender noch einmal.

Der Aufsatz handelt von Wölfen. Von Freundschaft. Er spielt im Wald. Ich habe keine Lust, irgendwen mit dorthin zu nehmen.

Ich habe einen Freund im Wald. Er kennt mich durch und durch. Er ist keine Eiche, und doch ist er stark und aufrichtig. Er ist keine Birke, aber er ist weiß, grau, schwarz. Er kennt mich, und doch hält er zu mir.

Die Zweige winken, und Sonnenlicht flackert durch die Blätter. Der Waldgeruch löst meine Ängste auf. Die Büsche bürsten sie ab, sie fallen in die grünen Tiefen einer Mulde, und ein Bach trägt sie fort. Hinunter ins Tal, wo es Lärm gibt und gerissenen Asphalt. Sie sind dort in bester Gesellschaft.

Mein Freund hat auf mich gewartet. Auf dem Weg wird er zu meinem Schatten und ich zu seinem. Er schiebt seine weiße Schnauze in meine Hand. Und auf meinen unruhigen Geist legt sich der friedliche Segen der Bäume.

Irgendwo wird gekichert, weil ich immer noch nichts sage. Weil ich noch immer schweigend an meinem Tisch herumpule. Ich verhalte mich genauso, wie es alle von mir erwarten. Der Außenseiter vom Berg. Der Bekloppte.

«Na gut», seufzt Frau Bender. Sie klingt enttäuscht. Ich bin froh, als die Glocke läutet und das Schulende verkündet. Ich stecke den Aufsatz in meinen Rucksack, ziehe den Reißverschluss zu und will aus der Klasse stürmen, bin heute als Erster an der Tür.

«Jesse», ruft Frau Bender da. Ich halte inne. «Würdest du noch kurz bleiben, bitte?»

Ich lasse die Hand sinken, die bereits auf dem Türknauf lag. Mein Gesicht wird rot. Ich habe keine Zeit. Ich muss Rebekka suchen!

Jemand rempelt mich an, schubst mich zur Seite. Weil ich noch immer vor der Tür stehe und weil ich ich bin.

Ich blicke Frau Bender flehentlich an, aber die sitzt jetzt wieder an ihrem Pult und macht sich irgendeine Notiz. Wahrscheinlich will sie mich zur Rede stellen, weil ich meinen Aufsatz nicht vorgelesen habe.

Der Klassenraum leert sich. Ich muss mich gar nicht umdrehen, um zu wissen, dass einige mich schadenfroh ansehen. Jetzt gibt's Ärger, denken alle. Und ich denke ausnahmsweise mal das Gleiche. Frau Bender ist fertig mit ihrer Notiz. Sie deutet auf einen der Stühle an den Gruppentischen, und ich setze mich. Doch statt hinter ihrem Lehrerpult sitzen zu bleiben, kommt sie dazu und setzt sich mir gegenüber, als wäre sie selbst eine Schülerin. Ich blinzle irritiert. Frau Bender wirkt plötzlich viel kleiner und jünger, auf diesem Stuhl. Wie alt mag sie eigentlich sein?

«So, Jesse», sie legt die gefalteten Hände auf den Tisch.

Ich werde ihr sagen, dass mir der Aufsatz zu persönlich war, um ihn laut vorzulesen.

«Es gibt da ein paar Dinge, die ich mit dir besprechen möchte.»

Aber es war nur ein Aufsatz über einen dämlichen Wald. Wie soll sie verstehen, dass so etwas persönlich sein kann?

«Zum einen habe ich mir Gedanken darüber gemacht, ob das wirklich die richtige Schulform für dich ist», sie deutet in den Klassenraum. «Deine Leistungen in der Schule, vor allem in Deutsch … Ich überlege, ob das der Grund ist, warum du dich im Unterricht langweilst.»

Mein Auge ziept. Mir wird bewusst, dass mein Gesicht noch immer zerschlagen aussehen muss. Wie kommt Frau Bender auf den Gedanken, dass ich mich im Unterricht langweile?

«Ich tue ja, was ich kann, um alle entsprechend ihrer Altersstufe und ihrem Können zu fördern», sagt sie. «Aber ich glaube, ich stoße hier an meine Grenzen. Ich kann nicht dir und gleichzeitig einer … siebenjährigen Aileen mit Leseschwäche gerecht werden. Deshalb habe ich an das Franziskanergymnasium gedacht. Es ist ein bisschen weit, um den Weg jeden Tag zu machen, aber wir würden schon etwas finden, wo du unter der Woche unterkommen kannst, zum Beispiel eine Gastfamilie in der Stadt, was meinst du? Dann ist da noch ein Privatinternat, ein bisschen weiter weg und normalerweise etwas teuer, aber es gibt spezielle Programme, um Jugendliche aus … also Jugendliche wie dich zu unterstützen.»

In meinen Ohren klingelt es. Jugendliche wie mich? Wo soll es die denn geben? Die Wörter ‹Gymnasium›, ‹Stadt›, ‹Privatinternat› und ‹spezielle Programme› purzeln nacheinander durch meinen Kopf, überschlagen sich, erschlagen mich. Ich habe keine Ahnung, wo dieses Franziskanergymnasium oder das Privatinternat liegen.

«Ich werde dir gern mit den Formalien helfen. Wir müssen das rechtzeitig machen, damit es mit dem Wechsel und der finanziellen Unterstützung klappt. Das Problem ist nur – ich habe überhaupt keine offiziellen Dokumente von dir. Oder Rebekka. Fast so als wärt ihr gar nicht an dieser Schule angemeldet!»

Frau Bender sieht mich forschend an. Zwischen ihren Augenbrauen ist eine Falte aufgetaucht, wie ein plötzlicher Riss in einer ansonsten makellosen Schneedecke. Wenn Schneefelder in den Bergen abbrechen, gibt es manchmal solche Risse, denke ich, und der Gedanke an den Berg, an etwas, mit dem ich so vertraut bin, gibt mir wieder etwas Sicherheit.

«Ich langweile mich nicht», sage ich schließlich. Frau Bender sieht mich an. Und plötzlich weiß ich, dass die Sache mit dem Gymnasium keine Frage ist. Frau Bender stellt keine Fragen, auf die es eine beliebige Antwort gibt.

Würdest du nicht gern deinen Aufsatz vorlesen, Jesse?

Würdest du bitte noch kurz dableiben?

Eine Gastfamilie in der Stadt, für unter der Woche, was meinst du?

«Nein», stoße ich hervor.

«Was, nein?», fragt Frau Bender irritiert.

«Ich kann nicht – in die Stadt. Tut mir leid.» Ich packe meinen Rucksack, stehe auf, zwinge mich, in normalem Tempo zur Tür zu gehen. Plötzlich frage ich mich, ob es nicht besser gewesen wäre, ich hätte gesagt, ich *will* nicht in die Stadt. Weil Frau Bender so, wie ich es gesagt habe, natürlich davon ausgehen muss, dass es jemanden gibt, der mich gegen meinen Willen hierbehält.

«Jesse, warte bitte. Wir sind noch nicht fertig. Wegen Rebekka …»

Ich bleibe stehen.

«Ich mache mir Sorgen, weil sie gestern einfach so gegangen ist. Wenn sie krank ist oder irgendetwas braucht … Ich weiß ja nicht, was für eine Versorgung ihr dort oben habt.»

Dort oben. Sie meint den Berg. Weil auch Frau Bender zwischen hier und dort unterscheidet. Zwischen sich selbst und uns.

«Es ist nichts», sage ich. «Nur eine Sommergrippe. Sie ist sicher bald zurück.»

Ich achte darauf, dass die Tür nicht zu laut ins Schloss fällt, als ich sie hinter mir zuziehe.

Ich bin noch nicht ganz außer Sichtweite der Schule, als mich meine kopflose Flucht aus dem Klassenraum schon ärgert. Ich habe aus reiner Gewohnheit gelogen, habe eine Ausrede für Rebekka erfunden, weil es das ist, was wir eben tun, wenn Menschen von außerhalb uns zu nahe kommen. Die Schilder, die den Bergpfad pflastern. Unsere Lügen, wenn sich doch einmal jemand zu uns verirrt: «Nein, da müssen Sie vom Weg abgekommen sein. Zur Oberen Schwärze geht es da entlang.» Willkürliche Fingerzeige in falsche Richtungen, auf falsche Bergspitzen. Egal, ob wir Menschen damit in die Irre führen und ihnen schaden. Hauptsache, wir schützen uns. Schirmen uns von der Außenwelt ab. Probleme besprechen wir nicht mit Fremden, das habe ich von klein auf gelernt. Man kann ihnen nicht trauen.

Aber Frau Bender ist eine nette Person. Und sie klang ehrlich besorgt, als sie sich nach Rebekka erkundigt hat. Ich hätte ihr sagen können, dass ich auch nicht weiß, wo Rebekka ist – vielleicht hätte sie sich dann noch mal die anderen Schüler vorgeknöpft? Oder mit den Eltern gesprochen?

Ich drehe mich um und laufe zurück zur Schule, doch Frau Bender ist bereits gegangen. Die Tür ist abgeschlossen und das Lehrerzimmer dunkel. Ich lege die Hände gegen das Fenster, stelle mich auf die Fußspitzen, um ins Innere zu sehen. Nichts. Frau Bender muss zeitgleich mit mir die Schule verlassen haben. Als ich mich umwende, fahre ich zusammen.

«Edith!»

Sie steht so plötzlich hinter mir wie ein Schatten und blickt mich mit ihrer ausdruckslosen Miene an. Wahrscheinlich hat sie am Waldrand auf mich gewartet und ist jetzt hergekommen, um nach mir zu suchen.

«Geh schon mal allein hoch nach Jakobsleiter, Edith. Ich will noch mal das Dorf abklappern.»

Ihr Gesicht zeigt keine Regung. Ich habe nicht zum ersten Mal das Gefühl, Edith ist es egal, dass Rebekka nicht da ist. Oder vielleicht hält sie es auch nur für das Normalste der Welt, wenn man mal ein paar Stunden oder Tage verschwindet. Edith ist so eine, die das tut. Aber nicht Rebekka. Rebekka geht nie, ohne Bescheid zu geben. Sie ist noch nie auch nur eine Nacht von Jakobsleiter fortgeblieben. Es muss etwas passiert sein. Wir haben so einige Jungs in der Klasse, die stärker sind als Rebekka. Es braucht nur zwei oder drei von ihnen, um sie wegzuschleppen und weiß Gott was mit ihr anzustellen. Und währenddessen lüge ich etwas davon, sie habe eine Sommergrippe.

Mir wird heiß und dann plötzlich sehr kalt.

Jetzt, wo mich eine geschlossene Tür und ein dunkles Lehrerzimmer davon abhalten, ärgere ich mich umso mehr, dass ich mich nicht Frau Bender anvertraut habe. Edith folgt mir, als ich zur Bäckerei Brand gehe und mich dort nach der Adresse der neuen Lehrerin erkundige. Frau Brand kennt jeden in Almenen und weiß, wo er wohnt, denn sie ist die einzige Bäckerin in einem Dorf, in dem die Bewohner das Reden lieben. Trotzdem starrt sie uns einen Moment verdutzt an. Sie hat mich noch nie mehr als «drei Roggenbrote vom Vortag, bitte» nuscheln hören und fragt sich ganz bestimmt, wer das verwilderte Mädchen an meiner Hand ist. Dann aber erklärt sie uns den Weg.

Ich zerre Edith mit mir. Das Haus, das Frau Bender nun bewohnt, ist eins von denen, die lange Zeit leer gestanden haben, nachdem die alten Bewohner gestorben sind. Almenen ist kein Ort, in den es viele zieht, denn es liegt am Ende eines langen, viel zu schmalen Tals, in das man nur über eine gewundene Straße kommt und in das im Winter kaum ein Sonnenstrahl fällt. Wenn die Besitzer eines Hauses sterben, stirbt darum auch das Haus sehr bald. Die Jalousien hängen schief vor den Fenstern und müssten ausgebessert werden. Ich kann sehen, dass Frau Bender damit begonnen hat, zumindest in den Garten ein wenig Ordnung zu bringen, und frage mich, wie sie es findet, hier zu wohnen, weit weg von allem.

Ich klingele so leise, wie man eine Klingel nur betätigen kann. Frau Bender öffnet nicht. Mir fällt auf, dass auch kein Auto vor dem Haus steht. Vielleicht ist sie in die Stadt gefahren.

Ich hocke mich auf die Stufe vor der Haustür und stütze den Kopf zum Nachdenken in die Hände. Edith setzt sich dazu und rückt nah an mich heran. Was bringt es, wenn wir weiter in den Scheunen und Hütten nachsehen, die wir schon gestern abgesucht haben? Aufzugeben, nach Hause zu gehen und bis zum nächsten Morgen zu warten – einen weiteren Tag und eine weitere Nacht, in der Rebekka wer weiß was angetan wird, ist aber auch keine Option mehr. Und bevor ich es mir anders überlegen kann, stehe ich auf, packe Edith an der Hand und gehe zur örtlichen Polizeistation.

LAURA

Es ist Bürgermeister Hofer selbst, der mir die Tür öffnet. Ich weiß nicht, warum ich etwas anderes erwartet habe. Vielleicht, weil Bürgermeister in meiner Vorstellung eine Haushälterin haben und Schärpen mit Orden dran tragen. Bürgermeister Hofer aber trägt lediglich eine weite Stoffhose, eine Strickweste und einfache Hausschuhe. Er ist ein älterer Herr und erstaunt, mich zu sehen, bittet mich aber gleich herein.

Ich musste mich bei meiner Ankunft in Almenen erst daran gewöhnen, dass jederzeit jemand vor der Haustür stehen kann, und bin eigentlich immer noch verblüfft, wie einfach das System funktioniert: Um jemanden zu treffen, muss man nicht vorher anrufen oder wochenlang auf einen Termin warten. Man kommt vorbei und klingelt. Ist die Person nicht zu Hause, versucht man es eben später noch mal. So einfach ist das. Mit der Abstimmung über Doodle-, Google- und diverse andere Onlineplaner, die einem angeblich die Terminfindung erleichtern sollen, habe ich es in der Stadt gerade mal alle paar Wochen geschafft, meine Freunde zu sehen. Und das liegt nicht daran, dass wir mehr gearbeitet hätten. Sie arbeiten genug, die Leute auf dem Land. Das kann ich jeden Tag sehen.

Das Haus der Hofers sieht von innen aus wie ein landeskundliches Museum. Der Boden, die Wände und die Decken im Wohnzimmer sind holzvertäfelt. Alle Möbel wirken antik, ich zweifle nicht daran, dass sie schon seit Generationen in diesem Haus stehen. Über dem Tisch hängt ein Kronleuchter – kein prunkvolles, protziges Ding, eher in der Art, wie man ihn in einem alten Jagdschloss erwarten würde. Die Wände sind mit gerahmten Fotos behangen. Auf den meisten ist Hofer mit seinem Sohn zu sehen – Martin, wenn ich mich richtig erinnere – und mit einer Frau, der ich in Almenen noch nie begegnet bin. Vielleicht haben sie sich getrennt, oder sie ist gestorben. Ich hätte mich vorher darüber informieren sollen, um in kein Fettnäpfchen zu treten.

«Ich habe gerade Kaffee gekocht. Und Kuchen ist auch da. Möchten Sie ein Stück?»

Ich lächle. Wo immer man in Almenen zu Besuch ist, kann man sich sicher sein, dass der Gastgeber gerade frischen Kaffee und mindestens einen Kuchen zur Auswahl bereitstehen hat.

«Gern», sage ich, und während Hofer in die Küche geht, betrachte ich die Bilder an den Wänden genauer. Es sind auch Urkunden darunter und alte Schwarz-Weiß-Fotos, auf denen Männer mit Zylinder, Stock und Uhrenketten unter schwarzen Fracks auf einer Treppe drapiert stehen. Auf einem anderen, sehr verwaschenen Bild ist ein Mann in Bergausrüstung bei einer Gipfelbesteigung zu sehen.

«Das ist mein Vater», sagt Hofer, der plötzlich wieder hinter mir steht. «Ebenfalls ein Bürgermeister von Almenen. Der Gletscher, den er da besteigt, heißt ‹Obere Schwärze›. Ein unbändiges Biest.» Er lächelt. «Es ist die verschneite, dunkle Spitze, die Sie vom Dorfplatz aus rechts neben dem Kirchturm sehen.»

Ich nicke, als würde ich mich erinnern. Um ehrlich zu sein, erscheinen mir die Berge hier noch alle gleich. An einem Nachmittag habe ich versucht, eine kleine Runde spazieren zu gehen, aber in allen Richtungen steigt der Weg so steil, dass aus dem Spaziergang eine Bergwanderung wird. Wir sind geradezu eingekesselt von Zweitausendern.

«Wollen wir?» Auf dem Wohnzimmertisch stehen eine Kanne Kaffee und zwei Stück Kuchen auf geblümten Tellern. Nusskuchen, nehme ich an. Und garantiert Vollkorn, so wie alles in diesem Ort. Die Brote und Kuchen hier sind nicht mit denen vergleichbar, die ich aus meiner Heimat gewohnt bin. Sie sind immer schwer und dunkel, wie die Atmosphäre in den Häusern, wie das alte Ledersofa, auf das Hofer jetzt einladend deutet. Ich setze mich, und er lässt sich im Sessel mir gegenüber nieder. Das Leder ist kalt.

«Haben Sie sich bei uns in Almenen schon gut eingelebt? Das muss ja wirklich eine Umstellung für einen Großstadtmenschen sein.»

«Eine Umstellung, ja», gebe ich zu. «Aber es sind ja alle sehr nett, da fällt das Einleben leicht.»

Ich vermeide zu erwähnen, dass «alle» nicht die älteren Damen im Dorf mit einschließt, deren vielsagende Blicke mich gleich in den ersten Tagen eine neue Kleiderordnung gelehrt haben. Oder die Eltern meiner Schüler, die meinen Unterrichtsmethoden und Neuerungen allesamt skeptisch gegenüberstehen. Wahrscheinlich weiß Hofer sogar davon, denn in einem Ort, der so klein wie dieser ist, existiert jedes Wissen nur kollektiv.

«Und das Haus der Karlsens?», fragt er. «Brauchen Sie da noch Hilfe bei irgendwelchen Reparaturen?»

Unwillkürlich denke ich an die kaputten Jalousien, das defekte Licht im Bad, den tropfenden Duschkopf und den Herd, der nicht funktioniert, weswegen ich seit zwei Wochen nur kalte Küche esse, und sage: «Danke, ich komme schon zurecht.»

Er zieht die Augenbrauen hoch. «Wirklich, wenn Sie Hilfe brauchen, wir haben da einige Männer im Dorf, die mit anpacken können. Das Haus stand immerhin schon eine ganze Weile leer.»

Ich stelle mir vor, wie mich meine Nachbarn in dem Hochhaus, in dem ich vorher gewohnt habe, angesehen hätten, wenn ich bei ihnen geklingelt und sie gefragt hätte, ob sie mir mal den Herd in der Küche reparieren könnten. Tatsächlich habe ich mit den meisten von ihnen nicht ein einziges Mal gesprochen.

«Also, um ehrlich zu sein, gibt es ein paar Dinge. Aber ich habe eine Firma beauftragt, die jemanden schicken will.»

«Von außerhalb?», fragt Hofer in einem Ton, als stehe das völlig außer Frage. Ich lächle.

«Ja. Es ist bisher aber noch niemand aufgetaucht.»

«Das wundert mich nicht.» Er sticht in seinen Kuchen. «Was ist denn defekt?»

Ich muss lachen. «Also – so ziemlich alles?»

«Sie hätten früher kommen sollen. Ich schicke jemanden zu Ihnen.»

«Danke, das ist wirklich nett.» Ich schiebe mir ebenfalls ein Stück Kuchen in den Mund. Er schmeckt nach dunklem, nussigem Mehl.

«Wir möchten doch, dass Sie sich bei uns wohlfühlen und lange bleiben. Für die Kinder an der Schule ist ein ständiger Wechsel nichts.»

Vor Schreck atme ich einen Krümel ein und muss husten. Entgegen der Vorstellung des Bürgermeisters habe ich absolut nicht vor, lange in Almenen zu bleiben. Tatsächlich bin ich überhaupt nur hier, weil ich gegen meinen Willen versetzt wurde, an einen «ruhigeren» Ort. Wegen der «posttraumatischen Störung».

Es hatte einen Amoklauf an meiner Schule gegeben, bei dem ich die Geisel meines eigenen Schülers war. Neun Stunden in Gewalt eines psychisch labilen und frustrierten Fünfzehnjährigen, der illegal an eine Schusswaffe gelangt war und bei jedem Pausenklingeln eine weitere Person im Lehrerzimmer abknallte. Der tragischste Amoklauf in der Geschichte des Landes.

Mein Gesicht war letztes Jahr, als sich das Drama ereignete, in allen Zeitungen, betitelt als «Opfer Nummer neunzehn», die Nächste, die an der Reihe gewesen wäre. Der Lauf seiner Pistole saß schon an meiner Schläfe, als die Polizei den Jungen kurz vor dem neunzehnten Klingeln endlich überwältigen konnte. Ich wurde zur tragischen Heldin der Boulevardpresse und jede meiner Bewegungen in der Schule neu interpretiert.

Sicher kennt Hofer meine Vorgeschichte und denkt, ich hätte nach einer solchen Erfahrung keinen Bedarf, überhaupt je wieder an eine große Schule zurückzukehren. Aber da irrt er sich. Ich bin ein Stadtmensch, durch und durch. Hier auf dem Land, zwischen Kühen und Bergen und Vollkornprodukten, fühle ich mich wie ein Fremdkörper.

«Wo wir schon von den Schülern sprechen», sage ich und nutze die Gelegenheit, um auf den eigentlichen Grund meines Besuchs zu kommen. «Es gibt da einen Schüler, von dem ich glaube, dass er auf eine weiterführende Schule gehen sollte. In der Stadt.»

Ich ziehe die Kopien aus meiner Tasche, die ich von Jesses Aufsätzen gemacht habe, und lege sie zwischen die Kuchenteller auf den Tisch. Hofer beugt sich interessiert vor.

«Seine Leistungen in der Schule sind in allen Fächern überdurchschnittlich», sage ich. «Aber besonders seine Aufsätze sind einfach … beeindruckend. Ich habe es noch nie erlebt, dass ein Siebzehnjähriger sich so ausdrücken kann.»

«Und um wen handelt es sich, wenn ich fragen darf?»

«Sein Name ist Jesse Glanzer.»

Der Blick des Bürgermeisters schießt nach oben, er sieht mich einen Moment sprachlos an. Dann nimmt er die Aufsätze vom Tisch und lehnt sich zurück, um sie eingehender zu lesen. Sein Gesicht verschwindet vollständig hinter dem Papier.

«Sie wissen, dass Jesse von dieser Siedlung …»

«Jakobsleiter», unterbricht Hofer mich, ohne die Blätter zu senken. «Natürlich weiß ich das. Ich bin als Bürgermeister für beide Orte zuständig.»

«Dann wissen Sie vielleicht auch, dass die Kinder dieser Siedlung, Jesse und Rebekka – nun, dass da jegliche Unterlagen fehlen, die man eigentlich bräuchte, um an dieser Schule angemeldet zu sein, und …»

Er hebt die Hand, und ich schweige irritiert, während er die Aufsätze weiterstudiert. Er blättert und liest. Liest jeden Satz, wie mir scheint.

«Wirklich außergewöhnlich», sagt er schließlich. Er klingt fast stolz. Ich nicke.

«Darum würde ich Jesse auch wirklich gerne an einer Schule anmelden, an der sein Talent gefördert wird. Aber ohne gültige Dokumente kann ich ihm nicht einmal mit den Bewerbungsunterlagen helfen. So wie die Dinge jetzt stehen, hat er ja offiziell kein einziges Schuljahr absolviert!»

«Tja …» Endlich lässt Bürgermeister Hofer die Aufsätze sinken. Er kratzt sich am Hinterkopf. «Das wird in der Tat ein wenig schwierig. Wir haben eine besondere Abmachung getroffen, damit die Eltern in Jakobsleiter überhaupt zustimmen, ihre Kinder in eine staatliche Schule zu geben.»

«Eine besondere Abmachung?»

«Sehen Sie, in Täufergemeinden werden die Kinder normalerweise auf spezielle Täuferschulen geschickt. Da es so etwas in Jakobsleiter nicht gibt, haben wir die Eltern überreden müssen, die Kinder für die Dauer ihrer Schulpflicht zu uns zu schicken. Es hat einiges gebraucht, um sie zu überzeugen. Und da wollte sie wohl niemand obendrein noch mit unnötigem Papierkram ärgern.»

«Mit unnötigem Papierkram? Herr Hofer, ich rede ja hier nicht von so kleinlichen Dingen wie dem Nachweis einer Schuleignungsprüfung – obwohl der ehrlich gesagt auch notwendig wäre. Aber ich habe ja nicht mal die Kopie der Schulanmeldung, geschweige denn eines Ausweises! Weder von den Kindern noch von den Erziehungsberechtigten!»

«… die wir hier Eltern nennen», sagt Hofer ruhig. Ich starre ihn an. Will er mich jetzt wirklich als Paragrafenreiter hinstellen?

Geradezu liebevoll legt Hofer die Aufsätze zusammen und platziert sie auf der Armlehne seines Sessels. «Schauen Sie, Frau Bender. Ich weiß Ihre Bemühungen um unsere Kinder wirklich zu schätzen. Aber auf dem Dorf läuft es eben ein bisschen anders als in der Stadt. Hier brauchen wir nicht hundert Dokumente, wenn man doch sowieso weiß, dass ein Kind zur Schule geht und wo es herkommt. So etwas macht in der Anonymität einer Stadt Sinn. Aber doch nicht bei uns.»

«Nun, wenn ich Jesse an dieser externen Schule anmelden soll …»

«Sollen Sie das denn?», fragt Hofer. «Haben Sie mit Jesse gesprochen? Will er das überhaupt?»

«Na ja …»

«Und selbst wenn *er* es wollte», Hofer seufzt und widmet sich wieder seinem Kuchen. «Ich fürchte, dass wir Probleme bekommen werden, sobald es an die Überzeugung der Eltern geht. Und wie sollte der Junge denn überhaupt von Jakobsleiter jeden Tag zur Schule in die Stadt kommen?»

«Nun, ich hatte gedacht, dass ein Internat vielleicht die beste Idee wäre. Es gibt da eine sehr gute Internatsschule in …»

«Ein Internat?» Hofer sieht mich mit großen Augen an, dann legt er die Kuchengabel zurück auf den Teller und tupft sich mit einer Serviette den Mund ab. «Das halte ich leider wirklich für ausgeschlossen.»

Ich versuche gar nicht erst, meine Enttäuschung zu verbergen. Vorhin, als Hofer so interessiert Jesses Aufsätze studiert hat, habe ich wirklich gehofft, ich hätte in dieser Sache einen Verbündeten gewonnen.

«Kennen Sie sich mit der Geschichte der Täuferbewegungen aus, Frau Bender?»

«Nicht sehr.»

«Nun, es ist eine traurige Geschichte voll Unterdrückung und Mord, die in so ziemlich allen Teilen Europas gleich grausam abgelaufen ist. Zum Ursprung des Ganzen gibt es viele Theorien, aber wenn Sie meine Meinung hören wollen, lag es einfach daran, dass eine kleine Gruppe ihr Leben anders leben und an etwas anderes glauben wollte als die breite Bevölkerung. Das übliche Motiv also. An den Verfolgungen war neben den staatlichen Behörden auch die römisch-katholische Kirche beteiligt. Man jagte die Täufer von ihren Grundstücken, steckte diese in Brand. Andere wurden einfach wie ungewollte Katzenjunge im Fluss ersäuft. Später kamen

Hinrichtungen und Verbrennungen auf dem Scheiterhaufen dazu. Einige Täufer schafften es, in die Berge zu fliehen, wo sie sich eine Zeit lang in Höhlen versteckten. Aber dann wurden sogenannte ‹Täuferjäger› eingesetzt, um sie aufzuspüren. Ein damals ehrwürdiger Beruf.» Hofer steht auf und tritt an sein Regal, aus dem er einen dicken Wälzer herauszieht. Das Buch ist alt und wiegt gefühlt eine Tonne, als er es mir mit beiden Händen über den Tisch reicht. «Wenn Sie die Einzelheiten dieser Taten interessieren, empfehle ich Ihnen, dieses Kompendium zu lesen», sagt er. «Man hat die Täufer damals so weit getrieben, dass der letzte klägliche Rest von ihnen mit Schiffen nach Übersee geflohen ist. Sie leben jetzt in Kommunen in Amerika oder Kanada. Offiziell gibt es also gar keine Täufer mehr in Europa, zumindest keine, die im konfessionellen Sinne den Alttäufern zuzurechnen wären. Aber inoffiziell», er macht eine bedeutungsvolle Pause, in der er zur Zimmerdecke deutet, «inoffiziell wohnt nun wieder eine letzte Glaubensgemeinschaft dort oben. Es war mein Großvater, der die Siedlung aufgebaut hat, um den Täufern eine Möglichkeit zu geben, in die Wiege ihrer Heimat zurückzukehren. Der Gründungsvater der Brüdergemeinschaft stammt nämlich aus der Region, müssen Sie wissen. Und mein Großvater hat es als seine Aufgabe angesehen, diesen armen Menschen nach allem, was ihre Vorfahren durchmachen mussten, ein Schutzpatron zu sein. Diese Aufgabe ist an meinen Vater übergegangen. Und von meinem Vater an mich. Und eines Tages wird sie an meinen Sohn Martin übergehen.» Wieder sehe ich diesen Stolz in seinen Augen, wie vorhin, als er Jesses Aufsätze zur Hand nahm und lobte. Ihm scheint wirklich etwas an dem Jungen zu liegen, denke ich, und darin sehe ich eine Chance.

Ich sage: «Gehört es denn nicht auch zu so einem sozialen Wiedereingliederungsprojekt, dass man den Menschen die Möglichkeit auf angemessene Bildung gibt? Und dazu, ihr Leben zu leben, wie sie es wollen? Jesse könnte nach der Schule studieren und einen Beruf ergreifen, der ihn erfüllt!»

«Sie haben das nicht richtig verstanden, Frau Bender. Hier geht es nicht um Wiedereingliederung. Es geht darum, endlich Schutz und Frieden zu finden. Und Schutz und Frieden gibt es nur hier bei uns.»

Der letzte Satz hängt bedeutungsschwer im Raum, wie das Ende einer Predigt. Einen Moment lang fehlen mir die Worte. Ich glaube ihm, dass er es nur gut meint. Bürgermeister Hofer will seinen Schutz wie eine Decke um die Siedlung legen. Aber was ist dieser Schutz wert, wenn er die Stimmen der Menschen, ihre Identität und Wünsche und Zukunftsperspektiven unter der Decke erstickt?

«Mal angenommen, ich könnte Jesses Eltern überzeugen, ihren Sohn trotz ihrer Glaubensgrundsätze auf eine weiterführende Schule zu schicken», sage ich schließlich vorsichtig, «dann wäre das von Amts wegen her aber schon möglich, oder?»

Hofer legt den Kopf schief und betrachtet mich. «Was meinen Sie damit?»

«Ich meine, ob Jesse überhaupt einen Ausweis hat. Ob seine Eltern Ausweise haben. Ob sie irgendwo gemeldet sind!»

Hofer wischt mit der Hand durch die Luft. «Natürlich sind sie gemeldet!», sagt er. «Ich habe eine Aufstellung jedes einzelnen Bewohners der Siedlung in einem Dokument in meinem Schreibtisch, wenn Sie sie sehen wollen.»

Darauf erwidere ich nichts. Die Einfachheit – oder soll ich sagen Naivität? –, mit der das Leben hier gelebt wird, macht mich sprachlos. Plötzlich glaube ich zu verstehen, warum die Menschen im Dorf allen Fremden mit Argwohn begegnen. Die Ordnung in dieser kleinen, eigensinnigen Welt funktioniert nur, solange keiner kommt und sich einmischt. Solange ein Hofer das Amt des Bürgermeisters an den nächsten Hofer abtritt und dieser wieder an den nächsten und so weiter, wie in einer Erbmonarchie.

Und dann kommt jemand wie ich. Ich bin erst ein paar Wochen hier und verhalte mich genauso, wie alle es von einer Städterin befürchten.

«Herr Hofer?» Eine leise Stimme von der Wohnzimmertür. Wir wenden uns um. Sie gehört einer zierlichen Frau um die vierzig, mit einer altmodischen Schürze um die Hüfte. Der harte Zug um ihren Mund lässt mich erahnen, dass sie resoluter ist, als sie auf den ersten Blick aussieht.

Hofer steht auf. «Ich komme sofort, danke.»

Er sieht mich schuldbewusst an, doch ich winke ab und schiebe das letzte Stück Kuchen in den Mund, bevor ich ebenfalls aufstehe.

«Ich wollte sowieso gerade gehen», sage ich und greife nach den Aufsätzen, um sie wieder in meiner Tasche zu verstauen. Doch Hofer hebt zögernd die Hand.

«Würde es Ihnen etwas ausmachen … die dazulassen?»

Ich bin erstaunt, nicke aber. «Wenn Sie wollen, ja. Gut.»

«Danke. Und Sie – nehmen Sie doch im Gegenzug gerne das Buch mit.»

Ich nicke erneut und klemme mir das dicke Geschichtsbuch unter den Arm, bevor ich meine Tasche schultere.

«Tut mir leid, dass ich Sie so hinauswerfe», sagt er. Es klingt ehrlich zerknirscht und überhaupt nicht wie eine Floskel. Bürgermeister Hofer mag ein kleiner Monarch in seiner eigens geschaffenen Dorfwelt sein. Aber er ist alles andere als unsympathisch.

«Ach was, ich bitte Sie! Ich bin ja völlig unangemeldet gekommen», sage ich. Doch als er die Tür für mich öffnet und ich schon auf der Schwelle stehe, fällt mir doch noch etwas ein, das mir unter den Nägeln brennt. Ich wende mich um. «Nur eine Sache noch. Dieses Mädchen, das mit Jesse durch das Dorf läuft … wie alt ist sie?»

Ein verwirrter Ausdruck schleicht sich in Hofers Augen. «Tut mir leid, ich weiß gerade nicht, wen Sie meinen.»

«Schwarze, etwas verfilzte Haare. Barfuß. Sie sieht ein bisschen … verlottert aus, wenn ich das so sagen darf.»

Der verwirrte Ausdruck in seinem Gesicht verstärkt sich. Er schüttelt den Kopf, zum Zeichen dafür, dass er noch immer nicht weiß, von wem ich rede.

«Sie muss auch aus der Siedlung sein», setze ich nach. «Ich frage nur, weil ich – nun ja, weil ich den Eindruck hatte, dass sie längst im schulfähigen Alter ist?» Ich stelle die Frage behutsam. Nach allem, was ich gerade erfahren habe, scheint es mir ratsam, meine kleinen Revolten in diesem Dorf etwas vorsichtiger zu dosieren. Dabei bin ich mir eigentlich sehr sicher, dass das Mädchen älter als sechs ist und nur deshalb nicht zur Schule geschickt wird, weil die Eltern sie nicht lassen. Ein Umstand, den ich ebenfalls ändern will.

«Ich weiß wirklich nicht …», stammelt Hofer. «Jesse und Rebekka sind die einzigen schulpflichtigen Kinder in Jakobsleiter. Vielleicht war es ein Mädchen aus Almenen?»

Ich runzle die Stirn. Ich habe das Mädchen nie zuvor in Almenen gesehen. Es war mit Jesse unterwegs. Und so wie es aussah, passt es für mich gar nicht ins Bild dieser gepflegten Dorfwelt.

«Vielleicht», sage ich trotzdem. Dann drehe ich mich um und gehe zurück nach Hause. Vielleicht hat Direktor Sommer recht, und ich sehe wirklich Gespenster. Aber mich beschleicht der Verdacht, dass dieses Dorf und die Siedlung am Berg noch mehr zu verheimlichen haben als nur ein paar vertuschte Identitäten.

JESSE

Außer dem Polizeischild über der Tür sieht die Dorfwache genauso aus wie die anderen Wohnhäuser in Almenen: ein gelb gestrichenes, älteres Haus mit Giebeldach und Holzbalkon. Innen gibt es einen Raum mit einer Holztheke, hinter der ein Mann an einem Schreibtisch sitzt. «Wachtm. A. Balter» steht auf einem Messingschild auf der Theke. Ich bin ein bisschen beunruhigt, weil ich erwartet habe, dass Kommissar Hofer, der Sohn des Bürgermeisters, hier Dienst haben würde. Den dicken Mann in Uniform hinter dem Schreibtisch kenne ich nicht.

Der Wachtmeister hängt mit den Augen am Bildschirm seines Computers fest, selbst als er den Kopf hebt, kann er den Blick nicht lösen. Ich warte still und nervös, bis er mich endlich ansieht. Edith habe ich draußen bei den Treppen gelassen. Ich weiß, dass die Polizei Ermittlungen einleiten kann, wenn sie den Verdacht hat, dass ein Kind nicht richtig versorgt wird, dass es verwahrlost. Und mit ihren verfilzten Haaren, den Schrammen und den bloßen Füßen wäre Edith genau so ein Kind, von dem man das fälschlicherweise denken könnte.

Der Mann hat das Tauziehen mit dem Computerbildschirm gewonnen. Er wendet sich mir zu. «Und was kann ich für dich tun?» Er betont das ‹dich›, als seien vor mir schon hundert andere hier gewesen, für die er etwas hatte tun können. Dabei glaube ich nicht, dass man als Wachtmeister in Almenen viel Arbeit haben kann.

«Ist Kommissar Martin Hofer hier?»

«Was?»

Ich räuspere mich und wiederhole meine Frage noch einmal etwas lauter: «Kommissar Martin Hofer?»

«Hofer?», echot der Mann, noch eine Spur lauter als ich. «Nein. Wieso sollte er? Der arbeitet in der Stadt.» Er deutet mit dem Daumen über seine Schulter, als läge die Stadt direkt hinter dem Gebäude. Und vielleicht tut sie das in den Augen von jemandem wie ihm auch. Der Wachtmeister hat bestimmt ein Auto und keine Angst, den Berg zu verlassen. «Kann ich vielleicht irgendetwas für dich tun?»

Ich druckse herum. Ich war nicht darauf vorbereitet, hier einen völlig Fremden anzutreffen. «Es könnte sein, dass jemandem etwas zugestoßen ist», beginne ich vorsichtig. Der Wachtmeister zieht die Augenbrauen hoch.

«Und geht das auch etwas konkreter?»

«Meine Freundin … also *eine* Freundin ist gestern in der großen Pause verschwunden», sage ich. «Sie heißt Rebekka.»

«Alter?», fragt der Wachtmeister.

«Sechzehn.»

«Hat sie irgendwas gesagt, bevor sie gegangen ist?»

Ich schüttele den Kopf.

«Hat sie vielleicht jemanden kennengelernt …?»

Ich zögere. «Ja», gebe ich zu. «Aber …»

«Ihr seid von dieser religiösen Siedlung da oben, oder?» Er rührt mit dem Zeigefinger in der Luft herum, wie man es macht, wenn man jemanden für verrückt hält. Nur nicht in Richtung seiner Stirn, sondern Richtung Zimmerdecke.

Ich schlucke. *Von der religiösen Siedlung da oben*, denke ich und sage: «Aus Jakobsleiter, ja.»

«Nun, das klingt für mich ganz so, als wolle deine Freundin mal was Neues sehen. Kann man ihr nicht verübeln, mit sechzehn, oder? Dürft ihr da oben überhaupt so was wie einen Freund haben? Ich meine, vor der Ehe?»

Ich starre ihn an. Mir fällt auf, dass er noch gar nichts aufgeschrieben hat, nicht Rebekkas Alter und nicht ihren Namen. Dass er nicht mal einen Stift in die Hand genommen hat. Er betrachtet mich mit schief gelegtem Kopf. Und dann schleicht sich leiser Spott in sein Gesicht.

«Kann es sein, dass sie doch ein bisschen mehr ist als nur *eine* Freundin, hm?»

Ich antworte nicht, merke aber, dass mein Gesicht rot wird.

«Und ihr hattet wahrscheinlich Streit, du und sie, bevor sie gegangen ist?», fährt der Wachtmeister fort.

«Nein, hören Sie, Sie verstehen das nicht. Wir hatten keinen Streit. Und wir sind nur gut befreundet.»

«Aber dass sie jemanden kennengelernt hat, findest du nicht so doll, oder?» Er zwinkert. Meine Ohren werden so heiß, dass ich die Röte am liebsten mit den Händen verdeckt hätte.

«Rebekka wäre nie freiwillig gegangen, ohne mir Bescheid zu sagen!», sage ich.

«Weißt du, wie oft man das bei der Polizei hört?» Er verstellt seine Stimme, bevor er fortfährt: «Ich kenne meine Tochter, ich kenne meinen Freund. Sie hätte nie, er hätte nie …. Aber am Ende sagt keiner der Ausreißer Bescheid. Darum geht es ja, beim Ausreißen, oder? Es gibt Ehemänner, die nach dreißig Jahren Ehe einfach so verschwinden. Und die eigene Ehefrau beteuert, das hätte er nie getan. Bis er dann irgendwo in Thailand auftaucht! Was sagen denn ihre Eltern?»

«Was?», frage ich.

«Na, in einem normalen Vermisstenfall würden doch zuallererst mal ihre Eltern hier stehen, oder? Was ist denn mit denen? Machen die sich keine Sorgen?»

Ich stelle mir vor, wie Rebekkas betrunkene Mutter zur Tür hereinwankt, mit ihren fettigen Haaren, der schlechten Haut, dem schlabbrigen Kleid. Wie sie einen Tetrapak Wein auf diesen Holztisch knallt und mühsam lallt: «Meine Tochter ist verschwunden! Sie müssen sie suchen.»

Aber wie sollte ich das dem Wachtmeister erklären? Mein Blick huscht zur Tür. Es war ein Fehler herzukommen. Ich habe mir

Gedanken gemacht, dass die Polizei sich einmischen könnte, wenn sie von Edith erfährt. Aber was ist mit Rebekka? Edith hat immerhin einen Vater, der sich um sie kümmert. Rebekka dagegen … Was tue ich hier eigentlich? Habe ich nicht mein ganzes Leben lang beigebracht bekommen zu schweigen? Ich wende mich hastig ab und murmele etwas, das er mit etwas Glück als «Danke für Ihre Zeit» verstehen kann.

«He! Junge!»

Schon bin ich an der Tür, will sie aufreißen, doch sie fliegt mir entgegen, knallt mir ins Gesicht, gegen meine Stirn, meine Nase, die sich ohnehin noch nicht von der Prügelei am Vortag erholt hat. Viel zu spät schnellt meine Hand hoch, um meinen Kopf zu schützen. Ich betaste meine Nase. Blut tropft zwischen meinen Fingern hindurch direkt auf den Fußboden – zwischen meine Füße und die des Mannes, der die Tür so schwungvoll geöffnet hat.

«Au, verdammt, das tut mir leid!»

Meine Hand wird gegriffen und fortgezogen, mein Kopf nach hinten gebogen. Ich blinzle die Tränen in meinen Augen weg. Das Gesicht, das jetzt sehr nah vor meinem schwebt und besorgt meine Nase betrachtet, gehört Kommissar Martin Hofer.

«Balter, holen Sie doch mal ein Tuch! Nass und kalt, bitte!» Er drückt meinen Kopf wieder nach vorne. «Laufen lassen», befiehlt er. «Balter macht das später schon sauber.»

Ich sehe vor mir, wie der Wachtmeister meinetwegen auf dem Boden herumkriechen und mein Blut aufwischen muss. Das Bild ist mir so unangenehm, dass ich den Kopf am liebsten wieder in den Nacken gelegt hätte. Aber Kommissar Hofer hält mich geradezu schraubstockartig fest, sodass ich vornübergebeugt stehen bleiben muss. Ich versuche, die Tropfen mit den Fingern aufzufangen. Ein nasses Tuch wird mir auf die Nase gedrückt.

«Geht's?» Kommissar Hofer betrachtet mich noch immer besorgt. Eine seiner Hände liegt an meinem Hinterkopf. Er hat sanfte Augen in der Farbe von Ahornbäumen. Ich kenne Kommissar Hofer nur von Weitem, wie eigentlich jeden hier in Almenen, und die plötzliche Nähe verstört mich. Als ich hektisch nicke, lässt er meinen Kopf endlich los und erlaubt mir, das nasse Tuch selbst an meine Nase zu drücken.

«Tut mir leid», wiederholt er.

«Ist kein Problem», quäke ich in das Tuch.

«Was machst du überhaupt hier?»

«Er wollte einen Vermisstenfall melden», informiert ihn der Wachtmeister. Kommissar Hofer zieht die Augenbrauen hoch.

«Ach?»

«Hat sich aber schon erledigt», nuschele ich.

«Der Junge vermisst seine Freundin, die offenbar mit einem anderen abgehauen ist», fasst der Wachtmeister zusammen. Kommissar Hofer blickt mich nachdenklich an. Dann greift er mich am Arm.

«Ich kümmere mich darum», sagt er. «Balter, würden Sie mir nur kurz den Schlüssel für den Dienstwagen reichen? Dort am Brett. Danke.»

«Es hat sich wirklich schon erledigt», wiederhole ich, für den Fall, dass ich vorhin wieder mal zu leise gesprochen habe. Aber Kommissar Hofer lässt meinen Arm nicht los. Er nimmt den Schlüssel entgegen, öffnet die Tür und führt mich hinaus. Er lädt mich ein, mich auf die Treppe neben ihn zu setzen.

«Geht's jetzt besser?», fragt er noch einmal.

Ich nicke.

«Willst du mir mal aus deiner Sicht erzählen, was es mit diesem Vermisstenfall auf sich hat?»

Das will ich nicht. Aber ganz klar bin ich an der Reihe, den Mund aufzumachen. Darum nuschele ich: «Der Wachtmeister meinte, Sie würden nicht hier arbeiten, sondern in der Stadt.»

«Das tue ich auch. Ich habe nur den hier gebraucht», er zieht den Autoschlüssel aus der Tasche und klimpert in der Luft herum, bevor er ihn wieder einsteckt. «Mein eigener Wagen ist in der Stadt. Winterreifen aufziehen.»

Ich nicke und weiß wieder einmal nicht, was ich sagen soll.

«Balter kann manchmal ein bisschen …», er schaut zur Tür und senkt die Stimme, «… ignorant sein. Tut mir leid, dass du an ihn geraten bist, aber er ist hier nun mal zuständig.»

«Schon okay.» Ich schiele zu ihm hinüber. Sein Gesicht ist aufmerksam, offen.

«Geht es um Rebekka?», hakt er nach. Ich lasse das Tuch sinken, und er lächelt. «Nun, so schwer ist das nicht zu erraten, oder? Wachtmeister Balter hat gesagt, du vermisst deine Freundin, und so viele kommen da wohl nicht infrage.»

Nein, viele kommen da nicht infrage.

«Also?»

«Es ist nichts. Sie ist vielleicht freiwillig gegangen.»

«Hat Balter das gesagt?»

Ich nicke. Kommissar Hofer seufzt.

«Sehr oft ist es tatsächlich so, dass Vermisste nach spätestens 48 Stunden von alleine wieder auftauchen. Aber manchmal eben auch nicht, darum bin ich – im Gegensatz zu so einigen Kollegen – dafür, jedes Verschwinden ernst zu nehmen.»

Ich überlege. Versuche den Schaden, den ich anrichten könnte, wenn ich von Rebekka erzähle, gegen den abzuwägen, wenn ich schweige. Meine Sorge um ihr Verschwinden gewinnt.

«Sie war gestern in der großen Pause auf einmal weg.»

«Um wie viel Uhr?»

«So gegen halb elf.»

«Was ist deine Vermutung, was ihr zugestoßen sein könnte?»

«Na ja … Wir hatten Streit mit Mitschülern auf dem Schulhof.»

«Daher die Schrammen in deinem Gesicht?», fragt er. Ich nicke, ohne ihn anzusehen, und plötzlich lacht er. «Scheiße, als ich dich vorhin nach der Sache mit der Tür gesehen habe, dachte ich kurz, ich hätte das alles auf dem Gewissen!» Als ich nicht reagiere, räuspert er sich. «Entschuldige, ich habe dich unterbrochen.»

Es ist das erste Mal, dass jemand mit mir spricht wie mit einem Erwachsenen.

«Ich habe Angst, dass einer der anderen Schüler Rebekka etwas angetan haben könnte!», sage ich. Hofer nickt.

«Okay», sagt er. «Nehmen wir das mal als Möglichkeit A. Was ist Möglichkeit B? Was könnte der Grund sein, dass sie freiwillig weggegangen ist?»

Ich nage auf meiner Unterlippe.

«Gefiel es ihr auf dem Berg nicht?»

Ich zucke die Schultern. «Manchmal», sage ich, obwohl das keine richtige Antwort ist. Dann gebe ich mir einen Ruck. «Sie hat diesen Kerl kennengelernt, der die Antenne zu uns nach Jakobsleiter gebracht hat. Und er hat ihr einen Zettel gegeben. Mit seiner Adresse oder seiner Telefonnummer, keine Ahnung.»

Kommissar Hofer zieht die Augenbrauen hoch. «Eine Adresse? Von wo?»

«Keine Ahnung», wiederhole ich. «In der Stadt!»

Er kratzt sich an der Stirn. Mit der Information kann er offensichtlich nicht viel anfangen.

«Und zu diesem … Kerl wollte Rebekka hin?», hakt er nach. Ich zucke die Schultern. Erst jetzt, wo ich es selbst ausspreche, klingt die Möglichkeit, Rebekka könne vielleicht doch freiwillig aus Almenen weg sein, gar nicht mehr so unrealistisch.

«Ich sag dir was.» Kommissar Hofer legt mir eine Hand auf den Rücken, und ich schrecke unter der ungewohnten Berührung zusammen. «Es sollte leicht sein, herauszufinden, wer die Antenne zu euch nach Jakobsleiter gebracht hat. Da genügt ein Anruf bei der entsprechenden Firma. Ich kann den Kerl überprüfen. Und dann werden wir schnell feststellen, ob Rebekka bei ihm ist.»

Ich blicke ihn von der Seite an. Er strahlt eine solche Ruhe und Gelassenheit aus.

«Es ist wichtig, dass wir zumindest wissen, ob es Rebekka gut geht», fährt er fort. «Und sollte sie dort nicht zu finden sein, dann knöpfe ich mir höchstpersönlich deine Klassenkameraden vor. Hast du da jemand Bestimmtes im Blick?»

«Nein. Sie sind alle …», beginne ich und breche dann ab. Kommissar Hofer klopft mir auf die Schulter. Er scheint zu verstehen, was ich sagen will, kann es, im wahrsten Sinne des Wortes, an meinem Gesicht ablesen.

«Wir finden Rebekka schon. Versprochen», sagt er. Ich nicke noch einmal, und er steht auf.

«Ich … ähm … Wenn Sie mit den anderen reden, könnten Sie dann vielleicht nicht erwähnen, dass ich …»

Er macht eine Bewegung, als würde er seinen Mund mit einem Reißverschluss schließen, und hebt dann beide Hände. «Von dir habe ich nichts erfahren», versichert er, bevor er wieder die Stimme senkt. «Und es wäre deinerseits gut, wenn du es nicht Wachtmeister Balter gegenüber erwähnen würdest. Polizisten sind da untereinander manchmal ein bisschen heikel mit den Zuständigkeiten.»

Er zwinkert, und ich schüttele den Kopf. «Mache ich nicht.»

«Sobald ich etwas herausfinde, lasse ich es dich wissen. Ach, und Jesse …»

Ich sehe auf. Er kennt sogar meinen Namen, denke ich und weiß nicht, warum mich das in diesem Moment ein bisschen stolz macht. Vielleicht weil ich immer gedacht habe, für die Leute aus Almenen wären wir nur namenlose Schatten.

«Bring sie nicht mehr mit hierher.» Kommissar Hofer nickt in Richtung des Rhododendrons, der neben der Treppe wächst und völlig unauffällig dasteht. Aber offenbar wissen wir beide, wer sich dahinter verbirgt. «Ich glaube, für Edith wäre es besser, bei euch oben zu bleiben, wo sie in Sicherheit ist. Die Leute im Dorf sind …», er hebt die Arme, lässt sie wieder fallen, sucht nach einem passenden Wort. Als ihm eins einfällt, muss er lächeln: «Trottel.»

Als er geht, sehe ich ihm nach. Bis heute habe ich nicht gewusst, dass ich einen Verbündeten im Dorf habe. Dass jemand wie Kommissar Hofer mich ernst nehmen und um das Wohlergehen der Menschen in Jakobsleiter besorgt sein könnte. Dass er sogar Rebekkas und meinen Namen kennt.

«Edith», sage ich, und sie taucht zwischen den Zweigen auf, abgerissene Blätter in den verfilzten Haaren. Ich stehe auf und strecke die freie Hand aus. «Wir gehen jetzt zurück nach Jakobsleiter. Das war erst mal der letzte Ausflug für dich nach Almenen.»

EDITH

Wir gehen zusammen durch den Wald zurück. Hand in Hand. Genauso habe ich es mir vorgestellt. Wir sind beide still, weil Stille schön ist. Ich versuche meine Schritte an seine Schritte anzupassen und meinen Atem an seinen Atem. So mache ich es auch mit Papa manchmal, wenn ich mich im Winter zu ihm hinüberstehle und unter seine Decke krieche. Papas Atem ist ziemlich laut, was eigentlich gar nicht passt, weil Papa ja tagsüber nicht so viel sagt. Anders als er kann ich immer leise sein, am Tag und in der Nacht. Mit meiner Stimme, meinen Füßen und mit meinem Atem. Aber wenn ich nachts neben ihm wieder einschlafen will, dann muss ich versuchen, seinen Schnaufatem mitzumachen. Weil es nämlich nicht so gut geht, neben jemandem zu schlafen, der anders atmet als man selbst.

Mit den Schritten ist das genauso. Wenn man neben jemandem herläuft, vor allem so nah wie ich neben Jesse, dann muss man versuchen, die Schrittlänge gleichzumachen. Sonst hoppelt man nämlich in ungleichem Takt auf und ab, und es geht nicht so gut mit dem Händehalten.

Jesse hat das jetzt wohl auch kapiert. Denn als ich die Beine ganz lang mache, um mit seinen Schritten mitzuhalten, da schaut er überrascht zu mir herunter und bremst ein bisschen ab, um sich mir anzupassen.

Ich kann verstehen, dass er sich erst noch an die neue Gangart gewöhnen muss. Bislang ist es ja immer Rebekka gewesen, die neben ihm gehen durfte. Und die hatte fast doppelt so lange Beine wie ich.

Ich finde es schön, dass ich Jesse jetzt den ganzen langen Weg für mich habe. Ich darf sogar mit zu Freigeist. Jesse legt seinen Finger auf die Lippen, als wir den Pfad verlassen und uns zusammen zum Wolfsversteck durchschlagen. Er zeigt mir seinen Wolf, als wäre der ein Geheimnis. Aber natürlich weiß ich längst Bescheid. Ich weiß vieles, von dem andere keine Ahnung haben. Alle denken immer, die Edith, die ist doch noch klein und verstehen tut die auch nix. Wenn man nichts sagt und immer nur guckt, dann halten sie einen schnell für dumm. Aber genau das Gegenteil ist der Fall.

Wir hocken uns ins Moos. Natürlich hat Freigeist uns schon gehört. Er taucht zwischen den Bäumen auf und rennt auf Jesse zu. Freigeist ist inzwischen so groß, dass er Jesse problemlos umwirft. Sie toben ein bisschen, und dann sind beide erschöpft, liegen auf dem warmen Boden, und ich darf Freigeist streicheln.

Wir sitzen jetzt so da, wie Rebekka und Jesse hier gesessen haben, als ich die beiden von hinter den Bäumen beobachtet habe. Ich hoffe, Jesse wird mir nun auch ein selbst gemachtes Armband schenken, mit einem Wolf dran, wie das für Rebekka, und mein Herz klopft ein bisschen schneller.

Er sagt: «Weißt du, Edith, Freigeist fühlt sich ein bisschen alleine hier im Wald, wenn ich den ganzen Vormittag in der Schule bin. Meinst du, du könntest ihm tagsüber ein bisschen Gesellschaft leisten?»

Ich nicke zögerlich. Eigentlich habe ich keine Zeit. Aber ich weiß ja, dass Freigeist Jesse sehr wichtig ist. Und dass es außerdem gar nicht schlecht wäre, wenn mal jemand auf ihn aufpasst und ihn ein bisschen erzieht, damit er nicht immer die Ziegen von Jesses Papa frisst.

«Ich gehe dann alleine zur Schule und komme nach dem Unterricht hierher, um dich abzuholen, was meinst du? Und an den Nachmittagen, an denen mein Vater mich nicht braucht, zeige ich dir, was wir im Unterricht gemacht haben, sodass du auch eine Schule hast. Hier unter den Bäumen», er deutet um sich. Sonnenlicht fällt durch die Zweige und auf sein Gesicht. Jesse hat ein schönes Gesicht. Alles darin ist weich und glatt. Ganz anders als bei meinem Papa. *Jetzt schenkt er mir gleich den Wolf*, denke ich und rücke ein bisschen näher zu ihm.

Es ist immer etwas anderes, ob man etwas geschenkt bekommt oder es sich nehmen muss. Wenn man sich etwas nehmen muss, dann kitzelt es einen im Bauch. Aber wenn man etwas geschenkt bekommt, dann kitzelt es einen am Herzen.

Er greift in seine Schultasche.

Jetzt, denke ich und mache große Erwartungsaugen. Ein bisschen beginnt es schon, am Herz zu kitzeln.

Aber als Jesse die Hand aus der Tasche zieht, liegt lediglich das kleine Postpäckchen darin, das wir auf dem Rückweg abgeholt haben. Unsere Post kommt immer unten in Almenen an, weil der Postbote mit seinem Roller ja schlecht den Berg hinaufkann. Normalerweise ist es Rebekkas Aufgabe, die Post zu holen.

«Möchtest du vielleicht das Verteilen der Briefe übernehmen, bis Rebekka wieder da ist?»

Ich finde eigentlich, dass das eine schlechte Idee ist, weil Rebekka sowieso nicht wiederkommt. Aber Jesse löst schon die Schnur des Päckchens, hält mir die Briefe einen nach dem anderen vor die Nase und liest jeden Namen langsam und deutlich vor.

«E-N-T-Z. Herr Entz.» Nächster Brief. «G-R-O-S-S. Herr Michael Gross.» Nächster Brief. «T-S-C-H-E-T-T-E-R. Herr Tschetter.» Jetzt ein Prospekt. «D-E-C-K-E-R. Herr Samuel Decker.»

Ich schaue auf Jesses Mund, der die Buchstaben formt, und frage mich, was das soll. Ich kann selbst lesen. Das habe ich mir schon vor Langem beigebracht, mit dem großen Buch über Pflanzen. Immer wenn ich auf eine Blume in dem Buch getippt habe, hat Jesse mir die Namen vorgelesen:

Soldanella alpina, Echtes Alpenglöckchen.

Potentilla nitida, Dolomiten-Fingerkraut.

Leontopodium alpinum, Edelweiß.

Ich habe mir die Form der Worte und Buchstaben gemerkt. Es ist ja wirklich kein Hexenwerk mit den paar Buchstaben, die es nur gibt. Und die Namen der Blumen sind viel komplizierter als die Namen in unserem Dorf. Ich schaue auf die Briefe, die Jesse mir in die Hände drückt, und dann auf Freigeist. Plötzlich habe ich keine Lust mehr auf diese zwei neuen Aufgaben. Ich bin lieber frei und mache, was ich will.

Aber als ich Jesse die Briefe zurückgebe, drückt er sie mir sehr nachdrücklich noch einmal in die Hände. «Das ist eine sehr wichtige Aufgabe, Edith», sagt er. «Nicht nur, weil es dir helfen wird, lesen zu lernen. Ein Briefträger ist obendrein auch ein Geheimnisträger.» Er zwinkert mit dem rechten Auge. Wenn jemand mit nur einem Auge zwinkert, meint er entweder etwas nicht ganz ernst, oder man soll etwas verstehen, das der andere nicht laut sagt. Ich tippe auf das Zweite. Ich tippe, dass Jesse meint, dass ich der beste Geheimnisträger von ganz Jakobsleiter bin. Und damit hat er recht.

Ich verteile also die Briefe, als wir zurück in der Siedlung sind. Weil das Wetter noch gut ist, sind die meisten draußen und erledigen ihre Arbeiten. Holz hacken und was reparieren, Fleisch zerlegen und für den Winter trocknen, solche Dinge. Der alte Samuel hat in den Bergen einen Steinbock erwischt, dem er mitten vor der Hütte das Fell abzieht, damit auch alle sehen, was für einen tollen Fang er gemacht hat. Er wischt sich mit dem Ärmel die Nase und kommt mir entgegen. Seine Hände sind dunkelrot, als er sie mir entgegenstreckt, und mit einem Mal ist sein Gesicht es auch. Ich glaube, das kommt, weil sich ganz vorne auf dem Prospekt, den ich ihm hinhalte, eine nackte Frau auf einem Auto kringelt. So etwas sieht der alte Samuel bei uns in der Siedlung ja sonst nicht, weder das Auto noch die nackte Frau. Der alte Samuel reißt mir den Prospekt aus den Fingern und hält ihn hinter den Rücken. Als könnte er ihn jetzt noch vor mir verstecken – nachdem ich ihn schon durchgeblättert habe. Auch auf dem Hals vom alten Samuel wuchern rote Blumen.

«Das sagst du aber keinem, Kind!», raunt er und leckt sich nervös über die Lippen. Ich blicke mich zur Kapelle um. Die Antenne kann geheime Wünsche ausspionieren, hat unser Priester gesagt. Sie kann die Gedanken anzapfen, selbst wenn man sie nicht ausspricht. Vielleicht wünscht der alte Samuel sich ein Auto und eine Frau, am besten in nackt.

Ich mache das Zwinkerzeichen mit dem rechten Auge, damit er weiß, dass ich eine Geheimnisträgerin bin. Dann drehe ich mich um und springe durch die Häuser zurück in Richtung Wald.

Ich werde mir auch etwas wünschen. So fest, dass die Antenne mich nicht ignorieren kann.

JESSE

Exakt eine Stunde vor der Abenddämmerung findet eine Versammlung an der Kapelle statt. Wir haben nicht oft Versammlungen, zu denen die ganze Siedlung zusammenkommt, was vor allem daran liegt, dass es meist nichts zu sagen gibt. Unser Leben hier folgt eigentlich immer dem gleichen Rhythmus, der von den Jahreszeiten und den Bedingungen am Berg abhängt und Entscheidungen überflüssig macht. Bevor unser Priester vor drei Jahren zu uns kam, haben wir nur nach dem Diktat von Wind, Regen und Kälte gelebt.

Sein Name ist Isaiah, den Nachnamen habe ich vergessen. Wir nennen ihn nur noch «unseren Priester», und ich glaube, das gefällt ihm. Soweit ich weiß, war er in Kanada schon als Prediger in einer Täufergemeinde tätig. Er findet, wir sind Frevler, weil wir unsere Religion in Jakobsleiter nicht richtig praktizieren. Die Frauen tragen keine Kopftücher. Wir essen nicht getrennt und beten nicht. Im Grunde ist es längst nicht mehr die Religion, die unsere Siedlung zusammenhält. Es ist das Schweigen und die Notwendigkeit, einander hin und wieder zur Hand zu gehen, um in dieser rauen Bergwelt zu überleben.

Unser Priester versucht immer wieder, uns an die Kandare zu nehmen, aber die Leute sind stur. Seine Sonntagspredigt besuchen wir nur, wenn es unsere Arbeit zulässt. Es ist schwer, den Sonntag zu ehren, wenn noch ein Dach zu reparieren ist und Gewitter droht oder wenn man ein Tier ausweiden muss, das einem vor die Flinte gelaufen ist. Die Tiere fragen nicht danach, ob Sonntag oder Montag ist oder was unser Priester will.

Wir stellen das Überleben über Gott und die Regeln des Berges über die Regeln der Kirche. Aber weil unser Priester hartnäckig ist und der Einzige, der ständig etwas sagt, hat er sich zu so etwas wie unserem Anführer aufgeschwungen.

Natürlich ist er es, der die Versammlung einberufen hat. Er klettert vor der Kapelle auf eine Bank, die wir für ihn angeschleppt haben. Im Innenraum gäbe es keinen Platz für alle von uns. Ich weiß nicht, wer die Kapelle gebaut hat, sie ist schon immer hier gewesen. Und bevor unser Priester kam, haben wir sie als Vorratskammer für Fleisch, Mehl und andere Dinge genutzt, die nicht nass werden dürfen. Denn nirgends in Jakobsleiter ist es so trocken und kühl wie in unserer Kapelle. Aber auch das hat Isaiah geändert. Die Kapelle steht jetzt leer und wird eigentlich nicht mehr genutzt.

Wie immer begrüßt er uns mit den Worten: «Gnade sei mit euch, Brüder, amen.» Nur wenige von uns bekommen die Zähne auseinander, um das «Amen» zu erwidern. Unser Priester mustert uns, prüft unsere Anwesenheit. Neben Rebekka und Edith fehlt nur Rebekkas Mutter, die man zunächst zwar ebenfalls hergeschleppt hat, dann aber in ihre Hütte zurückbringen musste, weil sie die ganze Zeit geflucht hat. So spät am Tag kann sie sich nicht alleine auf den Beinen halten. Meine Mutter dagegen ist da. Vater hat einen Stuhl für sie aufgestellt, auf dem sie sitzt und Löcher in den Himmel starrt, während Vater neben ihr steht und die Lehne hält. Ich folge Mamas Blick. Am Horizont ziehen schwarze Wolken auf. Sie bilden einen passenden Hintergrund für die Rede, die unser Priester nun hält. Vielleicht hat er es so geplant, denke ich. Vielleicht hat er uns extra zu dieser dramatischen Stunde herbestellt, in dieses Niemandsland zwischen Tag und Nacht und vor den Fronten eines Gewitters.

«Es ist so einiges passiert in den letzten Wochen, das den Frieden unserer beschaulichen Siedlung gestört hat», sagt er mit gerecktem Hals und lauter Stimme, die stets etwas Krächzendes an sich hat. Wie er da so auf der Bank steht und sich groß zu machen versucht, hat er etwas von einem Hahn, der zur falschen Zeit kräht.

«Wir haben Grund zur Annahme, dass es Kräfte gibt, die daran interessiert sind, uns auszuspionieren und zu schwächen. Ein beunruhigendes Vorspiel zur erneuten Unterdrückung unseres Volkes, das wir *jetzt* erkennen müssen, bevor es sich vollständig unserer Kontrolle entzieht.»

Unser Priester spricht gewählt, ganz anders als die Bauern unten im Dorf, und benutzt Wörter, die erst er auf den Berg mitgebracht hat. Wir lauschen ihm stumm. Wir mögen nicht all seine Regeln zu unserer Religion befolgen. Aber wenn er spricht, saugen wir seine Worte auf wie ein ausgetrockneter Boden den Regen.

«Wer Ohren hat, der höre. Wer Augen hat, der sehe die schaurigen Zeichen. Diese Antenne», er deutet auf den eisernen Turm, der die Kapelle überragt. «Diese Antenne ist nicht nur ein Unheilbringer, der die Tiere durchdrehen lässt und unsere Körper schwächt, sie dient auch der Spionage, der Abhörung. Das sind Methoden, die sogar die der Stasi in den Schatten stellen.» Er hebt die Hand und zählt an den Fingern ab, welche Übel sich in den letzten zwei Wochen bei uns im Dorf eingeschlichen haben: Schnupfen, Halluzinationen, die Wölfe, Hühnereier, in denen nur noch toter Schleim war. Und dann das unbestimmte Gefühl, unter ständiger Beobachtung zu stehen. «Und nun», ruft er, «ist auch noch ein junges Mitglied unserer Siedlung verschwunden.» Er macht eine bedeutungsvolle Pause, und ich ducke mich unbewusst. Ich war es, der unserem Priester vor nicht einmal einer Stunde von Rebekka erzählt hat, in der Hoffnung, aus dieser Zusammenkunft eine Art Krisentreffen machen zu können. Ich wollte sehen, wie alle ausschwärmen und in den Wäldern, im Dorf und im Tal nach ihr suchen. Wie sie Rebekka doch noch in einer Scheune in Almenen finden, verängstigt, aber unverletzt. Wie sie meine schuldigen Mitschüler für den Streich windelweich prügeln.

Doch als unser Priester jetzt Rebekkas Namen über die Wiese brüllt, habe ich plötzlich das ungute Gefühl, dass es die falsche Entscheidung war, mich ihm anzuvertrauen.

«*Etwas* hat Rebekka verhext», ruft er. «*Etwas* hat ihr den Kopf verdreht und sie fortgelockt, in die Stadt! Ausgerechnet eine der letzten Frauen aus unserer Siedlung und damit eine der wenigen Chancen, dass unsere Gemeinschaft hier oben am Berg weiter wächst und gedeiht. Und was glaubt ihr wohl, was an alledem schuld ist?»

Hinter ihm türmen sich die schwarzen Wolken auf, und in just diesem Moment streckt unser Priester den Zeigefinger in die Höhe wie einen Blitzableiter. Er deutet auf den Mast. «Natürlich diese Antenne! Diese Antenne trägt die Schuld an dem ganzen Dreck!»

Jemand berührt meine Finger. Edith ist von irgendwo aufgetaucht und hat sich neben mich gestellt, leise wie ein Geist. Sie schiebt ihre Hand in meine, ohne mich anzusehen, und blickt stattdessen konzentriert nach vorn. Ich streiche ihr über die Haare, die sich strohig und verfilzt anfühlen.

«Wo bist du bloß wieder gewesen, kleine Zecke?», murmele ich. Ich suche unter den Leuten nach ihrem Vater. Er steht ganz am Rand der Gruppe, wie immer mit verschränkten Armen und verschlossenem Gesicht. Theodor Mader ist ein Eigenbrötler, noch mehr als alle anderen hier. Er spricht nur mit seiner Tochter, die ihm wiederum nicht antwortet. Ich drücke Ediths Hand.

«Die Teufel da unten haben einen neuen Gott erfunden: das Internet!», ruft unser Priester weiter. «Und wie der einzig wahre Gott weiß das Internet alles über uns, es kennt unsere geheimsten Wünsche. Doch im Gegensatz zu unserem Gott ist dieser elektronische Gott nicht gut und barmherzig! Er weiß, wer wir sind, und gibt vor, er könne uns all das geben, was wir begehren! Aber das ist eine Lüge. In Wahrheit geht es darum, uns auszuspionieren und uns zu schwächen! Ich sage euch, Brüder, wir müssen das

Dreckding loswerden, bevor mit uns das Gleiche geschieht! Wir müssen …»

Doch weiter kommt er nicht. Ein Geräusch unterbricht ihn, das uns alle sofort zusammenfahren lässt: die Kuhglocke am Fuß der Siedlung. Die Vorrichtung hat Samuel vor einigen Jahren ausgetüftelt. Die Glocke ist mit einem Gatter verbunden, das man eigentlich ganz einfach umgehen könnte. Sie kündigt uns an, wenn jemand nach Jakobsleiter kommt, der sich nicht auskennt. Darum läutet sie eigentlich nie. Ich löse mich aus Ediths Griff und trete aus der Gruppe hervor. Es ist unwahrscheinlich, dass Rebekka das Gatter benutzen würde, aber sie ist die Einzige, die noch fehlt. Angespannt stehe ich da, warte ab, wie wir alle. Selbst unser Priester ist verstummt. Die Gestalt auf dem Bergpfad wird nach und nach sichtbar, wie auf einer steilen Treppe. Aber es ist nicht Rebekka. Die Besucherin, die da zu uns heraufsteigt, ist Laura Bender.

LAURA

Ich hatte ja keine Ahnung, was für einen Weg die Kinder jeden Tag zurücklegen müssen. Ein mühsamer Pfad durch Bäche und Wälder, über Felsen und Geröll. Schon beim ersten Warnschild war ich kurz davor umzudrehen. Aber wenn ich mir etwas in den Kopf gesetzt habe, bin ich stur. Außerdem gehen Rebekka und Jesse diesen Weg jeden Tag, ohne von Steinen getroffen oder von Tieren angegriffen zu werden, habe ich mir gesagt. Und nachdem die ersten drei- oder vierhundert Höhenmeter erst mal bewältigt waren, habe ich mir bei jeder Wegbiegung eingeredet, dahinter werde sicherlich schon die Siedlung auftauchen.

Das ist nun fast drei Stunden her, und inzwischen steht die Sonne beunruhigend tief. Mein Blick schweift von der Armbanduhr zum Himmel, wo ich endlich die Spitze der Antenne entdecke. Aber meine Erleichterung verfliegt schnell, denn da ist auch ein unheilvoller schwarzer Wolkenturm. Wo ist der so schnell hergekommen? Als ich aufgebrochen bin, war der Himmel noch blau, und die Sonne stand so hoch, dass ich nicht mal einen Gedanken daran verschwendet habe, es könnte möglicherweise dämmrig werden, bis ich den Berg wieder hinabmuss. Mir wird klar, dass ich spätestens jetzt umkehren sollte. Aber wer tut das schon, umkehren, wenn endlich das Ziel vor einem auftaucht, auf das man sich die letzten Stunden so mühevoll zubewegt hat? Ich stütze meine Hände auf die Knie, um mir eine kurze Atempause zu gönnen. Dann nehme ich den letzten steilen Anstieg in Angriff. Mit jedem Höhenmeter wird die Antenne, aber auch die Gewitterfront ein Stück größer. Die Art, wie die dunklen Wolken sich um die Spitze versammelt haben, erinnert mich an Mordor in *Der Herr der Ringe*. Ein gar nicht so unpassender Vergleich, denke ich mit einem Anflug von Galgenhumor: Mount Doom, der Schicksalsberg. Das Zentrum von Mordor. Und ich bin dabei, ihn zu erklimmen.

Ich stoße ein Gatter auf, das zaun- und damit eigentlich nutzlos auf meinem Weg steht, und schleppe mich dann schwer schnaufend das letzte Stück hinauf. In meiner Naivität hoffe ich darauf, dass es in diesem Jakobsleiter ein Gasthaus gibt oder zumindest ein Geschäft, in dem ich etwas zu trinken kaufen kann. Ich habe nur eine kleine PET-Flasche stilles Wasser dabeigehabt, als ich aufgebrochen bin, und die ist längst leer. Hätte ich gewusst, wie lange ich laufen muss, um oben anzukommen, hätte ich sie mir an dem Bach aufgefüllt, der kurz hinter dem Wald den Weg gekreuzt hat. Doch stattdessen habe ich mir nur Gedanken darüber gemacht, ob man wohl Durchfall bekommt, wenn man Wasser aus einem Bergbach trinkt.

Meine Beine sind müde, mein Mund ist trocken, und in meiner rechten Schläfe kündigen sich Kopfschmerzen an. Ich kann jetzt neben der Antenne die Spitze einer Kirche oder Kapelle erkennen und schließlich die Kapelle selbst. Eine Menschentraube hat sich vor ihr versammelt. Offensichtlich haben sie mein Kommen bereits bemerkt, denn einer von ihnen kommt auf mich zu. Ich hebe erleichtert die Hand, als ich Jesse erkenne. Doch als ich dann auch die Häuser sehe, die offenbar die Siedlung bilden, bleibe ich abrupt stehen. Ich bin mir nicht sicher, ob Erstaunen ein passender Ausdruck für mein Gefühl ist. Fassungslosigkeit würde es besser treffen.

Jakobsleiter besteht aus wenigen winzigen, niedrigen Hütten, die sich gegen eine schroffe Felswand drängen, sich klein machen, als wollten sie sich verstecken. Aus einem Hubschrauber oder einem Flugzeug kann man das Dorf in dieser Tarnstellung sicher nicht sehen. Tatsächlich haben die Häuser eher etwas von Schutzbunkern als von Hütten, mit Fenstern, die so schmal sind, dass sie wie Schießscharten aussehen. Wahrscheinlich lassen sie kaum Licht in den Innenraum. Von einem Laden jedenfalls ist weit und breit nichts zu sehen, geschweige denn von einem Gasthaus. Dies ist kein Ort, der für das Leben erbaut wurde. Er ist fürs Verstecken gemacht. Aber wovor?

«Was machen Sie hier, Frau Bender?» Es ist das erste Mal, dass ich Jesse etwas sagen höre, ohne ihn ausdrücklich dazu auffordern zu müssen. Mehrmals. Mit etwas Abstand zu mir ist auch er stehen geblieben. Sein Blick wandert verständnislos zwischen meinem Gesicht und meinen flachen Turnschuhen hin und her. Beides ist hier ganz klar völlig fehl am Platz. Als ich in Almenen aufgebrochen bin, waren die Schuhe noch weiß, doch jetzt sind sie matschverklebt. Ein Wunder, dass ich mir in dem unwegsamen Geröll nicht die Knöchel gebrochen habe.

«Ich hatte keine Ahnung, dass ihr so hoch oben lebt.» Ich stütze die Hände erneut auf die Knie, richte mich dann aber mühevoll auf, weil mir auffällt, was für einen jämmerlichen Anblick ich für die Bewohner abgeben muss. Außer Atem und außer Form. Eine Frau aus dem Flachland, während die irren Steigungen hier oben ihr Alltag sind.

Die Kapelle ist aus den gleichen Steinen gebaut wie die Häuser und steht direkt am Rand eines Abgrunds. Sie ist so windschief, dass man meinen könnte, sie müsse den Berg hinabstürzen, wenn jemand auf die Idee käme, sich von innen gegen die Wand zu lehnen. Vielleicht sind die Menschen deshalb draußen versammelt.

So laut und vernehmlich, als würde ich mich einer Klasse vorstellen, sage ich: «Ich bin die neue Lehrerin aus Almenen. Laura Bender.»

Keiner reagiert, die Menschen vor der Kapelle starren mich mit Mienen an, die zu dem schwarzen Wolkenberg passen. Mir fällt auf, dass einer der Männer auf einer Bank steht und dass ich möglicherweise in etwas Wichtiges reingeplatzt bin. Ich werfe einen weiteren besorgten Blick zum Himmel.

«Tut mir leid, dass ich so unangekündigt bei Ihnen auftauche», rufe ich. «Ich bin gekommen, um mit den Eltern von Jesse zu sprechen.»

Aus den Augenwinkeln registriere ich, wie Jesse bei diesen Worten zusammenfährt. Ansonsten passiert nichts. Der Menschenpulk bleibt geschlossen, als hätte ich nach dem Schuldigen in einem Mordfall gefragt. Was ist bloß mit diesen Leuten los? Ich gehe auf die Versammlung zu, die eigentlich fast nur aus Männern besteht, wie mir jetzt klar wird. In dem ganzen Pulk kann ich nur eine einzige Frau ausmachen, die auf einem Stuhl sitzt. Und dann sehe ich plötzlich sie: Ganz am Rand, barfuß und mit verfilztem braunem Haar, steht das Mädchen, das ich gestern zusammen mit Jesse in Almenen gesehen habe. Von wegen, hier gibt es keine Kinder außer Jesse und Rebekka!

Als das Mädchen meinen Blick bemerkt, duckt es sich und verschwindet hinter den Erwachsenen. Aber kurz darauf taucht sie links von der Kapelle wieder auf und rennt den Bergpfad entlang, in die Richtung, aus der ich komme. Ich mache einen Satz zur Seite, als sie angeflitzt kommt. Sie schlägt einen Haken wie ein Hase, trotzdem schaffe ich es noch, sie am Ärmel ihres ausgeleierten T-Shirts zu erwischen.

«Hey, du!», sage ich, doch schon im nächsten Moment lasse ich den Ärmel erschrocken wieder los, denn jemand hat mich unsanft am Oberarm gepackt. Ich wirbele herum, der Griff ist schmerzhaft. Vor mir steht ein Mann, einen guten Kopf größer als ich. Seine Augen sind von einem unnachgiebigen, kalten Grau.

«Sind Sie der Vater des Mädchens?», frage ich und winde meinen Arm. Statt einer Antwort verstärkt sich sein Griff. Ich will mich losreißen, versuche mit der freien Hand seine Finger aufzubiegen. Der Mann rückt bedrohlich näher, und ich schnappe nach Luft. Wegen der Schmerzen in meinem Arm, aber auch, weil er so penetrant nach Schweiß, Feuer und schlecht getrockneter Kleidung riecht.

«Theodor», ruft plötzlich der Mann auf der Bank. «Lass sie los, verdammte Scheiße.»

Der Mann starrt mich unbeirrt an. Er scheint jemandem, der auf eine Bank klettern und den Hals strecken muss, um Gehör zu finden, nicht allzu viel Bedeutung beizumessen.

«Theodor!», ruft der Mann noch einmal. Es klingt, als pfeife er einen Hund zurück. Schließlich lockert Theodor den Griff und lässt mich los. Ich unterdrücke ein Stöhnen, als ich mir den gequetschten Oberarm reibe.

«Sie haben gesagt, Sie wollen zu Jesses Eltern», sagt der Mann auf der Bank, den ich inzwischen für den Anführer halte.

«Ja. Sind Sie das denn?», frage ich zweifelnd. Mit seiner hageren Struktur und der geringen Körpergröße hat er so gar keine Ähnlichkeit mit Jesse.

«Nein, das bin ich», sagt jetzt jemand aus der Menge. Ein Mann mit Vollbart, dessen Hand auf der Stuhllehne der Frau liegt. Jetzt erst bemerke ich ihren leeren Blick und die leicht schaukelnde Bewegung. Das ist dann also Jesses Mutter, denke ich. Und Jesses Aussage, er könne den Berg nicht verlassen, um auf ein Internat zu gehen, bekommt plötzlich eine ganz neue Bedeutung. Warum hat Hofer mir nicht gesagt, dass Jesses Mutter behindert ist?

«Herr Glanzer, haben Sie vielleicht fünf Minuten Zeit für mich? Es geht um die schulischen Leistungen Ihres Sohnes.»

Er nickt knapp, macht aber keine Anstalten, mich in sein Haus zu bitten oder wenigstens von der Gruppe fortzuführen, wie ich es erwartet hätte. Hier oben ist ohnehin so einiges anders, als ich es erwartet hätte.

«Unter vier Augen», füge ich hinzu. «Ich kann die Angelegenheiten eines Schülers nicht vor Unbeteiligten besprechen.»

Keine Reaktion. Schließlich sagt der Mann auf der Bank: «Was Sie zu besprechen haben, hören wir alle, oder Sie können wieder gehen.»

«Das ist eine Sache zwischen Herrn und Frau Glanzer und

mir», beharre ich. Doch wieder antwortet mir nur der Mann auf der Bank: «Wenn Jesse in der Schule Probleme macht, dann schicken Sie ihn einfach nach Hause. Er ist inzwischen ohnehin erwachsen und muss nicht mehr in den Unterricht.»

«Probleme?», echoe ich. «Jesses Leistungen in der Schule sind großartig!»

«Und was machen Sie dann hier?»

Ich ignoriere den Mann und blicke demonstrativ Jesses Eltern an. «Ich möchte Ihnen, Herrn und Frau Glanzer, den Vorschlag unterbreiten, Jesse auf eine weiterführende Schule zu schicken. Beziehungsweise auf ein Internat. Für die Kosten würden wir Stipendien beantragen können. Ich habe –»

Ich zucke zusammen. Etwas ist auf meinen Kopf gefallen. Nass, kalt, mitten auf den Scheitel. Erschrocken blicke ich nach oben. Es beginnt zu regnen. Dicke, schwere Tropfen. Wo sie auf Fels treffen, hinterlassen sie dunkle Flecken. Ich schließe eine Sekunde die Augen und verfluche mich dafür, hergekommen zu sein. Als ich sie wieder öffne, löst sich die Menge vor mir auf. Die Menschen lassen mich einfach stehen und gehen in ihre Hütten. Dabei haben sie mir nicht einmal eine Antwort gegeben. Pitsch. Erneut fällt mir ein Tropfen mitten auf den Scheitel. Da hast du doch deine Antwort, denke ich. Diese Leute hier wohnen dem Himmel so nah, dass er auf ihrer Seite steht. Ich verziehe das Gesicht. Die Erschöpfung, die Enttäuschung, das ganze ignorante Verhalten der Dorfgemeinschaft machen mich plötzlich wütend.

«Wenn Sie nicht mit mir reden wollen, dann kann ich auch gerne das Jugendamt einschalten!», rufe ich dem Pulk hinterher. «Die würden sich bestimmt brennend dafür interessieren, dass hier oben ein Mädchen versteckt und von jeglicher Bildung abgeschnitten wird!»

Nur einer bleibt stehen und dreht sich um. Es ist der Mann, der eben meinen Oberarm gepackt hatte, der Vater der Kleinen, natürlich. Er starrt mich an, wir haben jetzt beide die Fäuste geballt. Aber mir ist egal, dass er zurückkommen und mir eins aufs Maul hauen könnte. Ich bin nicht den ganzen weiten Weg hier hochgekraxelt, um mich jetzt so einfach mit Schweigen abspeisen zu lassen! Meine Nerven sind bis aufs Äußerste gespannt. Ich merke nicht einmal mehr, dass ich müde, hungrig und durstig bin. Ich bin vor allem wütend.

Ganz unerwartet löst der Mann seine Hände und wendet sich ab. Ich bin fassungslos. Mein Blick sucht Jesses Vater, der seine behinderte Frau vom Stuhl gehoben hat und dabei ist, sie in eine der Hütten zu tragen. Ich renne ihm nach.

«Herr Glanzer, bitte!», rufe ich, doch als ich ihn erreiche, schlägt er mir die Tür vor der Nase zu. Ich stoße einen erschrockenen Laut aus. Neben mir will sich Jesse vorbeidrücken. Er hat den Kopf eingezogen.

«Jesse!», sage ich. Er bleibt stehen, sieht mich an. Seine Miene ist besorgt, aber er schüttelt den Kopf.

«Sie sollten besser nach Hause gehen, Frau Bender», murmelt er. «Bitte! Der Berg ist gefährlich bei Gewitter.»

Ach was!, hätte ich am liebsten gerufen, doch in dem Moment kracht der erste Donnerschlag über unseren Köpfen los, und ich ducke mich instinktiv. Wie viel lauter der Donner hier oben ist! Die Felsen wirken wie ein Verstärker. Wir blicken beide nach oben. Ich kann spüren, dass Jesse unschlüssig ist. Es scheint ihm schwerzufallen, seine Lehrerin bei diesem Wetter den Berg hinunterzuschicken. Ich möchte ihn gerade bitten, mich ins Haus zu lassen, nur so lange, bis das Unwetter vorbeigezogen ist, da sagt er: «Es tut mir leid, Frau Bender. Sie hätten nicht kommen sollen.» Dann öffnet er die Tür einen Spalt und schlüpft ins Innere der Behausung.

«Jesse!», rufe ich, doch da knallt die Tür hinter ihm schon wieder zu, mit einer Gewalt, die mir verrät, dass sein Vater dahinter gestanden haben muss. Fast zeitgleich kracht ein zweiter Donnerschlag durch die Berge. Ich wende mich um. Auf dem Platz vor der Kapelle stehen nur noch der Stuhl und die Bank. Die schweren Tropfen schlagen jetzt in kürzerem Abstand auf dem Boden auf. Die Kapelle fällt mir ein. Vielleicht kann ich mich dort unterstellen, bis das Unwetter vorbei ist. Aber als ich hinlaufe und an der hölzernen Tür rüttele, ist sie verschlossen. Wer schließt denn verdammt noch mal eine Kapelle ab, die auf fast zweitausend Meter Höhe an einem einsamen Abgrund in den Bergen steht?

Ein Rabe fliegt kreischend über den Antennenturm. Ich blicke nach oben. Und als ich die Ausmaße sehe, die der schwarze Wolkenturm inzwischen angenommen hat, sackt mir das Herz ab. Ich laufe los. Auf schnellstem Weg zurück ins Tal.

JESSE

Vater reißt mich am Arm ins Haus und knallt die Tür hinter mir zu. Mit Mama muss er fast ebenso verfahren sein. Ihr Stuhl steht schräg und mitten in der Stube. Er hat sich nicht einmal die Zeit genommen, sie an ihren üblichen Platz zwischen Küchentisch und Ofen zu setzen. Ans einzige Fenster, über das unsere Hütte verfügt. Dort sitzt Mama normalerweise, wiegt sich vor und zurück und blickt durch den schmalen Spalt in der Wand, wie durch die Lücke zweier Gitterstäbe. Vater sagt immer, seit dem Unfall in der Stadt hat Mama ihr eigenes Gefängnis im Kopf, und keiner kann den Schlüssel finden. Ich will sie hochheben und zu ihrem Lieblingsplatz tragen mitsamt ihrem Stuhl.

«Eine höhere Schule also, hm?» Vater ist außer sich. Als sei die Sache mit dem Internat auf meinem Mist gewachsen. «Und mich willst du wohl mit Mama sitzen lassen, damit ich mich allein um alles kümmere! Um sie, um die Ziegen und um das Haus!» So laut und ungehalten habe ich Vater noch nie erlebt. Oder zumindest sehr lange nicht. Seit Mama ihm vor vielen Jahren verkündet hat, sie wolle diesen Job in der Stadt annehmen. Nur für zwei Tage unter der Woche, hat sie gesagt, *gebettelt*. Weil sie noch verrückt werde bei all dem Schweigen hier oben. Schon komisch. Am Ende ist sie nicht hier oben verrückt geworden, sondern unten in der Stadt.

«Hast du denn alles vergessen?», brüllt Vater mich an. «Hast du vergessen, was sie mit Mama gemacht haben?» Er deutet auf sie, mit ausgestrecktem Zeigefinger. Mama bleibt ganz still, schaukelt nicht. Sie und ich, wir halten beide die Luft an. Ich hasse es, dass sie neben uns sitzen muss und alles mitbekommt. Dass sie wieder einmal als schlechtes Beispiel herhalten muss. Schau nur, was mit denen passiert, die versuchen, den Berg zu verlassen! Sie werden in der Stadt windelweich geschlagen und verblöden, wie deine Mutter!

«Es war nicht meine Idee», flüstere ich mit angespannten, hochgezogenen Schultern.

«Was?»

«Es war nicht meine Idee.»

«Schau mich gefälligst an, wenn ich mit dir rede!»

Ich drehe mich um, sehr langsam, mit Mikroschritten. Vater steht im Schatten neben der Tür und sieht aus wie ein wütendes Tier, das mich aus der Ecke einer Stallbox heraus anfunkelt und darauf wartet, dass ich mich nähere.

«Ich gehe nirgendwohin», versichere ich.

«Und was wollte die Schlampe dann hier oben?» Vaters Speichel fliegt mir entgegen, als er einen Schritt auf mich zumacht. Jetzt kann ich sein wütendes Gesicht besser sehen. Ich zucke zusammen, weiche aber nicht zurück. Es gefällt mir nicht, wie er Frau Bender genannt hat.

«Woher sollte ich wissen, dass sie kommt?»

«Nun, sie wird wohl kaum den weiten Weg auf sich genommen haben, ohne vorher mit dir zu sprechen, oder?»

Damit hat er recht. Frau Bender hat mit mir gesprochen. Aber ich habe ja bereits Nein gesagt.

«Jetzt ist jedenfalls Schluss mit Schule», sagt Vater, ohne auf meine Antwort zu warten. «Ich habe eh nichts davon gehalten, dass du da hingehst! Um mir hier oben zur Hand zu gehen, brauchst du den ganzen Scheiß nicht. Am Montag kann Rebekka dieser Frau Bender Bescheid sagen, dass du nicht mehr kommst.»

«Nein.»

«Bitte?» Mein Vater ballt die Fäuste. Er ist es nicht gewohnt, dass ich ihm Widerworte gebe.

«Hast du nicht gehört, was der Priester eben gesagt hat?», frage ich. «Rebekka ist weg! Sie ist gestern einfach aus der großen Pause verschwunden und nicht zurückgekommen. Dazu sagst du gar nichts! Keiner sagt was! Du nicht und unser Priester auch nicht, den interessiert nur seine blöde Antenne!»

Vater knurrt etwas.

«Was?», frage ich.

«Ich sagte: Darüber wird man hier oben schon noch diskutieren. Wahrscheinlich mehr, als gut für uns ist.»

Er wendet sich ab, Mama zu. Vielleicht bemerkt er erst jetzt, dass sie verloren im Raum herumsitzt. Seine Wut ist von einem Moment auf den anderen fort. Er beugt sich zu ihrem Stuhl herunter, und ohne zu fragen, komme ich dazu und greife ihm gegenüber unter die hölzerne Sitzfläche. Schweigend heben wir an und bringen Mama zum Fenster. Wie zwei Diener, die eine Königin auf Händen tragen. Mama hätte darüber sicher gelacht, wenn sie noch könnte. Früher hat Mama viel gelacht, bevor ihr das mit dem Kopf passiert ist. Manchmal, wenn wir sie so durch die Gegend tragen, stelle ich mir vor, wie sie fast vom Stuhl fallen würde vor Lachen. Wie der Stuhl kurz nach hinten kippt, weil sie sich so sehr bewegt. Mama würde erst ein erschrockenes Gesicht machen und dann noch lauter lachen, weil ich die Lehne in letzter Sekunde noch gepackt bekomme und sie vor dem Fallen rette.

Ich kann schon alleine deshalb nicht in die Stadt gehen, auf ein Internat, weil ich Mama vor dem Fallen retten muss.

Wir stellen sie sanft und wortlos neben dem Fensterspalt ab. Wenn es um Mama geht, sind wir ein eingespieltes Team.

«Ich gehe ja nicht», sage ich noch einmal zu Vater. Und dann sagen wir den ganzen Abend nichts mehr. Die Tagesration an Wörtern ist aufgebraucht. Es wurde heute ohnehin schon so viel geredet wie schon lange nicht mehr.

LAURA

Ich habe nie Angst vor Gewitter gehabt. Ein Wetterphänomen, das mir egal ist. Nicht angenehm vielleicht, aber auch nicht schlimmer als ein Sturm, als Hagel oder Regen. Ich konnte all das aus der Wärme und Sicherheit meiner Wohnung aussitzen oder musste mir höchstens mal die Jacke über den Kopf ziehen, wenn ich beispielsweise aus einem Auto springen und halbwegs trocken zum nächsten Geschäft rennen wollte.

Doch auf dem Bergpfad gibt es keine Wohnung, kein Geschäft und keine Sicherheit. Der Himmel ist so schwarz und fleckig, als hätte jemand dunkle Tinte über ihn verschüttet. Und es regnet. Meine Güte, wie es regnet! Nach wenigen Minuten bin ich bis auf die Haut durchnässt. Matsch spritzt mir um die Füße, ich rutsche aus, lande auf Wurzeln, Steinen. Der ganze Bergpfad ist zu einer Schlammrutsche geworden. Die Warnung vor Sturzbächen fällt mir ein, und ich rapple mich hastig auf, während über mir der Donner kracht. Ich hätte gedacht, dass der Weg bergab einfacher sein würde als der Weg bergauf. Aber das Gegenteil ist der Fall. Es ist abschüssig und glitschig, und als ich erneut falle, schlägt mein rechtes Knie schmerzhaft gegen einen Stein. Danach krauche ich die steilsten Stellen auf dem Hintern hinunter.

Der lieblich plätschernde Bach, den ich auf dem Hinweg überquert habe, ist inzwischen tatsächlich ein schlammiger Strom. Ich halte mich gar nicht erst damit auf, einen trockenen Weg über Steine zu finden. Die Strömung ist eiskalt und reicht mir bis an die Oberschenkel. Ich taste mit den Füßen über den unebenen Boden, knicke um, falle und schnappe nach Luft, als das Wasser wie eine Eisfaust meine Brust umschließt. Ich ziehe mich erneut am Stein hoch und erreiche auf allen vieren das andere Ufer. Die Kleidung klebt mir nass und kalt am Körper. Vorhin, in der Siedlung, habe ich noch an diesen Bach gedacht und wie gerne ich etwas trinken würde. Jetzt habe ich keinen Durst mehr. Nur den einen Gedanken, es irgendwie nach Hause zu schaffen. Inzwischen ist es fast dunkel. Hinter den Gewitterwolken muss sich die Sonne unbemerkt davongeschlichen haben. Und vor mir liegt der Wald.

Er hat sein Gesicht verändert, hat jede Romantik verloren und sich in eine schwarze, hohe Wand aus Bäumen verwandelt. Auch der Waldboden ist tiefschwarz. Ich bin vielleicht fünfzig Meter gegangen, als ich über die erste Wurzel am Boden stolpere. Lang streckt sie sich über den Weg aus, wie ein zum Fallen gestelltes Bein. Ich rapple mich wieder auf, taste nach meinem Handy und schalte zittrig die Taschenlampenfunktion an, doch es ist ein lächerlich kleines Licht im Vergleich zu der schier unendlichen Dunkelheit in diesem Wald. Gespenstisch huscht der Schein über Laub und Büsche.

Und dann höre ich zum ersten Mal das Knacken. Sehr kurz nur, aber deutlich von dem Geräusch des Regens auf dem Walddach zu unterscheiden, es klang, als sei jemand auf einen kleinen Ast getreten. Ich halte die Luft an und lausche. Der Regen prasselt, sonst höre ich nichts mehr. Nicht einmal das Donnergrollen, das mich bis zum Wald begleitet hat. Als würde das Gewitter mit mir lauschen. Vielleicht war es nur meine Wahrnehmung, die mir einen Streich gespielt hat. Der ist in letzter Zeit ohnehin nicht mehr zu trauen. Wieder höre ich etwas und fahre zusammen. Nein, kein Knacken diesmal, eher ein Rascheln. Ein Tier? Der Warnhinweis auf die Wölfe fällt mir ein. Kopflos renne ich los. Das Gefühl, verfolgt zu werden, wird stärker. Ich verfalle in Panik. Mein Atem geht stoßweise. Ich komme vom Pfad ab, kämpfe mich durch Zweige, Äste. Jagen Wölfe eigentlich im Rudel? Jagen sie Menschen? Ich schlage um mich, als mich etwas im Gesicht streift, schreie. Wahrscheinlich war es nur ein dünner Zweig, aber mit meinem Urteilsvermögen ist es nun endgültig vorbei. Wie fühlt sich das noch mal an, wenn man sich auf seinen Kopf verlassen kann? Ich breche durch das Unterholz, mitten durch den Wald, auf dem schnellsten Weg bergab, denn bergab ist da, wo Almenen liegt und wo der verdammte Wald aufhört. Äste schlagen mir ins Gesicht, zerkratzen meine Arme. Meine Panik verselbstständigt sich, mein Kopf beginnt sich zu drehen, dreht seinen eigenen Film. Ich im Wald, verfolgt von etwas, das Wölfe sein können oder ein psychisch labiler Junge mit einer Waffe, die viel zu groß für seine Hände ist. Dass ich japse und schluchze, merke ich erst, als ich durch das letzte Gehölz plötzlich aufs freie Feld stolpere, zitternd, nass, verängstigt. Zu meinen Füßen, ein wenig weiter rechts, hat Almenen bereits die Lichter angesteckt wie ein rettender Leuchtturm.

Ich bin durch den Wald durch. Doch das Gefühl, verfolgt zu werden, hält an, als ich über das Feld und bis in die kopfsteingepflasterten Straßen renne. Es hält an, bis ich vor meinem Haus angekommen bin und die Schlüssel aus der Tasche fingere. Ich blicke um mich, schließe auf, stürme ins Haus, werfe die Tür hinter mir ins Schloss und schließe zweimal ab, ohne dass der Film in meinem Kopf endet. Das Rudel ist hier, um mein Haus, denke ich, während ich mit dem Rücken an der Tür hinunterrutsche. Und dann: Er ist hier. Der Junge. Ich werfe einen hektischen Blick zu dem kleinen Fenster über der Küchenzeile. Die Dunkelheit dahinter brütet etwas aus, ich kann es spüren. Dann stütze ich den Kopf in die Hände. Atmen, befehle ich mir. Was hat deine Therapeutin gesagt? *Spüre die Luft, wie sie von deiner Kehle bis in den Bauch dringt. Ein und aus, tief und gleichmäßig.*

«Denken Sie an das rauschende Meer und an eine Luftpumpe, mit der Sie eine bunte Luftmatratze füllen wollen.» Wie oft habe ich in der Praxis meiner Therapeutin innerlich die Augen verdreht, wenn ich die «Lippenbremse» üben musste, die mir bei

Panikattacken helfen soll. Wie dämlich ich mir jedes Mal vorgekommen bin! Auf dem Stuhl vor einer erwachsenen Frau zu sitzen und ihr mit gespitzten Lippen etwas vorzuatmen, als wüsste ich nicht, wie das geht. Doch als ich jetzt versuche, die Lippen zu spitzen, beginne ich nur zu hyperventilieren. Mein Atem steckt im Hals fest, denkt gar nicht daran, sich wie eine Luftpumpe zu verhalten. Ich stecke den Kopf zwischen die Knie, ein, aus. Das Bild mit der Luftmatratze funktioniert nicht. Es ist lange her, dass ich geübt habe. Um ehrlich zu sein, so richtig geübt habe ich nie. Ich habe mich nur mit immer neuer Arbeit von dem abgelenkt, was passiert ist. Ablenkung ist die einzige Flucht, die ich kenne. Atmen. Luftpumpe. Atmen.

Irgendwann, ich weiß nicht, wie lange es dauert, beruhige ich mich tatsächlich und ziehe mich an der Türklinke hoch. Mir zittern die Beine. Ich muss aus den nassen Sachen raus, duschen! Ich tappe zum Lichtschalter, schalte alle funktionierenden Lampen im Haus an und wünschte einmal mehr, ich könnte die Jalousien an den schwarzen Augen herunterlassen, zu denen die Fenster jetzt geworden sind. Stattdessen ziehe ich, so gut es geht, die karierten Gardinen vor, die ich mit dem Haus übernommen habe. Ich schlüpfe aus meinen nassen Sachen, lasse einfach alles auf dem Boden vor der Badezimmertür liegen und klettere über den Wannenrand in die Dusche. Ein Geräusch wie ein Husten ertönt, als ich den Hahn aufdrehe. Im nächsten Moment klatscht ein Schwall kalten Wassers aus dem Duschkopf. Ich springe zurück. Auf den ersten Schwall folgt das warme Wasser nur als dünnes Rinnsal, unter dem ich mich kaum nass machen, geschweige denn mir die Haare waschen kann. Ich versuche es trotzdem, lasse mir das warme Wasser in den Nacken tröpfeln und rubbele mich anschließend mit dem größten Handtuch trocken, das ich finden kann. Ich wickele mich ganz darin ein und hocke mich auf den Badewannenrand. Mein Gesicht im Spiegel sieht gelb aus. Das liegt an der Leuchtröhre über dem Spiegelschrank. Dieses gelbe Licht lässt mich immer ein bisschen krank und alt aussehen, selbst am Morgen, wenn ich mir die Zähne putze und eigentlich frisch ausgeruht sein sollte. Morgen fahre ich in die Stadt und schaue, ob ich einen Ersatz für diese blöde Leuchtröhre finde. Und einen neuen Duschkopf. Ich stehe auf und gehe in die Küche, um die Tabletten aus dem Schrank zu holen, die ich dort zwischen Tassen und Gläsern verstaut habe und eigentlich nie mehr nehmen wollte.

Ich spüle zwei der Tabletten mit einem großen Glas Wasser herunter. Im Kühlschrank finde ich noch einen Joghurt und eine angebrochene Packung Orangensaft, aus der ich mir gerade einschenke, als plötzlich etwas hinter mir gegen die Tür hämmert. Ich fahre herum. Die Orangensaftpackung gleitet mir aus den Händen und zerplatzt auf dem Boden. Saft spritzt über meine Füße, an meinen nackten Beinen hoch, wie der Schlamm vorhin, und plötzlich ist auch die Panik wieder da. Es hämmert erneut, *klopft*, korrigiere ich mich, die Haustür ist nur so hellhörig, dass jedes Klopfen wie ein donnernder Faustschlag klingt. Doch es bleibt dabei: Da ist jemand vor meinem Haus.

EDITH

Ich sitze pitschnass im Gebüsch und warte ab, ob Papa wiederkommt. Er ist wütend, weil Jesses Lehrerin mich gesehen hat. Nicht nur hier oben, denn dafür kann ich ja nichts. Keiner konnte wissen, dass sie plötzlich in Jakobsleiter stehen würde, sie gehört ja nicht hierher. Sondern auch unten im Dorf hat sie mich gesehen. Mein Papa weiß das, denn er ist schlau. Mein kluges Köpfchen, das habe ich von ihm, sagt er immer. Alles, was ich habe, habe ich von ihm. Eigentlich ist das ja gut, weil ich gerne so schlau bin. Aber manchmal ist es auch blöd, weil es bedeutet, dass man meinem Papa schwer etwas vormachen kann. Er weiß, dass ich unten in Almenen war, und deshalb lässt er mich jetzt zur Strafe nicht in die Hütte. Es gibt nur zwei Regeln für dich am Berg, Fräulein, sagt er immer: Du darfst mit niemandem sprechen, und niemand darf dich sehen, ist das denn so schwer zu verstehen?

Um es mir einzubläuen, hat Papa mich früher im Fleischschuppen aufgehängt. Wie sonst die Tiere zum Ausbluten. Ich weiß nicht mehr, wie oft und wie lange ich da gehangen habe, denn ich war noch klein und konnte nicht bis sechzig Sekunden zählen, so wie jetzt. Aber da habe ich gelernt, dass man nicht vor Wut schreien darf oder vor Hunger wimmern oder auch nur laut sagen, was man denkt. Man muss immer schön still sein, wenn man überleben und wieder vom Fleischhaken abgenommen werden will. Es wäre wohl besser gewesen, der Vater von Frau Bender hätte das Frau Bender auch so beigebracht, als sie noch klein war.

Ich ziehe die Knie fester an meinen Körper und zähle die Sekunden: *eins, zwei, drei …*

Vorhin hat Papa die Hütte verlassen, aber ich konnte nicht sehen, ob er sein Gewehr dabeihatte. Wenn er es dabeihat, dann geht er auf die Jagd. Nach einem Gewitter oder Platzregen, wenn die Luft kühl ist, gehen die Tiere oft auf die Lichtungen, um zu äsen. Das Gras ist dann ganz nass und saftig, und das mögen die Tiere. Aber es hat noch nicht völlig aufgehört zu regnen, und die Wolken verdecken den Mond. Darum kann es auch sein, dass Papa nur zum Pinkeln rausgegangen ist.

... fünfzehn, sechzehn, siebzehn ...

Ich zähle sechs mal sechzig Sekunden und hebe jedes Mal, wenn ich wieder von vorn anfange, einen Finger. So lange würde es dauern, bis Papa fertig ist mit Pinkeln. In der Ferne grollt das Gewitter, wie ein wütender Hund, aber es trollt sich endlich. Ich mag keine Gewitter. Sie sind mir zu laut. Und wenn man auf einem Berg wohnt, so wie wir, dann muss man sich bei Gewitter an sehr viele Regeln halten: Man darf nicht auf offenen Flächen stehen oder im Wasser oder auf einer Felsspitze oder unter einem Baum. Und damit gibt es nicht mehr viel, wo man überhaupt noch stehen darf. Ich mag es nicht, wenn ich so viele Regeln befolgen muss. Ich mache lieber, was ich will.

... siebenundfünfzig, achtundfünfzig, neunundfünfzig, sechzig.

Ich stehe auf. Papa ist weggegangen, wohin auch immer. Es ist besser für mich, wenn er nicht da ist, wenn ich zurückkomme. Ich springe aus dem Gebüsch und will gerade zu unserer Hütte rennen, da sehe ich rechts von mir eine Bewegung und ducke mich wieder. Es ist unser Priester, der aus seiner Haustür tritt. In der Dunkelheit kann ich nur die Umrisse sehen. Er blickt zum Himmel, von dem es immer noch nieselt, und zündet dann eine Gaslaterne an, mit der er umherleuchtet. Ich ducke mich so tief ins feuchte Gras, wie ich nur kann, und stelle mir vor, ich bin ein Luchs, der sich anschleicht, der dem Priester auf den Rücken springt. Ich stelle mir gern vor, ich bin ein Luchs. Von allen Tieren ist der Luchs mein Lieblingstier. Er ist sehr selten und sehr leise, und er jagt immer allein. Unser Priester hält seine Gaslaterne am langen Arm in die Nacht und entfernt sich dann von meinem Versteck. Vielleicht muss er auch pinkeln gehen, denn ich wüsste nicht, was er sonst in der Nacht draußen verloren hat. Er jagt ja nicht. Ich könnte mich anschleichen und ihm auf den Rücken springen, während er pinkelt.

Ich spähe durch die langen, nassen Grashalme und blecke meine Luchszähne, doch der Priester entfernt sich weiter als zum Pinkeln nötig. Die Laterne an seinem Arm wackelt, als er in Richtung Wald geht. Vielleicht kann er nur wieder mal nicht schlafen. Vielleicht halten ihn die Geister wach. Mein Papa sagt immer, man muss lernen, mit seinen Geistern zu leben, sonst richten sie einen zugrunde. Ich glaube, das hat unser Priester nicht gelernt.

Ich warte, bis das Licht sich in der Dunkelheit verliert. Dann springe ich auf und renne zu unserer Hütte, vor deren Tür ich das Wasser von mir schüttele wie ein Hund. Papa hat das Ofenrohr geschlossen. Er scheint länger weg zu sein. Ich öffne die Klappe, lege Holz nach und ziehe mich dann nackt aus, um meine Kleider zum Trocknen auf dem Boden vor dem Ofenrohr auszubreiten. Dann rolle ich mich zwischen den Sachen zusammen, so nah am Ofen, dass die Wärme auf der Haut kribbelt. Ich mache mich klein. Ich bin ein Luchs, ein Hund, ein Wolf. Ich mag mein Leben auf dem Berg.

LAURA

«Frau Bender? Sind Sie da?» Die Stimme eines Mannes, den ich nicht kenne. Ich presse mir das Handtuch an den Körper und taste nach der Schublade mit den Messern hinter mir, ziehe eins heraus, das größte, das ich blind finden kann. Ein Schatten bewegt sich vor dem Fenster. Jemand versucht durch die Gardine zu sehen. Ich husche zur Tür, um mich in der Küche unsichtbar zu machen.

«Wer ist da?», rufe ich. Schritte auf der anderen Seite. Der Mann kommt vom Küchenfenster zurück zur Haustür.

«Frau Bender? Wollen Sie nicht aufmachen?»

«Ich kenne Sie nicht», rufe ich und hasse es, dass meine Stimme so schrill klingt. «Wer sind Sie?»

«Martin Hofer», sagt der Mann. «Mein Vater schickt mich, weil ich mir etwas in Ihrer Wohnung anschauen soll.»

Erleichtert lehne ich mich gegen die Tür und blicke an die Decke. Ist das wirklich die Frau, zu der ich geworden bin? Paranoid, überall das Schlimmste witternd?

«Frau Bender?»

«Moment nur.» Ich drehe den Schlüssel um und öffne. Der Mann vor mir ist groß, dunkelblond und vielleicht Mitte vierzig. Sein irritierter Blick gleitet an meinem Handtuch entlang und bleibt an meinem Arm hängen. Erst jetzt bemerke ich, dass ich noch immer das Messer umklammert halte.

«Komme ich ungelegen?», fragt er vorsichtig.

«Ich war gerade in der Dusche», sage ich, was immerhin meinen Aufzug und die nassen Haare erklärt. Nicht aber den See aus Orangensaft hinter mir oder die Tatsache, dass ich ein Tranchiermesser in der Hand halte.

«Ah ja», sagt Martin Hofer, den Blick noch immer auf das Messer gerichtet. «Wäre es Ihnen lieber, ich würde an einem anderen Abend noch mal wiederkommen? Mein Vater hat es nur so dringlich gemacht, dass ich gleich nach meinem Dienst …»

«Nein, nein, entschuldigen Sie. Kommen Sie doch rein. Ich ziehe mir rasch etwas an.» Ich steige um den Orangensaftsee herum und lege das Messer zurück auf die Arbeitsfläche. Die ganze Sache ist mir peinlich. «Geben Sie mir fünf Minuten!» Hastig verschwinde ich im Schlafzimmer, wo ich in Unterwäsche, Hose und T-Shirt schlüpfe. Ich bin noch immer zittrig. An dem knarrenden alten Boden höre ich, wie Martin Hofer sich durch das Haus bewegt, wahrscheinlich, um sich umzusehen. Mir fällt ein, dass noch immer meine nassen, schlammigen Sachen vor der Badezimmertür herumliegen. Gott, was er von mir halten muss! Ich reiße die Schlafzimmertür auf, schaue in den Flur. Hofer ist nicht zu sehen. Rasch sammele ich meine Kleidung vor der Badezimmertür auf und werfe alles in den Wäschekorb an der Kellertreppe.

«Herr Hofer?» Ich finde ihn in der Küche, wo er gerade ein Handtuch über der Spüle auswringt. Er hat die Saftlache auf dem Boden aufgewischt.

«Das hätten Sie nicht tun müssen – ich hätte gleich …»

«Kein Problem, ich bin ja sowieso gekommen, um Ihnen zu helfen.» Er dreht sich um. Sein Lächeln ist strahlend und warm und sehr beruhigend. Ich habe Martin Hofer kurz nach meiner Ankunft in Almenen mal von Weitem gesehen. Aber er ist einer dieser Menschen, die man erst aus der Nähe so richtig wahrnimmt.

«Was ist mit Ihnen passiert?», fragt er, und ich zucke zusammen, als er mein Handgelenk nimmt und den Arm vorsichtig dreht, um ihn zu betrachten. Meine Haut ist übersät von Kratzern und Schürfwunden. Der andere Arm sieht auch nicht besser aus.

«Ich war … wandern», sage ich und entziehe mich verlegen seinem Griff.

«Bei *dem* Wetter?»

«Als ich aufgebrochen bin, war das Wetter noch gut, aber ich hätte wohl die Vorhersage checken sollen. Und die Entfernungen.» Ich zucke entschuldigend die Schultern, er runzelt streng die Stirn.

«Sie können froh sein, dass nichts Schlimmeres passiert ist.»

Ich denke an das angeschlagene Knie und an die vielen Stellen, die sich morgen wahrscheinlich grün und blau färben werden. Mal ganz abgesehen davon, dass ich bestimmt den Muskelkater meines Lebens haben werde. Aber Martin Hofer hat recht. In Anbetracht der Umstände hätte es noch viel schlimmer kommen können.

«Also», sagt er und wechselt dann das Thema. «Was im Haus soll ich mir zuerst ansehen? Sieht aus, als gäbe es hier so einiges!»

«Ja», sage ich erleichtert, «da wären das Bad, die Küche, die kaputten Jalousien … Im Grunde können Sie sich eine Baustelle aussuchen.»

«Dann fangen wir doch gleich hier an. Das Bad scheinen Sie ja immerhin noch benutzen zu können. Ganz im Gegensatz zur Küche – soll das etwa ihr Abendessen sein?» Er deutet in Richtung Joghurtbecher, der jetzt einsam auf der Arbeitsfläche steht. Das Messer muss er weggepackt haben. Zu seiner Sicherheit oder zu meiner.

«Der Herd ist kaputt», sage ich. «Aber ich erwarte wirklich nicht von Ihnen, dass Sie das beheben können. Ich habe schon einen Reparaturdienst …»

«Ach was!» Er wischt meinen Einwand mit einer Handbewegung fort, bevor er sich die Ärmel hochkrempelt. «Das ist doch nur ein Gasherd, kein Raumschiff. Meistens liegt es lediglich an einer verstopften Düse oder dem Brenndeckel.»

Die nächsten zwei Stunden verbringe ich damit, hinter Martin Hofer zu stehen, der vor meinem Herd kniet. Hinter Martin Hofer, der in meine Badewanne klettert und sich den Duschkopf ansieht. Der auf einen Stuhl steigt, um die Fassungen der Deckenlampen zu prüfen. Ich versuche mich nützlich zu machen, aber nützlich bedeutet in meinem Fall nur, dass ich ihm die Stuhllehne halte oder mal ein Werkzeug. Mit so wenigen Aufgaben bleibt mir viel Zeit, auf Martin Hofers Rücken zu starren und auf seine Arme, die auf eine Art muskulös sind, wie man sie nicht durch Training im Fitnessstudio bekommt, sondern durch echte körperliche Arbeit.

«So.» Er steigt vom Stuhl und geht zum Lichtschalter im Schlafzimmer, den er ein paar Mal probeweise betätigt. Die Lampe blinkt brav auf und erlischt, blinkt auf und erlischt. Hofer sieht mit einem Mal viel jünger aus. So stolz wie ein Kind, dem ein Zaubertrick gelingt. «Das hätten wir dann auch.»

«Danke», sage ich. «Nur – könnten Sie vielleicht bei der nächsten Reparatur zumindest so tun, als wäre es kompliziert? Ich fühle mich inzwischen wie ein Trottel.»

Wir lachen beide. Es tut gut, mit jemandem zu lachen, selbst wenn es gar kein richtiger Witz war.

«In Ordnung», sagt er dann. «Was machen wir denn als Nächstes? Die Stuhllehne können Sie jetzt übrigens loslassen, der Stuhl steht auch ohne mich obendrauf sehr stabil.»

«Sehen Sie, genau das meine ich!»

«Sie haben lediglich noch nie einen Gasherd oder eine alte Lampenfassung repariert, das ist ja nun keine Schande!»

«Ja, das stimmt. Genau genommen kann ich mich nicht mal daran erinnern, wann ich das letzte Mal an einem Gasherd *gekocht* hätte. In allen meinen bisherigen Wohnungen gab es nämlich Elektroherde. Und das letzte Apartment hatte sogar ein Induktionsfeld.»

«Donnerwetter», sagt er, und ich kann nicht heraushören, ob er das ironisch meint. «Soll ich Ihnen zeigen, wie das Kochen in alten Zeiten funktioniert hat?»

«Nur wenn Sie auch zum Essen bleiben.» Ich sehe ihn zögern. «Kommen Sie, das ist doch wohl das Mindeste, was ich für Sie tun kann!»

Jetzt lacht er. «Sie meinen wohl, das Mindeste, was ich für *Sie* tun kann. Immerhin koche ich für Sie. Und ich bin ja nicht mal mit allem fertig geworden. Sie sagten, die Jalousien …»

«Schluss jetzt! Ich kann es wirklich nicht verantworten, dass Sie hier nach Ihrem Feierabend die ganze Nacht noch an meinem Haus herumreparieren. Außerdem muss mir jemand mit den vielen Weckgläsern helfen, die meine Mutter mir mitgegeben hat. Die war nämlich fest davon überzeugt, in den Bergen gäbe es nichts Gescheites zu essen. Nur Knödel und Sauerkraut.»

«Und ist das auch Ihr Eindruck?»

«Ich weiß nicht. Verraten Sie's mir. Ich habe mich in den letzten drei Wochen hauptsächlich von Joghurt und Bananen ernährt.»

«Und von Orangensaft», fügt er hinzu.

«Und von Orangensaft», bestätige ich. «Wo wir davon sprechen – möchten Sie etwas trinken?»

Ich öffne einen Wein für uns. Martin Hofer widmet sich dem Kochen mit der gleichen entspannten Leichtigkeit wie der Reparatur eines Duschkopfes. Es gibt nichts aus Mutters Weckgläsern, sondern eine Packung Pasta, die Hofer in meinem Vorratsschrank gefunden hat. Er krempelt die Ärmel noch höher und rührt im Topf, während wir aus den Zutaten, die ich dahabe, eine Soße improvisieren. Der Wein macht meine Beine schwer und meinen Kopf so leicht, dass ich mehr lache als sonst. Heller und lauter. Ich mache mir darüber keine Gedanken. Ich genieße es, dass ich nicht alleine bin, dass ich nicht alleine essen muss und dass die Wärme und Gerüche in der Küche die Wohnung heute zum ersten Mal zu einem Zuhause machen. Ein Haus ist kalt, bevor man nicht mindestens einmal darin gekocht hat.

«Was hat dich eigentlich nach Almenen verschlagen?», fragt Martin, während er die Pasta auf zwei Teller füllt. Irgendwann zwischen dem zweiten Glas Wein und dem Zwiebelschneiden sind wir nahtlos zum Du übergegangen.

«Meine Therapeutin», sage ich und kichere kindisch, als ich sein Gesicht sehe. Warum habe ich nicht gleich «mein Psychiater» gesagt? Genau das möchte man doch auf einem ersten Date hören. Wieder muss ich kichern. Die Tabletten vertragen sich offensichtlich nicht mit Alkohol. Erstes Date, wie komme ich darauf, dass dies ein Date ist?

«Ich bin erstaunt, dass es sich im Dorf nicht herumgesprochen hat», sage ich, jetzt um etwas mehr Würde und eine deutlichere Artikulation bemüht. «Ich bin das Opfer Nummer neunzehn aus dem Amoklauf in Dornein.» Als Polizist wird er sicherlich davon gehört haben.

Hofers Augen weiten sich. «*Du* bist das?»

Ich mache eine Bewegung, als wolle ich mich verbeugen. So viele Menschen streben nach Berühmtheit, doch mit mir würde sicher keiner von ihnen tauschen wollen. «Meine Therapeutin und auch mein Schulleiter fanden, dass ich dringend einen Tapetenwechsel bräuchte.» Ich hebe mein Weinglas und deute durch die altmodische Küche, an deren Wänden sich tatsächlich noch richtige Blümchentapeten befinden. «Und da bin ich nun.»

«Im wohl abgelegensten Dorf des Landes», sagt Hofer. «Das ist nun wirklich mal ein Tapetenwechsel.»

«Ich glaube, letztendlich ging es auch weniger um *meine* Ruhe als die von gewissen Eltern in der Schule. Ich habe Anzeichen häuslicher Gewalt bei einem Schüler gesehen und gemeldet, bevor es noch einmal zu …» Das Ende des Satzes bleibt mir im Hals stecken. Achtzehn Schüsse, denke ich. «Na, jedenfalls hat der Direktor nichts machen wollen, hat gemeint, ich würde wegen des Vorfalls Gespenster sehen, und ich habe insistiert. Einfach weil ich es mir nicht noch einmal verzeihen könnte, wenn einer meiner Schüler …» Erneut stocke ich.

«Achtzehn Menschen umbringt?», vollendet Martin den Satz.

«Ich hätte mich besser erkundigen sollen, welche Eltern ich da in Verruf bringe. Diese hatten zu viel Einfluss. Und zu viel Geld.»

Martin stellt die Teller auf dem Küchentisch ab. «Das tut mir leid», sagt er, und ich weiß nicht, ob er den Amoklauf meint oder die Tatsache, dass ich nun gegen meinen Willen in diesem Kaff wohne. Ich zucke die Schultern.

«Nun, es hätte schlimmer kommen können, oder? Immerhin soll es auch Menschen geben, die hier völlig freiwillig leben und die Region mögen.» Ich zwinkere ihm zu, will das düstere Gespräch in seichtere Bahnen lenken. Doch Martin bleibt ernst.

«Diese Geschichte passt auch viel besser in das Bild, das ich von dir habe.»

«Ach ja? Und welches Bild wäre das?»

«Eine starke junge Frau, die ihre Interessen durchsetzt und das Beste für ihre Schüler will.»

Ich blicke ihn überrascht an. Eine starke junge Frau? Keine Psychopathin mit einem Messer in der Hand, die nicht einmal eine Packung Orangensaft unter Kontrolle hat?

«*Das* ist es übrigens auch, was man sich im Dorf über dich erzählt», fügt Martin hinzu. «Ich bin mir nicht einmal sicher, wie viele hier die überregionalen Zeitungen lesen. Man interessiert sich mehr für Dinge, die den direkten Nachbarn betreffen. Hier bist du also einfach nur eine Lehrerin, die ein paar radikale Ideen aus der Großstadt mitbringt.»

Ich pruste entrüstet. «Radikale Ideen wie die, Computer für den Unterricht einzuführen? Oder einen Jungen aufs Gymnasium zu schicken? Ich bitte dich, wir leben im 21. Jahrhundert!»

«Hast du wirklich das Gefühl, das hier ist das 21. Jahrhundert?» Er deutet amüsiert um sich. Die Küche, die Karogardinen, die Blümchentapete, die Sitzgarnitur, die sicherlich aus den 1960ern stammt. In diesem Ort scheint die Zeit stehen geblieben zu sein. «Und ja, für Leute, aus deren Familien bislang nie jemand aufs Gymnasium gegangen ist, ist auch das erst mal eine radikale Idee», sagt Martin. Diese Ruhe, die er ausstrahlt. Er nimmt einen Schluck Wein und beginnt seine Gabel in der Pasta zu drehen. «Von welchem Jungen sprechen wir denn?»

«Jesse Glanzer», sage ich.

Martin, der die Spaghetti gerade auf seinen Löffel geschoben hat, hält inne. «Aus Jakobsleiter?»

Ich nicke. «Ich war oben bei seinen Eltern.»

«In Jakobsleiter?», fragt er noch einmal. «Wann? Heute?»

«Gleich nachdem ich bei deinem Vater war und ihm von dem Vorschlag erzählt habe.»

«Die Wanderung.» Martin ist verblüfft oder vielleicht beeindruckt. Er wickelt stumm in seiner Pasta herum, und ich nutze die Gelegenheit, um ebenfalls etwas zu essen. Bis gerade eben hatte ich gar nicht gemerkt, wie hungrig ich bin.

«Und lass mich raten: Dein Vorschlag stößt überall auf taube Ohren?»

Ich verziehe das Gesicht. «Taube Ohren ist noch nett ausgedrückt.»

«Nimm es ihnen nicht übel. Gerade mein Vater ist ein bisschen …», Martin sucht nach dem richtigen Wort, «… überbehütend, wenn es um Jakobsleiter geht. Das ist seine Aufgabe, sein Ding. Früher war er noch extremer. Einmal war so ein lokales Fernsehteam hier, das Fragen gestellt hat, und er hat es aus dem Haus gejagt. Ich dachte wirklich, er tritt ihnen die Kamera hinterher. Seitdem ist es schon besser geworden.»

«Wenn er so einen Beschützerinstinkt für Jakobsleiter hat, sollte es ihm dann nicht umso wichtiger sein, dass die Bewohner alles haben, was sie brauchen?»

«Sie haben doch alles!», protestiert Martin. «Bloß weil der Junge keine höhere Schule besucht oder studieren kann, heißt es ja nicht, dass …»

«Entschuldige bitte, warst du schon dort oben? Die Hütten haben ja nicht mal richtige Fenster! Es gibt weder eine Apotheke noch einen Laden noch irgendwelche medizinische Versorgung. Die Kinder müssen jeden Tag stundenlang *bergsteigen*, um überhaupt zur Schule zu kommen. Oh, und dann wäre da noch dieses halb nackte und verwahrloste Mädchen, das überhaupt nicht zur

Schule geht. Obwohl sie sicherlich schon neun oder zehn Jahre alt ist!» Ich bin unbeabsichtigt laut geworden, aber das ist nicht der Grund, warum Martin erstaunt das Besteck sinken lässt.

«Ein verwahrlostes Mädchen?»

«Dein Vater weiß auch nichts davon. Ich habe das Kind erst hier unten im Dorf zusammen mit Jesse gesehen und dann oben in Jakobsleiter. Aber als ich die Kleine dort zur Rede stellen wollte, ist ihr Vater dazwischengegangen. Unangenehmer Typ.»

Martins Augen werden schmal. «Der Vater? Wer soll das sein?»

«Ich glaube, jemand hat ihn Theodor genannt. Kann das sein?»

«Du solltest ein bisschen vorsichtiger mit diesen Leuten sein, Laura.» Er tupft sich den Mund mit einer Serviette ab und legt sie dann sorgfältig zurück neben den Teller. «Sie sind nicht wie wir. Haben eine andere Geschichte hinter sich. Und Geschichte prägt uns mehr, als wir ahnen. Ist einer von ihnen dir gegenüber gewalttätig geworden? Dieser Theodor?»

Ich denke an den harten Griff um meinen Oberarm und an das Gefühl, im Wald verfolgt zu werden. Martins Blick ist schmal geworden, prüfend. Er hat einen ähnlich stark ausgeprägten Beschützerinstinkt wie sein Vater, wird mir klar. Nur nicht unbedingt für Jakobsleiter. Ich kann mir vorstellen, dass das sein Polizeiblick ist. Ich kann mir vorstellen, wie Martin mit diesem Blick in Jakobsleiter einmarschiert und diesen Theodor zurechtweist. Es ist das Letzte, was ich will. Wenn Kinder wie Jesse irgendwann einmal die gleichen Chancen haben sollen wie alle anderen, dann kann das nur durch Integration und den Aufbau von Vertrauen geschehen. Nicht durch Abschirmung und Angst, wie es hier offenbar seit Jahrzehnten betrieben wird. Mag ja sein, dass die Geschichte uns prägt. Aber wir sollten uns nicht durch sie definieren lassen.

«Laura?» Martins Augen werden noch schmaler. Mein Schweigen macht mich verdächtig.

Hastig schüttele ich den Kopf. «Nein, keiner ist gewalttätig geworden», versichere ich.

Martin bleibt lange. Und als er schließlich aufbricht, wünschte ich, er würde es nicht tun. Nacheinander sind alle Räume, in denen wir zusammen gewesen sind, von einer fremden Behausung zu einem Zuhause geworden: die Küche, das Wohnzimmer, das Schlafzimmer.

Ich weiß, dass es wahrscheinlich die Mischung aus den Tabletten und dem Wein war, die mich so anlehnungsbedürftig gemacht hat. So anlehnungsbedürftig, dass ich sogar meine Prinzipien über Bord geworfen habe. Habe ich nicht immer gesagt, ich würde nie im Leben einen One-Night-Stand haben wollen? Aber das hier fühlt sich nicht an wie einer.

Martin Hofer hat mich an meinem Tiefpunkt aufgesammelt und wieder zusammengesetzt. Mit derselben ruhigen Professionalität, mit der er auch die Dinge in meiner Wohnung repariert hat. Wir haben uns einander geöffnet. Ich habe ihm von meinem Trauma mit dem Amoklauf erzählt. Und Martin hat mir von seiner Kindheit erzählt. Wie sehr die schützende Hand, die sein Vater über die Siedlung am Berg gehalten hat, auch auf die Familie der Hofers gedrückt hat. Natürlich ist die Wahrnehmung eines Kindes immer subjektiv. Und ich glaube nicht wirklich, dass Bürgermeister Hofer die Menschen und Kinder in Jakobsberg lieber gehabt hat als seinen eigenen Sohn. Aber das macht Martins Realität, jene Realität, die er sich als Zehn-, Elf-, Zwölfjähriger aufgebaut hat, nicht weniger schrecklich. Martin hatte zu jeder Zeit das Gefühl, um die Aufmerksamkeit seines Vaters buhlen zu müssen. Nicht mit einem oder zwei anderen Geschwistern, wie das in Familien sonst so ist. Sondern gleich mit einer ganzen Siedlung. Bürgermeister Hofer besaß ein sorgsam geführtes Register über jeden Siedlungsbewohner, das er an manchen Tagen hervorholte und so liebevoll durchblätterte, als handele es sich um ein Familienfotoalbum.

Martin hat mir auch erzählt, wie sehr er sich manchmal gewünscht hätte, ebenfalls aus Jakobsleiter zu kommen. Das Kind eines fremden Mannes zu sein, um vom eigenen Vater geliebt zu werden. Ein absurder Gedanke, der als Erwachsener kaum nachvollziehbar ist. Doch in den Augen eines Kindes, das aus Stöcken Eisenbahnschienen legt und den Zug darüberfahren hört, ergibt er einen traurigen Sinn. Man muss solche kindlichen Gefühle ernst nehmen, das weiß niemand besser als ich. Martin hat keine Knarre genommen und achtzehn Menschen abgeschlachtet. Aber einmal hat er den Heuschober eines leer stehenden Bauernhauses in Brand gesetzt, nur um sich seinem Vater in Erinnerung zu rufen.

Eine solche Geschichte klingt nicht nach einer Masche, mit der man eine Frau ins Bett kriegen will, oder? Falls doch, hätte sie bei mir äußerst gut funktioniert.

Ich sehe Martin zu, wie er aufsteht und seine verstreuten Sachen zusammensucht, und versuche mir einzureden, dass seine Begründung für seinen Aufbruch plausibel ist. Er muss am Morgen sehr früh wieder zur Dienststelle, und ich muss ja auch raus. Auch wenn mich das nicht davon abgehalten hätte, morgen mit ihm gemeinsam aufzustehen und uns einen Kaffee zu machen. Aber ich will nicht die Frau sein, die ihn bittet, trotzdem zu bleiben. Selbst dann nicht, als er bereits an der Haustür steht und ich hinter ihm, nur im Slip und T-Shirt, und mich plötzlich nackter fühle als vorhin im Bett. Selbst dann nicht, als er mich besorgt ansieht und sagt: «Bist du sicher, dass du jetzt alleine klarkommst?»

Ich bin eine erwachsene, berufstätige Frau mit einer eigenen Wohnung. Es wird von mir *erwartet*, dass ich alleine klarkomme. Dass ich ins Bett gehen kann, ohne Gespenster zu sehen. Darum lächle ich und sage: «Ja. Klar.»

«Wenn es dir lieber ist, dass ich bleibe …»

«Ist schon in Ordnung. Du sagst es ja selbst, du musst morgen früh raus.» Einstudierte Sätze, um nicht sagen zu müssen, was ich wirklich denke. Dass es sich zum Beispiel für einen Mann verdammt noch mal nicht gehört, sich aus dem Haus einer Frau zu schleichen, nachdem man sich zuvor zum ersten Mal in ihre

Unterwäsche geschlichen hat. Er sollte nicht gehen. Aber ich sollte ihn auch nicht bitten müssen zu bleiben. Das ist die Krux menschlicher Etikette.

«Ich fahre morgen nach dem Unterricht in die Stadt», sage ich stattdessen. «Ein paar Dinge besorgen, zu denen ich unter der Woche mit den ganzen Schulvorbereitungen nicht gekommen bin. Und dann will ich noch zum Jugendamt, sofern es aufhat, wegen des verwahrlosten Mädchens aus Jakobsleiter. Wenn weder du noch dein Vater von ihrer Existenz wisst, muss das gemeldet werden. Auch wegen der Schulpflicht. Und weil sie, unter uns gesagt, nicht so aussieht, als würden die Eltern ihrer Fürsorgepflicht nachkommen.» Martin nickt. Sonst nichts. Ich atme tief ein, bevor ich fortfahre: «Vielleicht … kann ich bei der Gelegenheit ja auf einen Kaffee vorbeikommen? Ich meine, nur wenn es zeitlich passt und du noch auf der Dienststelle bist?» Ich beiße nervös auf meiner Unterlippe herum, bemerke es aber erst, als er mein Kinn in die Hand nimmt und lächelnd darüberstreicht.

«Der Kaffee auf der Dienststelle ist furchtbar. Aber es gibt ein nettes Café in der Nähe, in das ich dich sehr gerne mitnehme.» Er gibt mir einen Kuss, lässt mein Kinn los. Dann fällt sein Blick auf die matschverkrusteten Turnschuhe im Eingang. «Schließ die Tür ab, wenn ich gegangen bin. Es mag wie eine ruhige Gegend aussehen, aber glaub mir, wenn du einmal anfängst, im Dreck zu wühlen, dann gibt es genug Leute, die damit nach dir werfen. Ich sehe in meinem Beruf täglich in menschliche Abgründe, von denen du gar nichts wissen willst.»

«Ich glaube, mit menschlichen Abgründen kenne ich mich ein bisschen aus.»

Er verzieht das Gesicht. Das muss er kurz vergessen haben.

«Seit dem Amoklauf verriegele ich meine Tür sowieso immer doppelt», versichere ich, und das stimmt. Diese Angewohnheit ist von der Großstadt mit mir hierhergezogen. Wie so vieles andere, dem ich nicht entkommen kann.

«Gute Nacht», sagt er. «Gute Nacht», antworte ich, und dann schließe ich die Tür hinter ihm und drehe den Schlüssel zweimal um. Ich zupfe auch die Gardinen noch einmal blickdichter vor die Fenster, weil Martin noch nicht dazu gekommen ist, die Jalousien zu reparieren. Ich versuche zu ignorieren, wie gespenstisch still es plötzlich im Haus ist. Der alte Fußboden unter meinen Füßen knarzt, als ich zur Couch gehe, um Musik über meinen Laptop anzustellen. Trotz aller Anstrengung fühle ich mich wach und aufgekratzt. Wo ich ohnehin gerade am Laptop bin, checke ich meine Mails und die Öffnungszeiten des Jugendamtes. Und dann, weil mein Blick auf das dicke Buch fällt, das Hofer mir am Nachmittag mitgegeben hat, öffne ich die Onlineseite der Stadtbibliothek.

Etwas an der Siedlung am Berg ist seltsam. Sie passt einfach nicht in meine Vorstellung einer religiösen Kommune. Ich gebe den Namen «Jakobsleiter» in die Suchmaske ein und dann verschiedene andere Begriffe, die mit der Gründung einer Siedlung in den Bergen zu tun haben. Aber ich finde rein gar nichts. Als würde dieser versteckte Ort gar nicht existieren. Wie erfahren die Rückkehrer aus den USA und Kanada eigentlich davon? Und welchen Grund sollten sie haben, ihr Leben in einer funktionierenden Gemeinschaft aufzugeben, den ganzen Weg hierherzukommen und dann auf einem so unwirtlichen Berg wie diesem zu leben? Ohne medizinische Versorgung, ohne einen vernünftigen Zugang zu Bildung, den Großteil des Jahres in Eis und Kälte? Einzig und allein, weil es die Heimat von Vorfahren war, die sie selbst wahrscheinlich nicht einmal kennengelernt haben? Ich ziehe das Buch heran und blättere halbherzig durch die Seiten. Etwas sagt mir, dass ich die Antwort auf meine Fragen nicht darin finden werde. Bürgermeister Hofer hat es mir so leichtfertig mitgegeben, während er sonst alles, was die Siedlung betrifft, beschützt wie eine Löwenmutter. Mir fällt ein, dass Martin gesagt hat, sein Vater habe einem lokalen Fernsehteam beinahe die Kamera hinterhergetreten. Aber warum nur, wo es sich doch um ein solches Gutmenschenprojekt handelt, das Unterstützung und Anerkennung verdient hätte? Und wie passt es zusammen, dass die Existenz des kleinen Mädchens dem Bürgermeister entgangen ist, wo er die Siedlungsbewohner doch liebt wie seine eigene Familie? Wo er doch jeden einzelnen Bewohner in ein Register einträgt?

Ich stocke. Das Kamerateam! Ich schiebe das Buch beiseite und öffne noch einmal den Internetbrowser. Es gibt nur einen einzigen lokalen Fernsehsender in der Region. Ich rufe die Webseite auf, gehe auf das Feld mit dem Kontakt und verfasse eine knappe Nachricht, in der ich mich danach erkundige, ob es vielleicht Archivbilder oder Rechercheergebnisse zu Jakobsleiter gibt, die sie mir zu Unterrichtszwecken zur Verfügung stellen könnten. Es ist immer gut, zu behaupten, man brauche etwas zu Unterrichtszwecken. Dass ich Lehrerin im angrenzenden Dorf bin, scheint mir Begründung genug. Ich klicke auf Senden.

Inzwischen ist es halb drei in der Nacht. Zeit, die Zähne zu putzen und endlich zu schlafen. Ich drehe die Musik lauter, um nicht wieder ständig auf Geräusche zu lauschen, die es nicht gibt. Ich höre «Shake it Off» von Taylor Swift und versuche mich in das Gefühl hineinzusteigern, dass ich gerade eigentlich haben sollte, nach einem schönen Abend und dem ersten Sex mit einem schönen Mann.

I, I, I shake it off, I shake it off
I, I, I shake it off, I shake it off

Immer und immer wieder, *I, I, I shake it off, I shake it off*, bis ich tatsächlich beginne, nach über einem Jahr, endlich wieder Musik zu fühlen, mich im Takt zu bewegen, die Zahnbürste im Mund, ein wenig zu tanzen und alles abzuschütteln.

I, I, I shake it off, I brush it off, denke ich und muss grinsen, weil es gar nicht so einfach ist, gleichzeitig die Hüften zu schütteln und die Zähne zu putzen. Es artet aus in unkontrollierte Kreisbewegungen und einen schäumenden Mund. Entspannung, denke ich, so fühlt es sich an. Ich muss mich nur wieder erinnern!

Und dann, ganz plötzlich, ist das Gefühl vorbei und die Panik zurück. Ich habe etwas gehört, trotz der lauten Musik. Ein Quietschen, wie von einem Fenster, das vorsichtig aufgeschoben wird und eigentlich geölt werden müsste.

Das Schlafzimmerfenster. Ich habe es einen Spalt offen gelassen, absichtlich. Weil ich gedacht habe, es sei das, was man als normaler Mensch nach dem Sex tun muss, und weil mir alles andere bewiesen hätte, dass ich immer noch paranoid bin.

I, I, I shake it off, I shake it off.

Taylor Swift scheint mir plötzlich unerträglich laut, jetzt wo ich still dastehen und auf jemanden lauschen will, den es gibt oder vielleicht auch nicht. Auf einen Jungen mit einer Waffe zum Beispiel, die zu groß für seine Hände ist, einen Jungen, dem ich nur entwischt bin, weil die Polizei das Gebäude gestürmt hat. Die Polizei, die jetzt nicht mehr da ist, um mich zu beschützen.

Stocksteif stehe ich da, die Zahnbürste im Mund, Schaum vor den Lippen.

Der Junge ist gekommen, um zu beenden, was er angefangen hat. Ich muss mich dazu zwingen, mich umzudrehen und in Richtung Schlafzimmer zu bewegen, aus dem ein Luftzug in den Flur dringt. Ich beiße so fest auf die Zahnbürste, dass mein Kiefer schmerzt. Das Fenster! Ich habe mir das Quietschen nicht eingebildet! Aber so ein Luftzug kann auch durch einen Spalt dringen, oder nicht? Ich lege meine Hand an die angelehnte Schlafzimmertür und stoße sie auf, als Beweis dafür, dass ich gut alleine klarkomme, dass ich nicht paranoid bin.

Aber ich bin nicht paranoid. Denn ich habe mich nicht getäuscht. Jemand hat mein Fenster aufgeschoben. Die Zahnbürste fällt mir aus dem Mund, trifft Schaum sprenkelnd auf dem Boden auf, ich drehe mich um und schreie, renne zur Haustür, weg, nur raus hier. Doch aus den Augenwinkeln bemerke ich bereits die Gestalt, die aus dem Spalt zwischen Kleiderschrank und Zimmerwand springt und mir nachkommt, mich zu Boden reißt, kaum dass ich den Flur erreicht habe. Bäuchlings lande ich auf dem Boden, und da ist ein Seil um meinen Hals, eine Schlinge, die sich zuzieht, meinen Schrei erstickt, ich schnappe nach Luft. Ich sehe die Haustür vor mir, doch in meinem Sichtfeld flackern Punkte. Luft! Ich kriege keine Luft! In meiner Panik überschlagen sich Erinnerung und Gegenwart: ich auf dem Boden des Klassenzimmers, den Lauf einer Waffe an meiner Schläfe. Ich auf dem Boden dieses alten Hauses, eine Schlinge um den Hals. Das Klingeln der Schulglocke.

Ding, ding, dong.

Ich sehe die Haustür. Doch diesmal tritt kein Sonderkommando sie ein, um mich zu retten.

JESSE

Es hat längst zum Unterricht geläutet, doch Frau Bender ist nicht da, und die anderen werden unruhig. Sie stehen von ihren Plätzen auf, laufen im Klassenraum herum, blicken auf die Uhr oder aus dem Fenster. Frau Bender ist sonst immer da, lange bevor wir kommen. Sie bereitet sich vor, begrüßt jeden von uns mit einem Lächeln.

Um halb neun wird in der Klasse gelärmt und getobt wie sonst nur auf dem Schulhof. Die Jungen gehen über Tische und Bänke, als wären sie tagelang auf ihren Stühlen festgebunden gewesen. Die Mädchen bilden kleine Grüppchen und beginnen zu diskutieren, wie lange wir warten sollen, bevor wir unsere Sachen nehmen und nach Hause gehen können. Eine Stunde oder zwei? Sie diskutieren auch die möglichen Gründe dafür, dass Frau Bender nicht da ist. Ist sie krank, oder hat sie lediglich verschlafen? Freuen würden sie sich über beides, denn sie wollen keinen Unterricht machen. Ich weiß nicht, wie sie so viel reden können, wo sie doch eigentlich einer Meinung sind. Und wie sie so gehässig sein können, einer netten Person wie Frau Bender eine Krankheit an den Hals zu wünschen.

Ich bin der Einzige, der stumm und reglos auf seinem Stuhl sitzt und auf das Lehrerpult starrt.

Frau Bender war gestern Abend am Berg. Wir haben sie bei Gewitter und Dunkelheit fortgeschickt. In Turnschuhen! Wenn ihr nun etwas passiert ist! Diese ehemals weißen, dreckverschmierten Turnschuhe mit der flachen Sohle gehen mir nicht aus dem Kopf.

Um fünf vor neun klingelt die Glocke zur kleinen Pause. Die

Mädchen stehen auf, packen ihre Rucksäcke, schielen dabei immer wieder zur Tür. Niemand will die Erste sein, die geht, falls Frau Bender doch noch kommt. Aber sie kommt nicht. Auch nicht, als die zweite Stunde anbricht. Und als dann tatsächlich der Erste geht, einer der Jungen, gehen alle. Nur ich bleibe allein im Klassenzimmer zurück.

Erst Rebekka und jetzt Frau Bender.

Aber diesmal kann ich keinem der Jungen in der Klasse die Schuld geben. Ich allein trage die Verantwortung. Frau Bender ist extra wegen mir den Berg hinaufgekommen. Sie wollte mit meinen Eltern sprechen, damit ich auf eine andere Schule gehen kann. Und ich habe sie bei Unwetter und Dunkelheit fortgeschickt. In einer Gegend, in der sie sich nicht auskennt. Was für ein Mensch macht so was, verdammt?

Noch immer starre ich auf das leere Pult, als könne ich Frau Bender herbeiwünschen, wenn ich mich nur stark genug konzentriere. Ich warte alle sechs Stunden ab, die wir heute gehabt hätten. Dann erst stehe ich auf und schultere meine Tasche, als wäre es das Ende des Unterrichts.

Auf mein Klopfen an Frau Benders Wohnung reagiert auch heute niemand. Ich klingele mehrfach, weil es ja immer noch sein kann, dass sie sich im Gewitter einfach nur erkältet hat und jetzt krank im Bett liegt. Als sie nicht öffnet, gehe ich ums Haus herum und spähe durch die Fenster. Das Licht brennt. Aber von Frau Bender ist nichts zu sehen. Ich muss zum Polizeiamt, denke ich, sie müssen sie in den Bergen suchen! Doch schon nach den ersten paar entschiedenen Schritten verlässt mich bereits der Mut. Ich war ja gestern erst auf dem Polizeiamt, um jemanden als vermisst zu melden. Was wird dieser Wachtmeister Balter sagen, wenn ich schon wieder dort stehe? Und wie soll ich ihm erklären, dass wir Frau Bender bei Gewitter in den Bergen sich selbst überlassen haben? Scham kriecht meinen Nacken hoch, ich spüre sie bis in die Wangen. Ich könnte Frau Bender stattdessen selbst suchen. Kaum einer kennt die Wälder so gut wie ich! Sie wird gestern Nacht in der Dunkelheit irgendwo falsch abgebogen sein, vielleicht ist sie gestürzt, hat sich einen Fuß verstaucht oder gebrochen. Wenn ich sie finde, brauche ich die Polizei gar nicht, und Frau Bender wird mir vielleicht verzeihen, sobald sie sieht, wie leid mir alles tut. Ich schicke ein Stoßgebet zum Himmel, dass es nur ein gebrochener Fuß ist. Ich wohne auf diesem Berg. Und ich weiß, dass dieser noch ganz andere Möglichkeiten bereithält als das.

Die Vorstellung, dass ich Frau Bender tot in irgendeinem Abgrund finden könnte, dass ihre weißen Turnschuhe mir matt aus der Tiefe entgegenleuchten könnten, wenn ich mich über den Rand beuge, verfolgt mich. Ich suche Frau Bender bis in den späten Abend hinein, suche den ganzen Berg ab. Doch ich finde sie nicht. Und als ich schließlich müde und erschöpft in die Hütte zurückkehre und mein Vater mich anraunzt, wo ich den ganzen Tag gewesen sei, er habe mir doch klipp und klar gesagt, ich solle in der Schule nur Bescheid geben, dass ich den Unterricht von nun an nicht mehr besuche, und danach umgehend wieder nach Hause kommen, da bricht die ganze Sorge und Verzweiflung aus mir heraus.

«Frau Bender ist weg!», brülle, heule ich. «Sie ist weg, genau wie Rebekka, und diesmal sind wir schuld! Weil wir sie weggeschickt haben! Wenn sie irgendwo abgestürzt und gestorben ist, dann habe ich ein Leben auf dem Gewissen, und dann wird die Polizei kommen und mich abholen, und dann wirst du dir noch wünschen, ich wäre auf ein Gymnasium gegangen statt gleich ins Gefängnis!»

Mein Vater steht da wie vom Donner gerührt und sagt gar nichts mehr. Er ist solche Ausbrüche von mir nicht gewohnt. Ich lasse ihn stehen, wo er steht, und tue etwas, das ich ebenfalls schon lange nicht mehr getan habe: Ich stürze zu meiner Mutter, kauere mich neben sie und vergrabe mein Gesicht in ihrem

Rock. Ich wünschte, sie könnte aufhören zu schaukeln und begreifen, wie es mir geht. Sie könnte mir mit der Hand durch die Haare streichen und mir versichern, dass alles gut wird, egal wie schlimm es gerade aussieht. Nur ihre Hand auf meinem Kopf, mehr wünsche ich mir doch gar nicht. Aber sie kann nicht. Und nichts wird gut.

Am nächsten Tag hängt ein Zettel am geschlossenen Tor der Schule, der uns mitteilt, der Unterricht müsse vorübergehend ausfallen und dass wir auf weitere Informationen warten sollten. Ich warte den ganzen Tag, unten bei der Mauer. Und als ich mich schließlich unverrichteter Dinge den Berg wieder hinaufschleppe, kreist über mir der Helikopter der Bergwacht. Wie ein erstes rotes Herbstblatt, das am Himmel taumelt und langsam tiefer sinkt. Ich beobachte ihn, warte darauf, dass er irgendwo landet oder ein Seil herunterlässt. Irgendwo, wo ich am Vortag nicht gesucht habe. Die Berge und Wälder sind hier so weitläufig. Doch der Helikopter dreht nur seine taumelnden Kreise und zieht schließlich wieder ab.

Unser Priester hat einmal gesagt, wir werden nicht für unsere Sünden bestraft, sondern durch sie. Jetzt weiß ich, was das heißt.

REBEKKA

«Wir versuchen es morgen noch mal», sagt er tröstend zu mir, als ich weinend und verschrammt vor ihm auf dem Boden liege, am Fuß noch den Haken der Seilwinde. «Wir spielen das einfach so lange durch, bis du den Ausgang findest. Ich weiß, du kannst es.»

Ich kneife die Augen zusammen, schluchze. *Ich weiß, du kannst es.* Wie schlecht er mich kennt. Nichts kann ich. Nichts außer mich in Schwierigkeiten bringen. Nichts als rebellieren und mich querstellen kann ich.

Ich hasse den Berg und den Tunnel. Dieses schwarze Labyrinth, von dem ich gestern Nacht schon einen Albtraum hatte. Ich habe geträumt, dass mir ein Wesen im Tunnel begegnet ist, das in diesem Berg haust und mir nachjagt. Ein Wesen, das schneller ist als ich, weil es, im Gegensatz zu mir, in der Dunkelheit sehen kann und weil ich dieses verdammte Seil hinter mir herschleppen musste und das Gewicht des Hakens daran, der immer schwerer wurde. Immer schwerer und schwerer, bis ich erkannt habe, dass es gar kein Haken war, sondern die eiserne Klaue des Wesens, das mich gepackt hat und zu sich heranzieht. Ich habe gestrampelt, aber ich kam nicht gegen das Tier an. Und dann war da seine Stimme, die durch den Berg hallte. Eine Stimme, der ich gefolgt bin, obwohl ich sie nie gehört habe. Die Blicke, den Zettel, all das haben wir wortlos miteinander ausgetauscht. Ich habe gedacht, dass das reicht. Da, wo ich herkomme, braucht man keine Stimme. Da, wo ich jetzt bin, schon. Ich habe den Mund aufgemacht und geschrien, um auf mich aufmerksam zu machen, aber es kam kein Ton heraus. Lautlos habe ich mir die Seele aus dem Hals geschrien, wie in einem Film, bei dem plötzlich der Ton ausgefallen ist. Und dann war das Wesen, das Monster, über mir, mit all seiner Schwärze, und ich habe erkannt, dass der Berg und der Tunnel und das Wesen und die Stimme ein und dasselbe waren: die Strafe dafür, nicht am Berg geblieben zu sein.

Wir versuchen es morgen noch mal.

Schluchzend ziehe ich die Arme unter meine Brust, während er den Haken von meinem Fuß löst. Bitte nicht. Bitte nicht noch mal. Ich brauche eine Pause. Meine Knie sind wund, meine Arme verschrammt, ich habe so viele blaue Flecke, dass ich sie nicht mehr zählen kann.

Jesse hätte den Ausgang längst gefunden. Selbst Edith hätte ihn gefunden. Sie ist scheu und leise und nachtaktiv und immer da, wo man sie am wenigsten vermutet. Passt durch die kleinsten Löcher. Und wenn es brenzlig wird, ist sie die Erste, die weiß, durch welches Loch sie schlüpfen muss, um nach draußen zu kommen, wie eine Ratte.

Ich muss lernen, wie eine Ratte zu denken.

SMILLA

Ich sitze mit Simon auf dem Steg am See. Seit dem Gewitter vorgestern Nacht fühlt es sich herbstlich an, man braucht nun abends wieder eine Jacke. Die Sonne steht tief hinter den Bergen und leckt nur noch an der Wasseroberfläche, den Baumspitzen und unseren Beinen, die wir ganz am Ende des Stegs über den Rand baumeln lassen. Wir haben Bier und Chips dabei, und es fühlt sich an, als wäre ich nie weg gewesen. Es fühlt sich fast so an wie früher, Juli.

«Ich hab das vermisst», sagt Simon, dessen Gedanken offenbar in die gleiche Richtung gehen. «Das hier, meine ich.»

«*Du* hast das vermisst?», lache ich. «Du warst doch die ganze Zeit hier. Du hattest den See vor der Nase.»

«Ja, aber ich war ehrlich gesagt nicht mehr hier, ohne dich.» Er nimmt einen Schluck Bier aus seiner Flasche und lässt sich dann nach hinten sinken, die Beine noch immer über den Rand hängend. «Was ich sagen will: Schön, dass du wieder da bist.»

Ich lächle. Ich habe das auch vermisst, die entspannten Abende und Gespräche mit Simon. Das Schwimmen im See. Aber mir fällt es irgendwie schwerer als ihm, das auszusprechen. «Wollen wir noch reinspringen, bevor die Sonne ganz weg ist?», frage ich stattdessen und schlüpfe bereits aus der Jacke, dem T-Shirt und der Jeans. Simon blickt mich erstaunt an, beeilt sich dann aber ebenfalls aufzustehen. Wir springen vom Steg direkt ins Wasser, und es ist herrlich. Der See ist kalt, aber das sind Bergseen immer. Es fühlt sich an, als hätten wir dem Jahr einen weiteren Sommerabend gestohlen, nur für uns.

«Haben wir Handtücher dabei?», fragt Simon, als wir zurück

zum Steg schwimmen. Ich schüttele den Kopf. Simon stemmt sich mit einem Satz über den Rand und reicht mir dann die Hand, um mich nachzuziehen. Die Polizeiausbildung hat ihm gutgetan. Er war immer eher schlaksig, aber jetzt ist er kräftig geworden.

«Du kannst meinen Pulli haben», sagt er, weil er sieht, dass ich nun doch friere.

Ich nicke dankbar und streife mir den Pulli wie ein Zelt über, unter dem ich den nassen BH ausziehen kann. Simon wendet sich ab, als ich auch aus der nassen Unterhose und zurück in meine Jeans steige. Die Beine an den Körper gezogen, setze ich mich wieder auf den Steg und warte, bis Simon mit dem Umziehen fertig ist. Die Sonne ist inzwischen so weit hinter den Bergen verschwunden, dass der See im Dunkeln liegt, und mit den nassen Haaren ist mir immer noch kalt. Vielleicht geht es Simon genauso, denn er setzt sich diesmal so nah neben mich, dass unsere Schultern und Beine sich berühren.

«Ich find's auch schön, wieder da zu sein», sage ich endlich leise.

Simon lächelt, als hätte ich ihm ein Geschenk gemacht, und beugt dann plötzlich seinen Kopf zu mir, um mich zu küssen. Ich zucke zurück, aber nur kurz. Nur so lange, bis er seine Hand an meine Wange legt und mein Gesicht sanft zu sich heranzieht. Es ist ja nicht so, als hätte ich nie daran gedacht. Simon ist ein toller Mann. Er ist lieb und höflich und sieht gut aus, wir sind auf einer Wellenlänge, wir kennen uns schon seit so vielen Jahren. Und darum erwidere ich den Kuss und versuche nicht zurückzuschrecken, als mir seine Hand unter den Pulli fährt, aber mein Kopf ist trotzdem nicht dabei. Mein Kopf katapultiert mich zurück an einen Tag, an dem wir all das schon mal hatten. Nicht auf diesem Steg, aber an diesem See, Juli. Würde ich jetzt die Augen öffnen, könnte ich hinter seiner Schulter die Stelle am Ufer sehen, wo wir gesessen haben, du und er und ich. Wir kannten Simon aus der Schule, er war zwei Stufen über uns, und aufgefallen ist er uns schon vorher, aber so richtig kennengelernt haben wir ihn erst auf diesem Geburtstag, auf dem Grillplatz an diesem See. Fünfzehn waren wir da, du und ich, es war Sommer, und wir waren ein bisschen zu angetrunken, und das sollte wohl als Erklärung reichen, warum wir ihn beide geküsst haben. Erst du und er und dann, als ich dazugekommen bin, auch er und ich und dann wir uns, Juli, weil man als beste Freundinnen nichts dabei findet, sich zu küssen. Ich erinnere mich noch daran, dass ich Simon ins Gesicht gelacht habe, weil er uns so fasziniert angeglotzt hat. Und dass ich dann zu ihm rüber bin, um auch ihn noch mal zu küssen, einfach weil ich es konnte. Ich wollte dich mitziehen, aber du hast dich losgemacht, weil du keinen Bock mehr hattest, und bist zu den anderen zurück. Ich weiß bis heute nicht genau, wieso. Ich habe bis dahin, und auch später noch, wenn wir Simon in der Schule begegnet sind, immer gedacht, wenn eine von uns mit ihm zusammenkäme, dann wärst es du.

Ich löse meinen Mund von seinem und schnappe nach Luft, als wäre ich gerade noch einmal aus dem See aufgetaucht. Simon blickt mich erschrocken an und zieht seine Hand zurück. «Alles in Ordnung?»

Ich zucke die Schultern und schüttele gleichzeitig den Kopf. Wie soll ich ihm sagen, dass überhaupt nichts in Ordnung ist, weil er in meiner Vorstellung nicht für mich, sondern für dich bestimmt war, Juli? Ich rücke von ihm ab, ziehe den Pulli zurecht. Es war diese Art, wie ihr euch angesehen habt, wenn wir uns damals zu dritt getroffen haben. Du und er, ihr hättet zusammengepasst, als Paar. Er und ich, wir passen nur zusammen, weil wir die gleichen Hobbys und Interessen haben, die gleiche unbedarfte Art, an Dinge heranzugehen und uns nicht allzu viele Gedanken über die Konsequenzen zu machen. Wir waren dazu bestimmt, Freunde zu sein, er und ich.

«Tut mir leid», sage ich, und nach einem Augenblick der Verwirrung erwidert er: «Nein, Quatsch, Smilla, ich war doch derjenige, der … Also ich hoffe, es ist alles okay zwischen dir und mir. Und bleibt okay, meine ich.»

«Klar, alles okay», sage ich. «Lass uns einfach zurückgehen, es wird ja echt kalt.» Ich stehe auf und strecke ihm die Hand hin, um ihn hochzuziehen und um so zu tun, als wäre wirklich alles okay. Es ist meine Schuld, dass aus euch beiden nie etwas geworden ist, Juli.

Und vielleicht fühlt sich deshalb gerade alles so nach Verrat an.

JESSE

Etwas liegt in der Luft. Als würde da ein Verdacht unter den Erwachsenen keimen, den keiner auszusprechen wagt. Ich hätte Lust, jeden Einzelnen von ihnen zu schütteln und zu fragen: Was ist los? Was wisst ihr, das ihr nicht sagen wollt? Aber natürlich tue ich das nicht.

Stattdessen klammere ich mich an den Gedanken, dass Frau Bender inzwischen aufgefunden wurde und sich nun zu Hause erholt. Ich würde es nicht wissen, denn seit der Helikopter hier seine Kreise geflogen ist, hat keiner von uns die Siedlung mehr verlassen. Etwas hat das Verschwinden von Rebekka und Frau Bender mit Vater gemacht, dass er mich plötzlich im Haus hält wie einen Gefangenen. Ich glaube, er hat Angst, dass ich ihm auch noch davonlaufe. Auf eine höhere Schule in der Stadt oder auf dieses Internat, von dem Frau Bender gesprochen hat. Als wäre das so einfach.

Mein Vater lebt schon seit seiner Geburt auf diesem Berg, und es ist lange her, dass er zur Schule gegangen ist oder auch nur Kontakt zum Dorf hatte. Er kann sich nicht mehr vorstellen, wie viel komplizierter die Prozesse außerhalb sind. Es ist egal, wie oft ich ihm versichere, ich wolle nur die Post holen oder die Einkäufe erledigen. Oder zum Polizeiamt gehen, in der Hoffnung, Kommissar Hofer anzutreffen und ihn nach Rebekka zu fragen. Vater findet jedes Mal eine Aufgabe für mich, die gerade wichtiger sein soll. Und immer ist es eine in seiner Nähe, sodass er mich im Blick hat. Als gäbe es etwas Wichtigeres als Rebekka.

Ich kann nicht schlafen und wälze mich im Bett herum, das in unserer Stube steht, zwischen dem Küchentisch und dem Ofenrohr.

Die anderen Bewohner in Jakobsleiter warten auch darauf, dass ich wieder ins Dorf gehe. Sie sind auf meine Besorgungsgänge angewiesen. Aber an Vaters Sturheit kommt niemand vorbei. Er behauptet, mit dem, was wir haben, kämen wir sicher noch einen Monat über die Runden.

Einen Monat! Ich kann nicht einen Monat warten, um zu erfahren, was mit Rebekka ist. Wenn Vater mich nicht bei Tag gehen lässt, dann muss ich mich eben in der Nacht davonschleichen. Ich werde zum Haus des Bürgermeisters laufen und ihm sagen, dass ich dringend mit seinem Sohn sprechen muss. Zwar klingele ich den Bürgermeister nur ungern aus dem Bett, andererseits fällt mir auch nichts ein, was ich sonst tun könnte. Der Bürgermeister hat immer ein offenes Ohr für uns.

Ich schlüpfe aus dem Bett und spähe aus dem schmalen Fenster. Der Himmel ist wolkenlos, der Mond sieht aus wie ein angeschnittener, blasser Käselaib. Es ist hell genug, um den Weg zum Wald erkennen zu können. Ich spüre die Kälte, die durch die Fugen dringt, und will mich gerade anziehen, als ich draußen ein Heulen höre. Erschrocken fahre ich zusammen. Freigeist. Ich würde sein Heulen unter hundert anderen Wölfen erkennen. Und es klingt, als sei er ganz in der Nähe. Wölfe wittern so viel, ich kann mir vorstellen, dass er meinen Geruch wahrgenommen hat, obwohl ich bloß kurz am Fenster stand. Wenn er nur nicht versucht, mich zu finden, weil ich ihn seit Tagen nicht besucht habe! Einem Wolf bedeutet das Rudel mehr als alles andere. Und Freigeists Rudel bin ich.

Schnell ziehe ich mir die Hose und den Pulli direkt über den Schlafanzug. Freigeist heult noch einmal, lang gezogen. Ich schließe die Augen, bete im Stillen, er möge still sein. Wenn ich ohnehin nach Almenen laufe, kann ich ihn auf dem Weg auch gleich im Wald besuchen. Ich nehme eine Taschenlampe und schleiche auf Socken zur Haustür. Aber als ich sie gerade leise öffnen will, bemerke ich einen Schatten links von mir, fahre zusammen und schwinge die Taschenlampe herum. Im Lichtkegel steht mein Vater in der geöffneten Tür des Elternschlafzimmers. Er muss mich gehört haben. Er muss geahnt haben, was ich vorhabe. Ich halte die Luft an. Vater blickt mich ebenso überrascht an wie ich ihn. Er ist angezogen und trägt ein Gewehr über der Schulter. Mein Magen krampft sich zusammen.

«Du hast ihn also auch gehört», raunt Vater.

Ich brauche einen Moment, um zu begreifen, wen er meint. Dann nicke ich zögerlich. Die Taschenlampe in meiner Hand beginnt zu zittern.

«Na dann.» Vater nickt in Richtung Haustür, noch immer leise raunend, um meine Mutter nicht zu wecken. «Schnappen wir uns das Biest, bevor es noch mehr von unseren Ziegen reißt.»

Ich habe diese Szene schon einmal erlebt, vor nicht allzu langer Zeit. Es ist die gleiche Szene, die zum Tod jener Wölfin geführt hat, deren Sohn ich großziehe. Und den ich jetzt jagen soll. Ich blicke zu meinem Vater. Das Gewehr auf dem Rücken, bricht er neben mir durch das Unterholz des dichten Waldes. Auf der Suche nach Spuren leuchten wir den Waldboden mit unseren Taschenlampen ab. Wir lauschen auf Geräusche, mein Vater mit dem eifrigen Gesichtsausdruck eines Jägers und ich mit dem rasenden Herzschlag des Gejagten. Er hofft auf das Auftauchen des Wolfes. Ich hoffe darauf, Freigeist möge bloß fernbleiben. Aber natürlich tut er das nicht.

Ich glaube, Vater ist selbst überrascht, wie schnell wir ihn finden. Oder besser gesagt, wie schnell Freigeist uns findet. Ganz unvermittelt steht er plötzlich zwischen den Bäumen. Mit seinem schlanken grauen Körper, der nicht schwer und voller Babys ist, wie der seiner Mutter damals, sondern dafür gemacht, durch die Wälder davonzujagen. Aber Freigeist rennt nicht davon. Erwartungsvoll macht er zwei Schritte auf mich zu. Ich schließe die Augen. Bitte, bitte, hau ab! Aber als ich sie wieder öffne, steht Freigeist noch immer zwischen den Bäumen.

Vater gibt mir ein Zeichen, ich soll in Deckung gehen, und ich möchte vor Entrüstung schnauben, so absurd ist das! Auf diese Entfernung hätte uns auch jeder andere Wolf bereits fünfmal gewittert und gesehen. Trotzdem gehe ich neben ihm in die Hocke, denn was bleibt mir anderes übrig. Ich muss das Spiel hier mitspielen, wenn er nicht erfahren soll, dass ich hinter seinem Rücken den Feind großgezogen habe.

Vater ist aufgeregt. Er zieht das Gewehr von der Schulter, während meine Hand über den Boden tastet und sich in einem Klumpen Dreck verkrallt. Was ich damit tun soll, weiß ich allerdings nicht. Ihn nach Freigeist werfen? Oder meinem Vater vor den Latz hauen? Beides könnte ich Vater nicht erklären. Wir sind hier auf der Jagd, er und ich. Ich sollte auf seiner Seite sein, wie jeder gute Sohn. Er würde mir nie verzeihen, dass ich die Fronten gewechselt habe. Dass ich unseren Vorrat riskiere, damit ein Wolf fressen kann. Wir brauchen die Ziegen. Der Dreck quillt zwischen meinen Fingern durch, als ich die Faust fester darum schließe. Freigeist blickt mich erwartungsvoll an und macht zwei weitere Schritte auf mich zu, wahrscheinlich denkt er, dass das hier ein Spiel ist, dass ich mich vor ihm verstecke, nur um gleich aufzuspringen und mit ihm zu toben.

Plötzlich stößt Vater mich von der Seite an und will mir das Gewehr reichen. Aus meinem Körper weicht jedes Gefühl. Ich soll meinen Wolf töten. Der Dreck löst sich aus meiner erschlafften Hand, fällt lautlos zu Boden. Ungeduldig macht Vater eine Kopfbewegung in Freigeists Richtung. Ich kann seinen Blick lesen: *Komm schon, Sohn, der ist so nah, den triffst sogar du!* Ich kann darin lesen, wie stolz es ihn machen würde. Sein einziger Sohn, der bislang nie mehr getroffen hat als ein paar Konservenbüchsen hinter der Hütte. Eines Tages werde ich hier oben für ihn und Mama auf die Jagd gehen und das Essen für uns schießen müssen. Ich werde Vaters Ziegen übernehmen und gegen die Wölfe verteidigen müssen. Vater versteht nicht, dass es nicht an mangelndem Geschick liegt, dass ich bislang nichts von alldem zustande gebracht habe. Er würde es nie verstehen.

Vater wird ungeduldig. Ich nehme ihm das Gewehr in Zeitlupentempo ab. Dieser Stolz in seinen Augen! Ich schlucke und lege an, wie er es mir hundertmal gezeigt hat. Das Revers an der Schulter, ein Auge am Sucher, die dreckverschmierte Hand am Abzug. Eine leise Hoffnung flackert in mir auf, Freigeist könnte am Ende doch noch begreifen, dass das hier kein Spiel ist. Warum dreht er sich nicht um und rennt davon, verdammt? Sollten Tiere Gefahr nicht eigentlich wittern? Aber nicht dieses Tier. Dieses Tier wittert nur sein Rudel, seinen Bruder, der ihn großgezogen hat. Wie dumm ich war, einen Wolf so sehr an den Menschen zu gewöhnen – und das in einer Gegend, in der die Menschen Wölfe jagen. Ich habe gedacht, ihn retten zu können, als ich ihn mit Ziegenmilch vom Finger gefüttert habe. Aber in Wahrheit habe ich schon da sein Todesurteil unterschrieben.

Hau doch ab, verflucht! Ich könnte heulen vor Verzweiflung.

Freigeist steht da wie eine Zielscheibe. Reglos und so nah, dass ein Fehlschuss praktisch unmöglich ist. Man muss schon blind sein, um diesen Wolf nicht zu treffen. Blind sein. Ich schließe die Augen. Besser, ich tue es als jemand anders. Ich bin selber schuld.

«Nun mach schon», raunt mein Vater unwirsch.

Ich schieße, mit noch immer geschlossenen Augen. Der Knall ist ohrenbetäubend laut und wird zigfach von den Bergen wiedergegeben, wird von den Raben beantwortet, die erschrocken krähen und auffliegen, nur um sich gleich darauf wieder vom Himmel herunterzustürzen. Wo ein Jäger unterwegs ist, da ist der Tod. Das wissen die Raben. Ich spüre, wie Vater neben mir vor Aufregung aus der Deckung springt, und reiße die Augen auf, gerade als Freigeist jaulend davonhumpelt. Ich habe ihm einen Streifschuss verpasst. Der Anblick zerreißt mir das Herz.

«Was machst du denn, Junge!» Vaters Griff am Gewehr. Er versucht, es mir aus den Händen zu reißen, aber jetzt will ich es nicht mehr hergeben. Ich klammere mich daran fest, als sei es ein rettender Ast über einem Abgrund. Vater brüllt und stößt mich zur Seite. Ich falle zu Boden. Er legt an. Freigeist hat Zeit gewonnen, aber er ist noch immer nah genug, dass ein guter Jäger ihn treffen kann. Und Vater ist ein guter Jäger. Ohne nachzudenken, springe ich auf, springe Vater ins Gewehr, als er schießt. Eine plötzliche Hitze flammt an meinem Brustkorb auf, als mein Oberkörper auf dem Gewehrlauf landet, so heiß, dass ich schon denke, es sei das Schrot selbst. Ich höre Vater schreien, als der Schuss in den Boden geht. Nein, nicht den Boden, sehe ich jetzt, sondern in Vaters Fuß. Er hat sich in den Fuß geschossen. *Ich* habe Vater in den Fuß geschossen.

Vaters Brüllen ist ohrenbetäubend und fremd. Mit schmerzverzerrtem Gesicht sackt er zusammen, während ich meine Taschenlampe fassungslos auf das dunkle Loch richte, wo sich vorher ein heiler Schuh befunden hat. Vater wimmert, flucht. Ich bin noch immer so geschockt, dass ich mich nicht bewegen kann. Meine Gedanken überschlagen sich, hektisch, rollen übereinander hinweg und kommen dann mit einem klaren Ergebnis zum Erliegen: Vater wird mich umbringen. Er *muss* mich umbringen, es besteht gar keine andere Möglichkeit. Meinen verfehlten Schuss auf Freigeist hätte ich vielleicht noch irgendwie erklären können. Ich hätte es auf mich genommen, für immer als ein Versager beim Jagen zu gelten, der nicht einmal dann sein Ziel trifft, wenn es direkt vor ihm steht. Aber dass ich Vater in die Schussbahn springe, gerade als er abdrückt, dass ich riskiere, selbst getroffen zu werden, und dass ich ihm durch mein Manöver seinen Fuß wegfetze, das kann ich ihm nicht erklären. Er wird es wissen. Er wird wissen, dass dies nicht irgendein Wolf ist. Dass ich eine besondere Beziehung zu diesem Tier habe. Und er wird ihn umso vehementer jagen. Wenn Vater nicht mich umbringt, dann bringt er zumindest Freigeist um.

Für mich ist eins so schlimm wie das andere.

SMILLA

Ich habe jetzt angefangen, Berichte über Reinkarnation zu lesen, Juli. So weit ist es schon gekommen. Wie du siehst: Ich werde langsam verrückt. Wenn du wirklich wiedergeboren worden wärst, dann sicher nicht ausgerechnet im Körper eines stinkenden Wolfs. Du hättest dir etwas Schöneres ausgesucht. Eine Katze zum Beispiel. Du mochtest Katzen schon immer.

Ich hänge einen Teebeutel in die Tasse mit heißem Wasser und gehe zurück zu meinem Platz. Es ist wirklich erstaunlich, wie attraktiv der Weg zur Teeküche wird, wenn die Alternative die Durchsicht langweiliger Presseberichte am frühen Morgen ist, bevor meine Kollegen eintrudeln. Die Zeit eingerechnet, die es braucht, bis das Wasser kocht, kann ich mit dem Ausflug zur Küche ganze sechs Minuten überbrücken.

Während ich auf die Teeoberfläche puste, öffne ich das Postfach. Ich bin darauf vorbereitet, mich wieder einmal durch diverse Firmenfeiern und «Hund biss Nachbarin beim Grillfest»-Mitteilungen zu klicken. Aber gleich bei der ersten Nachricht lasse ich die Tasse sinken und starre auf den Betreff. Eine Vermisstenanzeige, herausgegeben von der Polizei: Schon wieder ist eine junge Frau verschwunden.

Ich öffne die Mail, überfliege die Fakten, vergleiche sie mit jenen, die ich über alle anderen Vermisstenfälle der letzten zehn Jahre gesammelt habe.

Die Vermisste heißt Laura Bender, ist 38 Jahre alt und Lehrerin in einem kleinen Dorf namens Almenen. Von diesem Ort habe ich noch nie gehört, und als ich jetzt danach google, weiß ich auch, wieso: Er liegt ganz am Ende eines abgelegenen Gletschertals, an einem steilen Berghang, dessen Gefälle höchstens für ambitionierte Bergsteiger interessant ist. Nicht einmal der Gletscher sagt mir was, Obere Schwärze. Aber beim Namen Laura Bender klingelt etwas in meiner Erinnerung. Warum nur kommt mir dieser Name so bekannt vor? Ich gebe auch ihn in die Suchmaske ein und bekomme eine ganze Flut von Artikeln und Meldungen über das «Opfer Nummer 19» vom Amoklauf in Dornein. Sieh an. Irgendwie muss der Name von damals mir wohl im Gedächtnis geblieben sein. Auch wenn ich hätte schwören können, dass er mir erst kürzlich über den Weg gelaufen ist.

Ich lese mir die Fakten zum Fall dieser Bender durch, krame mein Handy aus der Anoraktasche und rufe Simon an. Es klingelt lange, bevor er endlich drangeht, und als er es tut, klingt er verschlafen. «Smilla?»

Ich klicke auf ‹Wechseln zu Video›. Sein Gesicht sieht auf dem Display verschwommen und dunkel aus. «Wann hattest du vor, mir von Laura Bender zu erzählen?» Mir fällt selbst auf, dass ich wie eine eifersüchtige Ehefrau klinge. Dabei ist die einzige Sache, auf die ich wirklich eifersüchtig bin, Simons Körpergröße, mit der er, im Gegensatz zu mir, problemlos eine Ausbildung bei der Polizei beginnen konnte und deshalb noch im Bett liegen kann, während ich bereits seit drei Stunden auf den Beinen bin.

Simon stöhnt und reibt sich die Augen. «Weißt du, wie spät es ist, Smilla?»

«Ich hätte erwartet, dass du mir bei so etwas gleich Bescheid gibst und ich nicht erst durch einen Presseartikel davon erfahren muss!»

«Smilla, du musst damit aufhören.» Er seufzt. Mit ‹damit› meint er dich, Juli. Er meint, dass ich aufhören soll, mich auf jeden Vermisstenfall in der Region zu stürzen und ihn mit deinem Verschwinden zu vergleichen.

«Wie weit seid ihr mit den Ermittlungen?» Unbeeindruckt

reiße ich einen Notizzettel ab. Ich lasse den Kugelschreiber ein paarmal klicken. Ich bin bereit für seine Berichterstattung. Aber Simon ist es nicht.

«Der Fall hat rein gar nichts mit dem Verschwinden von Juli zu tun, Smilla.»

«Woher willst du das wissen? Habt ihr den Täter vielleicht geschnappt und konntet ihn fragen?»

«Natürlich nicht. Aber es ist ja nicht mal sicher, ob es überhaupt einen Täter gibt. Es … spricht wieder ziemlich viel für Suizid.»

Selbstmord. Natürlich ist das das Erste, worauf die Polizei kommen muss, wenn eine junge Frau, die ein Jahr zuvor nur haarscharf einen Amoklauf überlebt hat, plötzlich verschwindet. Das Dunkel dieser Bergwelt zieht Suizidgefährdete regelrecht an. Bei einigen der Opfer, die die Polizei jährlich von den Bäumen schneidet, handelt es sich sogar um Personen, die extra für den Selbstmord herkamen. Suizid-Touristen. Davon drucken die Reisebüros natürlich nichts in ihren Prospekten.

«Aber ihr habt keine Leiche», stelle ich fest.

«Noch nicht.»

«Dann kann es auch ebenso gut eine Entführung sein.»

Er seufzt noch einmal. «Smilla, du verrennst dich da in etwas.»

«Bevor du bei der Polizei angefangen hast, hat dich das nicht gestört. Im Gegenteil. Du hast sogar mitgeholfen, die Fakten zusammenzutragen!»

«Na ja, seitdem sind ja wohl ein paar Jahre vergangen. Irgendwann muss man auch loslassen können.»

Loslassen! Ich schnaube. Wie kann er das so einfach sagen, Juli? Er hat dich doch auch gekannt! «Danke, du klingst schon wie mein Therapeut.»

«Du hast wieder einen Therapeuten?»

«Nein», sage ich knapp. Ganz sicher habe ich den nicht. «Was ist mit DNA-Spuren? Ihr habt doch sicher das Haus durchsucht.»

«Smilla, ich kann dir da wirklich keine Details geben. Vor allem jetzt nicht, wo du bei der Presse arbeitest …»

«Ach, komm schon, Simon! Wir wissen doch beide, dass ich nicht *wirklich* bei der Presse arbeite!»

Er murmelt etwas. Aber ich weiß, dass ich ihn gleich so weit habe. Er hat damals am See so cool vor uns getan, Juli. Aber in Wahrheit hat er einen weichen Kern. Vielleicht hast du das damals schon erkannt, im Gegensatz zu mir. Du hast immer eher auf die Lieben und Netten gestanden, während ich für die Draufgänger schwärmte.

«Ich gehe auch mit dir in diesen Kinofilm, in den du unbedingt wolltest», sage ich. «Wie hieß der, *What's Dead Never Dies*?»

«*The Dead Don't Die*», korrigiert Simon resignierend. «Der ist schon längst wieder aus den Kinos raus.»

«Dann gehen wir eben in einen anderen Film!»

«Ich gehe doch nicht mit dir ins Kino, bloß weil du mich damit erpresst, Smilla!»

«Wer redet denn hier von Erpressung? Ich will wirklich mit dir ins Kino!»

«Ja klar.» Simon seufzt. Er knipst seine Nachttischlampe an. Und dann erzählt er mir doch, was er weiß: dass keine der DNA-Spuren im Haus mit denen aus der Datenbank übereinstimmt. Dass man nicht genau weiß, wann Laura Bender in der Nacht oder am Morgen verschwunden ist. Dass es aber nach zwei Uhr gewesen sein muss, weil das der Zeitpunkt war, als ein Bekannter von ihr das Haus verlassen und sie hinter ihm abgeschlossen hat.

«Und der Bekannte?», frage ich. «Ist der vielleicht irgendwie verdächtig?»

«Nein. Das können wir ausschließen», sagt er so prompt, dass ich aufhorche.

«Und – wieso könnt ihr das ausschließen?», frage ich. Simon zögert. «Warte mal, ist dieser Bekannte einer von euch?»

Er kneift die Lippen zusammen.

«Also, komm jetzt, Simon!»

«Dazu kann ich dir echt nichts sagen, Smilla. Die werfen mich für so was raus.»

«Also ja!», sage ich. Simon verdreht die Augen. Ich mache eine Notiz.

«Davon darf echt nichts durchsickern, Smilla! Er ist der leitende Ermittler und sowieso schon völlig aufgebracht, weil wir angeblich alle nicht richtig arbeiten. Der macht uns echt Feuer unterm Hintern!»

«Na, das kann aber nur ein sehr gemütliches Feuer sein, wenn du um die Uhrzeit noch im Bett liegst.»

«Dafür habe ich auch gestern bis spät in die Nacht hinein an der Sache gearbeitet.»

«Ist doch super, dann kannst du mir ja sicher noch mehr zu dem Fall erzählen?»

«Nein», sagt Simon, und weiter kommen wir nicht, denn in diesem Moment spuckt der Aufzug meine Kollegen in die Redaktion.

«Shit, ich muss auflegen, Simon!»

«Zu schade», ätzt er. «Wo wir doch gerade so nett und unverbindlich geplaudert haben.»

«Genau», lächle ich. «Ciao, Simon.» Ich lege auf. Er ist wirklich ein netter Kerl, Juli.

Und dann, als ich die Vermisstenanzeige der Polizei ausdrucke – doppelt, denn eins der Fotos werde ich mit nach Hause nehmen –, fällt es mir plötzlich ein. Ich weiß wieder, wo ich den Namen Laura Bender gelesen habe. Es war nicht im Zusammenhang mit dem Amoklauf von vor einem Jahr. Ich habe dieser Laura Bender sogar geantwortet.

Die Erkenntnis lässt mich mit einem Mal ganz still dasitzen. Ich höre, wie das Büro sich um mich herum füllt, doch statt meine Rechercheergebnisse in den Konferenzraum zu bringen, öffne ich erneut das Mailprogramm und scrolle durch den Posteingang. Da ist sie: Am Freitag um 2:30 Uhr hat eine Laura Bender eine

Mailanfrage an die Redaktion geschickt und nach Archivmaterial gefragt. Ich vergleiche das Datum mit dem aus der Pressemitteilung. Das ist die Nacht, in der sie verschwunden ist! Unruhig rutsche ich auf meinem Stuhl herum, als mir klar wird, dass ich vielleicht gerade vor dem letzten Lebenszeichen dieser Frau sitze. Warum war ihr das Archivmaterial so wichtig, dass sie noch in der Nacht danach gefragt hat? Welche Lehrerin bereitet denn um diese Uhrzeit ihren Unterricht vor, noch dazu, wenn kurz zuvor Männerbesuch das Haus verlassen hat?

Hastig öffne ich das Stichwortverzeichnis des Online-Archivs und gebe «Jakobsleiter» ins Suchfeld ein.

«Smilla?»

Die Suche ergibt null Treffer. Ich versuche es mit «Almenen», auch hier: nichts.

«Smilla!»

Ich fahre zusammen. Tamara, eine der Redakteurinnen, steht vor mir. Sie trägt einen strengen Pferdeschwanz, eine hochgeschlossene Bluse und hat die Arme vor der Brust verschränkt. «Wir warten auf die Pressemitteilungen.» Ihre Stimme klingt genervt. Ich schaue zum Konferenzraum. Alle sind bereits anwesend und sehen erwartungsvoll durch die Scheibe zu uns. Ohne aufzustehen, reiche ich Tamara die Vermisstenanzeige über den Schreibtisch. Sie zieht die Brauen hoch.

«*Eine* Pressemitteilung?»

«Eine Frau wird vermisst.»

«Das füllt doch kein Nachrichtenformat! Wenigstens jemand Wichtiges?»

«Tamara, weißt du, ob alles Archivmaterial online verzeichnet ist?»

Sie blinzelt. Offenbar ist sie verwirrt angesichts meiner Gegenfrage und dieses plötzlichen Themenwechsels. Dann schnalzt sie mit der Zunge. «Smilla, willst du von deinen verpatzten Aufgaben ablenken, oder was?»

«Im Gegenteil. Ich soll etwas aus dem Online-Archiv raussuchen, finde es aber nicht.» Ich werfe einen Blick zum Glaskasten, damit Tamara davon ausgeht, der Chefredakteur habe mich mit der Archivsuche beauftragt, und tatsächlich funktioniert es.

Tamara lässt sich zu einer Erklärung herab: «Unsere Redaktion existiert seit drei Jahrzehnten. Und das Online-Archiv vielleicht gerade mal seit zweieinhalb Jahren. Was glaubst du denn, wie viel Zeit das braucht, da alles einzutragen?!»

«Und das restliche Material?»

«Das ist noch im Keller», sagt Tamara, und es ist das erste und vielleicht einzige Mal, dass ich sie lächeln sehe.

JESSE

Wir hier oben wissen, wie wir mit Schusswunden umgehen. Ich habe Vaters Fuß gleich gesäubert, mit Alkohol desinfiziert und verbunden. Aber es wird Monate dauern, bis er ihn wieder richtig belasten oder auch nur damit auftreten kann. Nachts höre ich, wie er sich stöhnend im Bett wälzt. Seine Schmerzen bereiten mir Übelkeit, weil ich weiß, dass ich schuld an ihnen bin. Wie an so vielem.

Erst Rebekka, der ich den Mist mit diesem Antennenkerl hätte ausreden müssen. Dann Frau Bender, die nur wegen mir den Berg heraufgekommen ist und der ich dann die Tür vor der Nase zugeschlagen habe. Und jetzt mein Vater.

Er hat mich nicht gefragt, was da im Wald in mich gefahren ist. Das braucht er auch nicht. Er hat es sich wohl selbst zusammengereimt, so wie wir das hier oben immer tun. Er weiß, dass ich den Feind gefüttert und einen Pakt mit ihm geschlossen habe. Und dass ich in jener Nacht nicht etwa vor ihm stand, um ihm bei der Wolfsjagd zu helfen, sondern um mich aus dem Haus zu stehlen. Wahrscheinlich denkt er, dass ich davonlaufen wollte, in die Stadt, wie Rebekka und wie meine Mutter.

In der Konsequenz lässt Vater mich heute arbeiten, als hätte ich ihm nicht nur in den Fuß, sondern auch in beide Hände geschossen. Ich muss mich um Mutter kümmern. Ich muss mich um den Garten und um das Vieh kümmern. Ich sitze da und hüte die Ziegen, während Vater dasitzt und mich hütet. Wir schweigen einander an, nur im Gespräch mit unseren eigenen, schonungslosen Köpfen, während wir auf die Berggipfel und den Wald blicken, der sich langsam herbstlich färbt und in dem mein Wolf ums Überleben kämpft. Vielleicht ist er auch gar nicht mehr mein Wolf, nachdem ich ihn mit dem Gewehr verjagt habe. Vielleicht hat Freigeist entschieden, lieber wieder ein Geist des Waldes zu werden und sich unsichtbar zu machen. Ich weiß nicht, ob das das Schlimmste oder das Beste ist, was mir passieren kann. Wenn Freigeist kommt, dann wird mein Vater ihn töten. Wenn er fortbleibt, dann habe ich auch meinen letzten Freund verloren. Meinen letzten Verbündeten.

Rebekka. Frau Bender. Freigeist. Alle fort.

Und ich bin schuld. An allem.

Wenn ich nur eine Möglichkeit finden würde, mich ins Dorf zu stehlen und mit Kommissar Hofer zu sprechen.

REBEKKA

Es gibt kein Tageslicht mehr, das mir die Uhrzeit verraten könnte. Nur einen diffusen Schein, der durch die Ritzen der Kellertür fällt, wenn er oben an der Kellertreppe das Licht anknipst und zu mir heruntersteigt. Es dreht sich sowieso alles nur noch um ihn. Mein Körper hat sich seinem Rhythmus angepasst. Sein Kommen und Gehen sind jetzt mein Tag und meine Nacht. Ich lebe unter seinem Haus, wie ein Tier, das er füttert und zwischendurch zum Spielen rausholt. Im Dunkeln erkunde ich mein neues Zuhause: die groben Steinwände, das Campingklo in der Ecke, das ich erst für eine Plastikbox gehalten habe, Regale an den Wänden, in denen Weinflaschen lagern. Manchmal kommt er herunter und wählt eine Flasche aus. Er zieht dann eine nach der anderen aus dem Regal heraus, prüft die Etiketten, runzelt die Stirn, schiebt die Flaschen wieder rein. Ich frage mich, ob er mich mit der gleichen Gewissenhaftigkeit ausgesucht hat. Manchmal schaut er auch mich an, als wäre ich ein Etikett, das geprüft werden muss. Mehr Beachtung schenkt er mir nicht. Außer wenn er spielen will.

«Hast du Lust zu spielen, Rebekka?»

Ich habe keine Lust zu spielen. Alle seine Spiele sind grausam. Das elende Labyrinth, aus dem ich immer noch nicht den Ausgang gefunden habe. Diese Dunkelheit. Die nie enden wollenden Gänge. Wieder eine Sackgasse. Wieder der Ruck an den Füßen, das Zurückschleifen durch die Gänge. Immer zu schnell. Die Wände immer zu hart und zu nah. Der Tunnel ist mein Albtraum. Für ihn ist er ein Spielfeld. Ich taste über die blauen Flecken an meinem Körper. Jede Berührung tut weh. Selbst wenn ich nur ganz sanft mit den Fingerspitzen darüberstreiche.

Er hat einen Wein gefunden und dreht sich um. Er ist in Spiellaune, das sehe ich seinem Gesicht an. Es ist das gleiche Gesicht, das er aufsetzt, wenn er vor dem Tunnel steht und den Eisenhaken an meiner Fußfessel befestigt. Wenn er auf die elektrische Seilwinde neben sich klopft wie auf den Rücken eines braven Pferdes und zu mir sagt: Also dann, Rebekka, versuchen wir es noch mal.

Ich weiß nicht, wie oft ich ihm noch sagen soll, dass ich den Ausweg niemals finden werde. Und dass ich nicht spielen will.

«Du kennst doch sicher Topfschlagen, oder, Rebekka?»

Ich schließe die Augen. Ich kenne es nicht. Kenne keines seiner Spiele. Wenn man sich mit solchen Spielen in der Stadt die Zeit vertreibt, dann weiß ich, warum wir immer vor den Städtern gewarnt wurden. Hat man mich nicht genau deshalb immer ermahnt, am Berg zu bleiben? Du bist so dumm, Rebekka. Warum bist du nicht am Berg geblieben?

Er bindet mir ein Tuch um den Kopf, über die Augen. Es stinkt. Stinkt nach Angst, und da weiß ich, dass auch schon andere dieses Tuch um den Kopf getragen haben. Dass ich nicht die Erste bin, die dieses Spiel spielen muss. Wurden die anderen auch durch die Tunnel geschickt? Durch den Berg? Sind sie nicht mehr hier, weil sie im Gegensatz zu mir den Ausgang gefunden haben? Denn das ist doch das Ziel des Ganzen, oder? Er hat gesagt, wir würden die Sache mit dem Tunnel so lange durchziehen, bis ich den Ausgang finde.

Ich stehe da, zitternd. Das Tuch um meinen Kopf sitzt so fest, als solle es mir in die Augen schneiden. Ich kann nur lauschen, höre seine Schritte. Höre die Flasche, ein vertrautes Plopp. Schon das Geräusch lässt mich zusammenfahren, obwohl es lange her ist, seit Mama sich mit Wein aus verkorkten Flaschen betrunken hat. Billigere Tetrapaks haben die Weinflaschen irgendwann abgelöst. Und dann härterer Alkohol, durchsichtig, von dem man weniger braucht, um die gleiche Wirkung zu erzielen, aber der ebenso billig ist.

Der Wein plätschert in ein Glas, auch das vertraut. Zu vertraut. Er weiß es, das mit meiner Mutter. Er muss wissen, wie sehr mich das Geräusch quält. Denn auch wenn er das Gegenteil behauptet, liebt er es, mich zu quälen.

Stuhlbeine kratzen über den Boden. Wahrscheinlich hat er sich gesetzt.

«Dreh dich im Kreis», befiehlt er. Ich bleibe reglos stehen. Zittere.

«Dreh – dich – im – Kreis», sagt er noch einmal, jedes einzelne Wort betonend. Er ist gut darin, klare Befehle zu erteilen. *Finde den Ausgang. Dreh dich im Kreis.* So klare Worte. Aber ich war auch in Jakobsleiter schon immer diejenige, die am wenigsten auf das gehört hat, was man ihr sagt. Darum bin ich ja überhaupt nur hier. Weil ich dafür bestraft werde, nicht darauf gehört zu haben, was man mir beigebracht hat. Weil ich Freiheit wollte.

Ich jaule auf, als er meine Oberarme packt. Meine Haut ist wund vom Schleifen über den Boden, und die Schulter schmerzt dort, wo sie zuletzt gegen die Steinwände geprallt ist. Er dreht mich, packt mich fester, als ich über meine eigenen Füße stolpere. Zu schnell, schon wieder zu schnell. Wie im Tunnel. Ich verliere die Orientierung, mir wird schlecht. Und als er mich schließlich loslässt, stolpere ich ein paar Schritte und knalle unvermutet gegen eine Steinwand. Schon wieder. Meine Hand fährt hoch zum Gesicht, zu meiner Nase, aus der es tropft.

«Knie dich hin», sagt seine Stimme hinter mir. Klare Worte. Diesmal gehorche ich. Zitternd gehe ich zu Boden. Meine Knie schmerzen. Auch sie schon ganz wund vom vielen Kriechen im Tunnel. So sieht also die Freiheit aus, für die ich gekämpft habe. Ich spüre, wie er sich über mich beugt. Wie sein Kopf sich meinem nähert. Ich wimmere.

«Finde mich», flüstert er mir ins Ohr, und ich zucke zusammen. Dann schleicht er weg, sehr leise diesmal. Er muss sich die Schuhe ausgezogen haben, damit ich seine Schritte nicht höre.

Dreh dich im Kreis.
Knie dich hin.
Finde mich.
Finde den Ausgang.

Er liebt sie, diese Findespiele.

«Kalt», sagt er, von irgendwo im Raum. Ich halte inne, zögere. Dann krieche ich langsam weiter. «Kalt», sagt er noch einmal, sehr streng diesmal. Wieder halte ich inne. Was zur Hölle meint er? Es ist kalt hier unten. Mir ist kalt. Das Labyrinth im Berg ist kalt. Aber seine Stimme kam aus der anderen Richtung. Noch immer auf allen vieren, drehe ich um und krieche zögernd weiter.

«Wärmer», sagt er. «Wärmer.» Da habe ich das Spiel verstanden. Ich krieche weiter in Richtung seiner Stimme, aber er muss erneut den Ort gewechselt haben, denn jetzt höre ich ihn von der Seite. «Kalt», sagt er wieder. Und dann, als ich ein drittes Mal die Richtung ändere und auf seine Stimme zukrieche: «Kalt», von der anderen Seite. Kalt. Ich versuche unter meiner Augenbinde hervorzuschielen, aber ich kann meine Lider nicht bewegen, sie sind festgeschnürt. Ich bin wieder im Labyrinth, blind, verletzlich, auf der Suche nach etwas, von dem ich weiß, dass ich es nicht erreichen kann. Weil ich zu blöd bin oder weil es vielleicht nicht zu erreichen ist. Gibt es überhaupt einen Ausgang aus dem Berg? Ist es das, was er mir sagen will? Ist das die Art von Spiel, die er spielt? Eins, bei dem ich nie gewinnen kann? Ich taste über den Boden. Meine Knie brennen. Ich schluchze. Ich weiß nicht, wie lange wir diesen Teufelstanz machen, wie lange ich schon schluchze, bevor er endlich wieder «Wärmer» sagt. Ich halte die Luft an. Halte inne.

«Wärmer», sagt er wieder, und als ich diesmal näher krieche, springt er nicht in eine andere Richtung, sondern bleibt, wo er ist. «Wärmer», sagt er. «Warm.» Er klingt erwartungsvoll, erregt. Und inzwischen fühle ich die Aufregung auch. Er hat mich so weit, dass ich angesichts dieses winzigen Erfolgs geradezu triumphiere. Ihn finden oder den Ausgang aus dem Tunnel, es macht in diesem Moment keinen Unterschied mehr. Das ist es, was er mit einem macht. Egal wie wenig man seine Spiele spielen will, am Ende versucht man doch alles, um ans Ziel zu gelangen. Meine Hände stoßen gegen ein Stuhlbein. Er hat sich wieder hingesetzt. Das letzte «Heiß» ist ein Stöhnen.

«Hier ist deine Belohnung, Rebekka», sagt er und führt meine Hand.

Ich erstarre, will sie zurückreißen, aber er hält mein Handgelenk umklammert. Mir wird schlecht. Ich fingere an meiner Augenbinde, reiße sie ab, aber jetzt ist alles nur noch schlimmer. Er hat seine Hose aufgeknöpft, und in einer Hand hält er noch immer das Weinglas, in dem die Flüssigkeit bei jeder Bewegung schwappt. Ich kämpfe mit der Übelkeit, will mich loswinden, aber er hält meine Finger umklammert, zerquetscht sie richtig, und jetzt stöhnt er noch einmal und blickt an die Decke, und ich übergebe mich fast, als da etwas Klebriges auf unseren Händen landet. Und dann ist alles still bis auf seinen Atem, der tief und zufrieden ist, während ich gar keinen Atem mehr habe.

Er steht vom Stuhl auf und streicht mir übers Haar. Er sagt: «Danke, dass du mitgespielt hast, Rebekka.» Die Übelkeit ist noch da, ein flaues Gefühl im Magen. Aber noch schlimmer ist die Scham. Er hat recht. Ich habe mitgespielt. Ich habe mich den Spielregeln gebeugt, bin seiner Stimme gefolgt. Habe ich mich nicht sogar gefreut, als ich meinem Ziel endlich näher kam? Als ich *ihm* näher kam?

Warm, Rebekka, wärmer …

Er liebt sie, diese Spiele. Katz-und-Maus. Ich rolle mich auf dem Boden zusammen, mache mich klein wie eine Larve, fühle nichts mehr als Ekel vor mir selbst. Ich bin ja selber schuld. Ich bin zu ihm gekommen und nicht umgekehrt. Ich spiele seine Spiele mit. Er muss mir nur ein bisschen Wärme versprechen, und ich komme freudig angekrochen. Ich wollte ein neues Leben, hier ist es nun.

EDITH

Kadaver sind der beste Dünger. Viele Insekten, Raubtiere und Pilze ernähren sich davon. Alle denken immer, was tot ist, ist tot. Aber da sind so viele wichtige Nährstoffe in toten Körpern drin, dass man eigentlich nur staunen kann.

Genau darum ist Aas so wichtig für den Wald. Je mehr Aas, desto gesünder der Wald. Und je gesünder der Wald, desto schneller verspeisen die Tiere einen Kadaver. Das nennt man den Kreislauf des Lebens, hat Papa mir erklärt, und ich habe es verstanden, denn ich kann nicht nur gut zuhören, sondern auch gut beobachten.

Als Erstes fliegen die Schmeißfliegen heran. Sie riechen den Kadaver aus drei Kilometer Entfernung und sind innerhalb von Minuten da. Dann kommen die Käfer und Ameisen und wenig später die Raben und Krähen. Mit ihren Rufen locken sie dann die Füchse, Dachse, Wildschweine und Wölfe an. Sie reißen ganze Fleischbrocken mit Knochen dran aus den Körpern heraus, schleppen sie weg und verteilen sie im Wald. Aber auch die anderen Aasfresser sorgen dafür, dass jedes Stückchen Wald ein bisschen was von dem Toten abbekommt, denn das ist wichtig. Wie bei den Düngemaschinen und den Feldern unten im Dorf. Der Bauer muss überall ein bisschen Dünger hinsprühen, damit was wachsen kann.

In meiner Klamm ist alles ein bisschen anders, denn die Füchse und Wölfe müssen ja erst von oben in die Klamm hinunterklettern. Und weil die so gut geschützt ist, können sie auch keine riesigen Brocken wegschleppen. Darum bleibt der Großteil der Kadaver eben doch hier bei mir. Und darum wachsen auch nur hier die vielen besonderen Blumen.

Die Schmeißfliegen legen ihre Eier in den Kadaver, aber das macht den anderen Tieren nichts. Sie fressen die einfach mit, ohne Bauchweh zu bekommen. Und alle Tiere gemeinsam bringen Bakterien und Pilzbabys mit zum Festmahl.

Es ist richtig toll, wie das mit dem Tod und der Natur funktioniert. Alles ist mit allem verbunden. Und wenn man zwei Augen hat und ein kluges Köpfchen, so wie ich, dann braucht man eben gar nicht in die Schule gehen, um das Leben zu verstehen.

Jesse braucht das eigentlich genauso wenig, denn er hat auch zwei Augen und einen halbwegs klugen Kopf. Vielleicht nicht ganz so klug wie ich, aber das muss er ja auch nicht. Es kann nicht jeder gleich klug sein, und man kann auch jemanden lieb haben, der nicht ganz so schlau ist wie man selbst. Aber diesmal nervt es mich schon ein bisschen, dass Jesse es einfach nicht kapiert. Wir brauchen Rebekka und Frau Bender und die Schule nicht. Wir können das alleine, er, mein Papa und ich.

Ich habe gedacht, dass jetzt alles besser wird, wo Frau Bender weg ist. Sie haben die Schule geschlossen, klar. Die funktioniert ja nur, wenn jemand drinsteht und den Kindern was erklärt. Mein Papa sagt, es ist falsch, dass man sich in einen geschlossenen Raum setzen soll, um was über die Welt draußen zu lernen. So wie es falsch ist, sich in eine düstere Kapelle zu setzen, um etwas über Erleuchtung und Gott zu erfahren. Mein Papa hat auch einen klugen Kopf, mindestens so klug wie ich. Wenn ich groß bin, möchte ich sein wie er, nur ohne Kratzebart.

Jesse sagt, die Polizei hat schon angefangen, nach Frau Bender zu suchen. Das sollen die mal ruhig machen. Finden tun sie sie eh nie. Die Polizisten sind nämlich niemals so schlau wie die Füchse, Dachse und Wölfe. Sie kapieren einfach nicht, dass man doch nur den Schreien der Raben und Krähen folgen muss, wenn man einen Kadaver sucht.

SMILLA

Es gibt einen Vorteil, wenn dich bei der Arbeit keiner ausstehen kann: Du kannst einen ganzen Nachmittag im Keller verschwinden, ohne dass dich irgendjemand vermisst. Das Archiv des Fernsehsenders ist gigantisch. Es ist mir unbegreiflich, warum man all die Videokassetten überhaupt hortet. Hier lagern nicht nur geschnittene Beiträge aus mehreren Jahrzehnten, sondern auch ungeschnittenes Material, das notdürftig mit «Bergaufnahmen – Sommer 1997» oder «Kirchgänger – Weihnachten 1980» beschriftet ist. Es muss wohl mal die Idee dahinter gewesen sein, auf solche Filmaufnahmen zurückgreifen zu können, wenn Füllmaterial für einen Beitrag fehlt. Aber die Staubschicht auf den Kisten verrät mir, dass das hier eher ein Friedhof als ein Aufbewahrungsort für die Bänder ist.

Die Luft im Keller macht mich schläfrig. Als ich irgendwann am Nachmittag merke, dass ich die Kisten mit den Kassetten nur noch wie auf Autopilot durchsehe, ohne die Beschriftungen wirklich zu lesen, halte ich inne und strecke den Rücken. Ich könnte einen Kaffee vertragen. Aber wenn ich nach oben gehe, um zur Kaffeemaschine zu schleichen, besteht die Gefahr, dass sie sich bei meinem Anblick an mich erinnern und mir irgendwelche überflüssigen Aufgaben geben. Darum gähne ich lediglich und gehe die Kiste ein zweites Mal durch.

Sie suchen Laura Bender noch immer. Man hat jeden See und jedes Waldstück nach ihr durchkämmt und sie immer noch nicht gefunden. Genau wie nach deinem Verschwinden, Juli.

Ich bin so abgelenkt von dem Gedanken, wie viel nützlicher ich sein könnte, wenn ich nur draußen mit Simon und der Polizei die Gegend abgrasen könnte, dass ich beinahe die Kassette übersehe. Sie ist mit: «Bürg. H. – Almenen – Juni 1996» beschriftet. Ich halte inne. Almenen ist nicht Jakobsleiter, kommt meiner Suche aber näher als alles zuvor. Ich nehme das Band mit zum Abspielgerät in der Ecke des Kellers. Inzwischen bin ich es gewohnt, mich durch Bergaufnahmen zu spulen, denn am Anfang habe ich noch jede Kassette eingelegt, auf der irgendetwas von «Dorf», «Siedlung» oder «Gletscher» stand, bevor mir aufgefallen ist, dass ich etwas pragmatischer vorgehen muss, wenn ich nicht noch bis Weihnachten hier unten sein will. Doch diesmal ist es anders. Ich muss nicht vorspulen, nichts überspringen. Tatsächlich schaue ich das Band zweimal von vorne bis hinten an, bevor mir die Tragweite der Informationen bewusst wird.

Eine Reporterin in bunt kariertem Blazer mit Schulterpolstern steht vor der Kamera. Sie hat ein großes, verkabeltes Mikrofon in der Hand und zupft ihren Fransenpony in Form, während sie darauf wartet, dass der Kameramann eine Einstellung gefunden hat, bei der man sowohl die Reporterin als auch das Haus im Hintergrund sieht. Die Klappe fällt, und die Miene der Frau verändert sich schlagartig. Von jetzt auf gleich ist sie die harte Reporterin, die einen wichtigen Fall aufdeckt.

«Wir stehen jetzt vor dem Haus des Bürgermeisters von Almenen, den wir zu den brisanten Dokumenten befragen wollen», beginnt sie und zieht das Kabel des Mikrofons hinter sich her, als sie auf das Haus zugeht und die Stufen zur Eingangstür erklimmt. Die Frau, die ihr auf ihr Klingeln hin öffnet, sieht überrascht in die Kamera, und kurz darauf erscheint ein Mann im Bild, der weniger überrascht als vielmehr wütend aussieht. Mit wildem Blick starrt er erst in die Kamera und dann zur Reporterin, die gerade das Mikrofon hebt und sagt: «Herr Hofer, Sie sind Bürgermeister in Almenen und der Schutzpatron von Jakobsleiter. Wie ein Informant unserer Redaktion glaubhaft mitteilte, setzen Sie Ihre Gemeinde der Gefahr eines …», sie blickt in die Kamera und setzt dann mit der freien Hand Anführungszeichen in die Luft, um dem nächsten Wort mehr Gewicht zu geben: «… ‹Verbrechernest› aus, indem sie Jakobsleiter ausschließlich mit ehemaligen Straftätern besiedeln. Möchten Sie dazu Stellung …?»

Offensichtlich möchte der Bürgermeister das, denn er poltert bereits los, bevor die Reporterin ihre Frage beenden kann: «Das ist doch eine gottverdammte Lüge! Was für ein Informant soll das sein? Ihr von der Presse seid doch alle gleich, wenn es darum geht, Unruhe in friedlichen Gemeinden zu stiften!»

«Nun, ganz so friedlich vielleicht nicht, Herr Hofer», sagt die Reporterin, aber sie spricht der Kamera zugewandt, was den Bürgermeister neben ihr nur noch mehr in Rage versetzt. «Immerhin liegt die Rückfallquote von Straftätern statistisch bei über dreißig Prozent. Und es gibt doch so einige Fälle in diesem Landstrich, die seltsamerweise niemals aufgedeckt wurden. Den Namen unseres Informanten können wir hier vor laufender Kamera selbstverständlich nicht preisgeben. Aber es handelt sich um eine Person, der die Aufnahme in Jakobsleiter durch Sie verwehrt wurde, weil seine Straftaten, ich zitiere hier: ‹nicht dem Kaliber entsprechen, für das diese Siedlung gegründet wurde›. Für welches Kaliber wurde Jakobsleiter denn gegründet, Herr Hofer?»

Der Bürgermeister steht da mit offenem Mund. Selbst auf dem kleinen Bildschirm und trotz der mangelnden Qualität des alten Bandes kann ich erkennen, dass sein Kopf hochrot ist. Seine Frau hingegen, der die Reporterin jetzt das Mikrofon ins Gesicht streckt, ist aschfahl geworden.

«Ich nehme an, Sie sind die Frau des Bürgermeisters. Frau Hofer, richtig? Haben Sie von den Geheimnissen Ihres Gatten gewusst? Haben Sie dazu beigetragen, eine ganze Gemeinde an der Nase herumzuführen?»

Die Antwort sollte der Zuschauer nicht mehr erfahren, denn jetzt geht der Bürgermeister auf die Reporterin los. Es gibt ein regelrechtes Gerangel auf der Treppe, bei dem sie über das Kabel stolpert, die Treppe hinunterstürzt und gegen die Kamera fällt. Lärm, Gepolter, ein übersteuerter Ton, ein Stückchen blauer Himmel, als die Kamera umkippt. Dann endet die Aufnahme.

Zum zweiten Mal stehe ich betroffen da und schaue auf den schwarzen Bildschirm. Auf ein Band, das nie ausgespielt wurde, obwohl es hätte ausgespielt werden *müssen*. Obwohl hier noch so viele Fragen offen sind, dass ein einziges Videotape gar nicht ausreicht. Warum hat es das Material niemals zu einem Beitrag geschafft? Ausgerechnet dieses Material, das doch wirklich einmal investigativ wäre! Warum wurde da nicht weiter recherchiert? Hatte der damalige Chefredakteur, wer auch immer es gewesen sein mag, ein Interesse daran, die Identität des Dorfes weiter geheim zu halten? Stecken tourismuspolitische Interessen dahinter? Ein zu großer Einfluss des Bürgermeisters?

Ich nehme die Kassette aus dem Gerät und starre darauf. Einen Moment lang bin ich unschlüssig, wie ich jetzt weiter vorgehen soll. Dann wird mir die Tragweite dieser Information auf einen Schlag klar. Nicht nur, was sie für das Verschwinden von Laura Bender bedeuten könnte. Sondern auch, was sie für dein Verschwinden bedeuten könnte, Juli.

All die Jahre habe ich in der gesamten Bergregion nach Hinweisen zu dir und den anderen gesucht und bin dabei nie auf die Idee gekommen, dass das Problem auf einem der Berge selbst liegen könnte. Eine Siedlung im hintersten Winkel eines Gletschertals, die auf keiner Karte verzeichnet ist. Eine Siedlung voll ehemaliger Straftäter mit einem Schutzpatron, der sogar die Presse angreift, handgreiflich wird, um die fragwürdige Vergangenheit der Bewohner geheim zu halten. Um ihre Identität geheim zu halten. Ein wie viel besseres Versteck könnte es denn für jemanden geben, der etwas zu verbergen hat?

Ich lasse die Kassette in die Tasche meiner Jacke gleiten und nehme die Treppe nach oben. Es wird Zeit, dass diese Leiche den Keller verlässt. Ein Material, so brisant wie dieses, gehört nicht in eine staubige Kiste, es gehört veröffentlicht – das hätte schon vor dreiundzwanzig Jahren geschehen sollen. Ich will mir gar nicht ausmalen, was sich dadurch alles hätte verhindern lassen, Juli.

Aber jetzt wird keiner mehr etwas vertuschen können. Jetzt bin ich es, die die Bombe platzen lassen wird.

Es ist alles andere als leicht, den Chef davon zu überzeugen, sich das Videomaterial zumindest anzusehen. Er hat inzwischen herausgefunden, dass Mama eine Krimiautorin ist, und lässt keine Gelegenheit aus, eine Verbindung zwischen ihr und mir herzustellen.

«Was an deinen Aufgaben hast du nicht verstanden, Smilla?», fragt er genervt und zählt sie mir auf: «Recherche, Zuarbeit für die Redakteure, Unterstützung bei Außendrehs, wenn es dazu kommt. Die Aufklärung oder vielmehr Erfindung irgendwelcher Kriminalfälle gehört jedenfalls nicht dazu!»

Ich lasse ihn reden, die Videokassette in der Hand. Er beugt sich über den Schreibtisch und mustert mich. «Vielleicht überlegst du dir doch lieber, ob du nicht besser an den Schreibtisch deiner Mutter passt als in eine Nachrichtenredaktion, hm?»

«Ist das ein Rausschmiss?», frage ich. «Denn wenn es einer ist, wird jede andere Redaktion dieses Material sicherlich mit Freude ausstrahlen.»

«Das Videomaterial ist Eigentum unserer Redaktion, das dürftest du gar nicht woanders hinbringen», knurrt Mario. Aber dann wedelt er doch ungeduldig mit der Hand, und ich lege die Kassette hinein. Er betrachtet sie, zieht dann vielsagend die Brauen hoch und legt sie neben seine Tastatur.

«Ich schaue sie mir später an», sagt er halbherzig. Aber erst als er etwa eine Stunde darauf mit hochrotem Kopf aus seinem Büro stürmt, als er quer durch die Redaktion bellt: «Jana! Phil! In den Konferenzraum! Jetzt! Sonderbeitrag! Smilla, du auch!», da weiß ich, dass er sie sich tatsächlich angesehen hat. Ich stehe auf und kann es mir nicht verkneifen, ein klein wenig zu lächeln, als ich an den überraschten Gesichtern der anderen vorbeigehe. Warum ausgerechnet die nervige Volontärin zur Sondersitzung in den Konferenzraum gerufen wird, ist ihnen ein Rätsel.

Mario steht ungeduldig vor dem Raum und winkt wie ein Verkehrspolizist. Er nickt Jana und Phil zu, als sie an ihm vorbeigehen, doch an mir bleibt sein Blick hängen.

«Womit haben wir dich eigentlich verdient?», knurrt er, und ich glaube, das ist aus seinem Mund wohl so etwas wie ein Kompliment.

ISAIAH

Brüder, höret meine Warnung! An allen Ecken zeigt sich immer deutlicher, wie eine eiserne Rute drakonischer Strafgesetze auf die Weltbevölkerung einzuschlagen beginnt, während die wahren Urheber des Verderbens noch immer konsequent verschont bleiben. Doch das Strafgesetz ist genauso menschengemacht wie ihr neuer Gott und wie überhaupt alles, was sie in ihrer Parallelwelt geschaffen haben. Zeigt mir auch nur einen Baum, den sie nicht künstlich gepflanzt, ein Tier, das sie nicht unnatürlich domestiziert, und einen Menschen, den sie nicht gefügig gemacht haben.

Doch wir müssen uns ihren Regeln nicht beugen, denn es sind nicht Gottes Regeln. Und wir müssen uns ihrer Justiz nicht stellen, denn es ist nicht Gottes Justiz. Durch eine gerichtliche Klage können wir nicht gereinigt werden. Nur das Gottesgericht kann uns reinigen. Und dass Gott gerecht ist, wissen wir! Jesus ist gekommen, um zu retten, nicht zu richten. ‹Ich richte dich nicht!›, sagt er, als er die Ehebrecherin beim Fremdgehen erwischt. Die Leute wollen sie strafen, wollen sie auspeitschen oder steinigen, all das tun, was kleinliche Menschen in ihrem Größenwahn eben tun, denn sie lieben es, den Richter zu spielen. Jesus aber unterbindet es: ‹Wer unter euch ohne Sünde ist, der werfe den ersten Stein auf sie!›

Brüder, die Teufel dort unten haben diese Geschichten vergessen. Sie schreiben ihre eigenen Geschichten. Sie haben uns die Antenne gebracht. Und wenn wir erst geschwächt genug sind, um nicht mehr klar denken zu können, wenn all unsere natürlichen Antennen in unseren Körpern mit diesem Ungetüm dort in Resonanz gegangen sind, unsere Immunsysteme geschwächt und wir und die Natur um uns herum krank sind, dann werden sie mit den Steinen kommen. Höret meine Worte, Brüder. Sie werden mit den Steinen kommen, um uns alle zu richten!»

EDITH

Die Kirche ist vorbei, und heute will ich Jesse meinen Tunnel zeigen. Ich will ihm die schönen Blumen zeigen, die in den Gerippen wachsen. Weil ich Jesse mag und weil die Blumen ihn bestimmt fröhlich machen. In letzter Zeit ist er immer so träge und guckt nur noch traurig, auch heute. Er hockt auf dem Felsblock, hütet seine Ziegen und beachtet mich kaum, als ich an seiner Hand ziehe. Wahrscheinlich fehlt ihm noch immer die dumme Rebekka. Und jetzt auch noch Freigeist. Jesse hat mir erzählt, dass sie auf Freigeist schießen mussten, deshalb hat Jesses Papa jetzt ein Loch im Fuß. Ich musste ein bisschen grinsen, als ich das gehört habe, aber ich konnte es ganz gut verstecken, indem ich an meiner Oberlippe herumgezupft habe. Natürlich kann nicht jeder so ein guter Schütze sein wie mein Papa. Aber sich mit einem Gewehr in den Fuß zu schießen, wenn man eigentlich nach vorn zielt, wo der Wolf ist, das ist dann doch ziemlich lausig.

Ich will, dass Jesse wieder so wird wie früher. Dass er wieder mit mir spielt und Unterricht macht. Ich ziehe noch einmal an seiner Hand, ich bin nämlich eigentlich ganz schön stark und kann sogar richtig große Äste aus einem Bach heben oder schwere Holzscheite ins Haus tragen, so schwer, dass selbst Papa staunt. Aber Jesse ist größer als ein Ast und schwerer als ein Holzscheit und bewegt sich keinen Zentimeter.

«Lass das doch, Edith», sagt er nur träge und windet seine Hand aus meinen Fingern. «Ich kann jetzt nicht mitkommen. Ich muss auf die Ziegen aufpassen.»

Ich stampfe auf den Boden, so wütend bin ich.

Und dann hören wir plötzlich einen Lärm im Himmel, richtig,

richtig laut, ein Knattern, das gegen die Felsen springt. Ein Hubschrauber! Wir blicken nach oben. Der Hubschrauber schiebt sich vor die Sonne wie ein großes Insekt, und dann wird der Lärm noch lauter, weil er sich zu uns heruntersinken lässt. Ich kann sehen, wie alle aus ihren Hütten gerannt kommen und nach oben blicken. Und dann kann ich gar nichts mehr sehen, weil ich nämlich den Arm vor das Gesicht legen und in die Hocke gehen muss. Der Hubschrauber macht einen richtigen Sturm und schleudert Staub und kleine Steine durch die Luft, als er neben der Antenne auf dem flachen gelben Gras landet. Erst als der Lärm weniger wird, trauen wir uns, die Arme von den Augen zu nehmen und zu gucken.

Die Propeller drehen sich jetzt immer langsamer. Am Hubschrauber geht eine Tür auf, und zwei Männer mit Polizeiuniform springen heraus und gehen auf unsere Siedlung zu. Jesse schirmt mit der Hand das Licht ab, um besser sehen zu können. Mit einem Mal ist er überhaupt nicht mehr träge, sondern steht überrascht auf.

«Die Polizei», sagt er zu mir, als wäre ich etwas langsam im Denken. «Vielleicht haben die was wegen Rebekka rausgefunden!» Und dann lässt er mich und die Ziegen einfach stehen, springt vom Felsblock runter und rennt in Richtung Siedlung. Ich verdrehe die Augen. Weil nicht ich diejenige bin, die etwas langsam im Denken ist. Die Polizei ist natürlich nicht wegen Rebekka hier, sondern wegen Frau Bender! Ich will Jesse trotzdem nach, immerhin ist er ja mein Freund. Aber als ich gerade vom Felsen springen will, höre ich einen schrillen Pfiff, und da bleibe ich stocksteif stehen. Ich kenne diesen Pfiff. Er gehört meinem Papa, und wenn er so pfeift, heißt das, dass ich zu ihm kommen soll, aber ein bisschen zackig, Fräulein.

Ich blicke zu unserer Hütte. Mein Papa winkt. Ich will eigentlich lieber Jesse hinterher, aber wenn Papa so streng winkt und pfeift, dann tut man besser, was er sagt. Ich scharre noch ein bisschen mit dem Fuß auf dem Stein herum und überlege, ob ich es trotzdem wagen soll. Dann aber traue ich mich nicht und klettere lieber an der anderen Seite vom Felsen, um zu unserer Hütte zu schleichen. Als ich da bin, legt mein Papa mir die Hand auf die Haare und biegt meinen Kopf nach hinten, damit ich ihn ansehe. Er ist ein bisschen ruppig, vielleicht weil ich so langsam war.

«Du versteckst dich jetzt», sagt er und macht eine Kopfbewegung in Richtung der Polizisten. Mein Papa mag keine Polizisten, das weiß ich schon lange. Weil Polizisten nämlich Menschen sind, die eigentlich für Recht und Ordnung sorgen sollen und dafür, dass kein Unrecht geschieht. Aber in Wahrheit fängt das richtige Verbrechen erst an, wenn die Polizei da ist, sagt Papa immer. Wegen der Korruption. Korruption heißt, dass jemand für Geld die Regeln verbiegt. Das ist schlecht, außer man ist derjenige mit dem Geld. Und natürlich sind mein Papa und ich das nicht.

Ich weiß natürlich schon, wo ich mich verstecke. Die Klamm ist ein gutes Versteck, keiner wird mich dort finden. Ich klettere extra obenrum um die Siedlung, über die Felsen und Steine. Das dauert zwar ein bisschen länger, weil mein Geheimversteck eigentlich hinter dem Wald liegt. Aber ich will ja keinem verraten, wo es ist. Erst recht nicht der blöden Polizei.

Ich klettere und hüpfe und drehe mich auf dem Weg immer wieder um, aber keiner verfolgt mich. Am Tunnel angekommen, krieche ich durch den Eingang. Er ist wie ein schwarzes Maul: Kaum ist man drin, ist man verschluckt und für niemanden mehr sichtbar.

Ich bin vielleicht zwanzig oder dreißig Meter weit gekrabbelt, als sich etwas Hartes in meine Handfläche bohrt. Im Dunkeln taste ich herum und finde ein Lederband mit einem kleinen, harten Knubbel dran. In meinem Brustkorb flattert es. Es fühlt sich an, als würde ein kleiner Grashüpfer hinter meinen Rippen herumspringen. So macht ein Herz, das überrascht ist. Weil mein

Herz schon weiß, was ich da gefunden habe! Ich zwinge mich, nicht zu schnell zu krabbeln, denn wenn man hier im Berg einmal falsch abbiegt, dann kann es Stunden dauern, bis man wieder herausfindet, wenn überhaupt. Darum muss ich mich konzentrieren. Aber als ich am anderen Ende angekommen bin, halte ich meinen Schatz gleich als Erstes ans Licht. In meinem Herz flattert es noch heftiger. Unser Priester hat recht! Die Antenne kann unsere Wünsche ausspionieren. Aber was er nicht verstanden hat, ist, dass das gar nicht schlimm ist, wenn man nur fein achtgibt, dass man sich das Richtige wünscht. So wie ich. Ich habe mir ein Armband mit einem Wolf dran gewünscht, wie Jesse es Rebekka geschenkt hat. Und hier ist es nun. Ich bin sehr stolz auf die Antenne und darauf, dass ich so clever bin. Ich streichele den Kopf des Holzwolfes, lasse ihn aber vor lauter Schreck los, als er knurrt. Das Armband fällt vor dem Höhleneingang zwischen die Steine. Ich robbe schnell aus dem Loch heraus, um es wieder einzusammeln. Mit den Fingern mache ich einen Vogelschnabel, um zwischen die Steine zu passen, und da höre ich das Knurren noch mal. Tief, grollend und lauter als vorhin. Das ist ein echter Wolf! Ich hebe den Kopf, der Vogelschnabel auch. Er steckt das Armband tief in meine Tasche. Dann kauere ich ganz still und lausche, wittere. Ich kann den Wolf jetzt auch riechen.

Noch immer in geduckter Haltung schleiche ich näher an die Dornbüsche in der Mitte der Klamm heran, im Entengang. Der Geruch wird strenger. Ich spähe um das Gebüsch herum. Ich sehe den Wolf nur von hinten. Er ist groß und hat das Fell im Nacken zum Knurren aufgestellt wie ein Igel. Und etwa einen halben Meter vor seiner Schnauze liegt Jesses Lehrerin auf dem Boden. Mir fällt auf, dass ihr Mund und ihre Augen heute ganz weit aufgerissen sind. Sie starren den Wolf an, aber nicht so, wie tote Augen das sonst tun. Sondern so richtig mit Angst drin. Als Frau Bender mich bemerkt, schreit sie auf, sehr spitz und sehr laut, und der Wolf wendet sich mir zu. Freigeist, erkenne ich und stehe erfreut auf. Freigeist scheint sich ebenfalls zu freuen, mich zu sehen, aber über Frau Benders Geschrei freut er sich bestimmt gar nicht. Ich trete neben ihn und lege ihm die Hand auf den Rücken, zur Beruhigung. Wölfe sind sehr scheue Tiere und mögen es still und leise, so wie ich. Wenn man zu laut schreit und sie erschreckt, dann laufen sie weg. Das wäre schade, denn ich habe Freigeist ja gerade erst wiedergefunden. Behutsam tätschele ich Freigeists Rücken, an dem es eine verkrustete Wunde gibt, hinten am Popo.

Frau Bender schaut uns an wie ein verschrecktes Kaninchen. Sie schreit noch mal, sehr kurz und spitz, und ich halte mir schnell die Ohren zu. Ich mag es nicht, wenn jemand schreit. Man muss sowieso immer brav schweigen, wenn man überleben will. Als ich die Hände wieder runternehme, merke ich, dass Freigeist knurrt, und packe ihn am Nackenfell, so wie die Wolfsmütter es mit ihren Jungen machen. Er hinkt, als ich ihn von Frau Bender fortziehe. Ich frage mich, wie er es mit der Verletzung geschafft hat, von oben in die Klamm zu klettern. Den Weg durch den Tunnel habe ich ihm ja bisher noch nicht gezeigt. Das hole ich jetzt nach. Ich strecke den Zeigefinger in Richtung Tunneleingang, aber mit seinem kranken Bein kommt Freigeist nicht einmal das erste steile Stück rauf. Ich muss meine ganze Kraft aufbringen, um ihn anzuheben und reinzuschieben. Wäre Jesse doch mitgekommen, um meine Geheimklamm zu sehen. Er hätte sich gefreut, dass Freigeist wieder da ist.

«Mädchen!» Frau Bender hinter dem Gebüsch. «Kind!» Ihre Stimme jammert. Man darf eigentlich nicht jammern. Für so was kann man am Fleischerhaken aufgehängt werden. Frau Bender ruft, ich müsse Hilfe holen. Ich finde eigentlich nicht, dass ich das muss. Man kann sich nicht immer für alles verantwortlich machen, was man findet, hat mein Papa mir erklärt, als ich einen kleinen Vogel mit nach Hause gebracht hab. Ich habe das Küken schwer atmend auf dem Waldboden gefunden und mitgenommen, weil ich noch klein war und nicht verstanden habe, dass seine Geschwister es wohl extra aus dem Nest geschubst haben. Die Natur sieht vor, dass nicht alle überleben, hat Papa gesagt. Und dann hat er das Küken mit zum Holzblock hinter dem Haus genommen, hat es daraufgelegt, einen Stein genommen und damit das Küken zerschlagen. Ich musste zusehen, weil es wichtig ist, nicht immer alles nur mit dem Kopf verstehen zu wollen. Man muss es auch sehen, um es zu kapieren. Die Natur sieht vor, dass nicht alle überleben. Vielleicht war der kleine Vogel einfach schwächer als seine Geschwister. Oder er war lauter und hat sie mit seinem Geschrei genervt.

«Komm zurück! Bitte, Mädchen!», heult Frau Bender. Ich tätschle Freigeist den Rücken, damit er auf mich wartet. Dann nehme ich einen Stein und hüpfe zurück zum Gebüsch.

JESSE

Es ist Kommissar Hofer, der aus dem Hubschrauber springt. Er hat auch einen Kollegen dabei, einen Mann, den ich noch nie gesehen habe. Mit dickem Bauch und einem Kropf unter dem Kinn. Er sieht nicht so aus, als wäre er ohne Hubschrauber je diesen Berg hochgekommen. Ich hoffe, dass sie Neuigkeiten von Rebekka oder Frau Bender mitbringen, aber wie sich herausstellt, sind sie nicht deswegen hier. Sie sind wegen uns hier. Sie sind hier, um alles kaputt zu machen, was bislang meine Welt war.

SMILLA

Es läuft auf allen Fernsehkanälen: das «Verbrechernest am Berg», aufgedeckt durch die investigative Recherche einer jungen, aufstrebenden Volontärin.

Das bin ich jetzt für sie, Juli. Eine *aufstrebende* Volontärin. Als hätte mir je etwas daran gelegen, mehr in dieser Redaktion zu erreichen als das bloße Ende meines Volontariats.

Das «Verbrechernest» ist jetzt zum geflügelten Wort geworden, es ist die Schlagzeile in der Lokalpresse, den Boulevardblättern und sogar der überregionalen Presse. Für den Tourismus machen sich diese Schlagzeilen natürlich gar nicht gut, zumindest nicht, bis das Nest ausgeräuchert sein wird und man es dann vermarkten kann, wie die ehemalige Kulisse eines Spielfilms. Warum die Veröffentlichung des Videos damals vereitelt wurde, ist Mario übrigens ziemlich egal. Er ist der Meinung, dass die Kassette, so kurz nach dem Verschwinden von Laura Bender, genau zum richtigen Zeitpunkt ans Licht gekommen ist. Wie du dir vorstellen kannst, bin ich da anderer Ansicht, Juli.

Selbst jene, die im Fall Laura Bender zuvor noch an einen Suizid geglaubt haben, spekulieren jetzt darüber, was das mysteriöse Verschwinden des Amokopfers Nr. 19 mit der Siedlung am Berg zu tun haben könnte. Ich versuche ja, nicht in das gleiche Muster zu verfallen, Juli. Aber wenn ich die Bilder der Frauen und Mädchen in meinem Zimmer betrachte, die über Jahre alle im weiteren Umkreis dieses Berges verschwunden sind, dann fällt es mir schwer, der Theorie, dass der Täter unter den ehemaligen Häftlingen auf diesem Berg sein könnte, nicht zumindest eine Möglichkeit einzuräumen. Und damit frage ich mich natürlich:

Was hätte alles verhindert werden können, wenn dieses Video früher ans Licht gekommen wäre?

Ich schiebe zwei Fotos auf der Wäscheleine zusammen, mache Platz für das Bild von Laura Bender und rolle dann die Landkarte aus, die ich im Internet bestellt habe. Ich hefte die Karte über das Bett und markiere mit Stecknadeln die Orte, an denen die Vermissten verschwunden sind. Deine Stecknadel ist hellblau, Juli. Deine Lieblingsfarbe. Die Nadel steckt genau eine Kinderzeigefingerlänge entfernt von dem Berg. Ich betrachte sie und nehme dann die nächste Nadel aus dem Kästchen, streiche die Karte glatt, als es an meiner Zimmertür klopft.

«Herein», sage ich, den Stecknadelkopf im Mund. Ich weiß bereits, dass es mein Vater ist. Meine Mutter klopft nie an. Ich drehe mich zu ihm um, als er den Kopf ins Zimmer steckt. Der Rest von ihm bleibt im Flur. Er zieht die Augenbrauen hoch.

«Hier sieht es ja aus wie in einem Kriminalbüro.»

«Gut.» Ich nehme die Nadel aus dem Mund, platziere sie und drücke sie tiefer in die Wand.

Mein Vater sagt: «Ich hab schon zwei verrückte Weibsbilder zu Hause. Deine Mutter sitzt in ihrem Büro und ist nicht ansprechbar, weil sie Kriminalfälle erfindet, und du …», er deutet hilflos auf die Karte. «Was ist das?»

«Das ist unsere Bergregion.»

«Das sehe ich. Und die Markierungen …?»

«… sind alle Stellen, an denen in den letzten zehn Jahren junge Mädchen und Frauen verschwunden sind.» Mein Vater nickt hilflos. So etwas hatte er offensichtlich befürchtet.

«Na, was soll man auch erwarten. Du bist ja jetzt unter die aufstrebenden Journalistinnen gegangen, nicht? Da muss man eben dranbleiben und die nächste große Sache aufdecken.»

«Papa», ich verdrehe die Augen, und er hebt beschwichtigend die Hände.

«Schon gut! Ich wollte auch eigentlich nur fragen, ob du

Abendessen willst. Ich hab Bratkartoffeln mit Speck angebraten. Zur Feier des Tages.»

«Welche Feier?»

«Na, dass meine Tochter ihren ersten großen Durchbruch beim Fernsehen geschafft hat! Mama und ich haben dich in den Nachrichten gesehen.»

«Wo ich vielleicht zehn Sekunden auf Sendung war, Papa. Und das auch nur, weil keiner aktuelle Aufnahmen vom Berg bekommen hat.»

Verschiedene Teams haben versucht, zur Siedlung hochzusteigen und Aufnahmen zu machen. Sie sind aber gescheitert, weil der Berg einfach zu steil und unwegsam war, um das ganze Kameraequipment mitzuschleppen.

Mein Vater zuckt die Schultern. «Na, immerhin. Zehn Sekunden in den nationalen Nachrichten. Das hat aus unserer Familie noch niemand geschafft. Also was ist jetzt mit dem Essen?»

«Später.»

«Später sind die Kartoffeln entweder kalt oder schwarz.»

«Ich tippe auf schwarz.»

Mein Vater streckt alarmiert die Nase in die Luft, als hätte er vor seiner Rente nicht als Kommissar, sondern als Polizeihund gearbeitet. Dann flucht er laut und rennt nach unten.

«Tür zu!», rufe ich, aber da ist er schon weg. Meine Zimmertür lässt er offen.

Du siehst, hier zu Hause ist alles wie immer, Juli. Würdest du zurückkommen – würde es nur eine Möglichkeit geben, dich zurückzuholen –, du würdest mir recht geben.

Meine Eltern haben eine Zeit lang zusammen mit mir um dich getrauert, denn sie mochten dich wirklich, ich glaube, das weißt du. Aber dann haben sie einfach begonnen, ihr altes Leben weiterzuleben, so wie alle um mich herum es getan haben. Als sei die Lücke, die du hinterlassen hast, für sie einfach zugewachsen, und nach einem Moment der Schreckstarre hat sich die Welt weitergedreht. Nur ich sehe die Lücke immer noch, Juli. Sie wächst nicht zu, und ich vergesse auch nicht irgendwann, dass sie da ist, so wie man es mir damals in der Therapie versprochen hat. Ich falle, im Gegenteil, manchmal in die Schwärze hinein, wenn ich nicht aufpasse. Das nennt man Schuldgefühl, hat man mir in der Therapie gesagt. Das gehe vorbei. Ich nenne es Liebe. Und die geht niemals vorbei.

JESSE

Ich begreife es nur langsam. Angefangen damit, dass der fremde Polizist meinen Vater fragt, ob er Gregor Eisner sei: «Gregor Eisner?», sagt er und hebt den Blick von seinem Block, auf dem offensichtlich noch ein paar weitere Notizen und Fragen stehen, ich habe keine Ahnung, welche. Ich erwarte, dass mein Vater das Missverständnis aufklärt. Aber er nickt. Er nickt, und dabei heißt er doch gar nicht Gregor Eisner, sondern Gabriel Glanzer. Gregor, den Namen gibt es in der Siedlung überhaupt nicht. Hier gibt es nur Namen aus der Bibel.

Ich sehe mich nach Kommissar Hofer um, der vor dem Eingang von Abels Hütte steht und ihm vermutlich die gleichen Fragen stellt wie der fremde Polizist nun meinem Vater: «Wo waren Sie in der Nacht, als Frau Bender verschwand?»

«Na hier», sagt mein Vater.

Wo soll er auch gewesen sein? Es hat gewittert, wir waren alle die ganze Nacht hier oben. In unseren Hütten. Oder? Mein Blick wandert von Kommissar Hofer zu der Hütte, in der Edith und ihr Vater wohnen.

Ediths Vater ist einer der wenigen, die nicht vor der Tür stehen. Er ist überhaupt nirgendwo zu sehen. Auch Edith, die vorhin noch mit mir bei den Ziegen stand, ist verschwunden. Mich beschleicht ein ungutes Gefühl, als ich daran denke, wie Ediths Vater Frau Bender am Arm gepackt hat.

«Und Ihre Frau?», fragt der Polizist.

«Die ist krank», sagt mein Vater, «schon seit Langem.» Der Polizist schielt skeptisch an ihm vorbei in die Hütte, sicherlich ohne etwas sehen zu können. Innen ist es immer dunkel, die

Fensterschlitze lassen zu wenig Licht herein. Wenn man am helllichten Tag von draußen hineingeht, ist es, als betrete man eine Bärenhöhle. Das Gesicht des Polizisten lässt keinen Zweifel daran, was er von unserer Behausung hält.

«Und das?», sagt er jetzt und dreht sich zu mir um. «Ist das Ihr Sohn?» Er winkt mich näher heran, und ich folge dem Befehl irritiert.

«Wie heißt du?»

«Jesse Glanzer», sage ich, und der Polizist sucht meinen Namen auf seiner Liste. Er sucht und sucht, und schließlich räuspert sich mein Vater und korrigiert: «Eisner. Jesse Eisner.»

Jetzt erst wird der Polizist fündig. «Du bist einer von Frau Benders Schülern», stellt er fest. Doch ich sehe meinen Vater an, der den Blick abwendet und auf den Boden schaut, als wäre er ein kleines Kind.

«Du weißt, in welcher Nacht deine Lehrerin verschwunden ist?»

«Ja», sage ich.

«Und wo warst du?»

«Zu Hause.»

«Kannst du bestätigen, dass dein Vater ebenfalls zu Hause war? Die ganze Nacht?»

Ich bin verunsichert. Mein Vater hat einen anderen Namen. *Ich* habe einen anderen Namen. Was kann ich da schon mit Sicherheit bestätigen? Ich habe nicht nachgesehen, ob mein Vater in der Gewitternacht wirklich im Bett gelegen hat. Und was weiß ich, wo alle anderen waren? Wir sind eine Siedlung von Einzelgängern. Erst als Vater von den Füßen aufsieht, als er mir ins Gesicht sieht, mache ich den Mund auf.

«Die ganze Nacht», bestätige ich.

Der Polizist brummt etwas, dann steckt er den Block weg. «War Ihr Sohn eigentlich im Bilde?», fragt er Vater. Ich blinzle irritiert, und als Vater nicht antwortet, wendet der Polizist sich wieder an mich: «Wusstest du es, oder haben sie selbst euch Kindern das Märchen von der religiösen Bruderschaft verkauft?» Ich weiß nicht, was ich antworten soll. Das Märchen von der religiösen Bruderschaft? Aber wir sind eine religiöse Bruderschaft! Eine der alten Sorte. Die letzte, die es in Europa noch gibt!

«Wovon reden Sie?», flüstere ich, und der Polizist schüttelt bedauernd den Kopf.

«Nicht mal Ihre eigenen Kinder haben Sie eingeweiht, Herr Eisner?», fragt er, und dann, weil mein Vater noch immer nicht die Zähne auseinanderbekommt, sagt er zu mir: «Dein Papa ist ein Gesetzesbrecher. Ein Knast-Exi. Wie alle hier.» Er streckt das Kinn vor und sieht meinen Vater provozierend an, wartet auf eine Reaktion, die nicht kommt. Mein Vater steht einfach mit hängenden Schultern da, und ich bin wie vom Donner gerührt. Ich glaube noch immer fest daran, dass das Ganze ein Missverständnis sein muss.

Also erkläre ich: «Jakobsleiter wurde 1889 als Täufergemeinde gegründet, damit die vertriebenen Täufer in ihre Heimat zurückkönnen.»

«Genau», schnaubt der Polizist. «Und mein Vater war Jesus von Nazareth.»

Warum sagt er das? Und warum sagt mein Vater noch immer nichts? Warum verteidigt er sich nicht gegen diese Anschuldigung, die nicht wahr sein kann, nicht wahr sein *darf* – denn das würde bedeuten, dass er ein Verbrecher ist. Mehr noch, dass alles, was er mir je erzählt hat, eine Lüge ist!

«Der einzige Grund, warum ihr hier lebt, ist, weil ihr nirgendwo mehr aufgenommen werdet. Wer will schon den Gartenzaun mit Knastbrüdern und Zuchthäuslern teilen?», fragt der Polizist, der nun ein gewisses Vergnügen an der Sache zu haben scheint.

«Ich war nie im Zuchthaus», knurrt mein Vater. Mehr nicht. Von allen Behauptungen, die der Polizist mitgebracht hat, ist das die einzige, auf die mein Vater etwas zu erwidern hat.

Der Berg, meine Welt, bekommt plötzlich einen Riss, der sich unkontrolliert schnell verbreitert. Wie bei einer instabilen Schneedecke, die abreißt und eine Lawine am Hang auslöst.

«Na, ich glaube, da gibt es noch einiges, was ausgesprochen werden muss», sagt der Polizist zufrieden. Er dreht sich um, als sei seine Pflicht damit erfüllt, und geht zum nächsten Haus. Er weiß ja nicht, dass Jakobsleiter kein Ort ist, an dem man Dinge ausspricht.

Vater vermeidet es, mich anzusehen, als er sich abwendet und ins Haus humpelt. Ich gehe ihm nicht nach, frage ihn nicht nach Einzelheiten. Ich frage auch Kommissar Hofer nicht, als dieser nach der Befragung der anderen Einwohner zu mir kommt und mir tröstend auf die Schulter klopft. Ich bekomme das Klopfen nur am Rande mit, denn ich stehe noch immer stocksteif da und starre die Hütte des Fremden an, der einmal mein Vater war. Der Fremde, der ohne ein Wort zurück ins Haus gegangen ist und die Tür geschlossen hat. Gregor Eisner.

«Tut mir leid», sagt Kommissar Hofer, der gerade selber nicht gut aussieht. «Ich hätte euch das gerne erspart.» Er klopft noch einmal und senkt dann die Stimme. «An der Sache mit Rebekka bin ich übrigens dran», raunt er, und das ist immerhin ein Satz, der es durch die Watte in meinem Kopf schafft. Ich löse mich aus meiner Starre und wende ihm das Gesicht zu. Er sagt: «Ich habe den Namen und die Adresse des Installateurs herausgefunden, der die Antenne aufgebaut hat, und den Kerl direkt angerufen. Rebekka ist bei ihm, es geht ihr gut.»

Meine Augen weiten sich.

«Am Telefon klang der Kerl erst mal ganz anständig», fährt Kommissar Hofer fort, «und ich habe ihn überprüft. Vorbestraft ist er auch nicht. Das ist doch schon mal was, oder?»

Ich nicke zögerlich. Nicht vorbestraft. Das ist doch schon mal was. Das ist doch schon mal mehr, als man von meinem Vater und eigentlich allen hier oben behaupten kann.

«Wenn du möchtest, sehe ich in den nächsten Tagen aber auch noch mal persönlich bei der Adresse vorbei», sagt Kommissar Hofer. «Es ist nur im Moment viel zu tun, wegen der Ermittlungen.» Er sieht zerknirscht aus. Mir fällt auf, dass er eine dicke Sorgenfalte auf der Stirn hat, vermutlich wegen Frau Bender. «Wir müssen sie einfach finden!» Ich wundere mich darüber, wie verzweifelt er klingt. Vielleicht kannte er Frau Bender. Vielleicht mochte er sie.

Ich nicke. «Danke», sage ich.

Der Kommissar klopft mir ein drittes Mal auf die Schulter, und als er und sein Kollege gehen, nehmen sie unsere Religion mit. Diese angebliche Religion, die uns zusammenhält. Die Geschichte unserer großartigen Vorfahren. Sie nehmen alles mit, was es an Geschichten und Märchen bei uns einmal gegeben hat, und lassen eine kahle, feindselige Siedlung zurück. Mein Blick wandert zur Kapelle, die jetzt nur noch eine Attrappe ist, genau wie unsere Religion und unser Priester, den ich nirgends entdecken kann. Er ist, wie Edith und ihr Vater, von der Bildfläche verschwunden, als der Polizeihubschrauber angekommen ist. Was hat er zu verbergen? Und was hat mein Vater zu verbergen? Hat meine Mutter es gewusst, als sie aus Almenen für ihn hierhergezogen ist? Hat er es ihr später erzählt? Und hat sie vielleicht deshalb versucht, aus diesem Ort zu fliehen?

Die Hüttentür geht auf, und Vater tritt heraus. Er sieht mich dastehen beziehungsweise den Scherbenhaufen, der von mir übrig geblieben ist. Aber auch Vater wirkt gebrochen. Er lässt die Schultern hängen. Ich erwarte, dass er den ersten Schritt tut. Dass er zu mir kommt und etwas sagt, dass er zumindest «Jesse!» sagt. Aber mein Name hat gerade, wie alles andere auch, die Bedeutung verloren.

Jesse, das ist ein biblischer Name und bedeutet «Geschenk Gottes». Aber hier gibt es gar keinen Gott. Hier gibt es nur eine Siedlung mit Menschen, die nirgends sonst einen Platz finden, weil sie in ihrer Vergangenheit Schlimmes angestellt haben. Weil niemand mit einem Verbrecher Garten an Garten leben will, so wie der Polizist es gesagt hat. Es ist ganz egal, wie lange jemand für seine Straftat im Gefängnis gesessen hat. Ein Gefängnis löscht ja nicht die Taten aus, die man begangen hat. Es löscht nicht aus, wer jemand ist. Das zeigt sich schon daran, dass die beiden Polizisten hier waren und nach Alibis für jene Nacht gefragt haben. Eine Gefängnisstrafe mag befristet sein, aber die Brandmarkung des Verbrechers ist es nicht.

Wie lange hat Vater gesessen? Was muss man eigentlich tun, um ins Gefängnis zu kommen? Das passiert doch nicht, weil jemand mal eine CD in einem Geschäft einsteckt, oder? Mord, schwere Körperverletzung, Vergewaltigung, Entführung, Raubüberfälle, solche Dinge fallen mir da ein. Würde ich es aushalten, zu wissen, dass mein Vater ein Mörder ist?

Er wendet sich ab, humpelt hinter die Hütte, und obwohl ich noch vor wenigen Sekunden die feste Absicht hatte, ihn nicht so einfach davonkommen zu lassen, nicht diesmal, lasse ich ihn gehen. Zu seinem Schutz, zu meinem, ich weiß es nicht. Ich kann ihn nicht danach fragen, zumindest nicht heute. Es sind genug Scherben für einen Tag.

Plötzlich fällt mir wieder ein, mit welcher Feindseligkeit die Leute hier oben Frau Bender begegnet sind. Dass mein Vater sie eine Schlampe genannt hat. Ich zweifle nicht daran, dass alle der Meinung waren, dieser Städterin müsse man die Leviten lesen, bevor sie wirklich mit dem Jugendamt oder sonst wem bei uns auftaucht.

Die Städterin. Eine dieser Bösen, die nur lügen und prügeln und schikanieren, so wie man das in der Stadt eben tut. Die den Kopf meiner Mutter zu Brei geschlagen haben. Ist das nicht Beweis genug, dass immerhin diese Geschichte stimmt? Mein Blick wandert zu unserer Hütte, die in Wahrheit nur ein weiteres Gefängnis ist, mitten in den Bergen. Die Wahrheit. Was ist das eigentlich? Welche Wahrheiten kenne ich schon, wenn nicht mal meine Identität stimmt, nicht die Identität des Ortes, an dem ich lebe, und nicht die meines Vaters?

Eine Hitze kriecht mir in den Nacken. Ein Gedanke, der sich nicht bis ganz in meinen Kopf vortraut, weil dort jetzt nur noch Chaos herrscht. Ein Gedanke, der mit dem Tag zu tun hat, an dem mein Vater meine Mutter nach Hause gebracht hat, mit ihrem zerschlagenen Gesicht und einem angetrockneten Rinnsal Blut, das sich aus ihrem linken Ohr bis über die Wange zog. Er habe sie gerade noch gerettet, hat mein Vater gesagt. Vor den bösen Städtern, die Mama krank gemacht haben.

Die bösen Städter. Wenn alles an Jakobsleiter eine Lüge ist, was stimmt dann von dem, was ich über die Stadt gelernt habe?

Wo wohnt das Böse wirklich?

Der Polizist, der meinen Vater und mich befragt hat, hat gemeint, es handele sich um eine reine Standardüberprüfung. Eine reine Standardüberprüfung. Aber eine, die man in anderen Dörfern und Siedlungen sicherlich nicht durchgeführt hat. Weil man weiß, wo man nach dem Bösen suchen muss.

Ich bin Jesse Eisner, Sohn eines Verbrechers, und das Böse wohnt in mir. Das ist die Wahrheit.

SMILLA

Wer in der Stadt lebt, vergisst leicht, wie dunkel eine Nacht sein kann. Dass es Nächte gibt, die Straßen fressen, indem sie den Asphalt auflösen. Die alles in eine zähe, teerartige Masse verwandeln, gegen die nicht einmal ein Autoscheinwerfer ankommt. Ich stelle den Scheibenwischer auf eine höhere Stufe. Der Regen macht die Fahrt nicht leichter. Auf der Suche nach der Fahrbahnmarkierung beuge ich mich über das Lenkrad. Neben mir, auf dem Beifahrersitz, liegt mein Handy und versucht mich zu navigieren. Aber dort, wo ich herumfahre, gibt es auf der Karte nicht einmal eine Straße. Ich bin ein Punkt, der über eine graue Fläche irrt. Wobei grau tatsächlich eine willkommene Abwechslung zu der Schwärze um mich herum wäre.

Frustriert nehme ich das Handy vom Sitz und halte es höher, strecke es in Richtung Windschutzscheibe, als könne das Navigationssystem so besser die Straße sehen. Völlig sinnlos natürlich. Bescheuert! Genauso bescheuert wie die Idee, nach Redaktionsschluss überhaupt noch einen Abstecher in diese Gegend zu machen. Was habe ich erwartet? Selbst wenn ich mich nicht verfahren hätte, wäre ich wahrscheinlich erst im Dunkeln angekommen. Dabei sollte ich doch wissen, dass Entfernungen wegen der Serpentinenstraßen immer weiter sind, als es auf der Karte aussieht.

Ich habe mich von dem Berg in die Irre locken lassen, Juli. Wie in der griechischen Sage, in der die Seefahrer vom Gesang der Sirenen angelockt werden und dann am Felsen zerschellen. Die Sirene sitzt auf der Spitze dieses Berges und hat dein Gesicht, Juli. Es war eine Schnapsidee. Ich habe keine Ahnung, was mich geritten hat.

Ich werfe das nutzlose Handy auf den Beifahrersitz zurück. Es ist nur eine Sekunde, in der ich nicht auf die Straße schaue. Eine Sekunde nur, in der ich abgelenkt bin, weil das Telefon beim Aufprall auf dem Sitz aufleuchtet. Nur ganz kurz schaue ich auf dieses Leuchten, und als ich wieder aufblicke, ist es zu spät. Die Gestalt steht ganz plötzlich da, mitten auf der Straße. Erschrocken trete ich auf die Bremse, trete sie bis zum Anschlag durch. Mein Kopf fliegt nach vorn, der Anschnallgurt schneidet in meine Schulter. Ich höre etwas rumpeln, am Frontteil oder unter den Rädern, dann kommt das Auto ruckartig zum Stehen. Ich schnappe nach Luft. Regen prasselt auf die Scheibe. Die Scheibenwischer fliegen hin und her.

«Scheiße!», sage ich und schnalle mich ab. Ich will die Tür öffnen, rausspringen, um zu überprüfen, wen oder was ich da erwischt habe, um gegebenenfalls Erste Hilfe zu leisten, da sehe ich etwas direkt vor mir im Regen stehen, im Licht der Scheinwerfer. Aber erst als ich mich vorbeuge und die Augen zusammenkneife, erkenne ich, dass es ein Mädchen ist. Sie ist vielleicht acht oder neun Jahre alt und steht keinen Meter vor meinem Auto in einem durchnässten, für dieses Wetter völlig unpassenden Kleid da. Stocksteif blickt sie ins Licht. Wie ein verschrecktes Reh. In dieser Gegend kennen wir uns mit Wildtierunfällen aus. Statt vor dem Auto zu fliehen, bleiben Rehe einfach stehen, wenn das Fahrzeug kommt, weil alles außer dem blendenden Licht aus ihrer Wahrnehmung verschwindet. Genauso verhält sich dieses Mädchen. Wie ein Wildtier, denke ich, und es ist wahrscheinlich albern, dass ich deshalb eine Gänsehaut bekomme. Es muss an dieser Gegend liegen, an dem Wetter und daran, dass irgendwo hier in den Bergen eine Siedlung voller Verbrecher versteckt ist. Ein Verbrechernest.

Ich atme durch. Das hier ist kein Schwerverbrecher, sondern ein Kind. Die Kleine steht wahrscheinlich einfach unter Schock. Ich selbst stehe ja auch unter Schock, so sehr wie ich zittere! Als ich die Tür öffne, merke ich, dass meine Schulter dort, wo der

Gurt bei der Bremsung eingeschnitten hat, wehtut. Einen Meter weiter, und ich hätte sie umgefahren! Noch immer zitternd, setze ich einen Fuß auf die Straße, stehe nun halb in der geöffneten Fahrertür und halb im Regen, der immer stärker wird.

«Hey!», rufe ich. «Hey, alles in Ordnung mit dir? Hast du dich verlaufen?»

Sie antwortet nicht. Ich trete nun auch mit dem zweiten Fuß auf die Straße, steige ganz aus dem Auto aus und in den Regen, mache zwei Schritte auf sie zu.

«Wo sind deine Eltern?» Ich gehe vor ihr in die Hocke. Dieses Kleid! So etwas trägt man doch heute nicht mehr. Das Mädchen wirkt völlig aus der Zeit gefallen. Da sie noch immer nicht reagiert, folge ich ihrem Blick. Sie schaut gar nicht wirklich in die Scheinwerfer, sondern auf das, was darunterliegt. Erschrocken springe ich auf und reiße die Hand vor den Mund. Ich habe mich doch nicht geirrt, als ich das Rumpeln gespürt habe! Ich habe etwas angefahren, einen grauen Hund, einen Husky, der wahrscheinlich dem Mädchen gehört!

«Oh Gott, das tut mir leid», keuche ich, springe vor und knie mich neben den Husky auf die regennasse Fahrbahn. Nur dass es kein Husky ist, wie ich jetzt sehe. Es ist ein Wolf.

Ein Wolf, Juli? Ich fahre herum, blicke das durchnässte Mädchen an. Was hat das alles zu bedeuten? Was macht sie hier zusammen mit dem Wolf? Wieso tauchen sie in dieser gottverlassenen Gegend aus dem Nichts auf, ausgerechnet hier, wo kein Mensch wohnt? Ein Mädchen und ein Wolf. Wie aus einem Märchenbuch.

Ich reiße meinen Blick los, zwinge mich, mich auf das zu konzentrieren, was jetzt zu tun ist. Ich hatte einen Wildunfall. Ich muss einen Wildhüter anrufen oder zumindest die Polizei. Wölfe stehen bei uns unter Naturschutz. Lebt das Tier noch? Ich habe den Wolf frontal erwischt, aber er liegt vor dem Auto, nicht darunter. Ich kann ihn also erst angefahren haben, als das Auto bereits beinahe stand. Vorsichtig krieche ich ein Stückchen näher an das Tier heran. Es liegt genau unterhalb der Scheinwerfer und – atmet. Deutlich sehe ich, wie die Flanke sich hebt und senkt. Ich springe zurück auf die Beine, laufe zur Beifahrertür, reiße sie auf und suche mein Handy. Beim Bremsen ist es gegen das Handschuhfach geflogen und in den Fußraum gerutscht. Ich wähle hektisch die Nummer der Polizei, aber erst als ich die Frau von der Notrufzentrale bereits am Hörer habe, fällt mir auf, dass ich nicht einmal genaue Angaben dazu machen kann, wo ich mich befinde. Ich habe mich verfahren, bevor der Unfall passiert ist. Ist diese geschlängelte Serpentinenstraße wirklich der Weg, der nach Almenen führen sollte?

«Nehmen Sie das Kind mit ins Auto und fahren Sie bis zu einer Stelle, an der Sie uns einen definitiven Standort nennen können», sagt die Frau von der Notrufzentrale. Es tut gut, eine Person am Ohr zu haben, die mit fester Stimme spricht. Die in einer Situation, die mir derart unwirklich vorkommt, fest, real und bodenständig ist. «Wir schicken jemanden dorthin, und dann können Sie hoffentlich von dort eine Wegbeschreibung geben, wo das angefahrene Tier sich befindet. Braucht das Kind medizinische Versorgung?»

«Nein, das heißt ...» Ich blicke durch die Windschutzscheibe auf das Mädchen, das sich noch immer nicht vom Fleck bewegt hat. «Ich weiß es nicht. Sie wirkt verstört und ist – nass.»

«Wir schicken zur Sicherheit auch einen Krankenwagen», sagt die Frau. Ich gebe ihr noch meine Personalien durch, und dann lege ich auf und steige aus, wate durch die Pfützen und den Regen, gehe vor dem Mädchen in die Hocke und bringe mein Gesicht auf ihre Höhe.

«Wie wäre es, wenn wir beide uns jetzt in mein Auto setzen und ich dich zu deinen Eltern zurückbringe? Die machen sich bestimmt schon Sorgen, dass du bei dem Wetter und so spät noch hier draußen unterwegs bist, hm?» Ich berühre sie sanft am Arm und fühle, wie kalt sie bereits ist. Wer weiß, wie lange sie schon in diesem Regen herumläuft. Mir fällt auf, dass ihre Haare verfilzt sind.

«Im Auto ist es trocken und warm», versuche ich es. «Ich mache die Heizung an. Was meinst du? Und ich glaube, ich habe noch einen Schokoriegel im Handschuhfach, den kannst du haben. Schokolade wärmt immer so schön von innen, meinst du nicht?»

Noch immer keine Reaktion. Sie sieht nur weiter den verletzten, schwer atmenden Wolf an. Ich zögere.

«Wegen dem Wolf musst du dir keine Sorgen machen», sage ich. «Es kommt jemand und hilft ihm. Wir müssen nur ein Stückchen zurückfahren, um die Helfer zu treffen, du und ich, in Ordnung?»

Bei ihrem seltsamen Verhalten erwarte ich eigentlich auch jetzt keine Reaktion. Doch zu meiner Überraschung blinzelt das Mädchen plötzlich und sieht mich an.

«In Ordnung?», frage ich noch einmal, stehe auf und strecke ihr eine Hand hin. Sie nimmt sie nicht. Stattdessen geht sie zu dem Wolf, hockt sich vor ihn und schiebt ihre dünnen Arme unter seinen Körper, als wolle sie ihn hochheben.

«Nicht!», rufe ich entsetzt und will sie an der Schulter zurückreißen, doch sie entwindet sich meiner schützenden Hand, schüttelt mich einfach ab und versucht mit allen Kräften, den verletzten Wolf hochzustemmen.

«Es kommt doch jemand und hilft ihm!», versichere ich. Aber die Worte perlen an dem Mädchen ab, nichts scheint für sie zu existieren, nichts außer dem Wolf. Ich fluche, reibe mir den Regen aus dem Gesicht. Und dann hocke ich mich neben sie und helfe ihr, den Wolf vom Boden hochzuheben.

Das Tier wiegt bestimmt dreißig Kilo, und es ist alles andere als einfach, es auf die Rückbank meines alten Fiats zu verfrachten. Die ganze Zeit über frage ich mich, was ich hier eigentlich tue. Ob ich wirklich mit einem Wolf auf meinem Rücksitz Auto fahren will. Von wollen kann wahrscheinlich keine Rede sein. Aber ich tue es trotzdem. Dafür, dass ich endlich aus dem Regen raus- und weg von dieser fürchterlichen schwarzen Gegend komme. Dafür, dass das Mädchen nun widerstandslos neben mir auf den Beifahrersitz klettert und sich von mir anschnallen lässt.

Ich wende den Wagen, was auf der schmalen Straße gar nicht so einfach ist, und fahre in die Richtung zurück, aus der ich gekommen bin. Irgendwohin, wo ich mich wieder auskenne. Ich schaue in den Rückspiegel, beobachte den Wolf, der die Augen geschlossen hat. Sein Kopf wippt mit jeder Unebenheit der Straße mit.

Ein Wolf, Juli! Auf meiner Rückbank! Ich habe bis vor ein paar Tagen nie einen in freier Wildbahn gesehen. Und jetzt gleich zwei, so kurz hintereinander. Oder ist es am Ende ein und derselbe Wolf, der mich zweimal aufgesucht hat? Erst am Faunfelsen und dann ein zweites Mal auf der Bergstraße? Können Wölfe überhaupt so weite Strecken zurücklegen, das sind doch sicherlich … was? Dreißig, vierzig Kilometer? Es ist rational nicht zu erklären, Juli, aber mir ist, als wolle dieser Wolf mir etwas sagen. Als hätte ich seine Botschaft beim ersten Mal nicht verstanden, als müsste er nachdrücklicher werden, müsste mir erst vors Auto laufen, damit ich es kapiere. Aber was kapiere? Was willst du mir sagen, Juli? Hast du den Wolf geschickt? Bist du er?

Das ist doch verrückt. Ich zwinge mich, mich wieder auf die Fahrbahn zu konzentrieren. Ich sehe Gespenster. Dass du mir in deiner Reinkarnation als Wolf vor das Auto läufst, damit ich dich finde. Wer soll mir das abnehmen? Nicht einmal ich selbst kann mir das abnehmen! Ich ertappe mich dabei, wie ich trotzdem wieder in den Rückspiegel sehe, und richte dann fast wütend den Blick auf die Fahrbahn vor mir.

Ein Zusammenstoß an diesem Abend reicht mir. Ich brauche nicht noch weitere Märchengestalten, die aus der Dunkelheit auftauchen.

Um mich abzulenken, versuche ich erneut ein Gespräch mit dem Mädchen anzufangen. Ich frage sie nach ihrem Namen, nach ihren Eltern, aber sie antwortet nicht, blickt nur in den vorbeifliegenden Tunnel aus Schwärze, der sich um das Auto aufbaut.

«Okay, dann reden wir eben nicht», murmele ich und öffne das Handschuhfach, um den versprochenen Schokoriegel für sie herauszuholen. Ich werde der Frau von der Notrufzentrale wohl mitteilen müssen, dass sie lieber einen Tierarzt schicken soll statt des Jägers, der in solchen Fällen normalerweise gerufen wird. Ich habe dem Mädchen versprochen, es käme jemand, um dem Tier zu helfen. Und sie wird kaum verstehen, dass Hilfe für angefahrene Tiere bei uns immer nur in Form einer erlösenden Kugel kommt.

Aus den Augenwinkeln beobachte ich, wie sie den Schokoriegel andächtig auswickelt, daran riecht und ihn dann in kleinen Knabberstücken Biss für Biss isst. Was für ein seltsames Kind. Dieses Kleid. Diese Gegend. Der Wolf. Ich kann mir keinen Reim darauf machen.

Und dabei, Juli, liegt die Antwort, woher sie kommen muss, doch längst auf der Hand.

EDITH

Papa wird böse sein, wenn er erfährt, dass ich bei der fremden Frau eingestiegen bin. Er hätte bestimmt gesagt, dass man einen angefahrenen Wolf, der es alleine nicht schafft, liegen lassen muss. Dass man am besten mit einem Stein auf seinen Schädel haut oder ihm das Gewehr zwischen die Augen setzt, gut platziert, weil so die Natur funktioniert. Aber Papa war nicht da. Und überhaupt könnte er auch gar nicht wissen, dass es hier nicht um irgendeinen Wolf geht, sondern um meinen.

Sie bringen Freigeist in ein Haus für gefundene Tiere und mich in ein Haus für kranke Leute. Das ist ein bisschen komisch, denn ich bin ja nicht krank. Tatsächlich sieht der Mann, der mich untersucht, viel kränker aus als ich. Seine Haut ist so bleich, als würde sein Kittel am Gesicht noch weitergehen. Ein weißes Gewand, das den ganzen Mann überzieht und aus dem nur seine müden Augen rausschauen, mit dunklen Ringen darunter und einer Brille davor. Ein Zeichen dafür, dass er nicht genügend nach draußen geht und den Horizont ansieht.

Wenn man in der Natur lebt, dann braucht man keine Brille. Weil die Augen dann nämlich immer was zu schauen haben und wegen der vielen frischen Luft. Darum haben ja auch die Tiere keine Brille. Ich glaube, ich habe die Brille von dem Mann ein bisschen zu lange angestarrt, denn irgendwann fällt es ihm auf.

Er nimmt sie ab und fragt: «Möchtest du die mal aufsetzen?», und dann steckt er sie mir einfach aufs Gesicht, und ich stelle fest, dass er eigentlich gar nichts sehen kann mit seiner Brille. Das ganze Zimmer ist verschwommen. Er tut mir jetzt ein bisschen leid, der Mann. Weil er für das Leben hier in der Stadt sogar seine Augen geopfert hat. Ich bin froh, dass ich auf unserem Berg wohne und den schönen Himmel sehen kann. Bis zu den Sternen rauf kann ich mit meinen guten Augen gucken. Und außerdem bin ich froh, dass ich kerngesund bin.

Das sagt der Mann auch zu der Frau, die neben der Liege steht: «Das Mädchen ist kerngesund. Lediglich ein bisschen zu dünn, aber das ist ja nichts, was sich nicht mit ein paar ordentlichen Mahlzeiten beheben ließe.» Und dann kneift er mir in die Wange, wie die Hexe bei Hänsel und Gretel den Hänsel kneift. Um zu prüfen, ob er fett genug zum Essen ist. «Lassen wir die Kollegen von der Psychiatrischen am besten mal einen Blick auf sie werfen. Können Sie sie hinbringen, Schwester?»

Seine Schwester nimmt mich an der Hand und führt mich in einen anderen Teil. Sie ist sehr nett und gibt mir auch einen Schokoriegel, wie die Frau im Auto. Ich glaube, sie essen hier ständig Schokoriegel. Darum wissen sie auch nicht, dass ich gar nicht ein bisschen zu dünn bin, sondern sie einfach ein bisschen zu dick.

Ich war neugierig darauf, wie die Städter so wohnen, aber schön ist es nicht. Die Gänge im Krankenhaus sind lang und fast so verworren wie in meinem unterirdischen Labyrinth. Nur viel, viel heller. Es ist so hell und weiß, dass mir ein bisschen die Augen tränen. Und das Licht ist auch hässlich. Sie haben vergessen, Fenster in die Gänge zu machen, darum kommt das Licht hier aus brummenden Röhren an der Decke und ist sehr grell. Wahrscheinlich weil die Städter mit ihren Brillen sonst gar nichts sehen würden.

Ich merke mir die Ecken gut, an denen wir abbiegen, für den Fall, dass ich hier alleine wieder rausfinden muss. Irgendwann bleibt die Schwester vor einer Metalltür stehen und drückt auf einen Knopf. Es macht «ping», und die Metalltür öffnet sich wie von Geisterhand. Dahinter ist ein kleiner Metallkasten, in den die Schwester mich ziehen will. Aber ich bin zu schlau, um auf diesen Trick reinzufallen. Ich weiß nämlich schon, was passiert, wenn man sich in so einen Kasten ziehen lässt. In so was bringen sie die Tiere weg, die unten im Dorf geschlachtet werden, und dann verkauft man das Fleisch in langen Glastheken. Darum bleibe ich stehen, als die Schwester an meiner Hand zieht. Sie zerrt und spricht beruhigend auf mich ein. Aber auch das kenne ich schon. Genauso ziehen die Bauern an den Stricken ihrer Kälber. Sie lügen ihnen etwas vor, nur um sie in diese Schlachtboxen zu bringen. Schließlich seufzt die Schwester, und wir machen kehrt und nehmen eine Treppe. Sie ist ziemlich lang. Zweihundertsiebenunddreißig Stufen bergauf. Ich zähle jede Stufe mit und frage mich, wie viele Höhenmeter das sind.

Oben angekommen, gibt es einen weiteren Gang, zwei Glastüren, dann noch einmal eine Biegung nach rechts. Ich merke mir alles ganz genau.

Hinter der letzten Glastür wartet wieder ein Mann im Kittel auf uns. Er sieht auch nicht viel gesünder aus als der erste und sagt, dass er Doktor Greco heißt. Ein Doktor, aha, die ziehen einem das Geld aus der Tasche und begraben ihre Fehler auf dem Friedhof, sagt mein Papa. Doktor Greco nimmt mich mit in einen Raum, in dem es eine Liege, einen Schreibtisch und einen kleinen Tisch mit Stühlen aus buntem Plastik gibt. Der ist eigentlich viel zu klein für ihn, aber er quetscht sich trotzdem dran. Dabei wäre es ja viel einfacher, wenn wir den Schreibtisch und die großen Stühle hinter ihm benutzen würden. Aber vielleicht hat Doktor Greco die nicht gesehen, mit seiner Brille.

Erst versucht der gequetschte Doktor Greco sehr viel mit mir zu reden. Und als er merkt, dass ich keine Lust dazu habe, gibt er mir Spielsachen, kleine Figuren und Tiere und Häuser. Mit denen soll ich ihm aufstellen, wie es bei mir zu Hause aussieht und wer meine Familie ist.

«Zeig doch mal, wer dein Papa ist», sagt er immer wieder, während ich jede einzelne Figur aus der Schachtel nehme und genau ansehe. Ich würde ihm ja den Gefallen tun, aber natürlich ist Papa nicht darunter. Unsere Hütte gibt es auch nicht, nicht mal einen Wolf. Dafür aber einen Leoparden, eine Giraffe und einen Elefanten. Ich glaube, mit denen testen sie, ob ein Kind lügt, wenn sie es fragen, wie es denn bei ihm zu Hause so aussieht. Schon wieder ein Trick. Und wieder bin ich zu schlau, um darauf reinzufallen. Ich lege alle Tiere wieder ordentlich in die Kiste zurück, nachdem ich sie mir angesehen habe. Doktor Greco sieht jetzt auch im Gesicht sehr gequetscht aus. Vielleicht hat er Schmerzen, weil er so unbequem sitzt. Er verzieht den Mund und die Stirn und kritzelt etwas auf einen Block. Ich schiele über den Tisch, um zu sehen, ob er wohl etwas malt. Aber er hat nur was geschrieben, und das nicht einmal besonders schön. Man kann es noch weniger lesen als die Handschrift von meinem Papa.

Mein Papa hat einen Zettel in unsere Hütte gelegt, als ich mit dem Verstecken fertig war. Er hat geschrieben, dass er sich auch verstecken muss und dass ich ein großes Mädchen sein muss und auf mich achtgeben soll, bis Papa mich am Hochfluss trifft, an der Stelle, wo wir vor zwei Sommern die Schwalbennester ausgenommen haben. Er würde bis dahin eine Lösung für uns finden.

Wann ich ihn dort am Fluss treffen soll, hab ich allerdings nicht lesen können, weil mein Papa immer so krakelt, fast so schlimm wie Doktor Greco jetzt. Und Jesse konnte ich auch nicht fragen, weil Papa nämlich noch druntergeschrieben hat, ich soll den Zettel niemandem zeigen – sehr groß und in Druckbuchstaben.

Ich wusste also nicht, wie lange ich ein großes Mädchen sein und auf mich alleine aufpassen sollte, und bin einfach losgegangen, als es mir zu Hause zu langweilig wurde. Ich habe auch Freigeist mitgenommen, denn der ist ja jetzt mein Wolf. Immer der, der etwas findet, darf ihm einen Namen geben und behalten. Vielleicht schenke ich Freigeist irgendwann an Jesse zurück. Aber noch bin ich ein bisschen sauer auf ihn, weil er ja selbst schuld ist. Er wollte eben nicht mitkommen in mein Geheimversteck. Wenn

Jesse mitgekommen wäre, dann wäre das alles nicht passiert mit Freigeist und mit dem Auto.

Ich glaube, ich habe gerade schon wieder zu lange auf etwas gestarrt. Diesmal auf den Stift in Doktor Grecos Hand. Doktor Greco schaut zwischen mir und seinem Kugelschreiber hin und her, und dann passiert das Gleiche wie vorhin mit dem anderen Mann und seiner Brille. Doktor Greco beugt sich vor, und seine Augenbrauen gehen nach oben, sodass man sie zum ersten Mal sehen kann hinter dem schwarzen Brillenrand. Ich glaube, Doktor Greco wäre eigentlich schön, wenn er die Brille nicht hätte und mal ein bisschen an die frische Luft gehen würde.

«Möchtest du deine Familie vielleicht aufmalen?», flüstert er verschwörerisch und reicht mir den glänzenden Stift über die Box mit den Gummitieren hinweg.

Das möchte ich.

Ich liebe Stifte.

Ich liebe es zu malen.

SMILLA

Sie nennen sie «das Wolfsmädchen». Du weißt schon, Juli. Wie diese Wolfskinder, die in Wäldern aufwachsen und angeblich von Wölfen gesäugt werden. Was für ein ironischer Name, oder? Wo man doch im Falle des Mädchens längst weiß, wer die «Wölfe» sind, die es großgezogen haben.

Der Wald, in den ich mich verirrt habe, in den ich mich mit meinem stotternden Fiat auf der Serpentinenstraße immer tiefer hineingeschlängelt habe, ist Teil des Berges, auf dem die Verbrechersiedlung liegt, und die Bewohner in Almenen haben den Presseleuten bestätigt, dass sie das Kind hin und wieder auf den Feldern oder in den Dorfstraßen haben auftauchen sehen, wie ein verirrtes Gespenst. Sie sind sich alle sicher, dass die Kleine aus Jakobsleiter stammt, auch wenn sie dort weder gemeldet noch der Polizei aufgefallen ist.

Durch diese ganze Geschichte hat unsere abgelegene Bergregion quasi über Nacht eine zweifelhafte Berühmtheit erlangt. Und nicht nur die Region, Juli – *ich* habe ebenfalls eine zweifelhafte Berühmtheit erlangt.

Ich bin jetzt im Fernsehen, in der Presse. In der Redaktion sieht man mich komisch an. Ich habe so viel Aufmerksamkeit nicht gewollt. Aber immerhin, ein Gutes hat das Ganze: Es wird nun endlich einmal über das geredet, was man hier seit Jahren zu vertuschen versucht. Wir sind nicht die friedliche, idyllische Bergregion, als die uns der Tourismusverband verkaufen will. Bei uns verschwinden überdurchschnittlich viele Frauen und Mädchen, deren Fälle nie aufgeklärt werden. Und endlich kommt mal jemand auf die Idee, einen Zusammenhang zwischen den vielen ungeklärten Taten zu vermuten. Als hätte ich das nicht schon seit Jahren gesagt.

Ich bin froh, dass man den Wolf nicht erschossen hat. Dass man versucht, ihn aufzupäppeln. Denn in Wahrheit habe ich den Jäger nicht nur um des Mädchens willen angebettelt, sondern auch wegen dir, Juli. Ich habe zugesehen, wie sie das Tier auf die Ladefläche des Pick-ups gehievt haben und im Dunkeln weggefahren sind. Ich weiß, es klingt verrückt, und ich würde es auch niemandem anders sagen als dir. Aber bis zum Schluss wurde ich den Gedanken nicht los, es könne sich bei ihm doch möglicherweise um dich handeln.

Ich lümmele mich in Socken und Schlafanzug auf die Couch im Wohnzimmer. Mein Vater ist schon den ganzen Abend Feuer und Flamme, sich den «Auftritt» seiner Tochter in den Nachrichten anzuschauen, und hat darauf bestanden, dass wir das gemeinsam tun. Ich schnappe mir die Tüte Chips, die er auf den Tisch gelegt hat, und hänge die Beine über die Sofalehne. Um ehrlich zu sein, bin ich ja froh darüber, ein wenig von meinen herumgeisternden Gedanken abgelenkt zu werden. Vielleicht werde ich meinem Vater sogar vorschlagen, im Anschluss an die Nachrichten noch gemeinsam den verpassten Tatort zu schauen. Ich brauche ein bisschen Normalität, nach dem, was ich in den Bergen erlebt habe. Und keiner könnte mehr Normalität verströmen als mein Vater, der in seinem zum Fernseher ausgerichteten Sessel sitzt und die Strümpfe in den Hauslatschen hochgezogen hat. Ich reiße die Chipstüte auf und greife mir eine ganze Handvoll heraus, bevor ich den Rand herunterwickle und die Tüte meinem Vater zuwerfe. Der allerdings ist viel zu sehr auf den Bildschirm konzentriert, um es zu bemerken. Er zuckt zusammen, als die Tüte ihm in den Schoß fällt, wickelt sie dann aber auseinander und beginnt geräuschvoll zu essen. Es gibt Dinge, die ändern sich nie, Juli.

Die Nachrichten fangen an. Mein Vater ist ganz aus dem Häuschen und ruft mehrmals nach meiner Mutter, als ich auf dem Bildschirm erscheine und eine volle Minute lang schildern darf, wie ich «das Wolfsmädchen» gefunden habe. Ich beuge mich vor, um die Chipstüte zurück aus seinem Sessel zu angeln, als mein Vater plötzlich sagt: «Die sieht ja aus wie Juli damals», und da bleibe ich mit dem Angelarm in der Luft hängen und starre auf den Bildschirm, wo kurz, nur ganz kurz, ein verwackeltes Handyvideo das Mädchen zeigt, wie sie von meinem Wagen zum Krankenwagen geführt wird. Es stimmt, es gibt Dinge, die ändern sich nie. Und dann gibt es Momente, die ändern alles.

«Was hast du da gerade gesagt?» Ich fahre vom Sofa auf. Mein Vater schaut sich erschrocken um und murmelt schnell etwas, weil er wohl denkt, dass er einen wunden Punkt getroffen hat. Auf dem Bildschirm erscheint ein weiterer Interviewpartner, ein gewisser Dr. Greco, und verkündet seine Einschätzung zum Alter des Mädchens, zwischen acht und neun Jahren.

Mein Nacken wird heiß. Bis unter die Schädeldecke wird alles heiß. Wie konnte ich so blind sein, Juli? Wie konnte ich mich so darin verrennen, der Wolf müsse deine Reinkarnation sein, wenn die «Reinkarnation» in Wahrheit das Mädchen selbst ist?

Du hattest schwarze Haare und ernste, dunkelbraune Augen, Juli. Wie sie. Du warst immer etwas zarter als die anderen in unserer Klasse, «mager wie eine Sardelle», hat meine Oma immer zu dir gesagt, und dann hat sie gelacht und uns beiden einen extra Keks in die Hand gedrückt, obwohl nur du die Sardelle warst, nicht ich. Aber das Mädchen, Juli, es ist so dünn. So dünn wie eine Sardelle. Schwarze Haare. Dunkelbraune Augen. Die Gesichtsform … Sie ist deine Tochter!

Ich möchte mir vor die Stirn schlagen, so deutlich fällt jetzt alles an seinen Platz. Und so sehr ärgert es mich, dass ich nicht früher darauf gekommen bin. Ich hatte sie doch neben mir im Auto! Wie seltsam, mir dich als Mutter vorzustellen, wo du in meiner Erinnerung doch immer die Sechzehnjährige geblieben bist, als die ich dich zuletzt gesehen habe. Aber wenn das Mädchen deine Tochter ist, dann musst du sie mit siebzehn oder spätestens achtzehn Jahren geboren haben. Wie lange hat der Teufel dich bei sich gehalten, Juli? Und kann es sein, kann es möglicherweise sein, dass du immer noch lebst? So wie ich es mir all die Jahre gewünscht habe, ohne mir allzu große Hoffnungen zu machen?

Ich laufe im Zimmer auf und ab. Ich hätte das Mädchen fragen können! Vielleicht hätte es nach dem Schokoriegel genug Vertrauen aufgebaut, um mit mir über dich zu sprechen. Aber ich habe es nicht einmal mehr versucht. Ich habe sie einfach schweigend dasitzen lassen, weil ich nach alldem selbst müde und überfordert war und weil ich mich immer nur auf den Wolf konzentriert habe, in dem ich ein Zeichen sehen wollte. Und dabei habe ich übersehen, dass du mir etwas sehr viel Wertvolleres und Eindeutigeres geschickt hast. Wie blind bin ich eigentlich?

Jetzt ist das Mädchen in einer Klinik, unter der Aufsicht irgendeines Psychiaters. Und bei dem Presserummel, der um sie herrscht, wird es schwierig sein, an sie heranzukommen.

«Wie hieß dieser Psychiater?», rufe ich und suche nach etwas zum Schreiben. Im Spiele-Schrank werde ich fündig: ein Kniffel-Würfelbecher mit Block und Stift. Kurzerhand reiße ich einen Zettel ab. «Kannst du den Beitrag mal zurückspulen?»

Mein Vater sieht mich fragend an, nimmt dann aber die Fernbedienung und betätigt die Replay-Funktion.

«Stopp», befehle ich, als der Name des Psychiaters eingeblendet wird.

Dr. med. David Greco.

Ich kritzele den Namen auf den Zettel, mitten über die Zahlenfelder für das Würfelspiel. Ich hatte sie bereits im Auto, Juli!

«Spielt ihr etwa Kniffel?» Plötzlich steht meine Mutter im Wohnzimmer. Sie hat ein Weinglas in der Hand.

«Nein», sagt mein Vater. «Wir schauen eigentlich Nachrichten, und du hast Smillas Beitrag verpasst. Hast du mich nicht rufen hören?»

Ich muss diesen Psychiater kontaktieren. Aber was soll ich ihm sagen? Für alle, die dich nicht kennen, Juli, müssen meine «Hinweise» wieder mal nach wilden Spekulationen klingen. Für die Polizei, für diesen Psychiater …

«Nein, ich habe nichts gehört. Ich muss im Text gewesen sein. Wie war sie denn?»

«Sie war großartig!» Mein Vater spult den Beitrag zurück, um den Anfang zu finden, während meine Mutter sich auf das Sofa setzt und die Beine unterschlägt.

«Reichst du mir mal die Chips, Smilla? Du stehst übrigens genau im Bild.»

Ich wende mich zu ihr um, ohne einen Schritt zur Seite zu tun. «Nehmen wir mal an, Mama, eine deiner Romanfiguren müsste dringend an eine Person herankommen und mit ihr reden, aber diese Person sitzt in der Psychiatrie und schweigt so hartnäckig, dass alle denken, sie sei stumm.»

«*Die stumme Patientin*», sagt meine Mutter prompt. «Von Alex Michaelides.»

Ich blicke sie verständnislos an.

«Das ist ein Psychothriller», sagt sie.

«Ah ja?» Ich bin überrascht.

«Der Hauptcharakter heuert dann selbst als Arzt in der Psychiatrie an», sagt meine Mutter. «War mir aber als Lösung viel zu offensichtlich.»

Mein Vater flucht leise, weil er am Anfang vorbeigespult hat. Er drückt auf Pause, reicht mit langem Arm die Fernsehzeitung über die Sessellehne und sagt: «Ich hab's gleich. Schaut doch schon mal, was wir danach gucken wollen.»

«Und was hätte deine Figur gemacht?», frage ich.

«Meine Figur», meine Mutter nimmt die Fernsehzeitung entgegen und legt sie neben sich auf das Sofa, weil sie im Kopf bereits wieder ihren eigenen Film spinnt, «meine Figur wäre eine Frau in den Vierzigern, nein, warte, eine Psychologiestudentin, die sich an den Psychiater heranmachen würde, in Wahrheit aber an dessen Patienten rankommen will. Dabei stellt sich heraus, dass sowohl er als auch sie eine düstere Vergangenheit haben, die mit diesem Patienten zu tun hat. Und dann», sie schaut verzückt, «verlieben sie sich ineinander!»

Mit plötzlicher Aufregung stellt sie ihr Weinglas auf den Tisch, steht vom Sofa auf und rauscht aus dem Wohnzimmer. Mein Vater sieht mich vorwurfsvoll an, und ich zucke entschuldigend die Schultern.

Ich hätte gleich wissen sollen, dass ich so nicht weiterkomme. Im Flirten bin ich nicht gut und im Schauspielern schon gar nicht. Ich muss einen anderen Weg finden, an diesen Greco heranzukommen.

JESSE

Diesmal ist es schlimmer als sonst. Diesmal ist da keine Stelle auf dem Pausenhof, an der ich sicher wäre, und keine Frau Bender, die aus dem Fenster sehen und eingreifen könnte. Frau Bender habe ich auf dem Gewissen, und ganz Almenen ist zu einem blinden Fleck geworden, in dem uns kein Erwachsener sieht und zu Hilfe eilt. Im Gegenteil. Die Erwachsenen haben ihre Kinder aufgehetzt, ihre Söhne, die mir auflauern und sich nun auf mich stürzen, kaum dass ich den Supermarkt verlasse. Durch die Scheibe kann ich noch sehen, wie die Kassiererin sich abwendet. So wie alle, die den Markt nach mir verlassen oder betreten. Sie wenden sich ab und gehen hastig weiter, während ich auf dem Boden liege und getreten werde. Wahrscheinlich finden sie, dass ich die Prügel verdient habe. Dass wir alle von dort oben sie verdient hätten. Ich war einfach nur der Erste aus der Siedlung, der einen Fuß über die Ortsgrenze von Almenen gesetzt hat. Ich musste einkaufen gehen, weil die Vorräte knapp werden und weil mein Vater sowieso nichts mehr tut, um mich aufzuhalten.

Er spricht überhaupt nicht mehr, seit die Beamten da waren. Wir kümmern uns schweigend um Mutter und gehen dann schweigend unserer Wege, als wäre nichts passiert. Dabei ist alles passiert.

Die Wange auf den Boden gedrückt, sehe ich zu, wie meine Einkäufe sich über die Straße verteilen. Die Jungen haben meinen Rucksack aufgerissen und alles in den Schmutz geworfen, reißen jetzt auch die Reispackungen und Nudelpakete auf, um sie über mir auszuleeren, während zwei von ihnen mich am Boden halten. Es folgen Eier und Mehl. Sie teeren und federn mich damit, wie einen Verbrecher aus vergangenen Zeiten. Und genau das bin ich wohl auch. Ein Verbrecher aus vergangenen Zeiten. Ein Verbrechersohn. Sie singen es sogar. Mit diesem alten Kinderreim, den sie umgedichtet haben: *Da kam ein junger Verbrechersohn, Verbrechersohn, Verbrechersohn, da kam ein junger Verbrechersohn, sagte leis …*

Wenn es darum geht, andere zu quälen, sind sie kreativ.

Ich blinzle verzweifelt, als das Mehl mir in die Augen staubt. Ein Apfel rollt vorbei, die abschüssige Straße hinunter. Eine Sellerieknolle hinterher. Ein Tritt trifft mich im Rücken. Ich zucke zusammen, winde mich, was die beiden, die mich festhalten, gleich zum Anlass nehmen, noch ein paarmal nachzutreten, diesmal ins Gesicht. Ich versuche, meinen Kopf wegzudrehen, aber ihre lehmverschmierten Schuhe sind überall. Als mein Rucksack leer ist, kommen die anderen Jungen dazu, und sie singen und singen. Ich schmecke Metall in meinem Mund, Blut. Ich spucke. Huste. Diesmal machen sie Ernst. Diesmal bringen sie mich um, ich weiß es.

Einer von ihnen tritt mir auf den Kopf. Er tritt so, wie wir hier Maulwurfshügel eintreten. Hart. Entschieden. Mein Kopf ist ein Hügel Schmutz, der unter seinem Schuh in sich zusammenfällt.

Verbrechersohn ist das Letzte, was ich höre. Und das Letzte, an das ich denken kann, ist das geronnene Rinnsal Blut, das am Ohr meiner Mutter geklebt hat, als Vater sie nach Hause gebracht hat. Sie haben meiner Mutter das Hirn weich geprügelt. Und jetzt haben sie mir das Hirn weich geprügelt. Nicht die Städter, sondern die Dörfler. Aber welchen Unterschied macht das? Sie und wir gehören nicht zusammen.

Dann kippt die Welt plötzlich. Es fühlt sich an, als würde mein Kopf zusammen mit den Äpfeln die abschüssige Straße hinunterrollen. Raus aus Almenen. Dorthin, wo Rebekka ist.

REBEKKA

Ratten überleben es, wenn man sie die Toilette hinunterspült. Sie können sogar den Weg zurück finden. Wo ich das gehört habe, weiß ich nicht mehr. Es könnte sein, dass eins der Mädchen aus meiner Klasse es gesagt hat. Natürlich nicht zu mir, sondern zu den anderen. Die Mädchen in der Schule reden nicht mit mir. Höchstens über mich.

Ich habe mir immer gewünscht dazuzugehören. Wollte so sein wie die anderen. So normal wie sie. Wie schnell sich alles ändern kann. Jetzt will ich nur noch eine Ratte sein. Eine Ratte, die den Weg zurück findet. Hier in meinem Kellerloch und ständig auf allen vieren bin ich schon sehr nah dran.

Ich rolle mich auf den Rücken, versuche eine Position zu finden, in der ich auf keinem der blauen Flecken oder Kratzer liege, in der mir nichts wehtut. Ob es in der Schule überhaupt jemandem auffällt, dass ich nicht mehr da bin? Ob es meiner Mutter auffällt? Wahrscheinlich nicht. Meine Mutter ist nachmittags, wenn ich vom Unterricht komme, schon nicht mehr ansprechbar. Es ist Jahre her, dass sie meine An- oder Abwesenheit interessiert hätte. Und die Mädchen in der Schule? Wenn ich mich in ihre Nähe gestellt habe, um mit ihnen zu lachen oder einfach nur zuzuhören, dann haben sie getan, als wäre ich Luft. Schlechte Luft. Manchmal haben sie das Gesicht verzogen und mit den lackierten Fingernägeln vor ihren Nasen herumgewedelt. «Riecht ihr das? Hier stinkt irgendwas», haben sie gesagt, und ich wusste immer: Sie meinen mich.

Ich habe mich wie verrückt gewaschen. Habe Seife benutzt, mich abgeschrubbt, bis meine Haut rot war. Ich habe mir im

Supermarkt ein Parfum gekauft, um den Geruch nach verbranntem Holz und Wald und Vieh zu übertünchen, aber geholfen hat es nichts. Die Mädchen haben immer noch gerochen, dass ich anders bin als sie. «Puh, was stinkt denn hier so?», «Es stinkt ja schon wieder nach Dorftrottel!» Und da habe ich irgendwann aufgehört, mich in ihre Nähe zu stellen, und stattdessen die Zeit mit Jesse auf dem Schulhof abgewartet. Jesse… Alle denken, er und ich müssten eines Tages heiraten und Kinder kriegen, schon allein, weil wir ja sonst keine Wahl haben. Unser Priester hat es sogar mal gesagt, in einer seiner Predigten. Dass ich die einzige fruchtbare Frau in der Siedlung sei, hat er gesagt, und dass sie auf Nachwuchs von mir und Jesse hoffen. Sie haben mich schon für die Fortzucht unserer Gemeinschaft eingeplant. Und ich habe mir eingebildet, ich könnte mein Schicksal ändern.

Inzwischen kommt es mir vor, als wäre ich schon Wochen in diesem Keller. Tag und Nacht haben keine Bedeutung mehr. Alles, was zählt, sind seine Schritte auf der Treppe und ob er kommt, um einen Wein zu holen oder mich. Heute bin ich es. Es ist mein sechstes Mal im Labyrinth. Die Dunkelheit in diesem Berg hat sich bereits so sehr in meinen Kopf gegraben, dass ich sie nie vergessen werde.

Wir fahren immer mit seinem Auto hin. Ich hocke mich auf einen Stein, sodass er mir die Fußfessel anlegen und den Haken der Seilwinde befestigen kann. Er ruckelt noch ein paar Mal, um sicherzugehen, dass auch alles sitzt und hält. Sein Gesicht ist konzentriert. Wir haben beide ein Interesse daran, dass die Fußfessel sich nicht löst, wenn die Seilwinde mich zurückzieht. Ich möchte nicht in den dunklen Gedärmen dieses Tunnels sterben, und er möchte mich nicht verlieren. Er mag mich. Das sagt er zumindest.

Er spürt meinen Blick auf seinem Gesicht, sieht auf und streicht mir mit seinen rauen Händen über die Wangen. Er sagt, dass ich ein hübsches Mädchen bin und eigentlich viel zu schade für ein Leben in Jakobsleiter, wo mich keiner zu Gesicht bekommt.

Es gab eine Zeit, da hätten solche Worte gereicht, damit ich mich Hals über Kopf in ihn verliebe. Der Altersunterschied wäre mir egal gewesen. Alles, was ich mir gewünscht habe, war jemand, der mir nette Worte sagt – der nicht durch mich hindurchsieht, als wäre ich nicht da.

Jetzt aber ist alles anders. Jetzt recke ich das Kinn vor, ziehe meinen Kopf fort und sage: «In diesem Keller bekommt mich auch niemand zu Gesicht.»

Er lächelt. «Das stimmt so nicht. Ich sehe dich, und es ist jedes Mal eine reine Freude für mich.»

Das sagt er, *eine reine Freude*. Und jetzt flattert doch etwas in meiner Brust.

Er freut sich. Er freut sich immer, wenn ich rauskomme zum Spielen. Wenn er mich rausschleppt. Aber das mit dem Schleppen ist eigentlich gar nicht richtig.

Ich folge ihm freiwillig aus dem Keller. Er muss mich nicht zappelnd und schreiend ins Auto tragen, muss mich nicht über die Schulter legen, damit ich mit zum Höhleneingang komme. Ich wehre mich nicht einmal, wenn er mich anleint. Und wenn ich im Tunnel bin, folge ich seinen Regeln. Ich spiele mit. Das ist es doch, wofür er mich damals im Keller gelobt hat. *Danke, dass du mitgespielt hast, Rebekka.*

Er hat das Spiel mit der Augenbinde nicht wiederholt. Ich glaube sogar, es war ihm ein bisschen unangenehm, denn am nächsten Abend hat er den Blick gesenkt, als er seinen Wein geholt hat. Nur dieses Spiel hier, im Labyrinth, das spielen wir immer und immer wieder.

Finde den Ausgang, Rebekka.

Wir werden es so lange spielen, bis ich die Aufgabe gelöst habe. Wie bei «Blindekuh». Ich habe ihn gefunden, und er hat mich seitdem damit in Ruhe gelassen. So wird es auch sein, wenn ich nur endlich den verdammten Ausgang aus diesem Höllenloch finde. Zumindest sage ich mir das. Versprochen hat er gar nichts.

«Also dann, mein Mädchen», sagt er, hilft mir auf den Rand des Tunneleingangs und überprüft ein letztes Mal den Haken. Als wäre ich sein Bergsteigerkollege und er würde mich gleich in eine Höhle abseilen. Aber ich bin nicht sein Kollege. Ich bin sein «Mädchen», und jetzt streicht er mir sehr sanft die Haare aus meinem Gesicht, aus dem ihm die Angst entgegenspringen muss.

«Du weißt, was du zu tun hast?»

Ich nicke. Finde den Ausgang. Eine klare Regel. Wenn ich das schaffe, dann wird er auch damit aufhören.

Er nickt ebenfalls und stellt die Uhr ein. Dreißig Minuten. Die Zeit läuft. Zitternd wende ich mich um und krieche auf allen vieren in das Loch. Der Haken kratzt mit einem metallenen Geräusch auf dem Stein. Das Schleppseil schleift lose hinter mir her. Ich hatte mir vorgenommen, diesmal stark zu sein, aber ich fange an zu schluchzen, kaum dass der Tunnel mich wiederhat. Dieser schreckliche Tunnel. Dieser Berg. Wie ich all das hasse! Alle paar Krabbelschritte blicke ich über meine Schulter, in das Licht, in dem er steht und mir nachsieht. Ich will ihn noch ein bisschen hinauszögern, diesen Moment, bevor alles um mich herum wieder schwarz ist und ich blind bin. Im Berg, in der Dunkelheit, kann jedes leise Kitzeln auf der Hand und jeder Tropfen in meinen Nacken einen unbändigen Panikanfall auslösen. Da drinnen gibt es Motten, Spinnen, Fledermäuse, Tausendfüßler, weiß Gott was. Ich kann mir hundertmal sagen, dass nichts davon gefährlich ist. Ich sollte Krabbeltiere kennen, immerhin bin ich in Jakobsleiter aufgewachsen. Aber in der Dunkelheit machen sie mir doch Angst. Sie machen mir Angst, weil sie mich sehen können und ich sie nicht.

Konzentrier dich, Rebekka!

Ich versuche, meinen Atem unter Kontrolle zu bringen. Mich daran zu erinnern, was ich gestern Nacht im Kopf immer und immer wieder durchgegangen bin: bei der ersten Abzweigung links, zweite rechts, dritte rechts, dann durch den Felsspalt und bis zu der Stelle, an der die Steine liegen. Und dann links halten. Links! Ich bin das letzte Mal nach rechts gekrabbelt, und es hat mich in einen elend langen Tunnel geführt, der letztendlich vor einer Wand geendet hat. Eine Wand, in der es keinen noch so schmalen Spalt gab. Als wäre ich verschüttet. Als hätte man mich lebendig begraben. Und das Schlimmste war, dass ich mich daran erinnert habe, den gleichen Weg schon einmal gekrochen zu sein. Eine weitere verpasste Chance, das Rätsel zu lösen. Ich darf nicht immer und immer wieder den gleichen Fehler machen! Wenn ich mir nicht endlich merke, welchen Weg ich nehme, dann komme ich hier nie raus!

Mein Atem lässt sich nicht beruhigen. Ich japse, während ich krieche, schluchze.

Die Schwärze und die Minuten dehnen sich aus. Aber ich weiß, dass das nur mein Zeitempfinden ist. Draußen, wo er mit der Uhr steht, da dehnt die Zeit sich nicht, sondern rast. In Wahrheit habe ich nie genug Zeit, bevor der Ruck an meinem Bein kommt. Ein Ruck, der mich rückwärts zurück in den Albtraum reißt und meinen Körper zu einer einzigen Wunde werden lässt. Aber diesmal will ich vorher den Ausgang finden. Ich muss einfach!

Unter meinen Händen spüre ich die Steinbrocken. Nach links, erinnere ich mich, nach links! Ich taste mich weiter. Meine Hände zittern. Es sind so viele Steine, dass ich sicher bin, hier muss ein Stück Tunnel eingebrochen sein. Der Gedanke lässt die Panik erneut hochbrodeln. Das Wissen, dass dieser Tunnel nicht stabil ist, dass jeden Moment die Decke einstürzen und mich hier lebendig begraben kann, raubt mir die Luft zum Atmen.

Konzentrier dich, Rebekka!

Ich befürchte schon, dass links vom Steinhaufen wieder nur eine Wand auf mich wartet, dass der Steinhaufen möglicherweise der Tunnel *war*, durch den ich hätte kriechen müssen. Aber es geht tatsächlich weiter. Ich krieche und taste, über den Boden, die Wände. Es fühlt sich an, als habe der Steinhaufen diesen Tunnelteil zwar schmaler gemacht, aber nicht ganz verschüttet. Blind schiebe ich einen Stein beiseite und zwänge mich durch das Loch, um weiterzukriechen. Das muss es sein, denke ich, und werde fast euphorisch, weil ich tatsächlich einen Gang gefunden habe, in dem ich vorher noch nicht war! Ich schaffe es sogar, nicht in Panik zu verfallen, als ich in etwas Weiches, Glitschiges greife. Ich hebe nur meine Hand und setze sie hastig woandershin, taste mich an der Wand entlang. In diesem Teil der Höhle sind die Wände höher. Tatsächlich kann ich meinen ganzen Arm ausstrecken, ohne Stein über mir zu spüren. Ich gehe vorsichtig in die Hocke, lege die linke Hand schützend auf meinen Kopf, um einen Zusammenstoß zu vermeiden, während die rechte sich weiter und weiter an der Wand hochtastet. Hier kann ich stehen! Ohne die Hand von der Wand zu nehmen, schiebe ich meine Füße Schritt für Schritt vorwärts. Ich gehe in geduckter Haltung, hebe die linke Hand schützend vor die Stirn für den Fall, dass die Decke hier doch wieder tiefer wird. Etwas sagt mir, dass ich auf dem richtigen Weg bin. Dass dieser breitere und höhere Tunnel der Weg zum Ausgang sein muss.

Der Gedanke daran, dass so kurz vor dem Ziel der Ruck an meinem Fuß kommen könnte, ausgerechnet jetzt, wo ich so weit gekommen bin, treibt mich zur Eile an. Irre ich mich, oder wird die Dunkelheit da vorn ein wenig diffuser? Ist da ein Licht? Ich gehe schneller, atme schneller, schlage mit der linken Hand in der Luft herum, immer in der Sorge, doch noch eine Wand vor mir zu spüren. Aber da kommt keine Wand. Da kommt nur – plötzliche Leere. Unter meinem Fuß, der mich stützen und den Weg ertasten sollte. Ich stürze nach vorn, rudere mit den Armen, falle. Das alles passiert so plötzlich, dass der Schreck mir die Luft raubt. Und dann ist da plötzlich der Ruck an meinem Bein, aber diesmal zieht er mich nicht zurück, sondern reißt mich herum. Schmerz schießt bis in meine Hüfte. Ich verliere die Orientierung, mein Körper schlägt gegen eine Steinwand, und dann wird mir klar, dass das Schleppseil meinen Fall abgebremst hat. Dass ich kopfüber in der Dunkelheit hänge. Ich bin so geschockt, dass ich nicht einmal schreien kann. Nicht einmal atmen. Ich kann – nichts.

Doch dann beginnt es. Ein Beben in meiner Brust, kleine Schluchzer in meiner Kehle. Ich kämpfe gegen meine Lungen an, die sich vor Schreck zugezogen haben müssen, in Schockstarre verfallen sein müssen, genau wie ich.

«Zieh mich zurück», fiepse ich zwischen den Schluchzern und hole dann mehr Luft. Fülle meine Lungen und schreie, so laut ich kann: «Zieh mich zurück!»

Mein Schrei knallt gegen die Wände und springt von dort auf mich zurück. Er muss mich doch selbst vor dem Höhleneingang hören, so laut, wie ich schreie! Aber das tut er nicht. Oder vielleicht sind auch nur die dreißig Minuten noch nicht abgelaufen. Ich versuche, mich gegen die Wand zu stemmen, zappele verzweifelt, um an das Seil an meinem Fuß zu kommen und mich zurück nach oben zu hangeln. Aber so etwas schaffen nur andere Menschen. Ich bin Rebekka. Ich bin ein Bündel Panik, das in der Dunkelheit in einem Schacht hängt.

Irgendwann höre ich auf mit dem Geschrei und dem Gezappel und schluchze nur noch. Mein Bein, das nicht festgebunden ist, hängt abgespreizt von meinem Körper in der Luft, und das andere tut so weh, dass ich glaube, bewusstlos zu werden. Das Blut in meinem Fuß wird abgeschnürt.

«Zieh mich raus.» Meine Stimme ist nur noch ein Fiepen. Kann die Seilwinde mich so überhaupt herausziehen? Was, wenn nicht? Wird er dann kommen und mich retten? Oder wird er mich einfach hier hängen lassen, bis ich bewusstlos werde oder verdurste? Und wird er sich dann ein neues Mädchen suchen, das mit ihm seine Spiele spielen muss?

SMILLA

Mein Handy auf dem Beifahrersitz leuchtet, als ich das Auto auf dem Klinikparkplatz parke. Videoanruf von Simon. Ich nehme ihn entgegen, ohne die hell erleuchtete Klinik hinter meiner Windschutzscheibe aus den Augen zu lassen.

«Na, wo steckst du?», ruft Simon. «Du bist schon unterwegs, wie ich sehe.»

«Hm?», mache ich und schaue kurz auf das Display. Simon läuft irgendwo durch die Dämmerung. Das Handy in seiner Hand wippt bei jedem Schritt auf und ab.

«Ich bin auch gleich da», sagt er. «Vor dem Haus ist alles voll, aber ich hab in einer Seitenstraße noch was gefunden. Hinter mir passt du, glaub ich, noch rein. Soll ich dir meinen Standort schicken?» Er bleibt stehen, will etwas tippen, dann kommt er plötzlich mit dem Gesicht so nah an die Kamera, dass ich nur noch seine Nase und die Augen sehen kann. «Wow. Du hast dich ja richtig aufgebrezelt!»

«Quatsch.» Ich sehe hastig in den Rückspiegel. Habe ich es mit dem Make-up übertrieben?

«Das war ein Kompliment, Smilla, mir gefällt es! Und schließlich gehen wir ja auf eine Party, nicht zu einer Tierschutzveranstaltung.»

Die Party! Jetzt erst fällt mir ein, wovon er redet. Es ist Donnerstagabend, und Simon wollte mit mir zu dieser House-Warming-Party seines Kollegen gehen!

«Oh Mist, Simon! Das hab ich voll vergessen.»

Die Freude fällt aus seinem Gesicht. «Was soll das heißen, das hast du voll vergessen?»

«Ich kann heute Abend nicht.»

«Was hast du denn so Wichtiges vor?»

Ich zögere. Es tut mir wirklich leid mit der Party, und ich hätte ihm gerne die Wahrheit gesagt. Aber es kommt mir dann doch ein bisschen zu absurd vor, ihm zu erzählen, dass ich vor einer Klinik stehe und dem Tipp meiner Krimi-Mutter folge, mich an einen Psychiater ranzumachen. Selbst für einen wie Simon, der ja sonst auch eher zu solchen Verrücktheiten neigt wie ich.

«Ich bin einfach müde», sage ich ausweichend. «Außerdem – hat mein Vater schon Lasagne vorgekocht.»

«Lasagne?», echot er und kommt dann noch einmal sehr nah an die Kamera. «Und für dieses besondere Event hast du dir extra Lippenstift aufgelegt?» Er ist enttäuscht, sogar wütend. Und er hat recht. Ich hätte an die Party denken und ihm zumindest absagen müssen. «Wo bist du, Smilla?»

Aus den Augenwinkeln sehe ich eine Bewegung. Jemand kommt den Weg vom Klinikgebäude zum Parkplatz entlang.

«Ich muss auflegen, Simon. Sorry! Ich rufe dich an!» Ich würge ihn ab, obwohl mir auch das leidtut. Ein letzter hektischer Blick in den Rückspiegel, bei dem mir das Make-up plötzlich doch übertrieben erscheint. Ich komme mir richtig verkleidet vor. Hastig reibe ich den Lippenstift ab und stoße dann entschieden die Tür auf. So entschieden, dass sie gegen das Auto neben mir knallt, einen Mercedes, in dem augenblicklich der Alarm losgeht. Die Tür halb geöffnet, bleibe ich erschrocken im Auto, während der Mercedes hupt und hupt und der Mann plötzlich zu rennen beginnt. Er kramt in seiner Tasche, zieht einen Schlüssel heraus, und im nächsten Moment leuchten die Scheinwerfer des Mercedes auf. Ich schließe kurz die Augen. Es ist sein Wagen. Ich habe das Auto von Dr. David Greco demoliert.

Dr. Greco springt auf den Fahrersitz und stellt den Alarm ab, bevor er die Delle auf der Seite der Beifahrertür untersucht. Das, was er mit seinem Handylicht ausleuchtet, sieht aus wie ein Ausrufungszeichen in der Tür. Ich halte das Lenkrad umklammert und wünsche mich sehr, sehr weit weg.

«Tut mir leid», stammle ich unbeholfen.

Er wendet sich zu mir um. Er ist groß. Dichte dunkle Haare, müde Augen, ein sorgfältig rasiertes Gesicht. Im Interview-Beitrag ist mir nicht aufgefallen, wie gut er aussieht. Vielleicht wäre es mir gar nicht einmal so schwergefallen, ihn anzuflirten – wenn ich ihm nicht gerade das Auto kaputt gemacht hätte. Er betrachtet mich, und seine Augen hinter der Brille werden schmal.

«Kenne ich Sie nicht?»

«Nein. Also – ich kenne Sie zumindest nicht!», sage ich hastig.

Er kneift die Augen noch mehr zusammen.

«Doch! Sie waren doch auch in dem Fernsehbeitrag. Sie sind diese junge Pressefrau, die das Mädchen gefunden hat!»

Das hat ja super geklappt! So offensichtlich mein Manöver auch sein mag, ich hatte keinen Gedanken daran verschwendet, dass er mich im Fernsehen ebenso gesehen haben muss wie ich ihn.

«Stimmt!», sage ich und schlage mir die Hand vor die Stirn. «Und Sie sind der Psychiater. Ich habe Sie auch gesehen! Das ist ja ein Zufall! Wie heißen Sie noch mal?»

Dr. Grecos Augen werden noch schmaler. Ich war nie eine gute Schauspielerin. «David Greco», sagt er schließlich, sehr langsam und noch immer skeptisch.

«Smilla Arnold», antworte ich und reiche ihm die Hand. Er nimmt sie.

«Ja, wie gesagt, ich weiß, wer Sie sind. Und dass Sie von der Presse sind.»

«Aber deswegen bin ich nicht hier», korrigiere ich.

«Nein, warum sind Sie denn dann hier?»

«Ich wollte – eine Freundin besuchen.» Ich mache eine Geste in Richtung Klinik, woraufhin er die Augenbrauen hochzieht und einen demonstrativen Blick auf die Uhr wirft.

«Die Besuchszeit ist doch längst vorbei.»

Gut, auch das hätte besser laufen können. Ich bemühe mich um ein Lächeln, das angesichts der Situation misslingt und das dieser Greco nicht einmal ansatzweise erwidert. Im Gegenteil. Sein Gesicht wird immer finsterer.

«Sagen Sie – haben Sie mir die Macke etwa mit Absicht in die Tür gerammt?»

«Was?»

«Sie sind doch meinetwegen hier!»

«Das ist jetzt wirklich absurd!»

Er lacht trocken. «Sie glauben ja gar nicht, unter was für Vorwänden ich heute schon angerufen wurde! Wenn Sie hier sind, um mich ebenfalls über das *Wolfsmädchen* auszuquetschen, können Sie gleich wieder fahren!»

Aus purer Überforderung steige ich zurück in mein Auto und schließe die Tür. Gut, ich fahre. Ich will eh nach Hause. Es war von Anfang an eine beschissene Idee. Ich lasse den Motor an.

«Hey!» Er klopft ans Fenster und bedeutet mir, es herunterzukurbeln. Ich muss tatsächlich noch kurbeln, Juli. Wahrscheinlich bin ich die Letzte, die noch ein Auto ohne elektrische Fensterheber hat.

«Was?», frage ich unwirsch, obwohl ja eigentlich er wütend auf mich sein sollte.

«Erst geben Sie mir bitte noch Ihre Telefonnummer.»

Ich starre ihn an.

«Wegen der Macke im Auto!», fügt er hinzu.

«Ach so, ja klar. Tut mir leid.» Zerstreut suche ich im Auto nach einem Zettel, aber alles, was ich finde, sind ein Kaugummipapier und ein Kassenbon. Letzteren drehe ich um, schreibe meine Nummer darauf und strecke ihn ihm entgegen. Er nimmt ihn, dreht ihn um und betrachtet die Rückseite. Plötzlich zucken seine Mundwinkel.

«Erstellen Sie jetzt ein psychologisches Profil aufgrund meiner

Einkäufe?» Verstimmt reiße ich ihm den Zettel wieder aus den Händen. «Geben Sie mir Ihr Handy, ich speichere die Nummer ein.»

Er reicht es mir, und während ich die Nummer eingebe, überlege ich niedergeschlagen, wie viel so eine Macke in einem Mercedes kosten könnte.

«Hier», sage ich und reiche ihm das Handy zurück. Die Umstände, unter denen wir unsere Telefonnummern austauschen, hatte ich mir ein wenig anders vorgestellt.

Er steckt das Handy wieder ein und sieht mich ruhig an. Er hat so einen typischen Psychologenblick, Juli, und plötzlich fühle ich mich wieder an die unzähligen Therapien erinnert, zu denen meine Eltern mich damals geschleppt haben und die ich grundsätzlich nach ein oder zwei Sitzungen abgebrochen habe, weil ich keine Lust hatte, mich von Fremden durchleuchten zu lassen. Mich seelisch bis auf die Unterhose auszuziehen und von meinen Ängsten und meinen Schuldgefühlen und meinen Albträumen zu erzählen. Dadurch wird nämlich gar nichts besser. Im Gegenteil. Immer wenn meine Zeit auf der Couch abgelaufen ist, fühlt man sich nackter und verletzlicher als zuvor. Dann heißt es, man habe doch schon einen richtigen Fortschritt gemacht, weil es immer als Fortschritt missverstanden wird, wenn man anfängt zu heulen, und man solle vorne an der Rezeption bitte einen Termin für in zwei oder drei Wochen ausmachen. Und dann ist man wieder allein, Juli. Und man sieht, wie der nächste hoffnungslose Patient im Warteraum hockt und auf seinen Aufruf wartet. Dabei ist das, worauf wir wirklich alle warten, eine Lösung unserer Probleme und nicht nur das Gespräch darüber. Wie sollte ein Psychologe das leisten? Sie nicken nur viel und sagen immer wieder, dass sie verstehen. Aber sie verstehen gar nichts. Kein Studium kann einem Menschen beibringen, was es bedeutet, schuld an der Entführung der besten Freundin zu sein.

«Ich nehme an, die Redaktion kommt für die Reparatur auf», sagt er unerwartet und legt die Unterarme auf meinen Fensterrahmen. Und nach der ersten Verblüffung über diese lächerliche Aussage bin ich plötzlich wütend. Da ist ein Frust, den all die Psychologen vorher in mir angehäuft haben müssen, stellvertretend für diesen hier. Noch so ein Exemplar, das sich besonders schlau fühlt und meint, mich durchschauen zu können!

«Also», beginne ich, um ihm mal zu sagen, wie die Dinge wirklich liegen. «Ich weiß ja nicht, wie viel so eine Reparatur kostet, aber Sie können sich ziemlich sicher sein, dass *ich* diejenige bin, die sie zahlen muss, weil die Redaktion mich nicht geschickt hat, schon gar nicht, um Ihnen das Auto zu demolieren! Genauso sicher bin ich, dass der Schaden mein monatliches Einkommen übersteigt. Ich bin lediglich die Volontärin in diesem Saftladen, was bedeutet, dass ich beinahe unentgeltlich die Scheißarbeiten mache, die kein anderer tun will! Wenn ich also tatsächlich mit Ihnen hätte reden wollen, und Sie halten sich ja offenbar für wichtig genug, um das anzunehmen, dann hätte ich mir bestimmt einen anderen Weg gesucht, als Ihnen ausgerechnet – mit Absicht! – Ihren Wagen zu demolieren. So. Und jetzt nehmen Sie bitte Ihre Arme da weg und treten Sie von meinem Auto zurück. Ich werde jetzt nämlich nach Hause fahren und bei meinen Eltern jene Tiefkühlpizza in den Ofen schieben, die Sie eben so amüsiert auf meinem Einkaufszettel entdeckt haben. Und bei der Gelegenheit werde ich sie auch gleich fragen, ob sie mir Geld für die Reparatur Ihres Mercedes vorstrecken können. Das wird sie freuen. Meine Eltern haben sich nämlich im Frühjahr nicht einmal den neuen Gartensprinkler geleistet, weil er ihnen zu teuer war. Da sehen Sie, mit wie viel *Absicht* ich Ihnen die Tür in die Beifahrertür gerammt habe!» Ich hole Luft und schließe dann die Augen. Ich habe es schon wieder getan, Juli. Seelenstriptease. Jetzt wünschte ich, ich könnte die Worte einfach zurücknehmen. Ich hätte mich einfach in Würde verabschieden und in Würde fahren sollen – sofern man mit einem Fiat, der älter ist als man selbst, einen würdevollen Abgang machen kann.

Ich versuche, an der Fensterkurbel zu drehen, doch seine Arme sind zu schwer, als dass so etwas Schwaches wie eine Plastikkurbel gegen sie ankommen könnte. Greco lehnt halb in meinem Wagen, schaut mich an und scheint zu überlegen. Er sieht immer noch amüsiert aus.

«Gut», sagt er schließlich, als hätten wir gerade tatsächlich eine psychologische Sitzung beendet. Er richtet sich auf, geht um mein Auto herum, öffnet die Beifahrertür und setzt sich.

«Was … machen Sie denn jetzt?»

«Wir fahren jetzt etwas essen.»

«In meinem Auto?»

«Nun, meins ist kaputt, oder?»

«Es hat doch lediglich eine Delle in der Seite!»

Er blickt sich im Auto um. «Gut, wir nehmen mein Auto. Ihres hat ja nicht mal einen Airbag.»

«Wofür brauchen wir denn jetzt einen Airbag?»

Er zieht die Augenbrauen hoch. «Ich hoffe, das ist keine ernst gemeinte Frage.» Er steigt wieder aus, aber ich bleibe sitzen, versuche einzuordnen, woher sein plötzlicher Impuls kommt, jetzt unbedingt etwas mit mir essen fahren zu wollen. Ist es Mitleid wegen der Sache mit dem Volontariat und der Tiefkühlpizza? Ist es mein kurzes Kleid, das ich extra für das Treffen heute Abend angezogen habe und wegen dem ich schon den ganzen Tag seltsame Blicke in der Redaktion geerntet habe?

«Was ist?», fragt er.

Ich schnalle mich ab und steige aus. Steige bei ihm ein. Das Ganze kommt mir plötzlich unwirklich vor. Ja klar, ich bin hergekommen, um ihn abzufangen. Mit ihm ins Gespräch zu kommen. Vielleicht um zu flirten. Aber doch nicht so! Er blickt mich an.

«Sie haben da übrigens Lippenstift an der Wange», sagt er, bevor er den Wagen startet und wir den Klinikparkplatz verlassen, der inzwischen ganz im Schatten der Berge liegt.

REBEKKA

Ich weiß nicht, wie lange ich schon hier hänge. Alles Blut ist mir in den Kopf gestiegen. Ich bin so benommen, dass ich den Zug an meinem Fuß kaum noch merke. Tatsächlich spüre ich nicht einmal mehr meinen Fuß. Er ist abgeschnürt, eingeschlafen. Nur das Bein spüre ich noch, ein einziger Schmerz, der bei der Hüfte anfängt und sich kilometerweit in die Dunkelheit zu strecken scheint. Und dann kommt er, ein Zug, der Ruck, den ich die letzten Minuten so herbeigesehnt habe. Doch er bleibt genau das – ein Ruck. Das Seil zieht mich nicht aus dem Loch. Vielleicht bin ich zu schwer, zu weit entfernt, vielleicht hat sich das Seil auch bei meinem Sturz wieder an irgendwelchen Felsen verfangen. Ich möchte weinen, aber das Schluchzen fällt mir schwer. Selbst das Atmen fällt mir schwer. Meine Lungen fühlen sich an wie mit Blei ausgegossen. Die Panik drückt sie zusammen, aber vielleicht auch noch etwas anderes. Vielleicht sind es meine eigenen Organe, die auf meine Lungen drücken. Bitte, ich will hier raus!

Doch da ist nichts um mich als Stein und Dunkelheit. Das war's jetzt also. Wenn die Seilwinde mich nicht rausziehen kann, werde ich hier verrecken. Wird er das Seil kappen? Er kann die Seilwinde und das Seil ja kaum vor dem Höhleneingang stehen lassen, wo jeder sie sieht. Die Vorstellung löst einen neuen Panikanfall aus. Wie tief ist der Schacht? Instinktiv will ich meine Arme um den Kopf legen, aber es ist, als könnte ich sie in der Dunkelheit nicht finden. Sie fühlen sich taub und irgendwie aufgeblasen an. Wo sind meine Hände? Ich versuche mich zu beruhigen. Die einzige Erklärung ist, dass auch meine Arme nach dem vielen

Hängen eingeschlafen sein müssen. So wie sie es manchmal tun, wenn ich sie beim Schlafen über das Kopfkissen lege, oben an den Bettrand. Ich erinnere mich daran, wie ich mich dann manchmal aufzurichten versuche, wie ich mit einer Hand, in die langsam wieder Gefühl kommt, nach der anderen taste und sie auf dem Bett finde, wie etwas Fremdes, wie die Hand einer Leiche. Auch da überkommt mich jedes Mal die Angst, aber das hier, heute, ist so ungleich viel schlimmer. Ich habe keine echte Angst gekannt, bevor diese Spiele begonnen haben, bevor ich in diesem dunklen Schacht gehangen habe.

Die nächsten Sekunden, Minuten, vielleicht Stunden nicke ich immer wieder weg und schrecke dann wieder auf. Ich habe nicht nur meine Orientierung, sondern auch jedes Zeitgefühl verloren. Das Seil ist immer noch da. Es hält mich, aber es zieht mich nicht rauf. Inzwischen, mit all dem Blut in meinem Kopf und in meinem Brustkorb, wünschte ich fast, er würde es endlich kappen. Würde es endlich zu Ende bringen. Sterben werde ich so oder so. Ich weiß nicht, wie lange ein Mensch es über Kopf aushalten kann und was das mit einem macht, was das mit dem Gehirn macht, ob einem vielleicht alle Körperteile absterben oder ob einem vorher der Kopf platzt. Es fühlt sich an, als könnte beides passieren.

Wenn die Männer bei uns in den Wäldern Tiere jagen oder Jesses Papa eine Ziege schlachtet, dann werden die toten Körper zum Ausbluten aufgehängt. Man bindet ein Seil um ihre Hinterbeine, manchmal um beide, manchmal auch nur um eins, so wie bei mir, und dann wirft man das andere Ende über einen Dachbalken und zieht das Tier hoch. Einmal habe ich gesehen, wie eine Hirschkuh dabei gezappelt hat. Ich weiß nicht mehr, wer sie geschossen und mit nach Hause gebracht hat. Ich weiß nur, dass ich den Anblick schrecklich fand. Jesse und ich waren da noch sehr klein, vielleicht vier oder fünf Jahre alt. Jesse ist zu seinem Vater gerannt und hat ihm gesagt, dass die Hirschkuh nicht richtig tot sei. Aber Jesses Vater hat nur gesagt: Wartet ein bisschen, die verblutet schon. Ich bin daraufhin weggelaufen und habe mich versteckt, aber Jesse ist zur Hirschkuh zurück und bei ihr geblieben, um ihren Kopf zu halten. Einen Kopf, an dem die Augen so weit aufgerissen und panisch waren, dass schon der Anblick wehtat. Er ist bei der Hirschkuh geblieben und hat sie gehalten, bis sie tot war. Ich wünschte, Jesse wäre jetzt bei mir und würde mich auch so halten.

Einsamkeit. Dunkelheit. Das Blut in meinem Kopf. Tote Arme und Beine, die an meinem Körper hängen, als würden sie bereits nicht mehr zu mir gehören. Ich könnte mehr als zwei Arme und Beine haben und würde es nicht mal merken. Vier Beine, wie eine ausblutende Hirschkuh an einem Ast. Acht Beine wie eine Spinne an ihrem Faden. Ich sehe sie vor mir. Sehe mich selbst vor mir.

«Rebekka?»

Ich halluziniere. Ich bin eine Hirschkuh am seidenen Faden.

«Rebekka.»

Etwas zieht an mir. Zieht an einem meiner vier oder sechs oder acht Beine. Die Dunkelheit um mich scheint sich zu bewegen. Da sind Arme. Jesse! Jesse ist zurückgekommen, um mich beim Sterben zu halten.

«Rebekka!» Licht funzelt in meine Augen, ich kneife sie zu. Ich hatte mir Licht herbeigesehnt, aber jetzt wo es da ist, tut es weh wie ein Messerstich. Ich verkrieche mich vor dem Licht in Jesses Armen, die ich jetzt deutlicher spüre. Er hält nicht nur meinen Kopf, sondern gleich meinen ganzen Körper.

«Danke», murmele ich, weil er gekommen ist, um mich im Sterben nicht allein zu lassen.

«Ist ja gut, Rebekka. Wir gehen jetzt nach Hause.»

JESSE

Wir müssen ein armseliges Bild zusammen abgeben. Ich mit meinem geschwollenen und zerschlagenen Gesicht und mein Vater mit seinem verbundenen Fuß, der sich inzwischen verfärbt und so übel riecht, dass ich Sorge habe, ihn bald zum Arzt bringen zu müssen. Wir haben kein Geld für einen Arzt. Wir haben keine Krankenversicherung. Alles, was wir hier oben am Berg bislang an Krankheiten hatten, haben wir alleine ausgestanden, mit Hausmitteln und, wenn nötig, mit Medikamenten aus der Apotheke. Aber wenn die Entzündung nicht bald weggeht, wird die Apotheke diesmal nicht für das reichen.

Ich stochere mit einem Stock zwischen den Steinen. Vor uns grasen die Ziegen, und in zwei Meter Abstand hockt mein Vater und stiert vor sich hin, versunken in seinen eigenen düsteren Gedanken. Er gehört ins Bett. Aber er will sich nichts anmerken lassen. Mein Vater ist keiner, der den Tag über im Bett liegt. Da kann es ihm noch so schlecht gehen.

«Weißt du, wie man einen Fuß abnimmt?», fragt er plötzlich, und vor Schreck biege ich den Stock zwischen den Steinen so weit, dass er abbricht. Mein Vater wischt sich Schweißperlen von der Stirn. Die müssen von den Schmerzen kommen, denn inzwischen ist es bei uns oben am Berg schon beinahe herbstlich kalt, vor allem am Abend. Vielleicht hat er sogar Fieber. «Weißt du's oder nicht?»

Ich sage nichts. Wir beide kennen die Antwort. Natürlich weiß ich nicht, wie man einen Fuß abnimmt. So etwas lernt man nicht in der Schule. Dort lernt man nur Dinge, die man in einer Zivilisation braucht, und das schließt nicht mit ein, ohne Arzt einen Fuß abzunehmen. Sie schließt *uns* nicht mit ein, diese Zivilisation.

Verbrechersohn.

Viel schlimmer als die Schmerzen, die ich beim Liegen, Pinkeln oder Sprechen habe, hängt mir der Gesang der Jungen nach, dieser umgedichtete Reim.

Da kam ein junger Verbrechersohn …

Auch dagegen werde ich in der Apotheke nichts finden.

Ich stelle mir vor, wie ich es anfangen würde, die Sache mit dem Fuß. Ich habe schon zugesehen, wie hier oben Zähne gezogen oder gebrochene Knochen gerichtet wurden. Der Betroffene wird mit Schnaps abgefüllt und bekommt so viele Schmerztabletten, dass er geradeso nicht abkratzt. Dann wird er festgebunden. Wenn es ums Knochenrichten geht, dann stecken sie ihm ein Stück Leder zwischen die Zähne, und wenn es ums Zähneziehen geht, dann stecken sie ihm eine Kiefersperre aus Metall in den Mund. Unser Priester hat eine Kiefersperre aus einer alten Mausefalle gebastelt, wenn man die aufsperrt, hat sie genau die richtige Größe, hat er gesagt, und dass es für alles eine Lösung gibt. Unser Priester ist sehr gut darin, für alles eine Lösung zu finden.

Wer Glück hat, der fällt beim ersten oder zweiten Mal Reißen in Ohnmacht und bekommt vom Rest der Prozedur nichts mehr mit. Aber um einen Fuß abzunehmen – da muss man doch irgendwelche Venen abklemmen, die Blutung stillen, die Wunde nähen, oder? Das kann ich nicht. Ich hoffe, dass es nicht dazu kommt. Ich hoffe, dass ich nicht unseren Priester nach einer Lösung fragen muss.

«Isaiah ist wieder da», sagt Vater plötzlich, und angesichts dieses Zufalls bekomme ich ein flaues Gefühl im Magen. Ich folge Vaters Blick: Jakobsleiter sieht in der Abendsonne dieses schönen Spätsommertages beinahe idyllisch aus. Hütten, aus denen Rauch aufsteigt, eine kleine Kapelle, vor der unser Priester steht, als sei er nie weg gewesen. Ein Attrappenpriester vor einer Attrappenkapelle. Wahrscheinlich hat er auch einen Attrappennamen.

Warum ist er verschwunden, als die Polizei aufgetaucht ist?

Genau wie Edith und ihr Vater, die immer noch nicht wieder zurück sind.

Unser Priester hat den Blick auf den Antennenmast gerichtet. Er hat keine Gelegenheit ausgelassen, uns wieder und wieder zu predigen, wie schädlich und gefährlich diese Antenne sei. Aber wer weiß schon, ob das nicht genauso eine Lüge ist wie das Märchen von den bösen Städtern? Vielleicht will er auch einfach nur die Menschen fernhalten, die mit dieser Antenne gekommen sind.

«Wie heißt er eigentlich wirklich, unser Priester?», frage ich Vater, und er zuckt die Schultern, als ginge ihn das nichts an. Für ein Leben hier oben reicht es, wenn einer kommt und einen Namen nennt. Ob der stimmt oder nicht, interessiert niemanden. Frustriert ramme ich den abgebrochenen Stock zwischen die Steine und lasse ihn dort stecken.

Vater sagt: «Lass uns Mama auf die Bank vor der Hütte setzen. Ich glaube, sie würde gerne den Sonnenuntergang sehen.»

Ich stehe auf und helfe ihm, ohne zu fragen, vom Stein auf, lege seinen Arm um meine Schulter und stütze ihn. Sein Gesicht ist schmerzverzerrt, als er neben mir den Berg hinunterhumpelt. Für Mama riskieren wir es, dass die Ziegen für einen kurzen Moment ohne Aufsicht bleiben. Zumal wir seit der Nacht, in der wir Freigeist gejagt haben, keinen Zwischenfall mehr mit einem Wolf hatten. Ich hoffe immer noch, dass Freigeist nicht verblutet ist, sondern sich nur von mir fernhält, jetzt, nachdem ich ihm wehgetan habe. So oder so – ich habe ihn verloren.

«Ich hole sie alleine», sage ich angesichts der Schweißperlen auf Vaters Stirn und setze ihn auf der Bank vor der Hütte ab. Er protestiert, aber es ist ein schwacher Protest, und so gehe ich hinein und hebe Mama vom Stuhl. Ich habe sie nie zuvor alleine getragen. Ihr Körper ist leichter als gedacht, oder vielleicht bin ich auch stärker geworden. Vielleicht bin ich erwachsen geworden und mein Vater, wie er da so kümmerlich auf der Bank hockt, alt.

Ich setze sie neben Vater, der hastig Mamas Arm nimmt, als

müsse er doch noch irgendwie helfen. Als müsse er aufpassen, dass ich sie auch ordentlich absetze. Aber das muss er nicht. Müsste ich mich ab morgen alleine um Mama kümmern, wird mir plötzlich klar, dann könnte ich das. Es ist ein beruhigender Gedanke.

Ich wende mich ab und stapfe zurück den Berg hinauf, um die Ziegen zusammenzutreiben, während meine Eltern zusammen auf der Bank sitzen und den Sonnenuntergang betrachten, als wären sie noch das Ehepaar, das sie früher einmal waren. Und einen Moment denke ich, dass mein Leben wahrscheinlich genauso aussehen wird. Ich werde auf diesem Berg wohnen und mich um meine alternden Eltern kümmern, bis sie sterben. Selbst wenn alles auf diesem Berg eine Lüge ist. Falsche Namen, vertuschte Identitäten. Denn was ist die Alternative? Wo sollte ich schon hin?

Ich treibe die Ziegen zusammen, aber als ich sie zähle, fällt mir auf, dass eins der Tiere fehlt. Mein Herz stolpert. Ich blicke zum Waldrand, blicke auf die Felsen über mir, plötzlich in der leisen Hoffnung, das graue, struppige Fell meines Wolfes zu sehen. «Freigeist?», flüstere ich, aber über mir und um mich her bleibt alles still. Ich klettere ein wenig den Fels entlang. Klettere höher und sehe mich dabei immer wieder um. Ich muss mir eingestehen, dass ich weniger auf das Auftauchen der verlorenen Ziege hoffe als auf den, der sie gerissen haben könnte. So ein Hirte bin ich.

«Freigeist?»

Ich klettere noch höher und höre plötzlich das leise Bimmeln eines der Glöckchen, die jede unserer Ziegen trägt. Dort hinter einem Stein steht sie und blickt mich arglos an, und ich versuche, nicht allzu enttäuscht zu sein. Sie hat sich nur zu weit von der Herde entfernt und in dem Geröll verirrt. Ich hebe sie hoch, und sie meckert, als ich über die Felsen zurück nach unten balanciere. Inzwischen ist es so dunkel geworden, dass ich aufpassen muss, wohin ich trete. Wenn ich mir auch noch einen Fuß breche, weiß ich nicht, wer sich noch um uns kümmern sollte.

Ich bin so konzentriert auf den Untergrund und abgelenkt von dem Gebimmel und Gemecker der Ziege, dass ich den Lärm erst bemerke, als ich schon fast bei der Herde bin. Dann aber höre ich das Gebrüll von Männerstimmen und bleibe überrascht stehen. Da ist ein Lichtschimmer, wo unsere Siedlung liegt, und es dauert einen Moment, bis ich begreife, dass dieses Licht nicht vom Sonnenuntergang kommt, der die Bergkämme in ein gleißendes Rot taucht. Denn das Licht ist unruhig, flackernd, und es gibt nur eine Möglichkeit, was das bedeuten kann: Feuer.

Die Ziege entgleitet meinen Armen, sie gibt ein lautes Meckern ab, als sie auf den Rücken fällt. Dann springt sie auf und erschrocken davon, während ich in die entgegengesetzte Richtung vorpresche. Feuer! In unserer Siedlung! Und ich habe Mama und Papa auf der Bank vor dem Haus sitzen lassen! Auf dem Weg nach unten knicke ich mehrmals um, doch ich renne weiter, ohne den Schmerz zu beachten. Ich kann es nun deutlich sehen: Aus dem Dach der Kapelle schlagen Funken und aus zwei Hütten ebenfalls. Und da sind Gestalten zwischen dem Rauch und den Flammen, mehr Gestalten, als in Jakobsleiter sein dürften. Fremde Männer, deren Betrunkenheit man bis hierher hören kann, und dazwischen unsere eigenen Männer, die sie anschreien und davon abzuhalten versuchen, die gesamte Siedlung in Brand zu stecken. Ich springe das letzte Stück die Steine hinunter, da fährt ein Stich in meinen Knöchel, ich ignoriere ihn und renne auf die Siedlung zu. Plötzlich erklingt von irgendwo ein Schuss, und dann wird das Gebrüll noch lauter. Ich halte meinen Ärmel zum Schutz gegen den Qualm vors Gesicht, als ich mir einen Weg durch den Rauch und das Chaos bahne, zu unserer Hütte. Einen Schrei höre ich deutlicher zwischen den anderen heraus. Er hebt sich ab, ist spitz und hoch, und ich weiß sofort, dass es meine Mutter ist. Seit zehn Jahren hat sie keinen Ton mehr von sich gegeben, hat immer nur apathisch dagesessen, aber jetzt schreit sie, und das lässt mich endgültig in Panik verfallen. Ich renne, so schnell ich kann. Auch bei unserer Hütte qualmt und schwelt es, von der Rückseite her, dort, wo der Ziegenpferch und die Kaninchenställe sind.

«Mama?», rufe ich und biege um die Ecke, und da sehe ich Mama in den Armen eines fremden Mannes zappeln, der sie vom Haus wegschleppen will. Ich stürze mich auf ihn. Damit hat er offenbar nicht gerechnet und ist – wie ich jetzt bemerke – sowieso zu betrunken, um das Gleichgewicht zu halten, noch dazu mit meiner Mutter im Arm. Er brüllt, als wir zu dritt zu Boden gehen – der Mann ganz unten, er stürzt rücklings, und aus seinen Lungen entweicht ächzend die Luft, als meine Mutter und ich auf seiner Brust landen. Von hinten kommt mein Vater herangehumpelt. Er greift nach Mama, die noch immer vor Angst schreit, versucht ihr aufzuhelfen, und ganz plötzlich habe ich das Gefühl, diese Szene schon einmal erlebt zu haben. Was völlig unmöglich ist, denn noch nie ist eine Horde fremder Männer in Jakobsleiter eingefallen. Der Mann auf dem Boden wälzt sich ächzend herum und versucht auf die Beine zu kommen, aber er ist wirklich betrunken. Vielleicht sind sie alle betrunken und nur deshalb hier. Sie haben sich Mut angetrunken, um uns zu lynchen. Um das Verbrechernest auszuräuchern.

Ich sehe das Rinnsal Blut am Ohr meiner Mutter. Sehe ihren Mund, jahrelang freudlos verschlossen und nun zum Schrei geöffnet. Ich sehe das verzerrte Gesicht meines Vaters. Ich kenne etwas an dieser Szene. Ich kenne es. In meinen Ohren beginnt es zu klingeln, und meine Hand fährt hoch zu meiner eigenen Wange, an der vor Kurzem auch noch Blut geklebt hat, mein eigenes, nachdem die Jungs aus Almenen mit mir fertig waren. Aber das ist es nicht, woran ich mich so plötzlich erinnere. Mama windet sich, als Vater versucht, ihr aufzuhelfen. Ihr Gesicht ist panisch. Sie sieht überhaupt nicht so aus, als verstehe sie, dass mein Vater sie nur retten und beschützen will. Vielmehr so, als würde sie gewaltsam entführt! Warum nur kommt mir das alles so bekannt vor?

Vater tritt dem Mann in die Seite, der sich gerade auf die Knie gehievt hat. Er tritt mit dem kaputten Fuß, und das muss ihm bestimmt mehr wehtun als dem Fremden, aber Vaters Gesicht ist wut-, nicht schmerzverzerrt. Ich habe ihn noch nie so erlebt – oder doch, das habe ich! Plötzlich steht mir die Szene aus jener Nacht vor Augen, in der mein Vater in die Stadt gegangen ist, um Mama zu suchen. Ich erinnere mich an sein wutentbranntes Gesicht, als er die Waffe genommen hat und aus dem Haus gestürmt ist. Als wolle er ein Tier erlegen. Ich erinnere mich daran, dass ich instinktiv Angst um sie hatte, dass ich mich ihm heulend in den Weg gestellt habe. Ein schniefender, verrotzter, kleiner Junge, der sich in der Tür aufbaut, Arme und Beine wie ein Seestern in den Türrahmen verkeilt. Und dass es nur einen Prankenhieb meines wütenden Vaters brauchte, um mich zur Seite zu stoßen. Mamas Panik, das Blut, ihr Gesicht, als sie zwei Tage später zurück waren. Er hat sie gerettet, hat er gesagt. Aber Mama sah überhaupt nicht gerettet aus. Sie sah aus wie jemand, der nie mehr gerettet werden kann, der jede Hoffnung darauf verloren hat, überhaupt noch irgendwem trauen zu können. Sie sah aus wie jetzt!

Ich blicke auf den Mann am Boden, den Fremden, den Städter, vor dem ich mich fürchten soll, einfach weil er nicht von hier ist. Und dann auf meinen Vater, der mich großgezogen hat, aber der mir plötzlich ebenso fremd ist und vor dem ich mich vielleicht ebenso fürchten sollte.

Wo wohnt das Böse wirklich?

Ich komme auf die Beine. Mir ist schwindelig. Das Feuer, der Rauch, die fremden Männer, die plötzliche Erinnerung an jene Nacht – das alles ist zu viel. Ich will zu Mama, die noch immer zwischen den beiden Männern hängt, halb im Arm meines Vaters, der weiter auf den Mann am Boden eintritt. Seine Augen sind blutrot. Er ist in Rage, und ich habe keinen Zweifel daran, dass er den Fremden umbringen wird. Ich drehe mich um, renne durch den Rauch in die Hütte, ins Zimmer meiner Eltern. Da lehnt das Gewehr hinterm Bett. Mein Vater hat es immer im Schlafzimmer, immer bei sich am Bett, sein Gewehr ist seine zweite Ehe. Ich schnappe mir die Waffe und renne zurück nach draußen, wo ich sie anlege. Ich habe das Gewehr nicht mehr in den Händen gehalten, seit ich damit auf Freigeist geschossen habe. Der Mann am Boden sieht mich als Erster. Er sieht den Lauf des Gewehrs und schreit so panisch auf, dass mein Vater von ihm ablässt und sich erstaunt umschaut. Doch ich lege nicht auf den Fremden an. Der Fremde interessiert mich nicht, denn er ist jetzt keine Bedrohung mehr für Mama. Vielleicht war er es auch nie. Es ist mein Vater, der direkt in die Mündung des Gewehrs sieht. Er erstarrt in Fassungslosigkeit, Mama an seiner Seite. Er hält sie am Arm, um sie vorm Fallen zu bewahren oder vielleicht um sie nie mehr loszulassen.

Mein Atem geht stoßweise, und mein Herz schlägt mir bis in die Schulter, bis dahin, wo das Revers mir ins Fleisch drückt. Ich bin unsicher, aber vor allem bin ich wütend. Ich habe nicht gewusst, dass ich zu so viel Wut in der Lage bin.

«Was tust du da?», stößt mein Vater hervor. In jedem Wort Fassungslosigkeit. Und weil um uns der Lärm von Kampf und Geschrei weiter aufbrandet, muss ich rufen, als ich frage: «Und du? Was hast du getan? Was hast du mit Mama gemacht?»

Wir müssen aussehen wie ein Standbild, während um uns weiter das Chaos tobt. Ich werfe einen Blick auf meine Mutter, um sicherzugehen, dass es ihr gut geht. Und da merke ich, dass ihre Augen auf mich gerichtet sind. Nicht auf diese abwesende Art, mit der sie sonst durch alles und jeden hindurchblickt. Als wären wir nur noch Gespenster in einer Welt, in der sie in Wahrheit ganz alleine ist. Sie sieht mich wirklich an. Erkennt sie mich? Weiß sie, dass ihr Sohn dasteht wie ein Scharfschütze und das Gewehr auf seinen Vater richtet?

«Was hast du mit ihr gemacht?», frage ich erneut, doch mein Vater antwortet immer noch nicht. Und dieses Schweigen, dieses ewige Schweigen, gibt mir den Rest. Ich ziele und drücke ab. Der Knall ist so laut, dass er meine Ohren klingeln lässt und für einen Moment allen anderen Lärm um mich herum betäubt. Vater krümmt sich erschrocken zusammen, und hinter dem auffliegenden Dreck kann ich sehen, wie er einen überrumpelten Satz zurück tut und Mama mitreißt. Er hätte nicht damit gerechnet, dass ich wirklich schieße. Mama hält noch immer ihren Blick auf mich gerichtet. Und ich habe das Gefühl, dass sie mich klarer anblickt, als sie es in Jahren getan hat.

«Jesse!», ächzt mein Vater.

Und ich rufe: «Ich will jetzt die Wahrheit hören!»

Ein weiterer Mann kommt ins Sichtfeld, von irgendwo hinter der Hütte. Wahrscheinlich hat er den Schuss gehört, hat gedacht, dass ich auf einen seiner Saufkumpel geschossen habe. Doch als er mich mit dem Gewehr sieht, erkennt, auf wen ich es wirklich richte, bleibt er erstaunt stehen. Wahrscheinlich bestätigt ihm das alles, weswegen er und seine Freunde hergekommen sind: Die Siedlung hier oben ist so kriminell, wir schießen auf alles, selbst auf unsere eigenen Leute. Zur Sicherheit gebe ich auch noch einen Warnschuss in seine Richtung ab, ziele ein paar Meter vor seine Füße, einfach weil ich es kann und weil es ja das ist, was er ohnehin von mir erwartet. Da reißt er die Hände in die Höhe und springt hinter die schützende Hütte zurück. Ich richte die Waffe wieder auf meinen Vater.

«Hast du ihr das angetan?», fahre ich ihn an. «Hast du Mama so zugerichtet?»

Er bricht vor meinen Augen zusammen. In seinem Gesicht liegt ein Schmerz, der sehr alt sein muss, denn er hat sich tief in seine Züge eingegraben. Vater sinkt zu Boden und nimmt Mama mit sich. Er klammert sich an sie, als wäre er es, der plötzlich gerettet werden muss. Er schluchzt, zieht sie zu sich heran und wiegt sie in seinem Schoß. Vater weint. Zum ersten Mal sehe ich meinen starken Vater weinen.

Es gibt Emotionen, die keine Worte brauchen. Vater ist nicht nur Schmerz, er ist auch schuld. Er drückt es mit jeder Pore seines Körpers aus, als er Mama vor und zurück wiegt und in ihre Halsbeuge weint. Um uns herum kann ganz Jakobsleiter abfackeln, fremde Männer können alles einreißen, sein Sohn kann mit einer Waffe auf ihn zielen. Für meinen Vater ist gerade nichts schlimmer als die Bilder seiner Erinnerungen. Und darum lasse ich das Gewehr sinken.

Meine Augen sind ganz trocken. Sie brennen nur von dem Rauch. Und in meinem Magen brennt ebenfalls etwas. Eine Mischung aus Wut und Übelkeit über den Verrat brennt da. Es war mein Vater, der den Verstand aus meiner Mutter geprügelt hat. Seinetwegen erkennt sie uns nicht mehr, lacht nicht mehr, kann mit niemandem mehr sprechen. Aus einer Mama, die in meiner Kindheit Lächeln und Geruch nach frischem Brot und Versteckspielen zwischen Wäscheleinen war, hat er einen Pflegefall gemacht, der in unserer Hütte sitzt wie in einem Gefängnis und tagein, tagaus durch das Guckloch einer Holzwand starrt.

«Warum?», frage ich. Ich trete an meine Eltern heran, das Gewehr ist nur noch ein unbedeutender Gegenstand, ein verlängerter Arm, der an mir herabhängt. Die Erinnerung ist Strafe genug für meinen Vater. Wie hat er damit überhaupt all die Jahre leben können?

Seine Augen sind zugedrückt und sein Mund zum Heulen aufgesperrt, da hängt ein Speichelfaden zwischen seinen Zähnen, und es ist mir unangenehm, ihn so zu sehen. Zu sehen, wie er Mama weiter vor und zurück wiegt. Ich will sie von ihm wegziehen, bevor er sie in seinem Schmerz und seiner Schuld und seinem Hemd erstickt. Darum gehe ich vor ihm in die Hocke und löse vorsichtig seine verkrampften Hände von ihrem Hinterkopf.

«Sie wollte mich verlassen», heult Vater, und seine Arme werden schlaff. «Sie wollte mich verlassen!» Nur das. Aber die Worte schaffen das, wofür die fremden Männer extra den Berg heraufgekommen sind, mit ihrem Zorn und ihrem Feuer. Sie haben die falschen Waffen mitgenommen. Es braucht gar kein Benzin und keine Feuerzeuge, um meine Heimat in Schutt und Asche zu legen. Es braucht nur die Wahrheit.

SMILLA

Es gibt nicht viele Gaststätten in der Nähe der Klinik. Das einzige Restaurant hier im Vorort, ein Italiener, hat keinen Tisch mehr frei, und gegen das McDonald's an der Autobahnausfahrt wehrt sich Greco vehement. Er hat offenbar seine Prinzipien.

Wir könnten natürlich in die Innenstadt fahren, aber die ist mit dem Auto gute dreißig Minuten entfernt, die Parkplatzsuche nicht mitgerechnet, darum schlägt er schließlich «das Greco» vor. Und ich antworte wie eine Idiotin: «Das Greco?» Weil ich im ersten Moment wirklich denke, es handele sich um einen Griechen, den ich noch nicht kenne.

Er grinst, und da verstehe ich. Ich will ablehnen, Juli, wirklich. Ich habe ebenfalls meine Prinzipien, und eines davon lautet, nicht mit wildfremden Männern nach Hause zu fahren. Die Sache mit dir im Wald hat mich geprägt. Ich bin vorsichtiger als andere Frauen in unserem Alter, das war ich schon während der Schul- und Studienzeit. Außerdem schaue ich zu viele Krimis und Thriller und habe eine Mutter, deren Lieblingsthema Mordkomplotte und Entführungsszenarien sind. Dass einer einen Doktortitel hat und so weiße Zähne wie dieser Greco, heißt überhaupt nichts. Ganz im Gegenteil, denn dieser hier hat seinen Doktor in Psychologie gemacht. Ich wüsste nicht, welchen Menschen ich weniger trauen würde als Psychologen und Psychiatern.

Aber da ist das Rätsel um dich, Juli. Da ist dieses Mädchen, das allem Anschein nach deine Tochter sein könnte. Und am Ende habe doch ich David Greco aufgegabelt und nicht umgekehrt, oder? Auch wenn jetzt, wo ich wieder in sein Auto steige und wir den Parkplatz des Italieners verlassen, um zu ihm nach Hause fahren, alles anders aussieht. Warum noch mal wollte er mich zum Essen einladen?

Die Frage beschäftigt mich die ganze Fahrt hindurch, die bis auf das Radio in Stille verläuft. Ich schaue ein paarmal nervös auf die Uhr und stelle fest, dass seine Wohnung in Wahrheit auch nicht näher zur Klinik liegt als die Innenstadt. Wir fahren lediglich in die entgegengesetzte Richtung, denn sein Haus liegt im Nirgendwo. Außer dem modernen Bau, in dem Greco wohnt, gibt es rechts und links nur unbebautes Land. Was immerhin stimmt, ist, dass wir hier kein Parkplatzproblem haben. David Grecos Tiefgarage ist so groß, dass sich die Wohnung meiner Eltern bequem darin unterbringen lassen würde. Und dazu so leer und steril wie eine Leichenhalle.

«Wo sind denn Ihre anderen fünf Autos?», frage ich, als ich mich abschnalle, aber er versteht den Witz nicht. Er ist überhaupt ein komischer Typ, Juli. So einer von der Sorte, die auch den obersten Hemdknopf zumachen und wahrscheinlich eine Liste über ihr Haushaltsinventar führen. Ich folge ihm in den Fahrstuhl, der uns in eine Wohnung bringt, die ebenso steril und modern ist wie die Tiefgarage. Sollte David Greco wirklich eine Liste über sein Haushaltsinventar führen, dann ist diese kurz. Ich kann nicht anders, als die Leere hier mit dem chaotischen Sammelsurium an Möbeln, Deko, Jacken, Schuhen und Krimskrams bei uns zu Hause zu vergleichen.

Greco bietet mir Saft aus einem Edelstahlkühlschrank an, er hat Apfel oder Orange. Am liebsten möchte ich ihn fragen, wie alt er mich eigentlich schätzt. Bis vor ein paar Jahren hat man mir im Supermarkt an der Wursttheke immer noch eine Scheibe «Bärchenwurst» angeboten. So in der Art fühle ich mich jetzt auch.

«Orange, danke», sage ich. Das Glas in der Hand, drehe ich eine Runde, um mich umzusehen, während Greco in der Küche verschwindet. Es ist ein Apartment, zu dem eher Rotwein oder Prosecco gepasst hätten. Eine niedrige Couch, ein niedriger

Tisch, eine Lampe und ein Flachbildfernseher an der Wand. Interessant, dass man Minimalismus immer genau dort antrifft, wo die Leute das Geld haben, sich eigentlich viel mehr zu leisten. Würde ich meinen Eltern vorschlagen, unser Haus um zwei Drittel der Möbel und des Krimskrams zu erleichtern, der sich dort über Jahrzehnte angehäuft hat, dann würden sie mir einen Vogel zeigen und sagen, das habe doch alles Geld gekostet.

Ich höre Greco aus der Küche mit Töpfen und Kochgeschirr klappern. Auf dem Wohnzimmertisch liegen Zeichnungen neben einer schwarzen Mappe. Ich trete näher und lege den Kopf schräg, um die oberste zu betrachten. Es ist ein Wald. Beinahe fotografisch. Interessiert beuge ich mich herab und hebe das Blatt Papier an, um auch die darunterliegenden zu betrachten. Blumen, Bäume, Berge, Felsen. Alle mit der gleichen, akribischen Feinarbeit gezeichnet.

Ich spüre eine Bewegung, zucke zusammen und lasse vor Schreck die Bilder los. Sie gleiten unter den Tisch, als ich zu Greco herumfahre. Er steht direkt hinter mir. Jede Freundlichkeit ist aus seinem Gesicht gewichen.

«Sorry», sage ich ertappt, aber da hat er schon einen Schritt an mir vorbeigemacht, hockt sich hin und rafft die heruntergefallenen Zeichnungen zusammen, um sie wieder in die Mappe zu stecken.

«Wie ich sehe, haben Sie bereits gefunden, wonach Sie gesucht haben», sagt er. Und das verwirrt mich so sehr, dass ich gar nicht weiß, was ich darauf antworten soll.

«Es tut mir leid», sage ich deshalb einfach noch mal. «Ich habe nur die Zeichnungen gesehen und fand sie interessant. Ich finde – Sie malen wirklich gut!»

Die Mappe noch auf den Knien, sieht er sich um und blickt mich misstrauisch an. «Warum sind Sie hier?», fragt er.

Ich lächle unsicher. «In erster Linie, weil Sie mich eingeladen haben, oder?»

«Sie brauchen gar nicht so unschuldig zu tun, ich weiß ja, dass Sie von der Presse sind. Haben Sie mich wegen des Mädchens gesucht?»

«Nein!», sage ich prompt, obwohl er damit ja eigentlich den Nagel auf den Kopf getroffen hat.

«Haben Sie Fotos hiervon gemacht?»

«Von den Zeichnungen? Nein!» Und dann dämmert es mir. Nicht Greco hat die Zeichnungen angefertigt, sondern das Mädchen – deine Tochter, Juli. Ich brauche einen Moment, um das zu begreifen. Sie ist erst neun Jahre alt! Da malt man doch eigentlich noch zweidimensionale Männchen mit Rechteckkörpern und Strichbeinchen, oder nicht? Kann eine Neunjährige überhaupt so malen? Aber wenn ich so darüber nachdenke, Juli, dann hast du früher auch immer gern gemalt. Du warst gut in Kunst. Auch wenn es niemals an das Talent dieses Mädchens herangereicht hätte.

In meinem Gesicht muss echte Verwirrung liegen, denn als Greco sich wieder aufrichtet, ist der harte Zug um seinen Mund verschwunden. Er legt die Mappe auf den Wohnzimmertisch zurück.

«Das hier sind vertrauliche Patienteninformationen», sagt er, und ich versichere noch einmal: «Ich habe keine Fotos gemacht.» Ich ziehe sogar das Handy aus der Tasche, um es ihm zu beweisen, aber er winkt ab.

«Hören Sie, ich bin wirklich nicht im Auftrag meiner Redaktion hier», sage ich. «Ich bin da nur die dumme Volontärin vom Dienst, und ich hasse den Job! Außerdem haben *Sie* mich auf dem Parkplatz aufgesammelt und zu sich eingeladen, nicht umgekehrt, oder?»

«Ja, nachdem Sie mir dort aufgelauert und meinen Wagen kaputt gemacht haben.»

«Und laden Sie jeden, der das tut, zum Abendessen ein?»

«Das ist das erste Mal», sagt er, ohne eine Miene zu verziehen.

Dann kratzt er sich im Nacken und betrachtet mich, als würde er seine Entscheidung gerade bereuen.

«Ich habe wirklich gedacht, dass die Zeichnungen von Ihnen sind», sage ich noch einmal. «Aber so oder so, ich hätte sie nicht durchsehen sollen. Tut mir leid.»

In der Küche hören wir etwas zischen. Das Geräusch, das Wasser macht, wenn es überkocht und auf die heiße Herdplatte fließt. Greco dreht sich rasch um und eilt in die Küche.

«Soll ich Ihnen helfen?», rufe ich ihm nach, und als er nicht antwortet, folge ich ihm. Er hat sich Kochhandschuhe übergezogen und gießt einen Topf Nudeln ab. Der Wohnung nach zu urteilen, hätte ich mit Austern, Hummer oder ähnlich Abgefahrenem gerechnet. Aber ich bin froh, dass es etwas gibt, mit dem ich was anfangen kann. Auch hier ist alles sehr steril, sehr aufgeräumt, sehr sauber. Es ist mir ein Rätsel, wie eine Küche so aufgeräumt und sauber sein kann, wenn man doch nicht einmal den Kochprozess abgeschlossen hat. Wenn bei uns zu Hause gekocht wird, sieht es aus wie in einem Kriegsgebiet.

«Ich habe keine Kapern in die Soße getan, weil ich annehme, dass Sie nicht so der Typ dafür sind.» Er sagt das sachlich, als stelle er eine Diagnose, und obwohl er damit ins Schwarze getroffen hat, frage ich mich überrascht, woran man sie wohl erkennt, diese Kapern-Typen.

«Ist das etwas, das man im Psychologiestudium lernt?», frage ich.

«Medizin», korrigiert er.

«Bitte?»

«Ich bin Psychiater, kein Psychologe. Ich habe Medizin studiert und anschließend eine Ausbildung zum Facharzt für Psychiatrie und Psychotherapie gemacht. Als Psychologe studiert man Psychologie. Als Psychiater Medizin.»

Ich nicke, obwohl mich diese Feinheit wenig interessiert. Psychologe, Psychiater oder psychisch Kranker – die unterscheiden sich nur durch die Ausbildung. Außerdem bin ich ziemlich überzeugt davon, dass die meisten, die diesen Berufszweig wählen, in Wahrheit sich selbst therapieren wollen. Ich betrachte Greco, der nach außen hin so kontrolliert und professionell wirken will, aber dann ganz spontan eine junge Frau auf dem Parkplatz einsammelt und zum Abendessen einlädt. Wie sieht wohl seine Vergangenheit aus, die er therapieren muss?

Die Stimmung zwischen uns ist angespannt, als wir essen, vermutlich weil keiner von uns so richtig weiß, was er von dem jeweils anderen zu erwarten hat. Ich habe mir vorher nicht überlegt, wie ich das Thema auf das Mädchen bringen soll, und er blockt jeden noch so kleinen Versuch in diese Richtung ab. Er lässt mich vor die Wand laufen, bis ich schließlich aufgebe. Wenn ich hier weiterkommen will, dann muss ich mit der Wahrheit rausrücken.

Ich fasse mir ein Herz, als ich ihm dabei helfe, das Geschirr in die Küche zu bringen. Meine Hilfe hat er natürlich abgewehrt. Das Geschirr könne er auch später abräumen, hat er gemeint. Aber nach allem, was ich inzwischen über ihn weiß, ist mir klar, dass er nicht der Typ ist, der das Ab- oder Aufräumen gerne verschiebt. Um das zu erkennen, brauche ich nicht einmal ein Psychologie- oder Medizinstudium.

«Hat das Mädchen eigentlich auch eine Frau gemalt?», frage ich, als ich die Teller kurz unter fließendes Wasser halte und dann in die Spülmaschine stelle, die glänzt, als sei sie nie benutzt worden.

Er runzelt die Stirn. Ich erwarte, noch einmal darüber aufgeklärt zu werden, dass das vertrauliche Patienteninformationen sind und er nichts davon preisgeben kann. Aber stattdessen trocknet er sich sehr lange und umständlich die Hände ab und fragt schließlich: «Wie kommen Sie darauf?»

Ich hole Luft, drehe mich von der Spülmaschine zu ihm um und sage: «Weil vor zehn Jahren meine beste Freundin entführt wurde und sie genauso aussah wie dieses Kind.»

Jetzt ist es raus, Juli. Ich hatte es niemandem erzählen wollen, bevor ich nicht selbst noch einmal mit dem Kind geredet habe. Ich wurde schon zu oft für alle möglichen Theorien zu deinem Verschwinden für verrückt erklärt.

Greco trocknet sich noch immer die Hände ab, jeden Finger einzeln. Sollte er meine Idee für abwegig halten, dann lässt er es sich zumindest nicht anmerken. Wahrscheinlich kommen ihm bei seiner Arbeit in der Klinik die verrücktesten Leute unter, und er wundert sich über nichts mehr.

«Vor zehn Jahren?», sagt er, und als ich nicke, legt er nachdenklich das Handtuch beiseite. «Das ließe sich doch sicher leicht mit einem DNA-Abgleich herausfinden? Haben Sie denn der Polizei schon von Ihrem Verdacht erzählt?»

«Nein, ich – hatte gehofft, erst einmal mit Ihnen sprechen zu können», sage ich und erwähne lieber nicht, dass ich in der Vergangenheit schon mit zu vielen Verdachtsfällen zur Polizei gelaufen bin. So vielen, dass die Polizei inzwischen sogar aufgehört hat, den Hinweisen überhaupt nachzugehen. «Ich muss einfach wissen, ob sie vielleicht dort oben auf diesem Berg ist, verstehen Sie? Ob sie vielleicht noch lebt!»

Ob du noch lebst, Juli. Wie sich das anhört. Wie sich das anfühlt. Ich habe das vorher noch nie so ausgesprochen. Wenn ich bei den Psychologen und Ärzten auf der Couch gelegen habe, dann ging es immer um Bewältigungsstrategien, wie ich mit deinem Tod klarkommen sollte und mit der Schuld, die ich daran trage. Denn das ist es ja, wovon alle ausgehen. Du musst tot sein, Juli, damit endlich alle damit abschließen können, einschließlich deiner Eltern. Das Einzige, was schlimmer ist als der Tod, ist die Unwissenheit der Hinterbliebenen. Die Vorstellung, dass du vielleicht zehn Jahre mit dem Teufel zusammengelebt hast – darauf gewartet hast, dass wir dich suchen und retten, während hier unten alle die Hoffnung aufgegeben haben –, ist ein schrecklicher Gedanke.

«Sie hat nie eine Frau gemalt», sagt Greco, und ich weiche seinem Blick aus, der sich anpirscht und meine Reaktion beobachtet. Ich mag sie einfach nicht, diese Seelenklempner.

«Möchtest du – über deine Freundin sprechen?», fragt er. Ganz plötzlich ist er zum Du übergegangen. Ich bin jetzt die Frau auf der Couch.

«Nein.»

«Ihr müsst ja noch kleine Kinder gewesen sein, damals.»

«Ich sagte, darüber möchte ich nicht sprechen.»

Er hebt die Hände, zieht sich kaum merklich zurück. Der Naturforscher hat das Tier verschreckt. Jetzt muss er kurz im Dickicht warten, bevor er einen neuen Vorstoß wagen kann.

«Im Übrigen waren wir keine kleinen Kinder, sondern Jugendliche. Sechzehn Jahre», spucke ich aus. «Ich bin inzwischen sechsundzwanzig!»

Darauf sagt er nichts, aber seinem Blick ist anzusehen, dass er mich jünger geschätzt hätte. Vermutlich gerade alt genug, um Auto zu fahren. Und mit meiner Aussage, ich sei noch in der Ausbildung, habe ich ihm diese Einschätzung sicher bestätigt.

«Wollen wir vielleicht zurück ins Wohnzimmer gehen?», fragt er, nun leicht verunsichert. «Und – ein Glas Wein trinken?»

Ich muss lachen, so offensichtlich ist es, wie sich sein Bild von mir gerade verändert hat. Aber es ist ein trauriges Lachen, wie immer, wenn meine Gedanken noch bei dir sind, Juli.

Ich nicke und gehe voran ins Wohnzimmer, und als Greco wenig später mit zwei Gläsern Wein dazukommt, dessen Name und Jahrgang mir nichts sagen, weil ich mich nicht mit Wein auskenne, als wir uns aufs Sofa setzen und sich alles gar nicht nach einer Therapiestunde, sondern einfach nach einem netten Abend anfühlt, da ertappe ich mich dabei, wie ich plötzlich doch von dir erzähle. Ich erzähle ihm, wie du warst und wie ähnlich dir dieses Mädchen ist und dass mir all das nur deshalb nicht früher aufgefallen ist, weil ich zu sehr auf den Wolf konzentriert war. Er nickt und ist überhaupt nicht irritiert von dem, was ich erzähle. Und er sagt auch nach einer Stunde nicht, dass die Zeit jetzt abgelaufen sei und ich doch schon richtig Fortschritte gemacht hätte.

Er wartet einfach ab, bis ich alles gesagt habe, was ich eigentlich gar nicht hatte sagen wollen, kratzt sich dann noch einmal im Nacken und meint schließlich: «Mit anderen Worten: Die Fliegen haben gewechselt, aber die Scheiße ist dieselbe geblieben.»

Ich glaube, wenn dieser Greco kein Psychiater wäre, könnte ich ihn mögen, Juli.

ISAIAH

Brüder, ich habe es euch gesagt. Ich habe gesagt: Sie werden kommen, um über uns zu richten. Jetzt waren sie da. Nicht mit Steinen sind sie gekommen, sondern mit Feuer, wie die Teufel selbst!»

Ich stehe vor ihnen, meinen Schäfchen, diesen Doofköppen, in würdevoller Haltung und in meinem Gewand, weil ich auch nach all dem, was passiert ist, immer noch ihr Priester bin. Idioten brauchen immer einen Anführer, der ihnen das Denken abnimmt.

«Es ist Zeit zu handeln! Jetzt, solange die Kohlenreste noch schwelen! Unten im Tal werden sie annehmen, die betrunkenen Scheißkerle selbst hätten die Antenne in Brand gesteckt. Sie sind mit Feuer zu uns gekommen, und jetzt werden wir mit Feuer antworten!»

Ich brülle meine Worte gewaltig in die Runde und breite die Arme aus wie ein Heeresführer in einem Fantasyfilm. Ich habe früher gerne diese Art von Filmen geschaut. Die mit dem mächtigen Anführer, der auf einem Pferd vor den Männern auf und ab reitet, um sie in die alles entscheidende Schlacht zu schicken. Es braucht eine starke Persönlichkeit, um diesen Effekt zu erzielen. Und die habe ich, das wusste ich schon immer. Schon lange bevor ich in dieses Nest gekommen bin. Ich wäre keiner von denen gewesen, die im Gefängnis von den anderen Insassen gefickt werden. Ich wäre derjenige gewesen, der einen Ausbruch organisiert hätte, wie es ihn in der Geschichte noch nie gegeben hat.

Ich ziehe die Pose ein wenig in die Länge, um den Moment auszukosten, klappe dann die Bibel zu und trete vom Turm zurück.

Die weiße Kapuze rutscht herunter, als ich den Kopf in den Nacken lege, um zuzusehen, wie sie am Turm hochklettern, meine Schützlinge, diese Affen. Der eine ist Jesse, der dank meiner Überzeugungskraft endlich auch der Ansicht ist, dass die Antenne letztendlich schuld am Verschwinden seiner kleinen Freundin ist. Und der andere ist Abel, bei dem die Hennen immer noch keine vernünftigen Eier gelegt haben. Der Hornochse ist so knauserig mit dem Futter, dass seine Tiere völlig runtergehungert sind. Natürlich legen sie keine Eier. Eine Frau, die du nicht ordentlich fütterst, kann dir auch keine Kinder gebären.

Jesse und Abel haben Brennstoff dabei und eine Scheißwut im Gesicht, so wie alle, die um den Mast versammelt sind. Ich hätte sie heute alle dort hinaufschicken können, jeden Einzelnen von ihnen. Ich hätte nur mit dem Finger schnippen müssen. Aber ich habe die zwei mit den gesündesten Armen und Beinen gewählt. Die mit der größten Desillusion in den Augen. Enttäuschung macht gefügig und hörig.

Zwei Häuser sind abgebrannt und ein Stall. Das Dreckspack aus den Dörfern war das Zünglein an der Waage, das es noch gebraucht hat. Ich müsste ihnen fast dankbar sein, dass sie hergekommen sind, um diese beschissene Siedlung abzufackeln.

Die Antenne beginnt zu qualmen und fängt endlich Feuer. Das Feuer folgt Jesse und Abel, als sie den Turm wieder herunterklettern.

Ich habe kein Weihwasser, aber Spucke tut's auch. Mit dem Finger male ich Abel ein feuchtes Kreuz auf die Stirn, als er wieder unten ist, obwohl hinter dieser Stirn bekanntlich nicht viel los ist und ein Kreuz da kaum helfen wird. Jesse aber will sich von mir nicht segnen lassen. Er springt den letzten Meter vom Turm ins Gras und marschiert an mir vorbei.

Ich beschließe, ihm diese Dreistigkeit ausnahmsweise durchgehen zu lassen. Denn jetzt, als die Arbeit endlich getan ist, fühle ich zum ersten Mal so etwas wie Frieden.

Vor mir brennt die Antenne wie eine Fackel in der Nacht. Eine Fackel des Triumphs, ein olympisches Feuer. Mir, Isaiah, ist gelungen, was so viele vor mir vergeblich versucht haben und noch versuchen werden.

Ich habe die Zeit bezwungen.

«Brüder, nehmt das Feuer als ein Zeichen, als einen Leuchtturm in der Nacht, der uns den Weg weisen wird, wenn wir diesen Ort verlassen müssen!», rufe ich, um auch diesen Samen schon mal zu säen. Denn natürlich werden wir uns ein neues Jakobsleiter suchen müssen, jetzt wo ein ganzer Landstrich weiß, wer wir sind.

Sie hören mir nur mit halbem Ohr zu und können den Blick nicht von dem Feuer abwenden, das die Antenne frisst. Die Faszination eines Scheiterhaufens, auf dem man die Hexe verbrennt.

Wenn ich es will, dann folgen sie mir sogar ins Mittelalter.

So ein Anführer bin ich.

SMILLA

Es ist lange nach Mitternacht, als wir wieder auf dem Klinikparkplatz ankommen. Trotz des ungünstigen Starts, an den noch immer die Delle in Grecos Beifahrertür erinnert, muss ich zugeben, dass es ein schöner Abend war. Gut, Greco ist total zugeknöpft, er versteht keine Ironie, er ist ein absoluter Sicherheitsfanatiker und obendrein auch noch Psychiater – aber mal abgesehen davon ist er ein Mann, den ich wirklich gernhaben könnte.

Anhand dessen, was er mir über seinen Lebenslauf erzählt hat, schätze ich ihn auf Ende dreißig oder Anfang vierzig. Vielleicht auch etwas jünger, wenn er ein Überflieger ist und seine zahlreichen Abschlüsse schneller als in der Regelstudienzeit absolviert hat – und das könnte ich mir bei ihm durchaus vorstellen. Ich ertappe mich bei dem Gedanken, was meine Eltern sagen würden, wenn ich einen Mann mit nach Hause bringe, der über vierzig ist.

Mein Handy klingelt.

«Tut mir leid, ich muss da schnell rangehen», sage ich, als ich sehe, dass es mein Vater ist. Er will wissen, wo ich bin, weil er sich Sorgen macht, «irgendein Perverser» könnte mich aufgegabelt haben. Ich mag inzwischen sechsundzwanzig sein, aber ich bin immer noch seine Tochter.

«Alles okay», versichere ich ihm mit einem raschen Seitenblick auf Greco, dessen amüsiertes Gesicht verrät, dass er das mit dem Perversen gehört hat. Mein Vater hat die Angewohnheit, sehr laut in den Hörer zu sprechen, als wolle er die Entfernung auch ohne Telefonverbindung überbrücken. Um mir weitere Peinlichkeiten zu ersparen, schnalle ich mich ab und schlüpfe aus dem Auto.

«Ich komme gleich nach Hause.»

«Wenn Mama und ich in zwanzig Minuten nichts von dir hören ...»

«Ich bin sechsundzwanzig, Papa. Während meines Studiums habt ihr oft tagelang nichts von mir gehört.»

«Da hast du aber auch nicht zu Hause gewohnt.»

Ich seufze. «In Ordnung, ich rufe euch an, wenn ich losfahre.» Ich lege auf und setze mich zurück in Grecos Auto, obwohl es dafür streng genommen keinen Grund gibt. «Tut mir leid», sage ich, aber bevor er noch etwas erwidern kann, klingelt plötzlich sein Handy, und wir müssen beide lachen.

«Vielleicht ist das jetzt mein Vater», sagt Greco, und als er den Anruf entgegennimmt, korrigiere ich meinen ersten Eindruck von ihm: Greco ist durchaus zu Humor fähig. Er wirft nur nicht so unkontrolliert mit Ironie um sich, wie ich es manchmal tue. Gerade zupfe ich eine Fluse von meinem Kleid, während ich abwarte, bis Greco mit seinem Anruf fertig ist, da fällt mir seine besorgte Miene auf.

«Ich verstehe nicht», sagt er mehrmals, und dann fährt er sich mit der Hand durchs Gesicht und schaut mich an, als sähe er mich zum ersten Mal.

«Was ist los?», frage ich, als er aufgelegt hat.

«Das war die Klinik. Das Mädchen ist weg.»

«Weg?», wiederhole ich, ebenso fassungslos wie er. «Was heißt das, weg? Wohin? Kann sie entführt worden sein?»

Er streicht sich noch einmal mit der Hand durchs Gesicht. Er ist nervös. Aber da ist noch etwas anderes. Ich sehe es in diesem Blick, mit dem er mich weiterhin prüfend mustert.

«Wenn du ... irgendetwas damit zu tun hast –»

«Ich?», unterbreche ich ihn geschockt, ehe er den Satz beenden kann.

«Na ja, der Zufall ist schon ziemlich groß, oder? Du stehst da auf dem Parkplatz, haust mir eine Delle ins Auto. Fast wie ein … Ablenkungsmanöver.»

«Ich sagte doch schon, das mit der Delle war nicht beabsichtigt!»

«Ja, klar. Das hast du gesagt. Und du hast auch gesagt, dass du eine Freundin besuchen wolltest, nach Besuchsende! Und dass du mich nicht kennst.»

«Und wie soll ich das bitte gemacht haben?», fahre ich ihn an. «Ich war doch die ganze Zeit bei dir in der Wohnung. Soll ich vielleicht einen Entführer angeheuert haben, oder was?»

Er zuckt die Schultern, kaut auf der Unterlippe. «Auf jeden Fall ist sie weg.»

«Ja, aber *ich* habe damit nichts zu tun!»

Er kaut weiter auf der Unterlippe, starrt geradeaus.

«War im Laufe des Tages irgendjemand da, der nach ihr gefragt hat?», hake ich nach. «Ich meine, es ist ja immer noch nicht bekannt, wer die Eltern sind. Könnte es nicht sein, dass …»

«Na klar hat jemand nach ihr gefragt!», fährt Greco dazwischen. «Die halbe Welt hat nach ihr gefragt! Deine ganzen Pressekollegen!»

Ich übergehe den Seitenhieb. Er ist nur aufgebracht. Ich habe ihm längst erklärt, dass ich unfreiwillig bei der Presse gelandet bin. «Dass sich niemand öffentlich melden will, nachdem sie im Wald aufgesammelt wurde, zeigt doch nur, dass jemand etwas zu verbergen hat. Und nun hat dieser Jemand Schritte unternommen, um sie unbemerkt aus der Klinik …»

«Das sind doch alles nur Vermutungen, Smilla!», fällt er mir ins Wort. «Genauso wie deine Spekulation um diese Juli! In deinen Augen ist der Vater des Mädchens ja vielleicht der Verbrecher, der deine Freundin vor zehn Jahren entführt hat! Aber hast du dir mal Gedanken darüber gemacht, dass alles auch ganz anders sein könnte?»

Ich starre ihn an. Bis gerade eben hatte ich mir vorstellen können, diesen Mann wirklich zu mögen. Bis gerade eben hatte ich geglaubt, den Abend noch retten zu können, wenn ich die Diskussion auf eine sachliche Ebene zurückbringen könnte. Aber jetzt ist auch bei mir die Stimmung gekippt. *Diese Juli*, hat er gesagt, als wärst du nur irgendwer. *Alles nur Vermutungen*. Er ist genauso ignorant wie alle anderen. Ich steige aus, werfe die Tür wütend hinter mir zu und steige in mein eigenes Auto. Dies wäre der richtige Moment für einen aufheulenden Motor und quietschende Reifen. Aber mein kleiner Fiat hat lediglich 60 PS und hustet erbärmlich, als ich an Greco vorbeirausche.

Erst als ich bereits auf der Landstraße bin und das klingelnde Handy in meiner Tasche mich daran erinnert, dass ich mich bei meinen Eltern melden sollte, macht die Wut auf David Greco einer drängenden Sorge Platz. Ich muss an das Wolfsmädchen denken. An deine Tochter, Juli. Sie wurde entführt. Und wenn ich recht habe, von genau demselben Mann wie du vor zehn Jahren.

REBEKKA

Er hat mich gerettet. Wie falsch das klingt. Er ist mein Entführer, mein Peiniger. Die Verkörperung von allem, was ich inzwischen verabscheue und hasse. Und trotzdem hat er mich gerettet. Ich frage mich, warum.

Er hat zu mir in die Höhle kriechen müssen, um mich da herauszuholen. Das Seil hatte sich irgendwo verhakt, und er musste es lösen.

Stattdessen hätte er mich einfach hängen und verdursten lassen können. Er hätte mich sterben lassen können, an dem übermäßigen Druck in meinem Kopf. Warum zum Teufel hat er mich gerettet?

Vielleicht will er den Ausgang tatsächlich finden. Vielleicht weiß er in Wahrheit gar nicht, ob es sich um eine Höhle oder um einen Tunnel handelt, und er braucht jemanden, um es für ihn herauszufinden. Aber warum gibt er mir dann keine Taschenlampe? Was soll dieses Spielchen mit dem Seil und mit der Zeit, zu dem ich doch ganz offensichtlich nicht tauge? Sieht er nicht, dass ich den Ausgang niemals finden werde? Ich bin nicht die Ratte, die er für seine Spielchen braucht.

Ich liege auf dem Kellerboden, starre auf das Weinregal und lausche auf Schritte, die nicht kommen. Ich glaube, er will mir ein paar Tage Ruhe geben, nach dem, was passiert ist. Ruhe, um zu heilen, was nicht mehr heilbar ist. Denn die Dunkelheit aus dem Schacht ist zu mir in den Keller gezogen. Wann immer ich die Augen schließe, ist sie da. Ich hänge kopfüber in dem Loch und spüre meine Arme und Beine nicht. Ich spüre meinen Atem nicht. Ich versuche zu schreien, und wenn es mir dann endlich gelingt, dann wache ich davon auf und bin schweißgebadet. Ich darf nicht schlafen. Meine einzige Möglichkeit zu heilen besteht darin, mich wach zu halten und, soweit es geht, zu vergessen.

Mein Blick hängt noch immer am Weinregal. Ich zähle die Flaschen, um nicht einzuschlafen. Und auch weil ich einen Plan habe. Unendlich langsam rolle ich mich auf die Seite. Mein ganzer Körper schmerzt, als ich auf das Regal zukrieche. Ich ziehe die erste Flasche aus dem untersten Fach, richte mich auf und schlage den Flaschenkopf gegen das Regal. Beim ersten Mal bleibt die Flasche heil, aber als ich noch mal zuschlage, härter diesmal, da bricht der Hals mit lautem Klirren ab, und die Hälfte des Inhalts spritzt auf meine Kleidung und verteilt sich auf dem Boden. Ich lausche angespannt, ob er das Klirren oben, in seinem Wohnzimmer, gehört hat. Aber alles bleibt still. Ich setze die Lippen an die scharfkantigen Scherben des Flaschenbauchs und gieße den übrig gebliebenen Inhalt in meinen Mund. Ich muss mich zwingen zu schlucken, denn der Gestank ist widerlich. Ich kenne diesen Geruch. Genauso hat es früher bei uns in der Hütte gerochen, wenn ich von der Schule nach Hause gekommen bin. Das war, bevor meine Mutter zu den härteren, durchsichtigen Sachen überging.

Ich ziehe die nächste Flasche aus dem Regal und zerschlage auch sie, wiederhole die Prozedur. Zweiunddreißig Flaschen Wein, das sollte doch genug sein, um zu vergessen, oder? Der Wein klebt an meinen Händen, in meinem Gesicht, auf meinem Kleid. Ich krieche darin herum, verschmiere ihn auf dem Boden, wie meine Mutter ihre Kotzlachen, in denen ich sie beim Nachhausekommen manchmal finde. Wenn sie es wieder mal übertrieben hat mit dem Vergessenwollen. Wer sammelt sie eigentlich jetzt aus diesen Lachen auf, da ich nicht mehr da bin? Dank meiner Mutter weiß ich wenigstens, wie das funktioniert, dieses Vergessen. Ich hätte nicht gedacht, dass ich ihr wirklich mal für etwas dankbar sein könnte!

Eine Flasche nach der anderen zerbricht in meinen Händen. Unter den Wein an meiner Hand mischt sich Blut, das kommt von den Scherben. Ich sehe die Schnitte in meiner Handfläche, aber ich spüre sie nicht. Nicht diesen Schmerz und – wie ich jetzt feststelle – auch kaum einen anderen Schmerz mehr. Es macht mir jetzt keine Angst mehr, dass er mich hören könnte. Soll er doch kommen! Soll er doch sehen, was ich mit seinem Keller anstelle! Soll er doch versuchen, wieder seine Spiele mit mir zu spielen! Mich steckt er nicht noch einmal in die Höhle! Mich nicht! Ich schreie es sogar: «Mich kriegst du nicht mehr in die Höhle, hörst du?», und krieche weiter in dem Wein herum, verschmiere ihn diesmal mit voller Absicht und mit beiden Händen auf dem Boden. Male Kreise, wälze mich, und das finde ich nun wirklich lustig. Wie konnte ich Mama nur dafür verachten, dass sie trinkt, wenn das Trinken alles so lustig macht? Wir hätten gemeinsam trinken können, sie und ich.

Ich mache mit den Armen und Beinen weit ausholende Bewegungen auf dem Boden, einen Schneeengel aus Wein. Einen Weinengel! Ich kichere. Auch das ist lustig.

«Du kriegst mich nicht mehr in die Höhle!», kreische ich noch einmal, aber weil die Worte nicht mehr so deutlich aus meinem Mund kommen, klingt es mehr wie «Hölle».

«Hölle, Hölle ….», lalle ich, weil auch das ja irgendwie zutrifft. «Du steckst mich nicht mehr in die Hölle.»

Dann versuche ich, vom Rücken zurück auf die Knie zu kommen und die nächste Flasche zu greifen, verfehle sie aber knapp, so als sei nicht nur meine Zunge im Mund, sondern auch das Regal ein bisschen zur Seite gerutscht. Als weiche es aus. Der Keller beginnt sich zu drehen. Mir ist schwindelig. Ich kippe zur Seite, und jetzt dreht sich nicht nur der Keller, sondern auch mein Magen. Ich kann meinen Kopf gerade noch zur Seite wenden, bevor ich mich übergeben muss und der ungewohnte Mageninhalt sich ebenfalls auf dem Boden verteilt. Ich habe nie zuvor auch nur ein Glas Alkohol getrunken. Aber der Gestank im Keller ist mir so bekannt, erinnert mich so sehr an zu Hause, als würde ich in Wahrheit dort auf dem Fußboden, in der Kotzlache meiner Mutter, hocken und nicht in meiner eigenen. Ich versuche mich noch einmal aufzurichten, doch jetzt sticht etwas in meiner linken Hand. Als ich sie mir nah vor die Augen halte, sehe ich, dass die Spitze einer großen Scherbe darin steckt. Ich packe sie und ziehe sie aus der Handfläche.

«Du kriegst mich nicht», lalle ich noch einmal, mit verschmiertem Gesicht und verklebten Haarsträhnen vor den Augen. Dann umschließe ich die Scherbe mit der Hand, mache eine Faust und rolle mich auf dem Boden zusammen. Soll er doch kommen und mich holen. Ich werde nicht noch einmal in diese Höhle kriechen. Ich habe eine Waffe.

SMILLA

Ich bin auf dem Weg zur Redaktion, als mir die Eingebung kommt. Ehrlich gesagt überrascht es mich, dass ich in meinem Zustand überhaupt so etwas haben kann wie eine Eingebung. Ich habe nur vier Stunden geschlafen, bin zu spät zur Arbeit und außerdem gedanklich noch bei dem Idioten Greco. Aber dann streifen meine Scheinwerfer ein Plakat, auf dem ein rot durchgestrichener Wolf zu sehen ist neben einem Kalb und der Aufschrift: «Wölfe fressen kein Gras».

In unserer Region sind Plakate wie dieses keine Seltenheit. Bauern schließen sich zusammen und stellen sie an den Straßenrändern und Weiden auf, keineswegs begeistert über die Rückkehr der Wölfe. Aber als ich jetzt dieses Plakat sehe, beschleicht mich eine leise Ahnung, was mit dem Mädchen passiert sein könnte.

Ich steige auf die Bremse und schrecke zusammen, als mein Hintermann eine Vollbremsung macht und wie verrückt hupt. Um diese frühe Uhrzeit habe ich gar nicht damit gerechnet, dass jemand hinter mir fährt. Ich hebe kurz die Hand zur Entschuldigung, ignoriere dann aber das penetrante Hupen und kurbele wild am Lenkrad, um zu wenden. Dann gebe ich Gas. Das Tierheim liegt auf der anderen Seite der Stadt, in einer ehemaligen Kaserne, und ich nehme die Umgehungsstraße, um hinzugelangen. Gerade bin ich auf die Zufahrt abgebogen, die auf das Kasernengelände führt, als ich das Kind auch schon sehe. Im Nachthemd und barfuß hockt es in der Morgendämmerung vor dem schmiedeeisernen Tor. Sie ist tatsächlich aus der Klinik ausgerissen! Ich parke das Auto gleich am Anfang der Zufahrt, als sei das Kind ein scheues Tier, das nicht erschreckt werden darf. Fahrig krame ich das Handy aus der Tasche und versuche Greco anzurufen. Er geht nicht ran. Wahrscheinlich schläft er noch. Ich bin heute zu spät zur Redaktion losgefahren, aber für normale Leute, Leute mit richtigen Jobs, ist es noch zu früh zum Aufstehen. Ich stecke das Handy wieder weg, öffne die Fahrertür und steige aus.

«Hallo», sage ich behutsam. Das Mädchen wendet sich zu mir um. Ihre Haare sind jetzt gekämmt und zu einem Zopf gebunden, aber in ihrem Nachthemd hat sie immer noch etwas Wildes an sich, etwas Entrücktes. Als wäre sie aus der Zeit gefallen, denke ich wieder, und plötzlich hat dieser Eindruck eine ganz neue Bedeutung. «Hallo, Juli», flüstere ich. Es fühlt sich ganz unglaublich an, wenn etwas, das man seit vielen Jahren für verloren gehalten hat, plötzlich wieder vor einem steht. Ich gehe vor ihr in die Hocke und strecke die Hand aus, um ihr übers Haar zu streichen. Doch sie zieht ihren Kopf weg, und ich wage keinen zweiten Versuch.

«Du hast uns einen ganz schönen Schrecken eingejagt», sage ich stattdessen. «Wir dachten schon, dir sei was zugestoßen.» Sie wendet sich ab, blickt zum Tor. Unsere Sorge interessiert sie ganz offensichtlich wenig. «Und kalt muss dir doch bestimmt auch sein in dem Nachthemd, hm? Was meinst du, wollen wir nicht zusammen zurück zur Klinik fahren?»

Ohne weiter auf mich zu achten, geht sie zum Tor, flicht ihre Hände in das Eisen und rüttelt daran. Sie will zu ihrem Wolf, klar. Sie muss jemanden in der Klinik darüber reden gehört haben, dass er hier ist. Aber wie hat sie das Tierheim überhaupt gefunden? Ich stehe aus der Hocke auf und trete neben sie.

«Willst du deinen Wolf besuchen? Wie heißt er denn eigentlich?»

Sie antwortet nicht.

«Das Tierheim öffnet aber erst um neun.» Ich deute auf das

Schild, das neben der Klinke am Tor hängt. «Kannst du das lesen? Montag bis Freitag, neun bis siebzehn Uhr», lese ich langsam, und ihre Augen folgen meinem Finger, der über die Buchstaben und Zahlen auf dem Schild fährt.

«Jetzt ist es sieben», sage ich und tippe auf meine Uhr am Armgelenk. Ihr Blick folgt mir auch dorthin. Sie ist heute viel aufmerksamer als bei unserem letzten Treffen. Ich schöpfe Hoffnung, dass ich sie nach dir fragen kann, Juli, nach ihrer Mama. Aber ich lasse mir Zeit. Erst will ich ihr Vertrauen gewinnen.

«Ich mache dir einen Vorschlag: Wir holen uns Brötchen und Kakao in einer Bäckerei, und dann fahren wir in zwei Stunden wieder her und besuchen deinen Wolf. In Ordnung?»

Erneut strecke ich meine Hand aus, eine einladende Geste diesmal. Das Mädchen sieht erst meine Hand an und dann mein Gesicht. Sie hat deine Augen, Juli! Mir wird flau im Magen. Ihr Blick hat etwas Hypnotisches, er ist prüfend und durchdringend, als müsste sie erst alle Möglichkeiten und Gefahren abwägen, die von so einer ausgestreckten Hand ausgehen. Dann legt sie ihre Finger vorsichtig hinein, und das flaue Gefühl im Magen verblasst. Mir wird warm ums Herz. Wir gehen zum Auto, und ich schnalle sie an, bevor ich ihr ein Bonbon aus meinem Handschuhfach gebe. Sie wickelt es sorgfältig aus und stopft es sich in den Mund. Ich muss lächeln, als ihre Augen groß werden. Es ist ein Karamellbonbon, eins von diesen weichen, die einem die Backenzähne zusammenkleben, wenn man sie kaut. Deine Lieblingssorte, Juli. Und offensichtlich geht es deiner Tochter genauso.

«Bereit?», frage ich sie und wende das Auto. Ich weiß, dass ich sie in die Klinik zurückbringen müsste. Ich müsste sie zurückbringen und dann zur Redaktion fahren. Stattdessen stelle ich das Radio an und brause mit ihr in Richtung Stadt, zum Bäcker, wie ich es ihr versprochen habe. Sie hat mir ein erstes, zartes Vertrauen geschenkt, und ich werde nicht den Fehler machen, es zu missbrauchen.

Gegen halb acht am Morgen herrscht in der Bäckerei Hochbetrieb, darum lasse ich das Mädchen im Auto, als ich den Laden betrete. Mit ihrem Kliniknachthemd wäre sie zu auffällig – mal ganz abgesehen davon, dass sie in den letzten Tagen zu einer Art Medienstar geworden ist. Ich drücke ihr noch ein Karamellbonbon in die Hand, sage: «Ich bin gleich zurück.» Ich schließe das Auto vorsichtshalber ab, bin aber trotzdem nervös. Durch das Fenster der Bäckerei werfe ich immer wieder einen Blick nach draußen, um sicherzugehen, dass sie noch dort auf meinem Beifahrersitz sitzt. Als könne sie eine Erscheinung sein, eine Einbildung, die auf ebenso magische Weise wieder aus meinem Leben verschwindet, wie sie darin aufgetaucht ist. Ich weiß, wie schnell es gehen kann, dass jemand, mit dem du sicher an deiner Seite gerechnet hast, ganz plötzlich nicht mehr da ist. Diese Angst wird mir nie ganz vergehen, Juli. Und jetzt ist sie so stark wie seit deinem Verschwinden nicht mehr.

Weil ich nicht weiß, was sie mag, kaufe ich ein Schokocroissant, ein Milchbrötchen, ein Rosinenbrötchen, eine Nuss-Nougat-Stange, ein Sesambrötchen, eine Mohnstange, eine Zimtschnecke und einen Apfelplunder, aus dem Vanillepudding tropft. Als hätte ich ein ganzes Auto voller Kinder und nicht nur ein kleines Mädchen auf dem Beifahrersitz.

«Und noch einen Kakao und einen Kaffee zum Mitnehmen», sage ich, als die Bäckereiverkäuferin mir die zwei Tüten über den Tresen reicht. Zwei Tüten voller Bestechungsgebäck und dazu Kakao, um es herunterzuspülen.

Zurück im Auto, lege ich dem Kind meine Beute auf den Schoß. Es verschwindet beinahe hinter den großen Tüten. Ich stelle die Pappbecher nebeneinander in die Getränkehalter und erkläre: «Wir suchen uns jetzt ein schönes Plätzchen für ein Frühstückspicknick.»

Ich fahre zum unbelebtesten Parkplatz, den ich finden kann, raus aus dem Sichtfeld der Bäckereibesucher, von denen jeder beim Verlassen des Ladens durch unsere Windschutzscheibe sehen und das Mädchen erkennen kann. Es ist ein Waldparkplatz, auf dem nur zwei weitere Autos stehen. Vermutlich von Joggern oder Hundebesitzern, die um diese Zeit schon auf dem Wanderweg unterwegs sind.

Ich beobachte das Kind dabei, wie es ein Gebäckstück nach dem anderen aus der Tüte zieht, an ihnen riecht, sie studiert und dann in seinem Schoß ordnet. Sie beginnt mit dem Apfelplunder, isst ihn in kleinen, konzentrierten Bissen und hält zwischendurch immer wieder inne, wie um das, was sie da im Mund hat, genau zu analysieren.

Was hat sie bei euch zu essen bekommen, Juli? Ich kann mir nicht vorstellen, dass dein Entführer, der Vater dieses Mädchens, sonntags den weiten Weg den Berg hinab macht, um für euch frische Brötchen und süße Apfelplunder zu besorgen.

«Trinkst du das bei dir zu Hause auch gern?», frage ich, als ich ihr den Kakao reiche und sie den Plastikdeckel abnimmt, um in den Becher zu sehen. «Macht deine Mama dir auch manchmal Kakao?» Ich weiß, dass sie nicht spricht, Juli. Aber sie müsste ja nur nicken! «Kauft dein Papa zu Hause auch manchmal Brötchen, oder backt ihr selbst?»

Noch immer keine Reaktion. Aber so einfach gebe ich nicht auf. «Und deine Mama – welches von den Teilchen mag die denn wohl am liebsten, hm?»

Ich halte die Luft an und starre intensiv auf die Mohnstange in ihrem Schoß. Du hast Mohn geliebt, Juli. Mohnstangen, Mohnbrötchen, Mohnkuchen. Du warst verrückt danach!

Das Mädchen schleckt sich den Pudding von den Fingern, lässt dann ihre Hand über den Gebäckstücken schweben und wählt – die Mohnstange.

Ich schließe die Augen, berauscht von einem völlig irrationalen, völlig fehlplatzierten Gefühl der Hoffnung. Natürlich kann ich mir nicht sicher sein, ob ihre Wahl eine direkte Reaktion auf meine Frage war, Juli. Aber wenn doch – was, wenn du noch immer dort oben bist?

Mohn und Blätterteigkrümel verteilen sich auf ihrem Nachthemd und dem Sitz. Ich lasse ihr Zeit, beobachte sie lächelnd. Dann schnappe ich mir die Zimtschnecke aus ihrem Schoß und trinke meinen Kaffee dazu, der wässrig und bitter ist. Aber vielleicht schafft dieses Picknick ja eine Verbindung zwischen ihr und mir.

Als sie satt ist, pappsatt sicherlich, denn nach der Mohnstange hat sie auch noch das Rosinenbrötchen und die Hälfte des Schokocroissants verdrückt, stecke ich den Rest des Gebäcks wieder in die Tüten und schnalle das Kind erneut an. Ich sehe es als gutes Zeichen, dass sie auf dem Sitz einschläft, als wir zum Tierheim fahren. Dass sie satt und zufrieden ist und sich bei mir sicher fühlt, nicht nur übermüdet von einer Nacht ohne Schlaf.

Das Tor ist diesmal geöffnet, ich fahre hindurch, und als wir geparkt haben, rüttele ich das Mädchen sanft an der Schulter. Damit sie in ihrem Nachthemd nicht so auffällt, gebe ich ihr meine Jacke, aber für ihre nackten Füße habe ich keine Lösung. Ich gehe sowieso davon aus, dass sie erkannt wird. Gerade hier, wo vor wenigen Tagen ihr Wolf eingeliefert worden ist. Umso erstaunter bin ich, als die Frau am Eingang uns nur kurz mustert und dann schroff fragt, ob wir hier seien, um ein Tier abzugeben oder weil wir uns für eins interessierten. Ich bin verdutzt. Es vereinfacht die Sache natürlich gewaltig, wenn sie nicht weiß, wer wir sind. Und so beschließe ich zu improvisieren.

«Wir würden gerne … einen Ihrer Hunde ausführen», sage ich zögerlich und ignoriere mein Handy, das in diesem Moment in meiner Tasche vibriert. Vermutlich ist es die Redaktion, die wissen will, wo ich stecke. Oder es ist Greco, der zurückruft.

«Man muss einen Volljährigen dabeihaben, um einen Hund auszuführen», sagt die Frau. Ich werde rot und lege ihr meinen

Ausweis hin, den sie eingehend betrachtet, bevor sie wieder aufblickt. Sie sieht so erstaunt aus wie alle, die mein Alter erfahren. Wahrscheinlich habe ich mich in ihren Augen gerade von der großen Schwester des Mädchens in die Mutter verwandelt.

«Haben Sie schon mal einen unserer Hunde ausgeführt?»

«Nein, aber wir kennen uns mit Hunden aus. Unser ist leider vor einigen Monaten verstorben, und potenziell suchen wir einen neuen.» Die Frau nickt. Sie scheint erleichtert, dass ich nicht eine von denen bin, die herkommen, um ihren Hund oder ihre Katze abzugeben, weil man sich alles einfacher vorgestellt hat mit den Haustieren.

«Groß oder klein?», fragt sie, wie bei einem Kind, das im Auto quengelig wird, weil es mal aufs Klo muss.

«Groß», sage ich. «Wir wünschen uns einen richtig tollen, großen Hund, nicht wahr, mein Schatz?» Ich drücke die Hand des Mädchens, das unbeirrt die Frau anstarrt.

«Die meisten Familien mit Kindern wünschen sich eher einen kleinen Hund.»

«Nun, wir nicht.»

Die Frau nickt langsam, während ihr Blick vom Gesicht des Mädchens zu ihren nackten Füßen rutscht. Sie runzelt die Stirn, dreht sich dann aber um und nimmt einen Schlüssel vom Brett. «Hier entlang», sagt sie.

Als wir ihr durch die Gänge folgen, wirkt sie wie eine Gefängniswärterin. Es ist kein schönes Tierheim. Die Käfige sind alt und kahl, die Betonböden fleckig. Es stinkt nach Katzenklo und nassem Fell. Hunde springen kläffend gegen Gitterstäbe, als wir an ihnen vorbeikommen. Das Mädchen geht mit einer Unerschütterlichkeit neben mir her, die mich verwundert. Sie zuckt nicht einmal zusammen, als ein Dobermann sich gegen die Eisenstäbe wirft, dabei ist sein Kopf direkt auf ihrer Höhe, sein Bellen direkt in ihrem Ohr. Ich fasse ihre kleine Hand fester und weiß dabei nicht, ob ich eigentlich sie oder mich beruhigen will.

Einen Moment lang kommt mir der Gedanke, dass sie vielleicht taubstumm ist. Dass sie vielleicht deshalb nicht spricht und nicht reagiert. Aber als im nächsten Moment ein Heulen durch das Tierheim dringt und das Mädchen ganz plötzlich den Kopf dreht, verwerfe ich diese Theorie. Ihre Nasenflügel beben, als würde sie etwas wittern. Und dann zieht sie mich entschieden in die Richtung, aus der das Heulen kam.

«He!», ruft die Tierwärterin uns nach. Ich wende mich um und mache eine entschuldigende Geste, aber das kann die Wärterin schon nicht mehr sehen, weil das Mädchen mich energisch um eine Ecke und in einen anderen Gang zieht. Ihre Hand ist fest um meine Finger geklammert, und ich versuche gar nicht erst, sie aufzuhalten. Am Ende des Gangs ist ein Verschlag, auf den wir zusteuern, mehr ein Käfig als ein Zwinger. Und darin steht, winselnd und die Schnauze in den schmalen Spalt zwischen Tür und Gitterwand geschoben, der Wolf.

«He!», ruft die Tierwärterin noch einmal. Sie ist jetzt hinter uns im Gang und klingt außer Atem. Das Mädchen lässt meine Hand los und kniet sich vor den Käfig. «Sie können hier nicht einfach … Vorsicht!» Das letzte Wort schreit die Frau, sie ist jetzt sehr schnell, drängt mich zur Seite und stürzt auf das Mädchen zu, das gerade die Hand durch die Gitterstäbe steckt, um den Wolf im Gesicht zu berühren. Die Frau reißt sie an der Schulter zurück, doch da dreht das Mädchen sich blitzschnell um, und sie springt schreiend zurück. Es geht alles so schnell, dass ich gar nicht reagieren kann. So schnell, dass ich im ersten Moment denke, der Wolf muss die Frau gebissen haben, muss es irgendwie geschafft haben, seine Schnauze durch die Stäbe zu zwängen, oder vielleicht ist sie dem Käfig zu nah gekommen? Doch dann sehe ich, dass tatsächlich das Mädchen seine Zähne in die Hand der Frau geschlagen hat, dass sie noch immer an ihr hängt, wie ein Hund, der sich festgebissen hat. Ich schreie entsetzt auf, die Frau schreit ebenfalls, sie reißt ihre Hand nach oben, und jetzt endlich lässt das

Mädchen los. Der Ruck wirft sie nach hinten, gegen den Zwinger, in dem der Wolf nun hektisch auf dem Boden vor der Tür scharrt und winselt und knurrt, als wolle er sich darunter durchgraben und bei dem Chaos mitmachen.

Die Frau kreischt, sie hält ihre Hand. Ich gehe zu ihr und versuche zu beschwichtigen, kleinzureden, was nicht mehr kleinzureden ist: Da ist der deutliche Abdruck einer Zahnreihe in ihrer Hand. Und er beginnt zu bluten.

«Was um Himmels willen?» Jammernd hält die Frau ihr Handgelenk und starrt das Mädchen an, das sich vom Boden aufgerappelt hat und erneut die Finger durch die Gitterstäbe steckt. Es berührt die Schnauze des Wolfs, und als er beginnt, an ihren Fingerspitzen zu lecken, beginnt die Frau erneut zu schreien.

«Es ist alles in Ordnung», sage ich laut, obwohl ganz offensichtlich gar nichts in Ordnung ist. «Ich rufe einen Arzt.» Aber dann ist es der Arzt, der mich anruft. Mein Handy klingelt. Es ist David Greco.

«Sie haben mich angerufen», sagt er, als ich rangehe, «und zwar früher, als ich erwartet habe. Können Sie es nicht erwarten, mir die Reparatur zu zahlen …? Was ist das für ein Lärm da im Hintergrund?»

«David, ich habe sie!»

«Was? Wen?»

«Das Mädchen, es ist bei mir!»

Am anderen Ende entsteht eine Pause, die vom Gejammer der Frau und dem Bellen der Hunde auf meiner Seite des Gesprächs gefüllt wird.

«Also doch», sagt Greco dann. Ich versuche mich nicht über die Kälte in seiner Stimme zu ärgern.

«So ist es nicht», sage ich und klinge natürlich doch verärgert. «Wir sind im Tierheim. Komm bitte her.» Ich lege auf. «Der Arzt kommt gleich», sage ich zu der jammernden, aufgebrachten Frau und erwähne nicht, dass es sich bei diesem Arzt streng genommen um einen Psychiater handelt. Greco hat doch selbst gesagt, er habe Medizin studiert, oder? Da wird er sich wohl einen Biss ansehen können! Es ist mir lieber, wenn er kommt als der Notarzt – und mit dem Notarzt die nächste große Story für die Medien. Ich sehe die Schlagzeile vor mir: «Wolfsmädchen beißt Frau im Tierheim». Und schon wieder stünde ich im Mittelpunkt. Zusammen mit deiner Tochter, Juli.

«Es tut mir wahnsinnig leid, sie hat sich nur erschrocken. Das war alles ein großes Missverständnis!», versichere ich, während es um uns bellt und jault. Es sind die Worte einer Mutter, die ihr Kind in Schutz nimmt. Oder die Worte eines Hundebesitzers, der nicht will, dass ein Biss zur Anzeige gebracht wird. Eigentlich bin ich keins von beidem.

Es wäre hilfreich, wenn das Mädchen sich einigermaßen schuldbewusst zeigen würde, aber das tut sie nicht. Sie legt sogar die Hände auf die Ohren und dreht sich grimmig zu der Frau um. Ganz offensichtlich macht diese zu viel Lärm. Das Mädchen steht vom Boden auf und geht entschieden an uns vorbei, in Richtung Ausgang. Verblüfft eile ich ihr nach.

«Sie können doch nicht einfach abhauen!», schreit die Frau uns nach. «Ich zeige Sie beide an!»

«Es tut mir leid, der Arzt ist ja gleich da!», rufe ich zurück, ohne mich umzudrehen. Ich hole das Mädchen am Ausgang ein, ziehe sie am Kragen der Jacke nach draußen und wirbele sie an den Schultern gepackt zu mir herum, damit sie mich ansieht – und mir vor allem zuhört. «Das geht doch nicht! Du kannst nicht einfach jemanden beißen!», sage ich.

Sie sieht dir so ähnlich, Juli. Sie sieht aus wie du damals, wenn wir etwas ausgefressen hatten und nur du dein Pokerface halten konntest, während man mir jeden Gedanken im Gesicht abgelesen hat. Einem plötzlichen Impuls folgend, drücke ich sie an mich. Was weiß ich schon, was sie bei euch dort oben am Berg erlebt hat? Was weiß ich schon, was sie an gesellschaftlichen Normen und Regeln mitbekommen hat? Dort oben ist Wildnis, Juli. Deine Tochter ist wild. Und das macht sie nicht weniger liebenswert.

Als Greco vorfährt und aus dem Auto springt, sieht er wütend aus. Wütend, besorgt und verwirrt, alles gleichzeitig.

«Ich habe sie hier gefunden. Sie wollte ihren Wolf besuchen», sage ich zu ihm, bevor er mir Vorwürfe machen kann. Er hebt fragend die Augenbrauen, weil er sich wohl wundert, dass das Kind sich von mir umarmen lässt. Es erwidert die Umarmung nicht, steht nur stocksteif da, aber es wehrt sich auch nicht, und darum habe ich es einfach weiter festgehalten, minutenlang. Weil ich weiß, wie gut es tut, von jemandem umarmt und gehalten zu werden, wenn man es am wenigsten verdient hat.

«Hat jemanden gebissen», sage ich noch und nicke mit dem Kopf in Richtung Tierheim.

«Wer? Der Wolf?», fragt Greco, aber an dem Entsetzen in seiner Stimme höre ich schon, dass er mich richtig verstanden hat. Ich schüttele den Kopf, und da fährt er sich mit der Hand durchs Gesicht, wie schon gestern Abend.

«Ich habe der Frau gesagt, dass du Arzt bist», informiere ich ihn mit einem vielsagenden Blick. Und er versteht. Würde die Presse das hier mitbekommen, dann würde das auch für die Klinik unangenehme Fragen aufwerfen: Wie konnte das Mädchen überhaupt in der Nacht aus dem Gebäude spazieren und das Gelände verlassen?

«Ich schaue es mir an», sagt er, und dann verschwindet er im Gebäude, während ich weiter mit dem Mädchen in der Einfahrt stehe, meine Arme um ihren dünnen Körper gelegt. Die Morgensonne blinzelt durch die Bäume und malt ein Muster auf die Pflastersteine, auf ihr dunkles Haar. Und dann, einfach weil mich der Moment so berührt, weil mein Herz mir einen Schubs gibt, flüstere ich dem Mädchen zu: «Ich war übrigens gut mit deiner Mama befreundet damals», und lege meine Wange auf ihren warmen Scheitel.

Der Biss in der Hand ist nicht tief, aber Greco besteht trotzdem darauf, die Frau mit in die Klinik zu nehmen und die Wunde dort gründlich zu versorgen. Sie wehrt sich nicht gegen den Vorschlag. Tatsächlich ist sie seit Grecos Ankunft so zugänglich und freundlich wie zu mir nicht einmal dann, als ich sagte, ich würde vielleicht einen der Hunde adoptieren. Ich sehe die Seitenblicke, die sie ihm zuwirft. Sie findet ihn attraktiv, und irgendwie nervt mich das. Erst als Greco auch das Mädchen ins Auto bugsieren will, gerät sie in Panik.

«Sie fährt bei mir mit», sage ich schnell und dann, mit einem eindeutigen Blick in Richtung Greco: «Sie ist ja meine Tochter.»

Er zieht die Augenbrauen hoch, sagt aber nichts.

Das Kind wieder auf dem Beifahrersitz, fahre ich ihm nach, als er den Wagen in Richtung Klinik lenkt. Dort angekommen, sind die Ärzte und Pfleger offenbar schon alarmiert. Greco muss sie vom Auto aus angerufen haben. Gleich vier Personen stehen bereit, nehmen mir das Kind ab und schleusen es so hastig in die Klinik, als handele es sich um eine politische Geisel. Niemand hat Interesse daran, dass die Presse von alldem erfährt.

«Und Sie sind …?», fragt mich eine Ärztin mit hochgezogenen Augenbrauen.

«Von der Presse», sage ich, nur um ihren erschrockenen Gesichtsausdruck zu sehen. Greco, der gerade aus dem Auto vor mir gestiegen ist, verzieht den Mund.

«Sie ist mit *mir* hier», korrigiert er und tritt an mein Fahrerfenster. Er wartet kurz, bis die Ärztin gegangen ist, dann senkt er die Stimme. «Du hast mir, glaube ich, noch eine Menge zu erklären.»

«Da gibt es nicht viel zu erklären. Sie wollte zu ihrem Wolf. Also haben wir gewartet, bis das Tierheim öffnet, und ihn besucht.»

«Und warum denkt die Frau da in meinem Wagen, dass du die Mutter des Kindes bist?», zischt er. «Ich habe mich fast um Kopf und Kragen geredet!»

«Na, ich hätte ihr wohl schlecht sagen können, dass das Kind aus einer psychiatrischen Anstalt ausgerissen ist und wir jetzt mal zusammen bei ihrem Wolf anklopfen wollten, oder?»

Greco fährt sich erneut durchs Gesicht. Ich habe inzwischen erkannt, dass das seine typische Geste der Verzweiflung ist. Als würden seine Hände ihm helfen, die Gesichtszüge neu zu ordnen, wenn sie ihm zu entgleisen drohen. Er mag es nicht, wenn er die Kontrolle verliert.

«Das Wichtigste ist doch, dass das Mädchen wieder da ist», sage ich.

«Ich hoffe nur, dass es wegen dem Biss nicht zur Anzeige kommt.»

«Sie mag dich», sage ich, und obwohl ich dabei in Richtung seines Autos nicke, fragt er: «Wer? Das Mädchen?»

«Die Frau vom Tierheim!» Ich schnalze mit der Zunge, als ich die Verwirrung in seinen Augen sehe. Wieso sind attraktive Männer eigentlich immer überrascht, wenn eine Frau sich für sie interessiert, während die Vollidioten sich für unwiderstehlich halten?

«Lass mal ein bisschen deinen Charme spielen, dann bringt sie das schon nicht zur Anzeige. Ich muss jetzt wirklich los zur Redaktion – wahrscheinlich bin ich kurz davor, entlassen zu werden. Ich meine, nicht dass das der größte Verlust wäre …» Ich verziehe das Gesicht und lasse den Satz unbeendet. Da ist plötzlich wieder die gleiche Befangenheit zwischen uns wie am Abend zuvor, als wir zusammen im Auto saßen. Der Moment, bevor die Klinik ihn angerufen hat, um ihm vom Verschwinden des Mädchens zu berichten. Ich habe keine Zeit für so eine Befangenheit. «Also, tschüss dann», sage ich, bevor das gegenseitige Schweigen noch unangenehmer wird. Dann lege ich den Rückwärtsgang ein und wende das Auto unter viel Gekurbel, um die Einfahrt der Klinik zu verlassen.

JESSE

Die Polizei ist noch mal da, ohne Hofer diesmal. Sie sehen sich unsere demolierten Hütten an, aber vor allem den abgefackelten Antennenturm. Der interessiert sie viel mehr als der Schaden, den die Männer im Rest der Siedlung angerichtet haben. Wahrscheinlich ist die Antenne mehr wert gewesen als wir.

Ich sitze bei den Ziegen und beobachte sie, bohre mit dem Hirtenstock Löcher in den Boden. Sie schreiten um den Turm herum, als wollten sie Längen ausmessen. Hier und da heben sie etwas vom Boden auf und stecken es in durchsichtige Plastiksäckchen. Ich habe mir zurechtgelegt, was ich sagen werde, wenn sie wissen wollen, was passiert ist. Aber sie fragen uns gar nicht. Sie sehen sich nur alles an und machen ihre Notizen. Vielleicht wollen sie keine weiteren Lügen von Leuten wie uns hören.

Als sie wieder in den Helikopter steigen, durchfährt mich ein Gedanke, der mich abrupt aufstehen lässt. Was, wenn ich sie bitte, meinen Vater mitzunehmen und in ein Krankenhaus zu bringen? Dort könnte man sich um seinen Fuß kümmern. Aber ich weiß, Vater würde das nicht wollen, er würde sich wehren, stur, wie er ist. Er würde sagen, dass ein Krankenhaus zu teuer ist, dass wir keine Versicherung haben, und beides stimmt ja auch. Während ich noch nervös dastehe und überlege, beginnen sich die Rotorblätter des Helikopters zu drehen, langsam erst und dann immer schneller. Sie wirbeln Dreck und verfrühte Herbstblätter auf und machen einen ohrenbetäubenden Lärm. Der Helikopter hebt ab, schwebt eine Weile über dem Felsplateau, ein Fremdkörper in einer Siedlung wie dieser, in der die Zeit stehen geblieben ist. Ich lege den Kopf in den Nacken, als er sich über mir in den Himmel erhebt, sich auf die Seite lehnt und dann davonbrummt, wie ein großes, fremdländisches Insekt. Ich bin froh, als der Lärm endlich verebbt und es bei uns wieder still ist. Froh, dass die Geschwindigkeit, mit der die Polizei abgerauscht ist, mir eine Entscheidung abgenommen hat.

Ich stehe auf, treibe die Ziegen zusammen und scheuche sie zurück in Richtung Hütte. Dort, wo der Ziegenverschlag mitsamt den Kaninchenkäfigen abgebrannt ist, habe ich einen Pferch aus Stricken gebaut. Der Boden und unsere Hüttenwand sind hier schwarz, und auch ein Teil des Dachs ist verkohlt. Ich schließe den Pferch mit einem Knoten. All das ist mehr als unzureichend als Schutz gegen Wildtiere, ich werde noch einen richtigen Zaun bauen müssen.

Ich gehe ins Haus, in dem es noch immer verbrannt riecht. Nicht der übliche, warme Feuergeruch, wie er im Winter in der Stube liegt, wenn wir den Ofen einheizen, sondern ein beißender Brandgeruch, wie in einer Räucherkammer. Vater sitzt im Halbdunkeln am Tisch, im Zentrum dieses Gestanks, und starrt düster vor sich hin.

«Wollen wir Mama nicht nach draußen bringen?», schlage ich vor, und weil er nicht antwortet, gehe ich einfach zu ihr, knie mich vor sie und streiche ihr eine Strähne aus dem Gesicht.

«Möchtest du ein bisschen nach draußen, Mama?»

«Zu kalt», brummt Vater. Ich widerspreche ihm nicht, obwohl es nicht stimmt. Es ist zwar schon etwas herbstlich draußen, aber angenehm, und in der Sonne auf der Bank wird es Mama gefallen. Als ich aufstehe, um eine Decke für sie zu holen, sehe ich, dass meinem Vater Schweißperlen auf der Stirn stehen. Sein Gesicht ist vor Anstrengung verzerrt.

«Papa?», frage ich vorsichtig, und als er nicht antwortet, als er nur weiter angestrengt atmet und vor sich hin starrt, nähere ich mich ihm vorsichtig. Er hat sein Bein lang ausgestreckt, sodass es unter dem Tisch hervorragt. Beim Anblick seines nackten Fußes zucke ich zusammen. Das Fleisch ist geschwollen und die Haut um die Einschussstelle schwarz – sofern man denn überhaupt noch von Haut sprechen kann. Der Fuß sieht aus wie eine einzige offene Fleischwunde, die Entzündung zieht sich durch das Gewebe bis zum Bein. Und sie stinkt, diese Wunde. Sie stinkt nach verrottendem Fleisch. Ich starre den Fuß an. Wenn die Entzündung im Halbdunkeln dieser Hütte schon so schlimm aussieht, wie viel schlimmer muss sie dann erst bei Tageslicht sein? Es wäre der richtige Impuls gewesen, zum Helikopter zu laufen und meinen Vater in ein Krankenhaus bringen zu lassen, erkenne ich. Ich hätte Vater zwingen müssen. Jetzt ist der Helikopter fort und die Chance vertan.

«Wir müssen – das behandeln lassen!», stoße ich hervor, und dass mein Vater nur schwach stöhnt, statt zu protestieren, ist ein ganz schlechtes Zeichen.

Ich richte mich auf, lege meine Hand auf seine Stirn, die wider Erwarten nicht glüht, sondern eiskalt ist. Das Gleiche gilt für seine Hände. Ich versuche, einen klaren Kopf zu bewahren. Ich bin die einzige Person in dieser Hütte, die jetzt noch etwas tun kann. An wen kann ich mich wenden? In Almenen gibt es keinen Arzt, nur eine Apotheke. Und den Schwafler Isaiah, zu dem ich früher in so einem Fall vielleicht gelaufen wäre, will ich auch nicht um Rat bitten. Dem ist zuzutrauen, dass er einem von uns die Säge in die Hand drückt und ihm aufträgt, den Fuß sofort abzunehmen. Er hat Michael Gross aus unserer Siedlung lieber den halben Kiefer auseinandergerissen, statt ihn zum Zahnarzt gehen zu lassen, und ich bezweifle nicht, dass er mit Vaters Fuß das Gleiche tun würde. Martin Hofer fällt mir ein – oder auch sein Vater, Bürgermeister Hofer. Aber den Gedanken verwerfe ich gleich darauf wieder. Bürgermeister Hofer war immer gut zu uns, weil er uns für gute Menschen gehalten hat. Ich kann mir seine Enttäuschung darüber kaum ausmalen, dass wir in Wahrheit nichts weiter sind als ein Haufen Verbrecher. Martin Hofer allerdings hat mir seine Hilfe angeboten, auch nachdem er es erfahren hat. Er hat ein Auto und könnte Vater in die Stadt fahren. Ich müsste es lediglich fertigbringen, Vater den Berg runterzuschaffen. Und Mama? Es macht mich nervös, sie allein zu lassen. Vater und ich entfernen uns nie weit oder lange von der Hütte. Aber ich traue mich auch nicht, jemanden in Jakobsleiter zu bitten, in der Zwischenzeit nach ihr zu sehen, aus Angst, dass Isaiah davon Wind bekommt.

Ich hebe Mama vom Stuhl, trage sie ins Elternbett und schließe die Holzläden am Fenster, wie ich es tun würde, wenn es bereits Abend wäre. Es ist eigentlich zu früh zum Schlafen, und sie sieht verwirrt aus, aber ich verspreche ihr, so schnell es geht zurück zu sein. Dann stopfe ich alles an Cremes, Verbänden und Wundzeug, das ich in der Hütte finden kann, in einen Rucksack. Dazu noch ein kleines Stück Brot und zwei Wasserflaschen für Vater und mich. Das größte Problem ist, dass Vater barfuß bleiben muss, weil ihm kein Strumpf und kein Schuh mehr passen. Nach einigem Suchen binde ich ihm darum eine Plastiktüte um den Fuß. Wir werden in Schmutz, Wasser und auf spitzen Steinen unterwegs sein. All das ist mit einer offenen Wunde unmöglich. Als ich schließlich Vaters Arm um meine Schulter lege und ihn vom Stuhl hieve, stöhnt er. Er ist schwerer, als ich dachte, auch weil er nicht auftreten kann. Plötzlich kommen mir doch Zweifel, ob ich ihn so über Felsen, Geröll und Wurzeln auf einem schmalen Bergpfad mitschleifen kann. Ich halte kurz inne, beiße dann aber die Zähne zusammen und schleppe ihn weiter. Ich sehe keine andere Möglichkeit als diese, es wird schon irgendwie gehen.

Als wir an der Kapelle vorbeikommen, sehe ich aus den Augenwinkeln eine Bewegung und, als ich den Kopf wende, Isaiahs erstauntes Gesicht. Ich hatte den Pfad gewählt, der am weitesten von seiner Hütte entfernt liegt, und jetzt steht er ausgerechnet hier, im Schatten der Kapelle. Wer weiß, wo er sich diesmal versteckt hat, als der Polizeihubschrauber gekommen ist.

«Wohin willst du, Jesse?», ruft er, aber da habe ich mich schon wieder abgewendet und starre entschlossen auf den Weg vor mir. Ich habe mir so viele Jahre seine Lügen angehört, dass ich diesem Mann keine Wahrheit schuldig bin. An den Schritten im Gras höre ich, dass er mir nacheilt, und versuche ebenfalls zu beschleunigen. Aber als Vater mit seinem eingepackten, sperrigen Fuß neben mir stolpert und vor Schmerzen ächzt, werde ich wieder langsam. Es dauert nicht lange, und Isaiah hat uns eingeholt.

«Willst du ihn ins Dorf bringen?», fragt er.

«Was geht dich das an?» Unter meinem Ton zuckt er zusammen. Isaiah hat immer Wert darauf gelegt, dass wir ihn mit seinem Priestertitel anreden und ihn siezen, auch wenn wir das hier oben eigentlich nicht tun. Aber plötzlich habe ich keinen Respekt mehr für diesen Mann, der sich aufspielt wie unser Anführer und immer dann verschwindet, wenn es brenzlig wird. Plötzlich ist da nur noch Wut.

«Es geht wohl um seinen Fuß», stellt Isaiah fest, als er sich wieder gefangen hat. Er schleicht jetzt im gleichen Tempo neben uns her. «Aber dafür musst du ja nicht gleich ins Dorf rennen, das kann ich auch regeln.»

Ich habe nur ein trockenes Lachen für diesen Vorschlag übrig.

«Du kannst ihn doch so eh nicht den Berg runterschleppen!», beharrt er. «Den Weg schafft ihr nie!»

Ich bleibe kurz stehen, schultere Vaters Arm neu und sammle Kraft. Aber als ich weiterwill, stellt Isaiah sich uns in den Weg, nun offensichtlich bereit, handgreiflich zu werden.

«Verschwinde, Isaiah», sage ich und wundere mich selbst darüber, wie wenig Angst er mir mit seinem Gehabe noch machen kann. «Geh mir aus dem Weg, oder ich schwöre bei Gott, bei nächster Gelegenheit komme ich mit Vaters Schrotflinte in deine Hütte und schieße dir genauso ein Loch in den Kopf, wie ich meinem Vater eins in den Fuß geschossen habe.»

Er schreckt zurück, sein Blick gleitet zu dem Fuß in der Plastiktüte und legt sich dann auf mein Gesicht. Einen Moment lang scheint er zu bezweifeln, dass ich das ernst meine, aber dann wird er bleich. Mein Vater hat nie jemandem gesagt, dass ich es war, der ihm in den Fuß geschossen hat. Alle hier oben haben gedacht, es sei ein unglücklicher Jagdunfall gewesen. Noch so eine Lüge, die, einmal ausgesprochen, zur Wahrheit für alle geworden ist. Eine bequeme Welt ist das, in der jeder seine eigene Identität und Realität erschaffen kann und niemand den anderen hinterfragt.

Ich stoße mit der Schulter gegen die von Isaiah, als ich mich an ihm vorbeidränge, und er macht keinen zweiten Versuch, mich aufzuhalten.

SMILLA

Ich mache mich auf eine Standpauke gefasst, als ich in den Aufzug steige. Dass noch niemand aus der Redaktion versucht hat, mich zu erreichen, wundert mich. Aber vielleicht sind sie einfach genauso froh über meine Abwesenheit wie ich. Dass ich plötzlich ein natürlicher Magnet für Sensationen jeder Art geworden bin, hat mir vielleicht Respekt eingebracht, aber sicher keine Zuneigung. Ich verstehe mich nach wie vor nicht mit meinen Kollegen, und sie haben keine Freude daran, mich zu Außendrehs mitzunehmen.

Die Aufzugtüren öffnen sich, und ich trete in – Chaos. Das Büro sieht aus, als hätte ich gerade einen Börsencrash verpasst. Zettel liegen auf dem Boden herum, halb ausgetrunkene Kaffeetassen stehen auf den Tischen, und zwischen allem laufen Redakteure herum und rufen aufgeregt durcheinander. Neben dem Aufzug stapeln sich Kameras, Rucksäcke und Kabelrollen, über die Nick, einer unserer Kameramänner, in seiner Hektik stolpert. Was zum Teufel ist hier los? Ich versuche Nick an der Schulter zu fassen, aber er wedelt mit der Hand, um mir zu bedeuten, dass er keine Zeit hat. Als mich auch sonst niemand beachtet, pflücke ich einen Zettel vom Teppichboden. Es ist der Ausdruck einer Meldung, die mich erstarren lässt. Offenbar hat sich in der Nacht ein Lynchtrupp aus den umliegenden Dörfern zusammengerottet. Männer, die sich über eine Facebook-Gruppe organisiert und verabredet hatten, sind zur Siedlung rauf, haben alles kurz und klein gehauen, Häuser angezündet und bei der Gelegenheit auch noch den Mast einer Internetantenne abgefackelt, der dort erst vor Kurzem aufgestellt wurde. Und all das, begreife ich, weil ich mich entschieden habe, den Fund aus dem Redaktionsarchiv ans Licht der Öffentlichkeit zu bringen.

Mir wird schlecht. Ich mache einen Schritt nach vorn, um mich an der Lehne eines Bürostuhls festhalten zu können. Ja, ich habe darüber spekuliert, dass es kein Zufall sein mag, wenn eine Siedlung voller Straftäter inmitten eines Bermudadreiecks für Vermisstenfälle lebt. Aber das hier habe ich nicht gewollt. Ich habe nicht gewollt, dass die Region Lynchjustiz betreibt und dass dabei Menschen zu Schaden kommen, dass möglicherweise sogar du zu Schaden kommst, Juli – sofern du denn noch irgendwo dort oben bist. Ob die Männer bei ihrer Aktion auf dich gestoßen sind?

«Smilla!» Ich höre die Stimme des Chefredakteurs wie durch Watte. «Da bist du ja endlich! Jetzt mal dalli, du fährst mit Tim und Arne nach Almenen und hilfst ihnen mit dem Equipment und den Interviews.»

Wie in Trance hebe ich eine weitere Zeitungsmeldung auf, die zu Boden gerutscht ist und die von der gleichen Tat berichtet. Das hier habe ich nicht gewollt.

«Smilla!»

Ich blicke auf. Marios Gesicht ist genervt, er hat hektische rote Flecken im Gesicht.

«Almenen», wiederhole ich, weil ein Teil meines Gehirns das doch irgendwie registriert hat. «Klar.»

Er verzieht das Gesicht, dann rauscht er ab, und erst jetzt wird mir klar, was das bedeutet, Juli. Sie nehmen mich mit nach Almenen, vielleicht versuchen wir sogar, den Berg nach Jakobsleiter raufzukommen!

«Smilla!» Diesmal ist es Tim, der mich über das Chaos und den allgemeinen Lärm in der Redaktion hinweg anpfeift. Er steht bereits am Fahrstuhl, neben ihm Arne, und sieht nicht weniger genervt aus als Mario. «Was ist, willst du da Wurzeln schlagen?»

Das will ich nicht. Ich will mit nach Almenen. Nach Jakobsleiter. Zu dir, Juli. Selbst wenn das heißt, dass ich das verdammte Kamerazeug ganz allein den Berg raufschleppen muss. «Ich komme schon!»

Ich realisiere das Glück dieses Morgens erst im Auto, eingepfercht zwischen dem Kameraequipment und Arne, der sein Glück ebenfalls nicht fassen kann und die ganze Fahrt über versucht, mich in Gespräche zu verwickeln. Ich antworte einsilbig, weil ich in Gedanken bereits in der Siedlung bin. Ich kriege trotzdem mit, dass wir tatsächlich vorhaben, dort hinaufzusteigen, sofern es denn irgendwie möglich ist, dass wir aber in erster Linie unterwegs sind, um mit den Leuten und dem Bürgermeister in Almenen zu sprechen. Ein weiteres Außenteam ist gerade auf dem Weg zur Polizeidienststelle, in der einige Männer des Lynchtrupps noch in der Ausnüchterungszelle sitzen. Und ein drittes Team wurde zu den Familien der festgenommenen Männer geschickt. Eine richtig große Sache also, was auch erklärt, warum man mich ungefragt mit auf einen dieser Außendrehs nimmt. Ich schaue auf die schneebedeckten Gipfel, die hinter dem Autofenster vorbeifliegen.

Es kann wirklich kein Zufall sein, dass mir das alles passiert, Juli. So kurz nach dem zehnjährigen Jahrestag deines Verschwindens, nach meiner Übernachtung am Faunfelsen, nach meiner Begegnung mit dem Wolf und mit deiner Tochter. Dass ich jetzt hier sitze, ist das Ergebnis einer Kette so unglaublicher Ereignisse, einfach – surreal.

In Almenen angekommen, packen wir das Equipment aus und bauen uns vor dem lokalen Supermarkt auf, weil dort erfahrungsgemäß die meisten Dorfbewohner im Laufe des Tages irgendwann mal vorbeischauen. Als ich es zwischen den Interviews wage, ein paar Mal darauf hinzuweisen, dass es vielleicht mehr Sinn machen würde, erst zur Siedlung raufzuwandern und die Interviews auf später zu verschieben, ist Tim genervt und schickt mich Wasser kaufen. Ich betrete den kleinen SPAR und packe gleich so viele Flaschen ein, dass es für den Weg zur Siedlung und zurück reichen würde. Dazu noch Nüsse, Knäckebrot und Müsliriegel. Es macht mich nervös, dass es bereits kurz nach Mittag ist und wir eigentlich bald aufbrechen sollten. Der warme Spätsommertag und das Wetter laden geradezu zum Wandern ein.

Die Kassiererin, eine Frau um die fünfzig mit ergrautem Haar, zieht meine Einkäufe über den Scanner, ohne ihren Blick von der beschlagenen Fensterscheibe zu nehmen, durch die man Arne und Tim vor dem Eingang stehen sieht. Sie sieht etwas neidisch aus. Als wäre sie beleidigt, dass wir nur die Kunden und nicht sie befragen.

«Seids ihr wegen der Randale in der Siedlung hier?» Ihre Hände tasten geistesabwesend nach den Produkten. Ich könnte ihr einen Schuh aufs Band legen, und sie würde es nicht bemerken.

«Genau», sage ich und packe die Einkäufe ein. Ich will mich gerade bedanken und verabschieden, da fragt die Frau plötzlich: «Und das Mader-Mädel, kommts das jetzt eigentlich ins Heim, oder kommts das zurück zu ihrem Vater?»

«Wie bitte?» Verwirrt halte ich in meiner Bewegung inne.

«Na, die Tochter von dem Mader. Das Mädel ist doch jetzt in der Klinik, haben sie im Fernsehen gesagt.»

In meinen Ohren beginnt es zu klingeln. «Der Mader?», echoe ich und halte das zunächst für einen Spitznamen, aber dann schnalzt die Frau mit der Zunge und sagt: «Na, der alte Herr Mader von oben aus Jakobsleiter.»

Ich starre sie an. «Sie wissen, wer der Vater ist?!»

«Na, also *wissen* ist vielleicht übertrieben», rudert sie zurück. «Aber wenn man dieses Gesocks so lange quasi direkt vor der Nase hat, dann bekommt man eben doch so einiges mit. Ich hab das Mädel ein paar Mal hier unten im Dorf gesehen. Wie ein Gespenst, habe ich immer gesagt, wenn ich meinem Mann davon erzählt hab. Und irgendwann ist er heimgekommen und meinte:

Du, dieses Mädchen, von dem du immer erzählst, das ist kein Gespenst. Ich glaub, das muss dem Mader gehören.»

Dem Mader, denke ich und bekomme eine Gänsehaut. Ich wiederhole den Namen sehr leise für mich, warte darauf, dass möglicherweise ein Glöckchen klingelt. Aber das tut es nicht. Der Name löst nur ein Gefühl aus, das ich nicht greifen kann und das mir Angst macht. Was, wenn das der Mann ist, nach dem ich seit zehn Jahren suche, Juli?

«Und hat Ihr Mann auch gesagt, wie er darauf gekommen ist, Frau ...» Ich blicke auf den Kassenzettel. *Es bediente sie Frau Bergholz*, steht da. «... Frau Bergholz?»

Sie nickt. Anscheinend ist sie jetzt in Fahrt, denn sie senkt verschwörerisch die Stimme. «Mein Mann war vielleicht der Einzige, der überhaupt mal was mit dem Mader zu tun hatte. Der alte Kauz kommt nämlich normalerweise nie von seinem Berg runter. Außer vielleicht ein, zwei Mal pro Jahr, wenn ihm die Munition ausgeht.»

«Ihr Mann verkauft ihm Munition?», frage ich, und in meinem Kopf formt sich ein Bild deines Entführers, Juli. Ein Mann namens Mader, der sich in den Bergen versteckt. Ein Mann, der eine Waffe hat und das Jagen liebt .... Da bemerke ich, dass Frau Bergholz' Blick sich verschlossen hat. Falsche Frage.

«Ich bin nicht von der Polizei», sage ich schnell. «Um ehrlich zu sein, bin ich nicht mal wirklich von der Presse, ich trage hier nur die Kabel und ... kaufe das Wasser.» Ich halte lächelnd die Tüte mit den Einkäufen hoch, aber erst als Frau Bergholz mich ausgiebig gemustert hat, kommt sie wohl zu dem Schluss, dass ich tatsächlich nicht wie eine Polizistin oder eine ernst zu nehmende Journalistin aussehe.

«Mein Mann hat das alles ganz legal gemacht!», verteidigt sie ihn. «Er hätte nie was an zwielichtige Leute verkauft oder so. Konnte ja keiner wissen, dass der Ort da oben sich als Verbrechernest entpuppt! Und er hat auch nie was an Minderjährige verkauft, darum musste der Mader ja persönlich bei ihm antanzen. Der hat nämlich erst mal den Jesse vorgeschickt, der hier im Ort immer die Einkäufe für alle macht, ein lieber Junge ist das, so ein ganz stiller, gut in der Schule, hab ich gehört. Aber na ja, da sieht man's mal wieder: Stille Wasser trügen eben doch. Damals war der Jesse vielleicht zwölf oder dreizehn Jahre alt, als er zu meinem Mann gekommen ist, konnte knapp über die Stallbox gucken. Stellen Sie sich das mal vor, so einen schicken die hier runter, um Munition zu kaufen, als wären es Rosinenbrötchen!»

«Und dann hat Ihr Mann ihm gesagt, dass dieser Mader selbst kommen soll?»

Sie nickt wieder. «Ein ganz komischer Kauz ist das, da bekommt man es wirklich mit der Angst zu tun, wenn man den schon sieht. Ganz starre graue Augen, wissen Sie? Und so zurückgezogen, wie der lebt. Na, jetzt ist ja eh klar, dass die da oben alle nicht ganz koscher sind.» Sie zögert und senkt dann erneut ihre Stimme. «Glauben Sie denn, der hat was mit dem Verschwinden der armen Frau Bender zu tun?»

«Das weiß ich wirklich nicht», sage ich ausweichend, obwohl mein Instinkt mir natürlich etwas anderes sagt. Es passt alles viel zu gut zusammen, Juli. «Und wissen Sie – kennen Sie vielleicht auch die Mutter des Mädchens?»

Diesmal schüttelt sie zu meiner Enttäuschung den Kopf. «Da oben leben keine Frauen. Zumindest keine, die man zu Gesicht bekommen würde. Ach so, da ist natürlich diese Rebekka, aber die ist ja noch ein halbes Kind. Fünfzehn oder sechzehn, würde ich schätzen. Die geht hier noch zur Schule.»

«Aber – es könnte ja schon sein, dass da oben vielleicht Frauen festgehalten werden, die …» Ich weiß, dass es ein Fehler war, diesen Gedanken laut auszusprechen, als ich ihren Blick sehe. Die Leute in diesen kleinen Dörfern sind sensationslustig, sie sind geschwätzig. Und wie sich gerade erst gezeigt hat, schrecken sie nicht vor Selbstjustiz zurück. Frau Bergholz sieht mich so begierig an, dass ich schnell das Thema wechsle. «Dürfte ich vielleicht selbst mal mit Ihrem Mann sprechen?»

«Der ist leider letztes Jahr verstorben.»

«Das tut mir leid.»

«Lungenkrebs», sagt sie, «und dabei hat er nie geraucht.»

«Das ist schlimm.»

«Tja, irgendwann holt er uns alle», sagt Frau Bergholz. Und obwohl ich natürlich weiß, wen sie meint, Juli, obwohl sie natürlich Gott meint oder den Tod, jedenfalls nicht den Mann, der dich holen gekommen ist, läuft es mir bei den Worten eiskalt den Rücken runter.

JESSE

Der Konflikt mit Isaiah hat mich aufgeputscht, sodass mir die ersten Höhenmeter bis zum Geröllfeld leichtfallen. Ich gewöhne mich an einen Rhythmus, in dem ich Vater einhundert Schritte auf meine Schulter gestützt trage und uns dann dreißig Sekunden verschnaufen lasse. Letzteres vor allem um seinetwillen, denn ich kann spüren, dass der Marsch ihm die letzte Kraft raubt. Ich glaube sogar, dass er zwischenzeitlich in eine Art Fieberdelirium verfällt, denn er redet mich mit allen möglichen Namen an, die mir nichts sagen. Es müssen Namen von früher sein, vielleicht Kollegen aus dem Knast oder Freunde, zu denen er durch seine Zeit im Gefängnis den Kontakt verloren hat. Vielleicht hatte Vater sogar Brüder, vielleicht habe ich Onkel. Er hat nie darüber gesprochen.

Das Geröllfeld schließlich wird ein Problem. Es gibt keinen Pfad, und man muss über Felsen und spitze Steine klettern. Dafür braucht man Balance, und die hat Vater auf nur einem Bein nicht. Ich kann sehen, dass er es versucht. Aber er kippt immer wieder gegen mich, und wir stolpern mehr, als dass wir vorwärtskämen. Als wir endlich die andere Seite erreichen, bin ich schweißgebadet, und das Gefühl der Überlegenheit ist völlig verbrannt. Ich helfe Vater den letzten großen Stein hinunter, und dann setze ich ihn zum Verschnaufen ins Gras, esse einen Bissen Brot und trinke Wasser. Ich zwinge auch Vater, etwas zu trinken. Seine Lippen sind trocken und aufgesprungen, und obwohl seine Stirn vorhin in der Hütte noch eiskalt war, glüht sie nun regelrecht. Ich hole die fieber- und schmerzlindernden Tabletten aus dem Rucksack. Auf dem Beipackzettel steht, dass man müde davon wird, darum gebe ich ihm nur eine halbe. Ich löse sie im Wasser seiner Flasche auf und flöße ihm dann die Flüssigkeit Schluck für Schluck ein. Ich kann nicht riskieren, dass er mir einschläft, bevor wir das Ende des Walds erreicht haben.

«Wir müssen weiter», sage ich, eigentlich mehr, um mich selbst zum Aufstehen zu bewegen. Ich schultere den Rucksack und helfe Vater hoch. Mit seiner Stirn so nah an meiner kann ich die Fieberhitze dahinter spüren, trotz der Tabletten. Mehrmals auf dem Weg stöhnt er nach Wasser, und ich gebe ihm alles, was ich noch in meiner Trinkflasche habe. Dann beginnt er wieder zusammenhanglose Sätze und Namen zu brabbeln, von denen sich zwei ständig wiederholen: Margit und Lothar. Ich versuche mich gleichzeitig auf den unebenen Pfad zu konzentrieren und Sinn in die Sätze zu bringen, die Vater von sich gibt. Er stolpert neben mir, in seinem Fieber fleht er abwechselnd weinerlich und flucht dann fuchsteufelswild. Er sagt auch irgendetwas von einem Terrier und von einer Eisenstange, und dann schwenkt er plötzlich die Faust in einer unkontrollierten Bewegung durch die Luft, sodass ich den Kopf zurückziehen muss, um nicht von ihm getroffen zu werden.

«Schon gut, Papa.» Ich versuche ihn zu beruhigen, versuche seine Arme festzuhalten, aber er ist kaum zu bremsen. Wieder muss ich an den Tag denken, als er so wütend die Hütte verlassen hat, um Mama zu suchen. Das Wenige, das davon zurück in meine Erinnerung gekrochen ist, steht mir jetzt viel deutlicher vor Augen. Details, denen ich vorher keine Beachtung geschenkt habe. Vaters rote Fingerknöchel. Das Blut, das an ihnen klebte. *Sie wollte mich verlassen.* Es war Verstümmelung aus Liebe.

Aber ich glaube nicht, dass es um diesen Tag geht. Ich glaube, dass das Fieber Vater jenes Ereignis noch einmal durchleben lässt, das ihn damals ins Gefängnis gebracht hat. Eine Eisenstange. Lothar. Margit. Ein Terrier. Ich werde ihn fragen, was damals passiert ist. Aber nicht jetzt. Nur ein Feigling fragt einen Fiebernden aus. Ich will, dass mein Vater es mir ins Gesicht sagt, wenn er wieder gesund ist. Er soll es mir freiwillig erzählen.

Ich beiße die Zähne zusammen und schleppe ihn weiter. Der Bach führt zu dieser Jahreszeit nur noch wenig Wasser, aber es dauert trotzdem lange, bis ich eine Stelle gefunden habe, an der ich Vater heil auf die andere Seite bringen kann. Sein Gesicht hat inzwischen eine ungesund graue Farbe. Aber er humpelt tapfer weiter, als wüsste ein Teil von ihm, dass das hier seine letzte Chance ist, wenn er überleben will. Ich fülle die Wasserflaschen noch einmal auf, doch bis wir den Wald passiert haben, hat er eine davon schon wieder ausgetrunken. Wasser ist das Einzige, nach dem er immer wieder fragt. Ansonsten wandelt er in seiner Fieberwelt und seiner Vergangenheit.

Viel später, als ich berechnet habe, erreichen wir den Waldrand, vor dem die Felder von Almenen beginnen. Das Dorf liegt so friedlich in der Nachmittagssonne, dass der Kontrast zu unserer schroffen Bergwelt oben mit einem Mal ganz deutlich ist. Aber kaum dass wir die Felder überquert haben, verfliegt der Eindruck der Idylle. Ich wähle den Weg an der Kirche vorbei, weil es der kürzeste zur Polizeidienststelle ist. Ein schmaler gepflasterter Pfad windet sich an der niedrigen Friedhofsmauer entlang, und da steht eine Frau über ein Grab gebeugt, die sich aufrichtet, als sie uns sieht. Sie trägt Gartenhandschuhe und hat wohl gerade Unkraut gejätet. Jetzt aber wirft sie uns einen Blick zu, als seien wir das Unkraut, das vernichtet werden muss. Es ist nur eins von vielen feindseligen Augenpaaren, die uns im Dorf begegnen. Leute starren uns böse an oder schließen Türen und Fenster vor uns.

Und dann bildet sich plötzlich ein Pulk, der uns nachgeht und der größer wird, wann immer ich mich nervös umblicke. Eine Mauer aus unheilvollen Mienen, bei denen mir der Schweiß ausbricht. Ich hatte vorgehabt, am Supermarkt zu halten, denn Vater bettelt schon wieder nach Wasser, und ich muss zumindest ein wenig Proviant kaufen. Aber mit dem Lynchtrupp hinter mir traue ich mich nicht, Vater allein vor dem Supermarkt zu lassen. Ich steuere stattdessen den Dorfbrunnen an, um wenigstens unsere Flaschen erneut aufzufüllen. Doch als ich gerade den Rucksack absetze, treten uns drei Männer in den Weg. In einem von ihnen erkenne ich den Vater von Lorenz, er sieht ihm so ähnlich, dass ich keinen Zweifel habe: die gleiche niedrige Stirn und die schmalen dunklen Augen. Der zweite ist der Mann der Bäckerin, und den dritten kenne ich nicht. Er trägt die Kleidung eines Bauern und Mist unter den Stiefeln, ist groß und feist, hat eine Stirnglatze und einen Knüppel dabei, der gegen seinen Oberschenkel schlägt, wie das Pendel einer Uhr: tok – tok – tok.

«Verpisst euch. Wir wollen keine Verbrecher in Almenen.» Lorenz' Vater spuckt auf den Boden, wie auch sein Sohn es manchmal tut. Lorenz ist tatsächlich eine Miniversion seines Vaters.

«Ich will nur etwas Wasser auffüllen», sage ich und versuche meiner Stimme einen gelassenen Ton zu geben. Aber meine Hände zittern, als ich den Reißverschluss des Rucksacks öffne.

«Gibt es etwa kein Wasser bei euch am Berg?», fragt der Mann der Bäckerin, keine Spur weniger aggressiv.

«Mein Vater ist krank. Ich muss ihn ins Krankenhaus bringen.»

«Oooooh», gibt Lorenz' Vater einen gespielt bedauernden Ton von sich und ruft dann den Leuten hinter ihm zu. «Habt ihr das gehört? Er muss ihn ins Krankenhaus bringen! Hat jemand hier vielleicht ein Krankenhaus gesehen?»

Ich versuche mir nicht anmerken zu lassen, wie nervös ich bin, als ich die Wasserflaschen aus dem Rucksack ziehe. Ich bin nicht so weit gekommen, um mich jetzt einschüchtern zu lassen.

«Wir wollen keinen Ärger», sage ich.

«Ach, ihr wollt keinen Ärger?», höhnt Lorenz' Vater. Sein Blick streift mein Gesicht, auf dem die Wunden meines letzten Besuchs in Almenen langsam zu Schorf und Narben verheilen. Ich habe ein Gesicht wie ein Mann, der jahrelang geboxt hat, und ich frage mich, ob Lorenz' Vater weiß, wie viele Narben davon auf das Konto seines Sohnes gehen. Plötzlich macht er einen Schritt nach vorn und stößt mir so heftig gegen die Schulter, dass ich zur Seite stolpere und fast über Vater falle, den ich auf den Stufen vor dem Brunnen abgesetzt habe.

«Wir wollen auch keinen Ärger. Und am wenigsten mit Gesocks wie euch! Wenn ihr Wasser wollt, dann grabt euch ein Loch – da gehört ihr sowieso rein! Wir lassen uns doch nicht durch Scheißkerle wie euch den Brunnen vergiften!»

Ich starre ihn verdattert an. Den Brunnen vergiften? Aus dem Geschichtsunterricht kenne ich solche Vorwürfe. Sie wurden früher, im Mittelalter und während der Pest, oft gegen Juden oder angebliche Hexen vorgebracht. Ganze Judenviertel in Städten wurden damals zum Tode verurteilt und die Bewohner verbrannt. Mich packt eine böse Vorahnung, als unsere schattenartigen Verfolger näher kommen. Sie umzingeln uns, und egal was ich tue oder sage, den Brunnen werden sie uns nicht benutzen lassen. Ich kann schon froh sein, wenn wir es schaffen, den Platz zu verlassen, ohne dass sie sich auf uns stürzen. Beschwichtigend hebe ich die Hände, in denen ich noch die leeren Flaschen halte, und beuge mich langsam zu meinem Rucksack hinunter, um sie wieder einzupacken. Doch da tritt der Mann mit der Stirnglatze, der die ganze Zeit noch gar nichts gesagt hat, plötzlich ebenfalls vor und schlägt mir mit dem Knüppel auf den Rücken, sodass mir keuchend die Luft entweicht und ich auf die Knie gehe. Doch als der Mann ausholt, um auch meinem Vater einen Schlag zu verpassen, mache ich mich lang, werfe mich vor ihn und umklammere seine Beine. Es reicht nicht, um ihn umzuwerfen. Aber zumindest lenkt es ihn von Vater ab, und so treffen auch die nächsten Knüppelschläge stattdessen mich. Bei jedem davon gibt mein Körper ein Geräusch ab wie ein hustender Hund. Ich bin erschüttert über die Härte, mit der er zuschlägt. Aber meine Gedanken kreisen nur um meinen verletzten Vater. Ganz gleich, was er in der Vergangenheit getan hat, die Prügel hat er nicht verdient. Nicht in seinem Zustand. Sie könnten ihn umbringen.

Der Pulk um uns hat sich weiter geschlossen, aber keiner mischt sich ein. Stumm und schadenfroh schauen sie der Prügelei zu. So wird es also von jetzt an für uns sein, denke ich, wo wir auch sind, wo immer wir uns verstecken, wird es Menschen geben, die uns Dinge anhängen und uns zu Prügelsäcken machen. Das Dorf ist eine Schlangengrube.

Trotzdem war es richtig herzukommen. Vater braucht Hilfe. Mit dem Gedanken richte ich mich auf, als der Bauer erneut den Knüppel hebt und zuschlagen will. Ich wehre den Schlag ab, greife nach dem Knüppel, der nun schmerzhaft meinen Ellbogen trifft. Aber ich schaffe es trotzdem, einen Teil des Holzes zu umgreifen und mich weiter aufzurichten. Der Mann reißt den Knüppel wütend zurück und will ihn mir entwinden, doch ich umklammere ihn so fest, dass er mich dadurch zurück auf die Beine zieht. Irgendjemand stößt mich von hinten, aber da ich jetzt beide Hände fest um das Holz geschlossen habe, falle ich nicht, sondern taumle nur um den Bauern herum, der sich mitdrehen muss, weil er die andere Seite festhält. Ein absurder Eiertanz. Und jetzt, wo es nicht mehr wie eine Bestrafung aussieht, nicht mehr wie eine öffentliche Exekution, sondern vielmehr wie ein Kampf, werden die Leute um uns doch laut. Sie rufen alle durcheinander, ich werde gepackt und geschubst, aber ich lasse mein Ende des Knüppels nicht los, und ich falle auch nicht mehr. Ich klammere mich so fest, als hinge mein Leben davon ab.

«Genug!», brüllt irgendwer von irgendwo, aber er muss es mehrmals brüllen, bevor die Leute ihn in ihrer Erregung und ihrer Wut wahrnehmen. «Genug! Genug! Genug! Was ist denn in euch alle gefahren?! Habt ihr den Verstand verloren?» Die Ersten wenden sich um, und dann wird einer nach dem anderen plötzlich still und hört auf, mich zu schubsen oder mir in den Nacken zu spucken. Ich wage noch immer nicht, den Knüppel loszulassen, als ich mich umsehe, dorthin, wo die Menge sich teilt und nun den Blick auf einen Mann freigibt, dessen Gesicht nicht entsetzter sein könnte: Es ist Bürgermeister Hofer.

«Grundgütiger», stößt er hervor, als er mich sieht. «Sind denn hier alle verrückt geworden?!» Er sieht in die Runde, und die Leute weichen seinem Blick aus, wie schuldbewusste Kinder. Dann entdeckt der Bürgermeister meinen Vater, der auf dem Boden zwischen den Beinen der Dorfbewohner liegt wie ein umgefallener Sack Kartoffeln. Auf dem in den Plastiksack eingepackten Fuß bleibt sein Blick schließlich hängen. Das letzte bisschen Farbe weicht aus seinem Gesicht.

«Grundgütiger», sagt er noch einmal. «Wir brauchen einen Krankenwagen. Sofort!»

Ich umklammere den Knüppel noch immer, als der Bauer schon längst losgelassen hat, als ich erschöpft neben meinem Vater auf dem Boden sitze und der Krankenwagen mit Blaulicht und Sirene im Dorf ankommt. Ich habe meine Finger so fest darumgekrallt, dass einer der Männer, die aus dem Krankenwagen springen, sie mir sanft vom Holz lösen muss. Ich hätte meine Waffe am liebsten mit in den Wagen genommen, für den Fall, dass die Krankenpfleger erfahren, wer wir sind, und ihre Meinung ändern. Aber der Mann legt eine Hand in meinen Nacken und redet mir gut zu, während er den Knüppel langsam neben mir ablegt. So leise, als hätte er gar kein Gewicht. Zwei weitere Männer und eine Frau knien neben Vater. Sie spritzen ihm irgendetwas, die Frau hält eine Flasche mit einem Schlauch daran hoch. Dann legen sie ihn auf eine Trage und schaffen ihn in den Wagen. Sie wollen auch mir helfen, aber ich wehre sie ab.

«Meine Mutter», sage ich und komme schwankend auf die Beine. Meine Rippen tun weh. Das Atmen fällt mir schwer. Kurz wird mir schwarz vor Augen, aber ich muss stark sein. Ich bin der Einzige im Haus, der noch auf meine Mutter aufpassen kann.

«Ganz ruhig, Jesse», sagt Hofer, der nun vor mich tritt und

mich mit seinen gütigen Augen ansieht. So viel Güte, denke ich. Womit habe ich so viel Güte verdient? Hat er es nicht gehört? «Du lässt dich jetzt erst einmal im Krankenhaus untersuchen, das würde deine Mutter auch so wollen. Und wenn es länger dauert und du nicht spätestens morgen wieder da bist, dann gehe ich selbst zu ihr hoch, um nach ihr zu sehen.»

Es ist ein Versprechen, aber ich schüttele trotzdem so lange den Kopf, bis er ihn festhält. Bürgermeister Hofer legt eine Hand an meine Wange und eine Hand in meinen Nacken, dorthin, wo die Spucke angetrocknet ist. Er hält mich. «Du gehst jetzt mit deinem Vater ins Krankenhaus, und ich kümmere mich um alles Weitere.»

«Sie verstehen das nicht», sage ich und bemerke, dass meine Worte undeutlich klingen. Meine Lippe ist geschwollen. Ich sauge das Blut ein, damit es mir nicht aus dem Mund tropft. «Haben Sie es denn nicht mitbekommen? Haben Sie etwa nicht gehört, wer wir sind?»

Sein Blick und seine Hände bleiben fest, unerschütterlich.

«Du bist ein guter Mensch, Jesse Eisner. Lass dir von niemandem was anderes erzählen!»

SMILLA

Ich kann Tim und Arne letztlich überzeugen, dass wir endlich aufbrechen müssen, wenn wir es für die Aufnahmen noch nach Jakobsleiter schaffen wollen. Aber dann kommt trotzdem alles anders. Wir haben gerade die Rucksäcke gepackt und stehen aufbruchsbereit vor dem Wagen, als Tims Handy klingelt. Bis hierher kann ich Marios Stimme hören, die aufgeregt in den Hörer ruft: «Seid ihr dabei gewesen? Habt ihr das aufgezeichnet?»

Tim sieht verblüfft aus. «Was jetzt genau, Chef?»

«Na, die Prügelei auf dem Dorfplatz in Almenen! Ihr seid doch in Almenen, Herrgott!»

«Wir – haben gerade unsere Interviews fertig und wollten jetzt versuchen, den Berg raufzukommen und in der Siedlung …»

«Vergiss die Siedlung! Er gibt uns ein Exklusivinterview!»

Ich schließe die Augen. Die Siedlung vergessen. Wie sollte ich, Juli?

«Ein Exklusivinterview? Mit wem?», fragt Arne.

«Na, mit dem Bürgermeister von Almenen!», ruft Mario, als läge das auf der Hand. «Soll das heißen, ihr habt die Prügelei am Brunnen nicht aufgenommen?»

Tim sieht erst Arne und dann mich an, aber keiner von uns weiß, wovon Mario spricht.

«Ich hab dem Bürgermeister gesagt, dass ihr schon vor Ort seid», fährt Mario unvermindert laut fort. «Ihr sollt ihn in fünf Minuten am Bürgermeisterhaus treffen. Ist das realistisch?»

«Eher nicht», sagt Tim.

«Dann macht einfach, so schnell es geht, verdammt!» Mario legt auf. Tim blickt ratlos auf sein Handy.

«Das war der Chef», sagt er.

«War zu hören», sagt Arne. Ich sage nichts, obwohl in mir etwas rebelliert, das ich nur mit Mühe im Zaum halten kann.

«Also dann, Planänderung. Wir packen noch mal um», sagt Tim. Ich mache keine Anstalten, mit ihnen zu diskutieren.

Während wir vor dem Haus alles für das Interview herrichten, sitzt Bürgermeister Hofer völlig erstarrt auf einer Bank in seinem Garten. Er ist sichtlich betroffen. Eine Frau, wahrscheinlich seine Haushälterin, schenkt ihm Tee aus einer weißen Porzellankanne ein und bietet uns Kekse an. Seit den Videoaufnahmen scheint Hofer gealtert. Er hat Ringe unter den Augen und tiefe Sorgenfalten auf der Stirn. Und überhaupt sieht er aus wie einer, der sich viele Sorgen um andere macht.

Als wir Licht und Stativ aufgebaut haben, steht er müde auf und schleppt sich die Stufen zur Haustür hoch, als betrete er sein eigenes Schafott. Er lässt sich geduldig von Tim positionieren. Und als Arne verkündet, dass die Kamera läuft, strafft er, so gut es geht, den Rücken.

«Liebe Gemeindemitglieder von Almenen, liebe Zuschauer vor dem Fernseher», beginnt er. «Nach allem, was letzte Nacht und an diesem traurigen Tag passiert ist, wird es Zeit, dass ich endlich Licht in die Geschichte jener Siedlung bringe, die unter dem Namen ‹das Verbrechernest› bekannt geworden ist. Ich verstehe, dass dahinter keine böse Absicht, sondern allein Angst steckt. Aber niemand muss sich fürchten, denn es ist alles unter Kontrolle! Als Bürgermeister von Almenen bin ich längst darüber im Bilde, was es mit der Siedlung am Berg auf sich hat. Jakobsleiter wurde in den Fünfzigerjahren als Sozialprojekt von meinem Vater ins Leben gerufen, der ebenfalls Bürgermeister dieses Dorfes war. Mein Vater hat beklagt, dass ehemalige Straftäter in unserer Gesellschaft oft nicht auf Wiedereingliederung hoffen können, wie es ja nach einer Gefängnisstrafe eigentlich vorgesehen ist. Eine Gefängnisstrafe ist ein Stigma, das einem Menschen ein Leben lang anhaftet – und das gilt für ländliche Regionen noch einmal ganz besonders! Hier weiß ja jeder Bescheid, wenn jemand für ein paar Jahre gesessen hat – da kann dieser Jemand nicht auf eine zweite Chance in Form eines Arbeitsplatzes oder auch nur einer Mietwohnung hoffen. Wer möchte schon Tür an Tür mit einem Straftäter leben, vielleicht sogar noch die Kinder nebenan im Garten spielen lassen? Für ebendiese armen Seelen hat mein Vater eine eigene Siedlung gegründet: Jakobsleiter, wo sie ein Zuhause finden und einen Neuanfang wagen können, ein neues Leben unter ihresgleichen, in völliger Abgeschiedenheit und Ruhe. Ja, ich kann bereits die Stimmen hören, die mir jetzt entgegenschlagen und mir vorhalten werden, dies all die Jahre geheim gehalten und die Siedlung als religiöse Täufergemeinde getarnt zu haben. Aber geben mir die jüngsten Ereignisse nicht recht? Heute Nachmittag wurde sogar ein Junge angegriffen, der nichts mit der Vergangenheit seiner Eltern zu tun hat! Wie schlimm kann eine Straftat sein, dass ihr Stigma sich sogar auf die nächste Generation überträgt? Er ist ein guter Junge, ich kenne ihn, seit er klein ist. Er ist fleißig und folgsam in der Schule. Er hilft seinen kranken Eltern. Aber heute musste ich ihn selbst mit einem Krankenwagen ins Spital schicken!»

Wir sind alle still einschließlich Tim, der das Mikrofon für den Bürgermeister hält. Hofers Rede macht uns alle betroffen.

«Ich kann der Öffentlichkeit versichern, dass die Aufnahme in Jakobsleiter strengen Regeln obliegt», fährt dieser fort. «Wer dort leben möchte, muss sich in einem Schreiben an mich wenden und um Aufnahme bitten. Wird seinem Antrag stattgegeben, erklärt der Neuankömmling sich im Gegenzug zu einigen Zugeständnissen bereit. Dazu gehört auch absolute Verschwiegenheit über das Sozialprojekt selbst, weswegen keinem der Bewohner dort oben ein Vorwurf gemacht werden kann, euch belogen zu haben. Wenn, dann trifft mich die gesamte Schuld dieser Unternehmung. Um die Kontrolle über das Projekt zu wahren, sind alle aufgenommenen Häftlinge außerdem angehalten, einen Radius von zehn Kilometern nicht zu verlassen und ihre Einkäufe im Dorf am Fuß des Berges zu erledigen – *diesem* Dorf, Almenen, wo ich die Aufsicht habe. Das alles dient dem Schutz der Bewohner von Jakobsleiter ebenso wie dem Schutz des gesamten Landstrichs. Wie Sie sehen können, hat also zu keiner Zeit Gefahr für die Bevölkerung bestanden, ganz im Gegenteil. Ich würde ohne zu zögern behaupten, dass dies das bestkontrollierte Resozialisierungsprogramm in der Geschichte des Landes ist.» Hofer steht jetzt sehr aufrecht, stolz. Ich kann ihm ansehen, dass er wirklich für dieses Projekt brennt, dass er für die Menschen brennt, die auf diesem Berg leben und die seiner Verantwortung unterliegen.

Tim und Arne nicken sich zu, und Arne stellt die Kamera aus. Ich hoffe wirklich, dass sie erkennen, wie viel mehr in dieser Rede steckt als lediglich ein Beitrag fürs Fernsehen. Ich gehe zum Bürgermeister und drücke seine Hand, die so schlaff an seinem Körper hängt, als hätte man aus seinem Arm die Luft herausgelassen.

«Das haben Sie gut gemacht», sage ich leise zu ihm, während Tim und Arne beginnen, die Sachen zusammenzupacken. Er sieht mich dankbar an.

«Wenn Sie wollen, dann gebe ich Ihnen die Liste der Bewohner mit», sagt er. «Sie sollen sehen, dass Jakobsleiter nicht die wilde Siedlung am Berg ist, als die sie plötzlich dargestellt wird, sondern dass jeder Bewohner schriftlich festgehalten und beglaubigt ist.»

«Das wäre toll», sage ich, obwohl ich nur eine vage Hoffnung habe, dass dem tatsächlich so ist. Ich glaube, Hofer hat die besten Absichten, was diese Siedlung betrifft. Aber ich glaube auch, dass die Vorstellung von totaler Kontrolle immer ein Trugschluss ist. Insbesondere dann, wenn es um die Kontrolle über Menschen geht.

EDITH

Die Antennengeister gibt es auch hier. Ich habe mir gewünscht, dass Jesse ins Krankenhaus kommt, und jetzt ist er da. Bei jeder Antenne, an der wir auf der Autofahrt vorbeigekommen sind, habe ich es mir gewünscht. Es gibt hier richtig viele Antennen in der Stadt, die für das Wünschen und Ausspionieren zuständig sind, nur sind die manchmal ganz versteckt. Ich habe sie natürlich trotzdem entdeckt, ich kann nämlich sehen, wie die Geister über die Dächer und Ampeln und Mauern kriechen.

Von meinem Fenster aus sehe ich den Hof vor dem Krankenhaus. Das Fenster ist groß und sehr durchsichtig, nicht so klein und beschlagen wie das in unserer Hütte. Es ist ein prima Fenster, weil ich nämlich sehen kann, wie die Krankenwagen ankommen. Es kommen sehr häufig Krankenwagen an, sie liefern Nachschub. Das Krankenhaus ist wie ein großes hungriges Tier, das immer gefüttert werden will. Ich habe eigentlich gedacht, dass Jesse durch die große Zaubertür kommt, die sich von alleine öffnet. Nicht, dass er mit einem Krankenwagen gebracht wird. Aber so ist das eben mit den Antennengeistern. Wenn man ihnen nicht ganz genau sagt, *wie* sie etwas tun sollen, dann machen sie, was sie wollen.

Jesses Papa ist auch mitgekommen, er wird auf einem Bett reingefahren, und zwei weiße Kittel nehmen Jesse in die Mitte und stützen ihn. Ich klebe meine Nase und meine Hände gegen die Scheibe, aber Jesse guckt gar nicht hoch, und winken kann er auch nicht, weil die beiden Männer ja seine Arme festhalten. Dann sind sie verschwunden.

Ich springe vom Fensterbrett ins Zimmer und drücke auf den orangefarbenen Knopf neben meinem Bett. Seit ich Freigeist besucht habe, machen sie die Tür immer mit einem Schlüssel zu. Aber ich habe schon herausgefunden, dass sehr schnell jemand kommt, wenn ich den orangefarbenen Knopf drücke. Beim letzten Mal hat die Schwester zwar ein bisschen blöd geguckt und mir gesagt, dass der Knopf nur für Notfälle gedacht ist. Aber sie kommen trotzdem, wenn ich ihn drücke, und anders kann ich ja nicht aus dem Zimmer.

Es gibt hier sehr viele Schwestern, und sie haben sogar verschiedene Haut- und Haarfarben, wie ein großer Wurf bunter Welpen. Schwester Rita mag ich am liebsten. Sie ist ein bisschen dunkler als ihre anderen Schwestern, auch im Gesicht, und wenn sie kommt, möchte sie immer sehen, was ich in den Stunden mit Doktor Greco gemalt habe. Sie lobt dann alles und sagt: «Das ist ja Wahnsinn, wie toll du malen kannst!», oder: «So schön könnte ich das nicht.» Sie hat mir auch eine Packung Stifte in einer Metallschachtel geschenkt, zwölf bunte Stifte ganz für mich allein. Doktor Greco lobt mich genauso oft. Er sammelt alle meine Bilder in einer großen schwarzen Mappe, wie etwas sehr, sehr Wertvolles. Und manchmal, während ich für ihn male, sieht er sich jedes einzelne davon noch einmal an. Ich mag Doktor Greco, und nur darum bin ich überhaupt noch hier. Aber jetzt ist Jesse gekommen, und Jesse mag ich noch ein bisschen lieber.

Die Stifteschachtel ist kalt auf meinem nackten Bauch, als ich sie unter meinen Pulli stecke und in meine Schlafanzughose stecke. Ich muss sie mit den Händen festhalten, damit sie nicht runterrutscht. Dann stelle ich mich mit dem Rücken an die Wand, neben die Tür und warte. Ich höre die Schritte der Schwester auf dem Flur, dann wird die Tür entriegelt und schwingt auf. Ich kann gerade noch sehen, dass es Schwester Anne ist, die in den Raum kommt und sich suchend umblickt, und jetzt muss ich schnell sein, also gleite ich an ihr vorbei und durch die Tür.

«Hey!», ruft sie, als ich bereits auf dem Flur bin. Dann schreit sie noch einmal lauter: «Hey!», und rennt mir hinterher. Aber sie hat Schlappen an den Füßen, und ich bin barfuß und auch sonst viel schneller. Ich renne mit Tieren durch den Wald, und Schwester Anne schlappt immer nur den Gang entlang.

Mit beiden Händen halte ich die Buntstiftschachtel vor meinen Bauch gedrückt, als ich um die Ecke biege. Schwester Anne macht jetzt so einen Lärm hinter mir, dass andere Leute aufmerksam werden. Sie stellen sich mir in den Weg, dem ersten Mann kann ich noch durch die Beine witschen, die er breit aufgestellt hat. Dann aber erwischt mich jemand am Ärmel meines Pullis. Ich reiße mich los und renne weiter, da ist eine Glastür, eine von denen, die nicht von selbst aufgehen, und ich brauche wohl einen Moment zu lange, um sie zu öffnen. Denn jetzt sind die Verfolger bei mir. Von zwei Seiten greifen sie nach meinen Armen, ich schnappe mit den Zähnen nach einer Hand, weil das schon mal gut funktioniert hat, und sie zieht sich sofort zurück. Aber die Buntstiftschachtel rutscht dabei sehr tief in meine Hose, und jetzt packt mich ein Mann mit beiden Armen von hinten um den Körper und hebt mich hoch. Ich schnappe und strample, aber er quetscht meine Arme mit seinen ein, und ich komme nicht an ihn ran. Die Schachtel rutscht noch tiefer, sie öffnet sich, und jetzt rasseln die Buntstifte durch mein Hosenbein auf den Boden. Sie verteilen sich um uns wie ein bunter Regenbogen, ich winde mich noch heftiger und knurre und fauche. Aber sie sind jetzt zu viele. Sie halten mich von allen Seiten fest und passen sehr gut auf, dass sie meinen Zähnen nicht zu nahe kommen. Ich glaube, es hat sich schon herumgesprochen, dass meine Zähne sehr gesund und stark sind.

Sie tragen mich zurück ins Bett, und diesmal schnallen sie mich darin sogar mit Gurten an. Vier Erwachsene gegen mich, das ist nicht gerecht. Ich winde mich und wehre mich, aber die Gurte sitzen fest, und ich komme weder mit den Händen noch mit den Zähnen dran. Ihre Gesichter sehen ein bisschen besorgt und traurig aus. Aber wenn sie wirklich traurig wären, würden sie mich ja nicht festbinden müssen.

«Ich werde Doktor Greco informieren», sagt der Mann, der mich hochgehoben hat. Ich erkenne, dass es der gleiche ist, dem ich vorhin durch die Beine entwischt bin, und ich präge mir sein Gesicht gut ein, ich starre ihn so böse an, dass eine der Schwestern im Raum es bemerkt und zu ihm sagt: «Vor der solltest du dich in Zukunft lieber in Acht nehmen, Chris.»

Sie lächelt, und Chris sieht von seinem Blinkgerät auf, durch das man hier über Entfernungen hinweg spricht. Er grinst schief. Ich glaube, er nimmt sie nicht ernst. Er hat keine Ahnung, wie ernst er sie nehmen sollte.

Mein Papa hat mir beigebracht, wie man tötet. Er hat mir beigebracht, wie man sich anpirscht und wie man Fallen legt und wo man durch die Kehle schneiden muss, um was auch immer man jagen will zu erlegen.

Ich versuche die Schultern schmal zu machen und unter dem Gurt durchzurutschen, indem ich meinen Körper bewege wie ein Wurm. Aber als die beiden Schwestern am Bett es bemerken, werfen sie sich einen Blick zu und ziehen die Augenbrauen hoch, und da muss ich plötzlich daran denken, wie Papa und ich mal den Hasen gefangen haben. Er hat mit einem Fuß in der Schlinge gesteckt und Haken geschlagen und gezappelt und ist rund um den Pflock gesprungen. Und Papa hat einfach dagesessen und ihm zugesehen, weil er wusste, dass er eine gute Falle gebaut hat, und weil er gerne zusieht, wenn seine Beute ein bisschen zappelt und sich wehrt. Erst als der Hase angefangen hat, an dem Pflock herumzubuddeln, und der Pflock zu wackeln begonnen hat, ist er zu ihm gegangen und hat ihm das Genick gebrochen. Er hat mir den schlaffen, toten Hasen hingeworfen, damit ich ihn in den Rucksack stecke und wir ihm zu Hause das Fell über die Ohren ziehen können. Und seitdem hat Papa immer zugesehen, dass er die Pflöcke unserer Fallen noch mehr anspitzt, um sie noch tiefer in den Boden zu rammen.

Man lernt viel, wenn man tote Tiere untersucht, und man lernt noch mehr, wenn man ihnen beim Sterben zusieht. Ich liege jetzt still. Weil man, wenn man einen Weg gefunden hat, um zu entkommen, auf den richtigen Moment warten muss. Und weil man überhaupt immer ganz still sein muss, um zu überleben. Man darf nicht quietschen und fauchen und knurren, so wie ich es gerade gemacht habe. Also schließe ich die Augen und warte ab. So wie ich es von Papa gelernt habe.

SMILLA

Freitagabend. Während des Studiums bedeutete das Vortrinken mit Freunden. Es bedeutete WG-Partys mit zig Menschen auf winzigem Raum, von denen man meist nicht einmal die Gastgeber kannte. Es bedeutete enge Jeans und Treffen in Bars oder Klubs oder immerhin eine Verabredung fürs Kino. Aber seit ich wieder bei meinen Eltern lebe, da bedeutet ein Freitagabend nur, dass ich eine weitere Woche Volontariat überlebt habe und zur Feier des Tages vielleicht ein bisschen länger fernsehen werde. In meiner Jogginghose und einem ausgewaschenen XL-T-Shirt, das ein Überbleibsel des einzigen Rockkonzerts ist, auf das ich je gegangen bin – und das auch nur, weil ich Simon die Karten zum Geburtstag geschenkt hatte.

In diesem fernsehtauglichen Outfit komme ich die Treppe herunter, als ich höre, wie meine Mutter an der Haustür mit jemandem redet. Ihr Lachen klingt hell und irgendwie ungewohnt, deshalb bleibe ich stehen und lausche. Ich hatte erwartet, dass sie in ihrem Büro sitzen würde. Vorhin, als ich nach Hause kam und der Beitrag mit Hofer gerade in den Sechsuhrnachrichten lief, da ist sie ganz inspiriert aufgesprungen und wollte sich eine Idee für einen neuen Krimi aufschreiben.

«Und Sie sind wirklich Psychologe?», höre ich sie jetzt sagen, und plötzlich beschleicht mich eine böse Ahnung, wer der späte Besucher ist.

«Psychiater», vernehme ich Grecos Stimme. Und dann meine Mutter, sehr gedehnt: «Ach ja …»

Was macht Greco hier unangekündigt an unserer Haustür? Nach dem ersten Schreckensmoment will ich den Rückzug antreten. Ich muss mir zumindest etwas Ordentliches anziehen! Doch meine Mutter hat Greco bereits hereingebeten, und schon im nächsten Moment stehen sie zusammen im Flur, und meine Mutter ruft: «Ach, da ist sie ja!»

Ich bleibe stehen und drehe mich zu ihnen um.

«Doktor Greco meint, ihr habt euch auf dem Parkplatz vor seiner Klinik kennengelernt», sagt meine Mutter mit bis zum Haaransatz hochgezogenen Augenbrauen und zwinkert mir zu. Ein Zwinkern, das werde ich ihr beim nächsten Mal wohl erklären müssen, ist eigentlich nicht dazu gedacht, dass alle Anwesenden es sehen. Es ist ein Zeichen zwischen zwei Personen, keine theatralische Darbietung, die selbst mein Vater in seinem Wohnzimmersessel noch mitbekommt. Dieser faltet die Zeitung zusammen, um den Eindringling zu mustern. Mein Vater hat früher schon einige Verehrer von mir zusammengefaltet, ebenso mühelos wie diese Zeitung. Aber inzwischen bin ich sechsundzwanzig. Ich hoffe, das hat er nicht vergessen.

«Du hast mir gar nicht gesagt, dass du Besuch erwartest», tadelt meine Mutter. «Hätte ich das gewusst, hätte ich was gekocht!»

«Das ist meine Schuld, ich habe mich nicht angekündigt», sagt Greco und blickt dann mich an. «Und ich will auch gar nicht lange stören. Ich hatte nur gehofft, kurz mit Smilla sprechen zu können.»

«Wie – hast du mich überhaupt gefunden?»

«Du hast das hier im Tierheim vergessen.» Greco zieht meinen Ausweis aus der Tasche und reicht ihn mir. «Wenn ich ungelegen komme, kann ich natürlich …»

«Ach, i wo! Jetzt geben Sie mir schon Ihre Jacke!» Meine Mutter nimmt ihm das Jackett ab und hängt es an die überfüllte Garderobe neben der Tür. Ein Jackett, Juli! Und ich stehe hier in Schlabberhose und einem T-Shirt mit der Aufschrift *Rock Music and Beer – that's why I'm here.*

«Smilla, nun zeig doch Dr. Greco mal dein Zimmer», sagt

meine Mutter, als wäre ich wieder fünf Jahre alt und Greco ein Spielkamerad aus dem Kindergarten, der absurderweise auch noch einen Doktorzusatz vor dem Namen trägt.

«Ihr könnt auch im Wohnzimmer sitzen.» Mein Vater steht abrupt aus seinem Sessel auf. «Ich mache Platz!»

«Nein, ich glaube, sie möchten lieber nach oben gehen», zwinkert meine Mutter in meine Richtung. Ich weiß gar nicht, wohin mit meiner Verlegenheit.

«Also, wenn es gerade nicht passt …», sagt Greco noch einmal. Um die peinliche Situation zu beenden, nehme ich ihn dann doch mit nach oben.

«Es ist nicht sehr aufgeräumt», warne ich, als ich die Tür öffne. Und das ist eine sehr liebevolle Beschreibung für das Chaos in meinem Zimmer. Es ist mein Jugendzimmer, in das ich vorübergehend wieder eingezogen bin. An der Wand hängt noch immer die Tapete, die ich mir vor fünfzehn Jahren ausgesucht hatte. Meine alten Kuscheltiere hat meine Mutter nach meinem Auszug aufs Bücherregal drapiert, und da ich bei meinem Wiedereinzug keinen Grund sah, sie zu entsorgen, sitzen sie noch immer dort, ich habe lediglich ein paar neue Bücher zwischen sie gequetscht. Ich biete Greco meinen Schreibtischstuhl an und befreie dann den Wäschestuhl von der Wäsche. Es ist das erste Mal, dass mich jemand besuchen kommt und ich die Sitzfläche unter dem Wäschehaufen tatsächlich zum Sitzen benutzen muss.

Greco blickt sich interessiert lächelnd um und ergänzt mein psychologisches Profil im Kopf wohl gerade um ein chaotisches Innenleben. Als sein Blick allerdings auf die Girlande vermisster Frauen und Mädchen über meinem Bett fällt, friert sein Lächeln ein. Beim Anblick meines Rocker-T-Shirts hat er sich gerade noch beherrschen können, aber jetzt wirkt er wirklich entsetzt.

«Was ist denn das?»

«Vermisstenanzeigen», antworte ich knapp und akzeptiere mit einem Seufzer einfach, dass er da ist und all das zu sehen bekommt. Selbst wenn er rücksichtsvoll genug gewesen wäre, seinen Besuch vorher anzukündigen, hätte ich höchstens Schadensbegrenzung betreiben können. Das Haus meiner Familie ist geschätzte hundert schwarze Mülltüten und eine ganze Lkw-Ladung nostalgischer Möbel und Nippes von dem puristischen Apartment von David Greco entfernt.

Ich hole Luft, um das Thema zu wechseln. Aber er ist schneller: «Bevor du jetzt irgendetwas zu deiner Verteidigung sagen willst, möchte ich etwas sagen: Ich glaube dir.»

Ich klappe den Mund zu. «Was glauben?»

«Dass du das Mädchen nicht entführt hast.»

«Ah jaaa…», mache ich, weil ich dachte, das läge wohl auf der Hand.

«Und ich habe in der Klinik nachgefragt. Sie werden einen DNA-Test machen.»

«Wirklich?»

«Es ist ungewöhnlich, und ich konnte sie nur mit dem Argument ködern, dass es ja einen Treffer mit einer vorhandenen DNA in der Datenbank geben und man daraus auf die Identität der Eltern schließen könnte, aber …»

«Apropos Eltern, ich habe vielleicht den Vater gefunden», platze ich heraus.

Diesmal ist es Greco, der seine Verblüffung nicht verbergen kann. «Du hast –»

«Eine Frau im SPAR hat es mir erzählt, sein Nachname ist Mader. Und er ist Jäger. Er kommt nur ins Dorf, um …»

«Moment!» Greco hebt die Hände. «Noch mal langsam.»

Ich atme durch und erzähle ihm, was ich von der Frau an der Kasse erfahren habe. Dann stehe ich auf und quetsche mich an ihm vorbei zu meinem Schreibtisch, um ihm die Liste zu zeigen, die Bürgermeister Hofer uns am Ende des Drehs mitgegeben hat. Eine Liste, die die Worte der Kassiererin in ein ganz neues Licht rückt. «Das hier ist eine penible Auflistung aller Leute, die in der

Siedlung leben oder gelebt haben inklusive ihrer alten und neuen Namen. Um im Dorf aufgenommen zu werden, mussten alle ein Pseudonym annehmen, das zu einer religiösen Bruderschaft passt. Oft sind sie von den richtigen Namen abgeleitet, so wie hier zum Beispiel: Aus Mike Wächter wurde Michael Wurz. Aber dieser Mader», ich tippe auf das Blatt, «ist nirgendwo aufgeführt!»

Ich halte den Atem an, so gespannt bin ich, was er dazu sagen wird. Greco ist der Erste, mit dem ich darüber spreche, und ich weiß selbst nicht, wieso ich mich ausgerechnet ihm anvertraue und nicht Simon, den ich in solchen Fällen sonst immer zuerst informiert habe. Vielleicht weil Greco mir ruhig zugehört hat, als ich ihm von dir und deiner Tochter erzählt habe, Juli. Vielleicht weil er nicht gesagt hat: Du musst damit aufhören, Smilla! – und damit dich meinte.

Ich beobachte Greco, der die Liste aufmerksam durchliest und dabei immer wieder die Stirn runzelt. «Mader», murmelt er.

«Sagt dir der Name etwa was?»

Er zögert, dann gibt er mir die Liste zurück. «Nein.»

Ich warte ab, weil seine Mimik und Gestik überhaupt nicht nach einem «Nein» aussehen, sondern eher nach einem schreienden «Ja!». Er räuspert sich.

«Er *erinnert* mich an jemanden», korrigiert er dann vorsichtig, «aber wohl nur wegen der grauen Augen, die die Kassiererin beschrieben hat, und weil du sagst, die Namen seien häufig abgeleitet. Wenn auch nicht einmal immer, wie die Liste zeigt.» Er wedelt mit der Hand, als wolle er die ganze Sache abtun. Aber ich kann sehen, dass der Name Mader irgendetwas in ihm ausgelöst hat, das ihm Unbehagen bereitet.

Ich sage: «Falls du denkst, ich könnte es irgendwie absurd finden, erinnere dich bitte daran, dass mir wahrscheinlich die Tochter meiner vor zehn Jahren verschwundenen Freundin vors Auto gelaufen ist. Zusammen mit einem Wolf!»

Er lächelt nicht. Er ist zu tief in seine Gedanken versunken, die sehr düster sein müssen, denn sie verdunkeln sein ganzes Gesicht. Er stützt die Unterarme auf den Knien ab und knetet seine Hände.

«Madreiter», sagt er schließlich. «Er war der erste Patient, über den ich ein gerichtliches Gutachten schreiben musste. Ich kannte ihn schon aus vielen Sitzungen und Einzelgesprächen … oder zumindest habe ich geglaubt, ihn zu kennen. Er war gebildet, einsichtig, kam nicht zu spät zu unseren Terminen … Und seine Fortschritte in der Therapie waren beeindruckend. Als sein Anwalt den Antrag auf vorzeitige Entlassung wegen guten Betragens stellte, unterschrieb ich ihn ohne weitere Bedenken. Ich sagte vor Gericht aus, dass dieser Mann meiner Einschätzung nach keine akute Gefahr für die Gesellschaft sei, und bestätigte es auch schriftlich. Ich war so stolz. Auf den Bericht, aber auch auf meinen Erfolg bei diesem Patienten. Als hätte ich den Mann allein durch meine Sitzungen von einem Vergewaltiger in einen rechtschaffenen Bürger verwandelt. Tja, und dann wurde er entlassen.» Greco schüttelt den Kopf. Er sitzt immer noch vornübergebeugt auf dem Schreibtischstuhl und starrt auf seine Hände.

«Er ist rückfällig geworden», sage ich. Und jetzt blickt Greco zum ersten Mal auf.

«Nicht nur rückfällig», sagt er. «Madreiter hat seiner perversen Karriere eine ganz neue Richtung gegeben. In dem Wissen, dass der Fehler seiner ersten Vergewaltigung gewesen war, sein Opfer im Anschluss nicht zu töten, hat er sich bei der nächsten Gelegenheit auf Vergewaltigung und Mord verlegt. Es hat Jahre gedauert, bis man ihn drangekriegt hat, Jahre, in denen Madreiter ganz unschuldig zu meinen Therapiesitzungen kam und wir über seine Besserung sprachen. Als man dann schließlich die Frauenleiche fand und mit ihm in Verbindung brachte, war es zu spät. Sie konnten ihn nicht mehr fassen. Wie sich herausstellte, war er nämlich nicht nur äußerst gut darin, seinen Psychiater an der Nase herumzuführen, sondern auch die gesamte Polizei. Ein ganzes Jahr lang hat er falsche Fährten gelegt, und als er von dem Katz-und-Maus-Spiel genug hatte, ist er untergetaucht.»

Ich sitze jetzt kerzengerade auf meinem Stuhl. Es passt alles so gut zusammen, Juli … «Was soll das heißen, untergetaucht – man hat ihn nicht mehr gefunden? Bis jetzt nicht?»

Er schüttelt verbittert den Kopf. «Ich hätte damals um ein Haar meine Karriere an den Nagel gehängt, so sehr habe ich mein Urteilsvermögen angezweifelt.»

Ich sollte Greco jetzt vermutlich sagen, dass er sich keine Vorwürfe machen darf. Dass das jedem hätte passieren können. Aber mein Kopf ist zu sehr mit dem Gedanken beschäftigt, was das für die Siedlung und dein Verschwinden bedeuten könnte, Juli.

«Wie lange ist das jetzt her?», frage ich schließlich, geplättet von dieser neuen Information.

«Fast acht Jahre.»

Und da wird mir plötzlich klar, von welchem Fall er redet. Der Fall Madreiter und die inszenierte Hetzjagd, die er mit der Polizei veranstaltet hatte, waren damals sehr groß in der Presse gewesen. Ich erinnere mich daran, dass ich wieder mal in dem Wartezimmer irgendeines Arztes saß, als es in den Eilmeldungen über den Bildschirm lief. Und dass meine Eltern anschließend versucht haben, mich von den Nachrichten fernzuhalten, weil ich ohnehin schon traumatisiert war. Ich erinnere mich auch daran, dass ich später am Abend im Schlafanzug auf der Treppe saß und meinen Vater unten im Wohnzimmer schimpfen gehört habe, wie so ein Arschloch von Gutachter einem Vergewaltiger ein so positives Zeugnis ausstellen konnte, dass der entlassen wurde. Für meinen Vater war es immer ein Trauerspiel, wenn die Justiz wieder mal Straftäter entließ, die er und seine Kollegen vorher mit so viel Aufwand festgenommen hatten. Wenn er wüsste, dass dieses Arschloch von Gutachter jetzt in meinem Zimmer sitzt …

«Aber wie gesagt, das hat vielleicht gar nichts zu bedeuten», unterbricht Greco meine Gedanken. «Mader, Madreiter, das ist ja schon ein Unterschied!»

«Aber du hast gesagt, die Beschreibung passt auch?»

«Na ja, *groß und graue Augen*, das trifft wahrscheinlich auf mehrere zu, oder?»

«Aber *wo* könnte man denn besser untertauchen als in so einer Siedlung?»

«Keine Ahnung, manche fliehen nach Thailand oder Mexiko, Smilla!»

Ein zaghaftes Klopfen an der Tür unterbricht uns.

«Sorry, jetzt nicht, Papa!», rufe ich.

«Ich bin's.» Hinter der Tür ist meine Mutter zu hören, die sonst nie anklopft. «Ich wollte nur fragen, ob Doktor Greco zum Abendbrot bleiben will.»

«Glaub mir, das willst du nicht», sage ich zu Greco. Aber er ruft schon: «Ich bleibe gerne zum Abendessen, vielen Dank.»

Das Abendbrot ist in unserem Haus meist eine wortwörtliche Angelegenheit. Es gibt Brot. Mit einer Auswahl an Butter, Käse, Aufschnitt, eingelegtem Hering und einem Nudelsalat aus der Packung. Mir ist es ziemlich unangenehm, dass Greco so zwanglos an unserem Tisch mit der klein geblümten Tischdecke sitzt. Und dass meine Mutter keine Gelegenheit auslässt, mehr über unser Kennenlernen zu erfahren.

Sie denkt natürlich, dass ich ihren Rat befolgt und Greco angeflirtet habe. Dass ich dafür aber meine Autotür in seine gerammt habe, wie Greco jetzt unbeschwert erzählt, überrascht selbst sie.

Ich wundere mich darüber, wie gelassen Greco das Verhör meiner Eltern über sich ergehen lässt und dass er überhaupt sehr gelöst wirkt. Er ist gar nicht mehr so steif und zugeknöpft, wie ich ihn bei unserem ersten Treffen erlebt habe. Vielleicht fühlt er sich bei uns tatsächlich wohl.

Als ich ihn schließlich zur Tür begleite und mich beim Abschied leise für meine Mutter entschuldige und auch für alles andere inklusive der kritischen Befragung durch meinen Vater, scheint er sogar regelrecht vergnügt.

«Ich finde, das war ein netter Abend», sagt er. Und als er in seinen Wagen steigt, dessen Beifahrertür noch immer meine Unterschrift trägt, kann ich nicht anders, als ihm insgeheim recht zu geben. Das zweite Treffen mit ein und demselben Psychiater, Juli, das ist für mich schon fast ein persönlicher Rekord.

Ich schließe die Haustür und stehe noch eine Weile in der Garderobe, um in Ruhe über das nachzudenken, was Greco über Madreiter gesagt hat. Wenn du die Mutter des Mädchens bist, Juli, und dieser Madreiter der Vater, dann *muss* er es gewesen sein, der dich damals entführt hat. Zeitlich würde es ebenfalls passen. Greco hat gesagt, dass Madreiter die Polizei ein Jahr lang an der Nase herumgeführt hat, bevor er untertauchte. Was, wenn er in diesem Jahr bereits in der Siedlung am Berg gewohnt hat? Und was, wenn er überhaupt nur mit dem Katz-und-Maus-Spiel aufgehört hat, weil du schwanger warst?

Ich muss daran denken, wie deine Tochter sich von mir hat umarmen lassen. Sie hat sich gegen mich gelehnt, als könnte sie spüren, dass da eine besondere Verbindung zwischen dir und mir bestand. Als ich an der Küche vorbeikomme, rufe ich meinen Eltern zu, dass ich heute lieber früh schlafen gehen wolle. Ich werde an meinem Wanderplan für morgen festhalten, Juli. Ganz egal, wer dieser Mader ist, morgen werde ich ihn – und dich – in der Siedlung suchen.

JESSE

Sie behalten mich über Nacht da, obwohl ich ihnen immer wieder sage, dass ich zurückmuss. Ich soll mich ausruhen. Weil es doch Wahnsinn sei, jetzt in der Nacht noch den Berg hinaufzusteigen, da sei es doch stockduster! Sie sind Städter. Sie haben vergessen, dass es nicht nur elektrisches Licht, sondern auch den Mond gibt. Vielleicht haben sie sogar vergessen, wie die Nacht überhaupt aussieht außerhalb der Stadt. Wenn Tiere sich über viele Generationen hinweg nicht mehr im Dunkeln orientieren müssen, werden sie nachtblind.

Ich liege auf der Seite, weil mein Rücken von den Schlägen mit dem Knüppel schmerzt. Das Bett unter mir fühlt sich fremd an. Alles hier ist hart, weiß, elektrisch. Das Licht, die Rollläden, die Geräte, mit denen sie mich untersuchen. Alles piept und blinkt. Ich fühle mich nicht wohl hier, in den ausgeleuchteten Räumen, in denen kein Krümel Schmutz liegt. Und wie soll ich mich ausruhen, wenn ich mich eigentlich um Mama kümmern muss?

Sie sagen mir ständig, dass schon alles gut werden würde, wenn ich mich nach den Erlebnissen der letzten Tage erst einmal ausgeruht hätte. Aber ich glaube ihnen nicht. Ich weiß nicht, wem ich noch glauben soll.

Meine Augenlider werden zunehmend schwer, und ich reiße sie entschieden wieder auf. Es muss an den Tabletten liegen. Ich hatte zunächst versucht, sie unter der Zunge zu verstecken, um sie später wieder ausspucken zu können. Aber die Schwester, die mir das Döschen mit den Pillen gebracht hat, hat dagestanden und aufgepasst. Ich musste mit Wasser nachspülen, schlucken und den Mund für sie öffnen. Vielleicht hat man ihr gesagt, dass von den Menschen auf dem Berg nur Lug und Betrug zu erwarten ist.

Meine Augen klappen wieder zu. Ich wünsche mich zurück in meine Hütte, wo ich hingehöre. Weg von den vielen Händen, die mich heute ungefragt angefasst und untersucht haben, weg von der Fürsorge der Krankenschwestern, ihren hohen, aufgebrachten Stimmen. Seit ich hier bin, sind keine fünf Minuten vergangen, ohne dass ein neues Gesicht hereinkam, ein neuer weißer Kittel, und ständig hat jemand meinen Rücken sehen wollen, auf meine blauen Flecken und Rippen gedrückt oder auf längst verheilte Schrammen und Macken gezeigt, als seien die das Schlimmste an meiner Situation. Sind die Menschen außerhalb der Berge und Wälder wirklich so naiv?

Ich merke nicht, wie und wann ich den Kampf gegen die Müdigkeit verliere. Aber als mein Körper sich endlich ausruhen darf, falle ich in einen tiefen, traumlosen Schlaf, aus dem ich erst wieder erwache, als jemand mit einem Metallwagen ins Zimmer rumpelt, auf dem das Frühstück steht. Ich brauche einen Moment, um mich zu orientieren. Dann richte ich mich erschrocken auf.

«Kann ich gehen?», frage ich. Die Schwester hört auf, mit dem Wagen zu rumpeln, und sieht mich stirnrunzelnd an. Ich denke an Mama, und Panik steigt in mir auf. Ich schlage die Decke zurück und suche im Raum nach meiner Kleidung, aber die Schwester sagt, ich solle erst mal etwas essen und dann müsse auch noch ein Arzt nach mir sehen, um zu entscheiden, ob ich wirklich gehen könne.

«Aber so lange kann ich nicht warten!», sage ich. Woraufhin sie sich immerhin darum bemüht, den Arzt gleich als Erstes zu mir zu schicken. Ich werde nervös, als sie das Zimmer wieder verlässt. Ich habe keine Ahnung von dieser Welt außerhalb der Berge. Zum Beispiel habe ich immer gedacht, das Krankenhaus sei ein Ort, an dem man ist, um gesund zu werden. Dass sie einen festhalten können, wenn sie wollen, und dass sie Fragen stellen und darüber entscheiden können, ob das Leben, in das man zurückkehren will, lebenswert genug ist, habe ich nicht gewusst.

Etwa eine Stunde später kommt endlich eine Ärztin in mein Zimmer, befühlt meine Wunden, leuchtet mir in die Augen und setzt sich dann mit ernster Miene vor mich auf einen Stuhl, um mich zu fragen, ob es mir wirklich gut gehe. Eine lächerliche Frage angesichts meiner Situation.

«Ja», sage ich trotzdem, und sie blickt weiter skeptisch und teilt mir mit, dass ich nicht in die Siedlung zurückmüsse, wenn ich nicht wolle. Es gäbe durchaus andere Möglichkeiten, mich unterzubringen.

«Nein», sage ich. «Nein, vielen Dank», und sie sieht aus, als täte ich ihr leid.

Es ist Martin Hofer, der mich abholt. Als man mich in der Klinik gefragt hat, wer aus meinem Verwandten- und Bekanntenkreis ein Auto hätte, um mich aufzusammeln, da war Hofers Name der einzige, der mir in den Sinn kam. In einem Polizeidienstwagen parkt er direkt vor dem Eingang der Klinik. Ich fühle mich ein bisschen unwohl, als ich in den Wagen steige. Ein Verbrechersohn in einem Polizeiwagen – es kommt mir vor wie ein schlechter Witz.

Auf der Fahrt schaut Hofer mich immer wieder von der Seite an. Er sieht besorgt aus und fragt ständig, ob ich okay sei. Ich kann nur nicken, obwohl das eine Lüge ist. Ich denke über meinen Vater nach. Darüber, dass ich ihn in der Klinik abgeliefert und dann verlassen habe wie ein Verräter. Und darüber, dass ich fast nichts über ihn weiß. Über seine Vergangenheit als Straftäter.

Hofer stellt das Radio an und räuspert sich, um etwas zu sagen, wahrscheinlich ist ihm die Stille unangenehm. Ich habe nie verstanden, warum Menschen das Schweigen unangenehm ist. Dieses Gefühl kennen wir bei uns am Berg nicht, wir sind froh, wenn wir in Ruhe unseren eigenen Gedanken nachhängen können. Es passieren viel mehr Peinlichkeiten und Missverständnisse, wenn man ständig sprechen muss, ein Gespräch in Gang halten muss, und sei es noch so nutzlos. Und das ist doch sehr viel unangenehmer als jedes Schweigen, oder nicht?

Hofer räuspert sich noch einmal. «Die Schweine, die in Jakobsleiter eingefallen sind, bekommen ihr Fett übrigens schon noch weg.» Er hat eine Hand locker auf das Lenkrad gelegt und schaut beim Sprechen immer wieder zu mir rüber, während ich geradeaus starre und mich daran zu gewöhnen versuche, wie schnell wir sind. Dies ist meine erste Autofahrt, wenn man mal von dem Transport im Krankenwagen absieht, bei dem ich hinten saß und nichts gesehen habe. «Dass sie sich vorher betrunken haben, wird ihnen mildernde Umstände einbringen, aber das ändert nichts daran, dass sie wegen Körperverletzung und Sachbeschädigung drankommen werden. Na ja, zum Glück haben sie selbst ja auch einiges an Prügel abbekommen. Man macht sich eben nicht ganz ungeschoren an einen Ort voller Straftäter heran.»

Er schmunzelt, und ich frage mich, ob er das wirklich witzig findet. Ein Ort voller Straftäter, die einem Pulk betrunkener Randalierer eins auf die Mütze geben. Ist das lustig? Wie kann er überhaupt auf unserer Seite stehen, wo er doch Kommissar ist und wir die Verbrecher? Ich schaue auf meine Knie und meine Schuhe, um nicht in sein Gesicht sehen zu müssen, und dabei fällt mir ein Zettel auf, der halb unter der Fußmatte hervorschaut. Ein kleines, zusammengedrücktes Blatt Papier, dessen Anblick mir einen fürchterlichen Stich versetzt. Ich kenne diesen Zettel! Im nächsten Moment ärgere ich mich selbst darüber, wie bescheuert dieser Gedanke ist. Der Zettel könnte alles Mögliche sein, ein Einkaufszettel, ein Kassenzettel, irgendeine Notiz von Hofer. Ich sehe aus dem Fenster, während der Kommissar erklärt, dass zum Glück keiner der festgenommenen Männer aus Almenen sei – als würde das für mich einen Unterschied machen. Dass es einfach ein Pack von Blödmännern sei, die sich auf Facebook zusammengefunden haben. Ich kann mich weder auf ihn noch auf die vorbeifliegende Landschaft konzentrieren. Alles, woran ich denken kann, ist dieser Zettel. Ich bücke mich in den Fußraum, ziehe ihn unter der Matte hervor und falte ihn auseinander.

Ein Name, *Adrian*, und eine Telefonnummer, mit Kugelschreiber geschrieben und von schwitzigen Händen und vielem Falten ganz verwischt. Und drei Worte: *Ruf mich an.* Es ist kaum anzunehmen, dass dieser Adrian die Nachricht für Kommissar Hofer geschrieben hat.

«Was hast du da?», höre ich Hofer fragen und falte den Zettel hektisch wieder zusammen.

Hofer runzelt die Stirn. «Was hast du da?», fragt er noch einmal, streng diesmal. Er ist offensichtlich irritiert von meiner plötzlichen Nervosität. Er schaut auf meine Faust, in der ich den Zettel zusammenpresse, und als er an einer Ampel hält, zögere ich nicht lange. Ich schnalle mich ab, stoße die Tür auf und springe aus dem Auto, um loszurennen, einfach quer auf ein Feld neben der Straße. Meine Rippen tun mir noch immer weh, ich muss sie mit einer Hand festhalten, während ich laufe. Hinter dem Feld sehe ich einen Wald, der nicht unserer sein kann. Aber immerhin ein Wald, ein Versteck, mit Wäldern kenne ich mich aus!

«Jesse!», brüllt Hofer. Ich versuche noch schneller zu rennen, aber meine Lunge fühlt sich wie eingeklemmt an hinter den schmerzenden Rippen. Hofer hat sein Auto ebenfalls verlassen und setzt mir jetzt nach. Ich bin sicher, gleich wird er auf mich schießen, aber das tut er nicht. Er holt mich auch so ein, kurz vorm Waldrand.

«Was ist bloß los mit dir, Junge!» Er reißt mich an der Schulter herum, und ich kann nicht anders, als ihn anzubrüllen, ihm meinen Verdacht ins Gesicht zu brüllen.

«Das ist doch Rebekkas Zettel, oder nicht?», schreie ich und halte das Papier hoch. «Wie kommt Rebekkas Zettel in Ihr Auto? *Wann* war sie in Ihrem Auto?!» Ich bin wütend, verzweifelt. Ich erwarte, dass er alles abstreitet, vielleicht weil ich mit Lügnern um mich her aufgewachsen bin. Doch Hofer blickt nur fassungslos auf den Zettel und lässt dann resigniert die Arme sinken.

«Komm zurück zum Wagen», sagt er. «Ich werde es dir erklären.»

Er fährt mich zu einem Haus am Waldrand, ein paar Kilometer außerhalb der Stadt. Es ist ein ehemaliges Weingut, wie der abblätternde Spruch an der Hauswand verrät: *Ohne Wein und ohne Weiber, hol der Teufel unsre Leiber!* Hinter dem Haus plätschert ein Bach, und dahinter erhebt sich ein verwilderter Weinhang, der wohl schon seit Generationen nicht mehr bewirtschaftet wird. Das Haus hat einen kleinen Garten, in dessen Mitte ein Birnbaum wächst. Rebekka liebt Birnen. In der großen Pause sind wir in Almenen manchmal welche sammeln gegangen, die an vollen, schweren Birnbaumästen über die Mauern hingen oder bereits abgefallen und auf die Straße gerollt waren. Wir haben sie trotzdem immer nur heimlich eingesteckt. Vielleicht weil wir schon wussten, dass wir im Herzen kleine Diebe sind.

Kommissar Hofer stellt den Wagen ab. Er sieht bedrückt aus und lässt die plötzliche Stille um uns einen Moment bestehen, bevor er spricht. «Sie ist zu mir gekommen und hat mich gefragt, ob ich anhand einer Telefonnummer herausfinden kann, wo jemand wohnt. Es war ihr nicht wohl dabei, ihn anzurufen, aber sie wollte hergefahren werden, um mit ihm zu reden. Wir haben uns also für einen Tag verabredet, an dem ich Spätdienst in der Stadt hatte, ich sollte sie herfahren und im Auto warten, bis sie wieder rauskommt und mir Bescheid gibt, dass alles okay ist. Ich habe sie gefragt, ob sie wirklich sicher ist, aber sie war sehr entschieden und hat mir das Versprechen abgenommen, niemandem zu sagen, wo sie ist. Sie ist nicht für den Berg gemacht, Jesse.»

Ich lasse ihn reden, ohne ihn anzusehen, knete an dem Zettel herum, genau wie Rebekka es so oft gemacht hat. Ich bin wütend, weil er mich angelogen hat. Schon wieder einer, der mich angelogen hat. Und natürlich bin ich auch wütend auf Rebekka. Nicht einmal mir hat sie gesagt, dass sie abhauen will und wohin.

«Willst du gar nicht aussteigen?», fragt Hofer, und ich schaue lange aus dem Autofenster, bevor ich mich abschnalle und die Tür öffne. Als ich auf die Haustür zutrete, meine ich in einem der Fenster eine Bewegung zu sehen. Ein Schatten hinter zugezogenen Gardinen, und ich höre einen Wasserkessel pfeifen. Vielleicht frühstücken sie gerade. In einem Leben außerhalb des Berges, in einem normalen Leben also, sitzt man nun vielleicht am Tisch, mit Brot, Aufschnitt, Butter und Birnenmarmelade und zwei Eiern in geblümten Eierbechern. Ich stelle mir vor, wie Rebekka im Schlafanzug, mit einem angezogenen Bein auf einem Stuhl sitzt und glücklich ist. Und dann komme ich, klingele an der Tür und mache alles kaputt. Der Junge aus dem Leben, das sie so erfolgreich hinter sich gelassen hat.

Ich kann es mir bildlich vorstellen. Und in genau diesem Moment verliere ich den Mut. Ich schaue die Klingel an, auf der «Lauder» steht. Adrian Lauder, denke ich, so heißt er also mit vollem Namen und dass Rebekka nun ein neues Leben hat, während ich mir Sorgen gemacht und alles getan habe, um sie zu finden. Sie wollte ganz offensichtlich mit dem Berg abschließen. Und zu dem Berg gehöre auch ich.

Ich stecke die Hand wieder in meine Tasche, gehe zurück zum Wagen und steige wortlos ein. Hofer zieht die Augenbrauen hoch.

«Was ist? Willst du nicht sehen, ob es ihr gut geht?»

Ich schüttele den Kopf.

«Oder ihr wenigstens sagen, dass es dir gut geht? Sie hat den Konflikt zwischen euch und den Dörflern bestimmt in den Nachrichten mitbekommen und macht sich Sorgen.»

«Ach ja?», knurre ich. «Sie hat sich bisher ja auch nicht darum geschert, ob ich mir Sorgen mache. Zum Beispiel darüber, dass sie einfach verschwunden ist, ohne sich von mir zu verabschieden.»

Hofer seufzt. «Menschen tun manchmal Dinge, die sie später be...»

«Ich habe mir Sorgen um sie gemacht!», unterbreche ich ihn. «Und ich hätte sie nie, niemals einfach so zurückgelassen, wie sie mich zurückgelassen hat!» Ich beiße die Zähne zusammen und schaue weder Hofer an noch das Haus. Ich bin nicht wie Rebekka. Ich habe mich nie nach einem Leben außerhalb der Wälder und Berggipfel gesehnt. Ich brauche keinen Birnbaum vor dem Haus, um glücklich zu sein. Und jetzt, wo ich hier bin, will ich einfach nur noch zurück.

«Ich will nach Hause», sage ich zu Hofer, der mich anblickt und wohl darauf wartet, dass ich doch noch meine Meinung ändere. Was ich nicht tue. Sollte Rebekka jemals ihre Meinung ändern, weiß sie, wo sie mich finden kann.

Hofer schüttelt bedauernd den Kopf, startet aber den Motor und lenkt den Wagen zurück auf die Straße. Im Seitenspiegel kann ich sehen, wie Rebekkas neues Leben kleiner und kleiner wird und schließlich vollends verschwindet.

REBEKKA

Draußen fährt ein Auto weg, ich hoffe, es ist seines. Ich hoffe, er fährt weg und kommt nie wieder. Ich liege mit dem Rücken an der kalten Kellerwand und spiele mit der Scherbe. Die eine scharfe Kante balanciert auf dem Boden, die andere sticht in die Kuppe meines ausgestreckten Zeigefingers. Ich drehe sie, wie eine kleine Tänzerin. Ich hätte sie längst gegen ihn einsetzen sollen. Hätte ihn schon in dem Moment umbringen können, als er mir den Rücken zugedreht und den Eimer mit Wischwasser abgestellt hat. Ihm die Scherbe in den Nacken rammen können, als er mir die frischen Kleider hingelegt hat, bestimmt hätte ich irgendetwas Wichtiges getroffen. So oft habe ich mir ausgemalt, wie ich ihn verletze, mit meiner Scherbe. Aber ich habe es nicht getan. In dem kurzen Moment, in dem ich hätte aufspringen und ihn angreifen können, habe ich gezögert, und dann war es zu spät, er hat sich umgedreht und mich angesehen.

«Das kann ja einmal passieren, Rebekka», hat er gesagt, als hätte ich lediglich versehentlich einen über den Durst getrunken. «Aber ich hoffe doch sehr, dass ich die Weinflaschen jetzt nicht anderswo lagern muss?»

Es war keine echte Frage. Mehr eine unausgesprochene Drohung, und da erst ging mir auf, wie sehr er betont hat, dass so was ja *einmal* passieren kann. Kein zweites Mal, das ist es, was er mir sagen wollte. Ich lebe jetzt lange genug in seinem Keller, um diese feinen Unterschiede zu erkennen.

Ich wollte das Wischwasser stehen lassen und die neue Kleidung nicht anrühren. Ich wollte trotzig sein, wollte, dass alles noch genauso ist, wenn er das nächste Mal zu mir kommt. Aber selbst dazu war ich nicht in der Lage. Mein Ekel vor mir selbst, vor meinem eigenen Gestank hat mich gebrochen. Und die Tatsache, dass er kurz darauf herunterkam, um mir noch ein Glas Wasser und eine Kopfschmerztablette zu bringen. Wie kann jemand mir all diese Dinge antun und gleichzeitig so fürsorglich sein? Ich wusch mir in dem Putzeimer Gesicht und Haare, bevor ich den Boden schrubbte, und weinte die ganze Zeit aus Wut über mich selbst.

Es stinkt auch jetzt noch in dem Keller. Der Wein ist zwischen die Fugen auf dem Boden gesickert, und der Geruch nach Erbrochenem sitzt in den Wänden, er sitzt unter meinen Fingernägeln. Wahrscheinlich wird auch das nächste Mädchen den Gestank noch riechen, wenn er sie herbringt. Wenn es nach mir ein nächstes Mädchen gibt, aber davon gehe ich aus. Hoffentlich ist sie schlauer als ich. Sie wird sich fragen, was passiert ist in diesem Keller. Und es wird niemanden geben, der es ihr sagen kann. Weil ich dann nicht mehr da sein werde. Schon traurig, wenn man sterben muss, und das Einzige, das man hinterlässt, ist der Geruch nach Kotze.

Aber vielleicht muss ja auch gar nicht ich sterben, sondern er. Ich stoße die Scherbe an, damit sie sich schneller dreht. Ich habe eine Waffe, und ich spiele keine Spiele mehr.

SMILLA

Ich kaufe wieder im gleichen Markt ein wie am Tag zuvor. Nur leichte Vorräte: Müsliriegel, Nüsse, eine Packung Knäckebrot und dazu genügend Wasser. Ich habe auch eine Regenjacke, Pflaster und Ersatzsocken im Rucksack und fühle mich gut ausgerüstet. Das Einzige, was mich verunsichert, ist der Weg. Als ich gestern mit Arne und Tim hatte aufbrechen wollen, sind wir einfach davon ausgegangen, der Weg nach Jakobsleiter müsse am Ortsausgang ausgeschildert sein, so wie alle anderen Wanderwege auch. Aber ich habe direkt vor den Schildern geparkt. Von Jakobsleiter steht nirgends etwas. Nicht einmal von der Oberen Schwärze, die hinter diesem Jakobsleiter liegen soll.

Frau Bergholz ist heute nicht da, die Kassiererin ist jünger, trägt ihre blond gefärbten Haare zum Pferdeschwanz gebunden und kaut Kaugummi. Sie sieht nicht wie jemand aus, der ausgiebig wandern geht, und als ich sie frage, ob sie zufällig den Weg nach Jakobsleiter kenne, zuckt sie wenig überraschend nur die Schultern, zieht meine Einkäufe über den Scanner und sagt: «Das macht zehn dreißig, bitte.»

Ich krame das Geld aus der Tasche. Hinter mir steht ein Junge am Band. Er hat sich die Kapuze seines Pullis über den Kopf gezogen und kauft Vitamintabletten, trockene Kekse und eine PET-Flasche Wasser. Ich blicke kurz von meinem Portemonnaie auf und versuche ihm ins Gesicht zu sehen, aber das ist tief im Schatten seiner Kapuze begraben.

«Zehn dreißig, bitte», wiederholt die Frau, und ich schaue schnell zurück in meine Börse und suche das Geld heraus.

Es dauert ein bisschen, bis ich alles im Rucksack verstaut

habe, darum ist der Junge schon draußen, als ich aus dem Laden komme. Er hat noch immer die Kapuze auf dem Kopf und ist gerade dabei, seinen Einkauf in die ausgeleierten Seitentaschen des Pullis zu stopfen.

«Hallo», sage ich zu ihm, und er zuckt zusammen. «Sorry, ich wollte dich nicht erschrecken. Ich wollte nur fragen – kennst du dich in der Gegend aus? Ich suche den Wanderweg, der nach Jakobsleiter führt.»

Er schüttelt den Kopf und zuckt die Schultern, bevor er sich abwendet. Offenbar will mir heute keiner helfen. Vielleicht haben schon zu viele Journalisten hier gestanden und genau die gleiche Frage gestellt. Ich wende mich ebenfalls ab, aber als ich mich gerade in Bewegung setzen will, sagt er: «Hey!», und ich drehe mich doch noch einmal um.

«Ja?»

Er sieht verunsichert aus und so, als wisse er selbst nicht mehr, warum er mich gerade gerufen hat. Oder als hätte ihm jemand verboten, mit mir zu sprechen. Es scheint ihn Überwindung zu kosten, überhaupt etwas zu sagen. «Der Weg beginnt da», sagt er, hebt den Arm und deutet in die Richtung, in der die Kirche liegt. «Hinter dem Friedhof ist ein Pfad, auf dem halten Sie sich rechts. Sie kommen dann an einem Hof vorbei, hinter dem ein Wald liegt. Gehen Sie einfach weiter rechts, bis der Weg sich gabelt. Haben Sie – eine Karte dabei?»

Ich nicke und nehme den Rucksack ab, um die Karte hervorzukramen. Ich gebe ihm auch einen Stift, und er studiert die Karte eingehend, bevor er die Strecke einzeichnet. Sein Gesicht ist konzentriert und ernst, aber auch voller Schrammen. Vielleicht ist er dieser Junge, der gestern auf dem Platz zusammengeschlagen wurde? Aber sollte der nicht im Krankenhaus sein? Als er fertig mit dem Einzeichnen ist, gibt er mir den Stift zurück.

«Und das ist der Weg nach Jakobsleiter?», versichere ich mich.

Er nickt. «Ist aber ein Stück.»

«Das macht nichts.» Ich deute lächelnd auf meinen Rucksack. «Ich habe genug Proviant dabei!»

Der Junge lächelt nicht.

«Also dann, danke», sage ich, und er nickt und zuckt gleichzeitig die Schultern, bevor er sich abwendet, als habe er nie mit mir gesprochen. Er stapft in die entgegengesetzte Richtung davon. Ich schaue ihm nach und kneife die Augen gegen das Sonnenlicht zusammen. In einiger Entfernung zum Supermarkt steht ein Streifenwagen, den ich vorher nicht bemerkt habe. Der Junge geht darauf zu und beugt sich zum Fenster, um mit dem Polizisten zu reden. Vielleicht hat ja dessen Anwesenheit damit zu tun, dass der Junge so verhalten auf meine Frage reagiert hat. Rasch wende ich mich ab, bevor der Polizist mich bemerken kann und ich den Jungen in Schwierigkeiten bringe. Ich habe keine Zeit zu verlieren.

Wenn ich die Entfernung auf der Karte richtig einschätze, dann wird es wirklich einige Zeit dauern, bis ich in Jakobsleiter ankomme.

EDITH

Jesse ist wieder weg und hat mich nicht mal besucht. Ich habe ihm vom Fenster aus zugewunken, ganz doll, damit er mich sieht. Aber er hat nicht einmal hochgeschaut, sondern ist ins Polizeiauto gestiegen. Ich finde es gemein, dass er nicht einmal nach mir gesucht hat. Wo ich es doch war, die ihn überhaupt herbeigewünscht hat.

Ich habe keine Lust zu malen, obwohl sie mir das wieder erlauben. Sie haben mich auch vom Bett losgebunden, als ich lange genug still gewesen bin. Und sie haben mir neue Buntstifte gegeben. Ich will trotzdem nicht malen. Wegen Jesse. Die Frau – nicht Dr. Greco, denn Dr. Greco hat heute seinen freien Tag – sitzt vor mir am Kindertisch und sagt immer wieder, dass ich doch mal meine Mama malen soll.

Ich kritzele ein bisschen auf dem Papier herum und drücke dabei so fest mit dem Buntstift auf, dass er durchsticht und die Spitze abbricht.

Die Frau runzelt die Stirn und macht eine Notiz auf ihrem Block. Dann nimmt sie mir den abgebrochenen Buntstift aus der Hand und gibt mir einen neuen. Dieser ist noch ganz unbenutzt und spitz. Ich steche mir damit ein paarmal in die Fingerkuppe, bis kleine Dellen zurückbleiben. Das tut ein bisschen weh, aber nicht zu sehr. Die Frau fragt mich wieder nach Mama, aber ich habe keine Lust, sie zu malen. Ich male lieber, was ich will. Blumen und Pflanzen und den Berg. Oder auch mal gar nichts, so wie heute.

Papa hat gesagt, meine Mama hat eine ansteckende Krankheit, darum musste sie uns früh verlassen und kann nicht bei uns wohnen. Sie lebt jetzt irgendwo anders, und das ist in Ordnung. Die meisten Tiere werden von ihrer Mama aufgezogen, aber nicht alle. Bei Riesenwanzen zum Beispiel kümmert sich der Papa um den Nachwuchs. Er trägt die Wanzeneier auf dem Rücken und passt gut auf, dass ihnen nichts passiert. Mein Papa erzählt mir oft von Tieren, bei denen der Vater sich um die Kinder kümmert. Er weiß, dass ich diese Geschichten gerne höre. Die Geschichte vom Dreistachligen Stichling ist meine liebste. Der Dreistachlige Stichling, auch Rotzbarsch oder Wolf genannt, gräbt eine Grube und versteckt sie hinter Wasserpflanzen, so wie man eine Fallgrube hinter Bäumen im Wald verstecken kann. Dann lockt er mit seinen bunten Farben die Weibchen an. Viele, viele Weibchen fallen auf ihn rein, weil er nämlich so schön ist, der Rotzbarsch, und die Weibchen ein bisschen dumm. Sie lassen sich von ihm in die Grube locken, und dort haut er ihnen auf den Bauch, und sie verlieren ihre Eier. Aber wenn der Rotzbarsch genug von den Weibchen hat, dann verjagt er sie. Er bleibt dann ganz alleine mit den Eiern in seiner Grube und wartet, bis die Kinder schlüpfen. Bei Gefahr nimmt er die Kleinen in sein Maul, und er bringt sie zurück ins Nest, wenn sie zum Beispiel versuchen wegzuschwimmen. So lange, bis sie groß genug sind, um allein zu überleben. Ich finde, das ist eine schöne Geschichte.

Wenn ein Papa richtig gut auf einen aufpasst, dann schafft man das auch ohne Mama mit dem Überleben.

«Hallo, kleine Maus, jemand zu Hause?» Die Frau neigt ihren Kopf, um mir ins Gesicht zu sehen, aber ich habe auch keine Lust dazu. Ich bin sauer auf Jesse, weil er einfach gegangen ist, und auf Dr. Greco, weil er diese Frau geschickt hat.

«Hör mal, wenn du nicht malen willst, ist das okay. Aber dann packe ich die Buntstifte wieder weg.»

Ich seufze und lege die Ellbogen auf das Papier. Weil sie ja doch keine Ruhe gibt, male ich also. Die Frau beugt sich vor, wobei sie ihre Brüste gegen das Klemmbrett drückt, auf dem sie vorhin eine Notiz über den kaputten Stift gemacht hat.

«Was ist denn das?» Die Frau legt den Kopf jetzt zur anderen Seite schief. Ich muss mich sehr beherrschen, dass ich nicht schon wieder so fest aufdrücke und die nächste Spitze abbricht. Ich brauche den waldgrünen Stift noch für die Schlingpflanzen vor der Grube.

Hoffentlich kommt bald Papa und rettet mich, wie der Rotzbarsch seine Kinder.

SMILLA

Eine Zeit lang komme ich mit der Wegbeschreibung des Jungen gut voran. Aber irgendwann beginnt der Pfad sich zwischen Steinen und Geröll zu verlieren. Und das Unterholz, durch das ich immer wieder breche, sieht nicht so aus, als sei hier vor Kurzem jemand entlanggegangen. Ich werfe einen Blick auf die Uhr und überlege, ob ich umkehren und nach der Stelle suchen sollte, an der ich den Pfad möglicherweise verloren habe. Aber die Beschreibung war eigentlich recht eindeutig, ich muss von hier aus nur geradeaus, also beschließe ich, mich noch bis zur oberen Waldgrenze durchzuschlagen, in der Hoffnung, mir dort einen besseren Überblick über das Gelände verschaffen zu können. Dort angekommen, erwartet mich allerdings nur weiteres Geröll und eine Steigung, für die ich die Karte wegstecken muss, um die Hände fürs Klettern frei zu haben. Zwischen den Felsblöcken entdecke ich eine Klamm, aber kein Pfad ist zu sehen. Doch der Junge hat etwas von einem Geröllfeld gesagt, und so halte ich mich einfach am Rand der Klamm, wie er es eingezeichnet hat. Die Klamm ist tief, rechts von mir geht es steil hinunter. Aber Höhen haben mir noch nie Angst gemacht. Ich bin oft mit meinem Vater klettern gewesen.

Mein Handy brummt, und ich halte erstaunt inne und ziehe es aus der Hosentasche. Der ganze Weg durch den Wald war ein einziges Funkloch, aber hier oben habe ich tatsächlich ein kleines bisschen Netz. Es ist Greco, der mich anruft.

«Hallo?», sage ich.

«Sag mir bitte, dass du nicht auf dem Weg nach Jakobsleiter bist! Nach allem, was wir gestern über den Berg und die Sache mit Madreiter besprochen haben!» Die Übertragung ist schlecht und abgehackt, aber ich kann auch so hören, dass er aufgebracht ist.

«Wer – hat dir das gesagt?», frage ich perplex.

«Niemand, ich hab's gewusst, als ich dich fünfmal nicht erreichen konnte!»

«Ja, ich hab hier kaum Netz», bestätige ich, und plötzlich kommt mir der Gedanke, dass es vielleicht kein Zufall war, dass die Antenne dort oben in der Siedlung abgefackelt ist. Dass es am Ende vielleicht gar nicht der Mob aus dem Dorf war, sondern jemand, dem etwas daran liegt, in der Vergangenheit zu leben – dem einzigen Ort, an dem einen die Behörden mit ihren modernen Methoden nicht finden können. Wer keinen Internetzugang hat, keinen Social-Media-Account oder auch nur ein einziges aktuelles Foto im Netz, der ist heutzutage praktisch unsichtbar. Dieser Berg, diese in der Vergangenheit verhaftete Siedlung, ist tatsächlich das Beste, was deinem Entführer passieren konnte, Juli.

«Du wolltest mich erreichen? Wieso?»

«Weil ich sichergehen wollte, dass du *nicht* wandern bist!» Ich finde es ja schon ein bisschen rührend, dass er sich solche Sorgen um mich macht. Aber andererseits auch völlig überflüssig.

«Ich weiß, was ich tue», versichere ich ihm.

«Das weißt du eben nicht! Ich habe dir gestern nicht die ganze Geschichte erzählt!» Bei ihm im Hintergrund brummt und hupt der Stadtverkehr. Greco redet offenbar über die Freisprechanlage mit mir.

«David, tut mir wirklich leid, aber können wir wann anders sprechen? Ich stehe hier mitten in den Bergen an einer Schlucht, ich verstehe dich kaum, und es ist wirklich nicht der beste Moment zu reden, wenn man gerade an einem Abhang balanciert. Und egal was du über diesen Mader oder Madreiter oder wer er auch immer ist, sagst, wird mich sowieso nicht abhalten! Ich habe keine Angst vor Madreiter. Im Gegenteil, ich *wünsche* mir sogar, dass es Madreiter ist, und weißt du auch, warum? Weil ich zehn Jahre lang nichts anderes wollte, als Julis Entführer gegenüberzustehen! Wenn du so lange auf etwas wartest, dann kannst du gar nicht anders, als dich zu freuen, selbst wenn du eigentlich Angst haben solltest!» Ich hoffe, dass er mich trotz der Verbindung besser verstehen kann als ich ihn, und das muss wohl so sein, denn er lacht freudlos.

«Glaub mir, Smilla, dass Madreiter der Vater ist, ist das Letzte, was du dir wünschst!»

«Und warum das?», frage ich aufgebracht.

«Weil das bedeuten würde, dass das Mädchen auf keinen Fall Julis Tochter ist.»

Ein frühherbstlicher Windstoß fährt durch meine Kleider. Hinter mir fliegt ein Rabe auf. Ich stehe stocksteif da und warte.

«Ich habe dir gestern nicht die ganze Geschichte erzählt», sagt Greco noch einmal. «Ich hatte irgendwie das Gefühl, dass … ich es noch nicht ganz begreife, und wollte erst in Madreiters Unterlagen in der Klinik nachlesen, um ganz sicherzugehen. … Oder vielleicht wusste ich es doch schon, aber … ich wollte keinen Streit mit dir heraufbeschwören.»

«David, wovon redest du?», unterbreche ich ihn unwirsch.

Durch das Telefon kann ich hören, wie er Luft holt: «Kurz bevor Madreiter damals abgetaucht ist, stand er plötzlich vor der Tür seines ersten Vergewaltigungsopfers, also der Frau, die Madreiter die Freiheitsstrafe von achtzehn Monaten eingebrockt hatte. ‹Um sein Kind abzuholen›, wie er sagte. Emma. Sie war zu jenem Zeitpunkt etwa ein Jahr alt.»

Ich stehe noch immer reglos da und presse das Handy gegen mein Ohr, obwohl ich es am liebsten davongeschleudert hätte.

«Als die Frau nach der Vergewaltigung schwanger geworden war, hatte sie gegen den Wunsch der Familie darauf bestanden, das Baby zu behalten», fährt Greco fort. «Das war der einzige Grund, warum Madreiter nicht nachholte, was er verpasst hatte, und das sagte er ihr auch an dem Tag, als er Emma mitnahm: ‹Ich lasse dich nur am Leben, weil du mein Kind ausgetragen hast. Jetzt sind wir quitt.›»

Quitt. In mir regt sich Widerstand. Zuallererst gegen diesen Mann, der denkt, es gäbe irgendetwas, das eine Vergewaltigung und Kindesentführung aufwiegen könnte. Dann auch Widerstand gegen die Geschichte selbst.

«Ich habe sie aber erkannt», sage ich stur. «Dieses Mädchen ist Julis Tochter!»

«Ich möchte deine Wahrnehmung ja gar nicht anzweifeln», sagt er, und bei mir klingeln sofort die Alarmglocken, weil ich diese Worte schon kenne. Psychologen und Ärzte sprechen immer von *Wahrnehmung*, wenn sie sagen wollen, dass man ja nichts dafür könne, wenn man die Welt falsch sähe, aber für Spinner halten sie einen trotzdem. Greco fährt fort: «Hast du dir denn nicht mal überlegt, dass das alles mit Juli und ihrer Tochter nur eine Geschichte sein könnte, die du dir im Kopf zurechtgelegt hast? Weil du dir so sehr wünschst, sie zu finden, dass du allen Puzzlesteinen eine Bedeutung gibst, damit sie auf jeden Fall in dein Bild passen? Was ich sagen möchte, ist, dass du möglicherweise übersiehst, was auf den Puzzlesteinen wirklich zu sehen ist. In der Psychologie spricht man von …»

«Ist mir total egal, wie dieser Psychoquatsch heißt!», rufe ich wütend ins Handy und bin kurz davor aufzulegen. Ich bin so enttäuscht von ihm, so enttäuscht, dass auch er nicht anders ist als die anderen Ärzte, die mir alle erst zugehört haben, als würden sie mich verstehen, und die dann am Ende doch immer behauptet haben, meine *Wahrnehmung* sei nur Einbildung. «Dieses Mädchen ist Julis Tochter! Vielleicht stimmt ja auch mit *deiner* Wahrnehmung etwas nicht, und Mader ist nicht Madreiter, sondern jemand ganz anderes. Hast du dir mal überlegt, dass *deine* Geschichte auch konstruiert sein könnte?»

Er seufzt. «Die ganze Nacht», sagt er dann schlicht.

Mir wird heiß. Er kann nicht recht haben, Juli. Das Mädchen, das dir wie aus dem Gesicht geschnitten ist, die doppelte Begegnung mit dem Wolf – wozu das alles, wenn es mich nicht zu dir führen sollte?

«Ich muss weiter», sage ich.

«Smilla, bitte. Warten wir doch erst mal die Ergebnisse des DNA-…»

Ich lege auf. Ich brauche keinen DNA-Test, um bestätigt zu bekommen, was ich schon weiß. Du warst meine beste Freundin. Ich werde dich wohl erkennen, wenn du wie eine Reinkarnation plötzlich vor mir stehst! Ich habe mich dir seit Jahren nicht mehr so nah gefühlt wie jetzt.

Noch immer blicke ich wütend auf das Display meines Handys, als sich unter meinem rechten Fuß plötzlich ein Stein löst. Ich muss wohl unbewusst das Gewicht verlagert haben, oder aber der Stein war schon vorher lose und hat nur auf seinen Moment gewartet. Ich verliere das Gleichgewicht und rudere mit den Armen, um meinen Schwerpunkt wieder nach vorn zu bringen, während der Rucksack mich nach hinten zieht. Aber unter meinen Füßen löst sich nur weiteres Geröll, und ich rutsche mitsamt den Steinen ab, versuche nach etwas zu greifen, das mir Halt gibt, aber alles, was ich zu fassen bekomme, ist ebenfalls in Bewegung. Eine ganze Steinlawine donnert mit mir zusammen den steilen Abhang hinunter. Etwas trifft mich am Kopf. Ich höre auf, um mich zu greifen, und forme mit den Armen einen Helm, während ich noch immer rutsche, die Orientierung verliere – um mich, unter und über mir nur Steine. Es fühlt sich an, als würde der ganze Berg zusammenbrechen. Ich werde hier sterben, Juli.

Der Berg hat seine ganz eigene Art, mich zu dir zu führen.

JESSE

Ich renne den Weg zur Siedlung beinahe hoch. Der Umweg, den Hofer mit mir gefahren ist, um mir zu zeigen, wo Rebekka wohnt, hat Zeit gekostet, und jetzt habe ich wegen Mama ein schlechtes Gewissen. Ich habe sie immerhin schon die ganze Nacht allein gelassen und erwarte, sie verstört in ihrem Bett vorzufinden, eingenässt, weil niemand sie auf die Toilette gebracht hat. Sie muss glauben, dass wir sie verlassen haben. Als die abgebrannte Spitze des Antennenmastes vor mir auftaucht, halte ich mir die Rippen und sprinte das letzte Stück. Ich sehe unsere Hütte, sehe Rauch über dem Dach aufsteigen und habe plötzlich ein so ungutes Gefühl, dass ich noch schneller werde. Ich stoße die Tür auf – und pralle noch auf der Schwelle zurück.

Rebekkas Mutter steht mit einem Schürhaken in der Stube. Als ich so plötzlich hereingeplatzt komme, wirbelt sie erschrocken zu mir herum. «Jesse!»

Ich blicke sie an, blicke auf den Schürhaken und bin dann mit zwei Sätzen im Schlafzimmer, wo ich Mama zu meinem Erstaunen fertig angezogen im Bett sitzend finde. Rebekkas Mutter muss sie aufgerichtet und ein Kissen in ihren Rücken geschoben haben.

Noch im Türrahmen des Schlafzimmers drehe ich mich zu ihr um. Mir fällt auf, wie lange ich sie nicht gesehen habe und wie schlecht sie aussieht. Die Haare hängen ihr ungepflegt und dünn um den Kopf. Ihr Gesicht ist aufgedunsen und hat die Farbe von Teig. Ihre Hände flattern so unruhig wie die Flügel einer Motte.

«Ich habe nach deiner Mutter gesehen.» Sie stellt den Schürhaken beiseite und schließt die Klappe des Ofens. Auf dem Herd steht unser ausgebeulter Wasserkessel und dampft vor sich hin. Die ganze Hütte ist angenehm warm. Aber was mich mindestens genauso erstaunt, ist, dass Frau Walther nicht lallt. Wenn ich es nicht besser wüsste, würde ich sagen, sie ist nüchtern.

«Ich habe mitgekriegt, wie du mit deinem Vater gestern die Siedlung verlassen hast, und als ihr nicht zurückgekommen seid, da …» Sie macht eine fast hilflose Geste in Richtung Schlafzimmer. «Na ja, ich dachte, ich sollte besser nach ihr sehen.»

Ich nicke, starre dabei aber wohl so offensichtlich auf das Zittern ihrer Hände, dass sie diese schnell an ihren Körper presst und festhält. Ich reiße mich zusammen, wende den Blick ab und räuspere mich. «Danke, das war sehr nett.»

Sie lächelt, und ich erschrecke ein bisschen, als ich ihre Zähne sehe.

«Sind Sie etwa die ganze Nacht hier gewesen?», frage ich.

«Ja, ich – habe dort auf dem Stuhl gesessen und geschaut, ob sie etwas braucht. Ich … schlafe ohnehin nicht sehr viel.» Wieder dieses beschämte Lächeln, bei dem sie versucht, die faulen Zähne mit den Lippen zu verdecken. Ich hasse mich dafür, dass ich meinen Blick durch die Stube schweifen lasse, um nach leeren Flaschen Ausschau zu halten. Da sind keine. Vielleicht ist Frau Walther heute Nacht ja wirklich nüchtern geblieben.

«Möchtest du vielleicht einen Tee?» Sie nimmt die Kanne vom Herd.

«Danke, gern», sage ich, aber als sie versucht, das heiße Wasser in die Tassen zu füllen, zittern ihre Hände so sehr, dass ich Sorge habe, sie könne sich das Kochwasser über die Finger kippen. Schnell bin ich bei ihr und nehme ihr die Kanne ab.

«Ich mache das», sage ich. Es ist ihr peinlich, das kann ich sehen, sie tritt hinter mir zurück und presst erneut die Hände an den Körper.

«Ich – habe Rebekka seit ein paar Tagen nicht gesehen. Ihr seid doch immer zusammen. Weißt du vielleicht, wo sie ist?»

Langsam stelle ich die Kanne zurück auf den Herd und greife nach dem Glas mit den getrockneten Wildkräutern, die Rebekka im Sommer gesammelt hat. Es würde nichts bringen, Frau Walther einen Vorwurf daraus zu machen, dass sie das mit Rebekka nicht früher bemerkt hat.

«Ja, Frau Walther, ich war heute noch bei ihr», sage ich also schlicht.

Ihre Augen weiten sich. «Ja, wirklich? Und … wo ist sie denn, geht es ihr gut?» Ihre Stimme ist besorgt. Frau Walther mag nicht die beste Mutter der Welt sein, aber sie ist immer noch eine Mutter. Ich atme einmal tief durch und sage: «Ja, es geht ihr gut. Sie hat jetzt einen Freund und wohnt bei ihm, etwas außerhalb der Stadt. Sie hat auch einen Birnbaum im Garten. Sie wissen ja, wie gern Rebekka Birnen isst.»

Frau Walther nickt zerstreut, als müsse sie die Erinnerung daran erst noch tief in sich suchen, und ich umschließe das Glas mit den Kräutern so fest, dass meine Fingerknöchel weiß hervortreten. Die Wut kommt ganz plötzlich. Eine zerstörerische Wut, wie eine Windböe, bei der man froh sein muss, wenn man sich noch schnell genug hinter irgendeinen Felsen hocken kann und nicht umgeworfen wird.

Vorhin, am Supermarkt, habe ich sie das erste Mal gespürt. Es hätte gereicht, der fremden Frau einfach zu sagen, dass der Pfad nach Jakobsleiter heute nicht passierbar wäre, so wie wir es von klein auf gelernt haben. Stattdessen habe ich sie auf den falschen Weg geschickt. Den Weg Richtung Obere Schwärze nämlich, wo verschüttete Wege und Steinschläge nicht nur bloße Geschichten sind. Dort gibt es eine Klamm, und im Frühjahr, wenn der Gletscher schmilzt, lösen sich oft ganze Steinlawinen, die in die Schlucht donnern. Man kann sie bis hierhin hören, wie ein entferntes Donnergrollen.

Wir halten uns fern von dieser Schlucht, noch mehr als vom Gletscher. Es ist ein gefährlicher Weg, den man nicht alleine gehen sollte. Und ganz bestimmt nicht, wenn man sich in der Gegend nicht auskennt. Trotzdem habe ich sie dorthin geschickt. Und jetzt frage ich mich, wieso. Weil ich tatsächlich der Verbrechersohn bin, für den mich alle halten? Weil ich diese Fremde stellvertretend für Rebekka bestrafen wollte? «Sie wollte mich verlassen», hat Vater gesagt und dabei geheult, auch so viele Jahre nach diesem Tag noch. Ich glaube, ich weiß jetzt, wieso er es getan hat. Er hat Mama so geliebt, dass er sie einfach nicht gehen lassen konnte. In seinen Augen war es kein Akt der Bestrafung, sondern einer aus Liebe.

Ich greife wieder nach der Kanne und stelle sie auf eine kalte Stelle des Herds, damit die Stille zwischen Frau Walther und mir nicht durch das Pfeifen gestört wird.

«Ich muss noch einmal los», sage ich zu ihr. «Würde es Ihnen vielleicht etwas ausmachen, noch ein bisschen länger auf meine Mutter zu achten?»

Sie schüttelt den Kopf. «Nein. Nein, überhaupt nicht. Im Gegenteil, ich …» Sie bricht den Satz ab, nestelt an ihrer Kleidung herum, aber ich glaube, ich weiß auch so, was sie sagen will. Frau Walther ist froh, eine Aufgabe zu haben. Vielleicht ist die Notwendigkeit, sich um jemanden zu kümmern, der einzige Grund für sie, nüchtern zu bleiben.

«Gehst du ins Dorf?», fragt sie.

«Ich komme dort vorbei», sage ich und hoffe, dass sie mich nicht bitten wird, ihr von dort Alkohol mitzubringen, wie sie es sonst immer tut. Sie nestelt weiter an ihrer Kleidung. Ihre Finger sind zu flatterig, als dass sie sie still halten könnte.

«Wenn du Rebekka siehst, sag ihr bitte, dass ich mich ändern werde. Ich will jetzt alles ändern.» Sie verstummt.

«Ich richte es ihr aus», nicke ich. Dann packe ich meinen Rucksack neu, drücke meiner Mutter einen Kuss auf die Stirn und nehme das Gewehr an mich, das hinter dem Ehebett steht.

«Gehst du denn jagen?», fragt Frau Walther erstaunt.

Ich zucke die Schultern. «Man weiß nie, was einem vor die Flinte läuft.»

Mittlerweile bin ich gut darin, meiner Stimme einen gelassenen Klang zu geben, wenn ich lüge. Die Fremde unten am Supermarkt hat nicht einen Moment an meinen Worten gezweifelt. Vielleicht wird man einfach ein guter Lügner, wenn man auf einem Berg voller Lügen aufwächst.

SMILLA

Erinnerst du dich, wie ich damals von dem Bus angefahren wurde, Juli? Da waren wir elf. Wir haben an der Haltestelle gestanden und ein Eis gegessen, wie immer, wenn die letzte Stunde ausgefallen ist und wir noch auf den Bus warten mussten. Wir sind auf dem Bordstein balanciert, dort, wo die Straße abgesenkt ist, und wir haben gelacht, weil ich abgerutscht bin und mir das Kirscheis plötzlich im Gesicht hing. Wir haben so laut gelacht, dass ich zu spät gemerkt habe, wie dein Lachen in ein Schreien umgeschlagen ist, in eine Warnung. Ich habe den Bus nicht kommen sehen, und als ich mich umgedreht habe, war es zu spät.

Ich erinnere mich daran, dass überall Kirscheis geklebt hat, als ich im Krankenwagen wieder wach wurde. Dass es in meinem Gesicht war und in meinen Haaren. Du hast jeden Nachmittag dort bei mir im Krankenhaus verbracht, Juli. Du hast mir die Hausaufgaben mitgebracht und bei Brettspielen für mich die Figuren gesetzt, weil ich die Arme nicht heben konnte.

Auch jetzt kann ich die Arme nicht heben. Mir tut alles weh. Aber ich lebe. Ganz still liege ich da und blinzle in den blauen Himmel, der rechts und links von Felswänden begrenzt wird. Ich bin in die Klamm gestürzt. Und diesmal bist du nicht da, um neben mir zu sitzen, bis der Krankenwagen kommt. Es wird keiner kommen, um mir zu helfen. Ich drehe den Kopf, auch die Bewegung tut weh, probeweise bewege ich meine Gliedmaßen. Immerhin scheine ich mir nichts gebrochen zu haben. Meine Arme haben meinen Kopf geschützt und der dicke Rucksack meinen Rücken. Ich richte mich auf. Ich sitze auf der Steinlawine, aber unter mir ist Gestrüpp, ein Strauch, der meinen Sturz abgefangen hat. Vorsichtig wische ich Staub und Schmutz von meinem Körper und taste nach meinem Handy, aber es ist nicht mehr in der Tasche. Ich muss es bei meinem Sturz verloren haben. Ich schaue mich um in der vagen Hoffnung, es irgendwo zwischen den Steinen zu finden, dann fällt mir ein, dass ich es ja noch in der Hand gehalten habe, als ich abgerutscht bin. Ich werde es wahrscheinlich schon irgendwo weiter oben verloren haben, und jetzt ist es unter dem Schutt begraben. Unendlich langsam setze ich den Rucksack ab, um ihn aufzuschnüren. Meine Kehle ist trocken. Ich nehme ein paar tiefe Schlucke aus der Wasserflasche, huste, schraube die Flasche wieder zu und zwinge mich dann aufzustehen. Meine Beine zittern, aber ich glaube, es ist mehr der Schock und wahrscheinlich eine ganze Menge blauer Flecken und Schürfwunden. Ich setze den Rucksack wieder auf und rutsche von dem Steinhaufen hinunter. Ich bin noch immer wackelig auf den Beinen, als ich dem Bachbett folge.

Die Sträucher wachsen hier überall an den eng stehenden Felswänden. Jetzt im Spätsommer sind sie genauso trocken wie das Bachbett, das durch die Mitte der Klamm führt. Aber der Höhe der Klamm und den glatt geschliffenen Wänden nach zu urteilen, müssen die Wassermassen hier früher einmal gewaltig gewesen sein. Früher, als der Gletscher noch größer war und die weißblaue, eiskalte Gletschermilch in den heißen Sommermonaten hier durchgebrochen ist. Genau hier, wo ich jetzt stehe. Inzwischen führen die meisten Bäche nur noch in den heißesten Sommermonaten überhaupt Wasser. Es ist kühl hier unten, kaum ein Sonnenstrahl trifft auf die Wände und den Boden. Bis auf die trockenen Sträucher und ein paar verirrte Krähen gibt es hier kein Leben. Und bis auf die Fliegen natürlich. Fliegen gibt es überall – gerade dort, wo ansonsten nur der Tod ist. Ich scheuche eine besonders fette von ihnen weg, als sie unmittelbar vor meinem Gesicht brummt. Mein Blick wandert am oberen Rand der Klamm entlang. Die Wände sind nicht überall so steil, als dass ein Aufstieg unmöglich wäre. Aber dort, wo ich es versuchen könnte, liegt nur loses Geröll, und ich möchte nicht noch einmal in eine Steinlawine geraten.

Ich bin so konzentriert auf den Himmel und die Landschaft über mir, dass ich erschrocken innehalte, als etwas laut unter meinem rechten Schuh knirscht und zerbricht. Das Geräusch passt weder zu den Steinen noch zu den losen Ästen, die hier überall verstreut herumliegen. Ich schaue nach unten und mache einen Satz zurück, als ich erkenne, in was ich da getreten bin. Es ist ein Knochen, groß und schalenförmig, mit flügelartigen Ausformungen an den Seiten. Ein riesiger, knöcherner Schmetterling, der jetzt zertreten am Boden liegt. Ich bin in einen Beckenknochen getreten. Entsetzt schnappe ich nach Luft und mache einen weiteren Schritt zurück, suche den Boden ab, und jetzt sehe ich weitere Knochenteile, lange und kurze, ein Skelett, das um mich verteilt liegt. Ich gehe rückwärts, erneut knackt etwas unter meinem Schuh, und ich zucke zusammen. Diesmal bin ich auf einen kleinen Knochen getreten. Ich versuche mir einzureden, dass es einfach ein großes Tier sein könnte. Dann aber entdecke ich den Schädel, ein paar Meter von mir entfernt, und der lässt keinen Zweifel mehr daran, um was es sich wirklich handelt! Ich versuche meinen Atem zu beruhigen. Was war das für ein Mensch, der hier unten ums Leben gekommen ist? Wieso liegt das Skelett so auf dem Boden verteilt? Haben Tiere an dem toten Körper gezerrt und ihn in Einzelteilen weggeschleppt? War es das Wasser der Schneeschmelze, das einzelne Knochen fortgetragen hat? Aber wer weiß schon, wie lange das Skelett überhaupt so daliegt! Vielleicht ist es jahrzehntealt. Es gab schon immer Wanderer oder Skifahrer, die in den Bergen verschwunden sind, die unvorsichtig waren, alleine unterwegs, die abgestürzt oder in Felsspalten geraten sind, so weit abseits von allem und jedem, dass kein Rettungshelikopter sie finden kann. Ich blicke erneut an den hohen Wänden der

Schlucht entlang. Vielleicht hätte ich mir einen beruhigenderen Gedanken aussuchen sollen.

Noch einmal atme ich durch, dann trete ich an den Schädel heran und gehe in die Hocke. Er kommt mir klein vor, wie von einem Kind, aber um ehrlich zu sein, Juli, habe ich nur eine vage Vorstellung davon, wie groß ein Schädel normalerweise ist, ich bin kein Forensiker. Wie lange halten sich Knochen eigentlich, bevor sie zerfallen? Wie alt muss ein Skelett sein, das so vollkommen frei von Fleisch ist? Die meisten Knochen sind schwarz, sie sehen aus wie mit einer ledrigen Haut bezogen. Mir rauscht das Blut in den Ohren, als ich aufstehe und mich so vorsichtig weiterbewege.

Ich muss nicht weit gehen, um zu erkennen, dass meine Vermutung über den verunglückten Wanderer ein Trugschluss war. Kurz vor einer Biegung, vor einer Felswand, die das Gletscherwasser über Jahrhunderte zu einer glatten, weichen Nase geformt hat, entdecke ich den nächsten Schädel. Und dann, als ich um die Nase herumtrete, höre ich die Raben, die sich in diesem Teil der Schlucht tummeln, und das Brummen der Fliegen. Ich muss mich am Fels festhalten, um nicht zu straucheln.

Mein Gott, Juli!

Ob hingespült oder hingetragen, die Schlucht ist ein Friedhof menschlicher Skelette. Vielleicht sind es zehn, die hier liegen, vielleicht auch ein Dutzend. Und nicht alle von ihnen sind so alt wie das erste Skelett. Ich sehe eine Frau – ich glaube, es ist eine Frau –, deren Bauch so aufgedunsen ist, dass sie aussieht, als wäre sie schwanger. Eine andere Leiche scheint nur noch von der Kleidung zusammengehalten zu werden, die braun und wachspapierartig geworden ist. Sie klebt an der Toten, als sei sie nass. Ich kann nur erahnen, dass es sich bei der Hose einmal um eine Jeans gehandelt hat. Andere wiederum sind so verwest, dass Moos auf ihnen wächst, sogar winzige Blumen, die ich nie zuvor gesehen habe.

Ich stoße mich von der Wand ab, zwinge mich zum Weitergehen. Ich setze meine Schritte noch immer mit Bedacht, um auf bloß nichts zu treten, aber in meinem Kopf stolpern die Gedanken umso schneller, und das lässt mich taumeln. Fliegen summen, der Geruch nach Verwesung wird immer schlimmer, je tiefer ich mich in diesen Teil der Klamm hineinbegebe. Ich bedecke Mund und Nase mit meinem Arm, mit dem Ärmel meiner Jacke. Die meisten Leichen liegen an der Stelle, an der der Steinbruch wieder schmaler wird, so schmal, dass ich mich seitlich drehen muss, um hindurchzupassen. Als seien die Körper mit der Schneeschmelze hierhergespült worden, aber in der Enge hängen geblieben. Ein Auffangbecken für Tote.

Unwillkürlich muss ich an die Girlande der Frauen und Mädchen in meinem Zimmer denken. An die vielen ungeklärten Vermisstenfälle in unserer Region. Was, wenn diese Klamm die Antwort ist? Meine Panik ist jetzt so groß, dass ich sie kaum noch kontrollieren kann. Ich muss aus dieser Schlucht herauskommen und die Polizei alarmieren! Also zwänge ich mich durch die Felsenge, stolpere auf der anderen Seite weiter und schnappe erleichtert nach Luft, als ich sehe, dass der Friedhof, der Albtraum, hier endlich ein Ende hat. Ich stütze meine Hände auf die Knie, atme. Ich darf jetzt nicht den Kopf verlieren. Noch einmal werfe ich einen Blick auf die Wände. Sie sind hier weniger steil, aber immer noch so geröllig, dass ich beim Aufstieg mit ziemlicher Wahrscheinlichkeit abrutschen werde. Ich werfe einen Blick zurück und bewege mich dann weiter im Bachbett fort, auf der Suche nach einer Stelle, an der ich es wagen kann hochzuklettern.

Da ich in diesem Teil der Klamm keine Knochen oder Leichen sehe, trifft es mich unvorbereitet, als plötzlich zwei Beine vor mir auf den Weg ragen, und ich schreie kurz auf. Es sind die nackten Beine einer Frau. Der Rest ihres Körpers ist hinter Gestrüpp verborgen, aber ich sehe auch durch die Zweige, dass sie nicht viel mehr trägt als ein T-Shirt. Mit mulmigem Gefühl trete ich um das Gebüsch herum. Die Frau liegt auf dem Rücken, das Gesicht zur Felswand gewandt, an der ein dünnes Rinnsal Wasser fließt. Am Kopf hat sie eine verkrustete Wunde. Das T-Shirt, die Hände und auch ihr Gesicht sind starr vor Schmutz und die Wangen bereits eingefallen. Ich erkenne die Frau erst, als ich mich zu ihr herunterbeuge. Es ist die verschwundene Lehrerin aus Almenen! Die Frau, die versucht hat, Kontakt mit mir aufzunehmen.

«Frau Bender!» Ich stürze vor, scheuche die Raben fort, die neben ihrem Kopf herumhüpfen. Ich habe nicht viel Hoffnung, dass sie wirklich noch am Leben ist. Doch als ich sie vorsichtig am Arm berühre und dann die Hand auf ihren Hals lege, spüre ich einen Puls. «Laura!» Ich hoffe, dass ich mich richtig an ihren Vornamen erinnere, und rüttele jetzt heftiger an ihrem Arm, schüttele sie beinahe, und tatsächlich gibt die Lehrerin plötzlich ein Stöhnen von sich. Sie lebt! Ich lasse den Arm los und klopfe ihr gegen die Wangen. «Hören Sie mich, Laura? Machen Sie die Augen auf! Mein Name ist Smilla, ich werde Ihnen helfen, machen Sie doch bitte die Augen auf!»

Sie reagiert mit einem erneuten Stöhnen. Ihre Lippen sind aufgesprungen und weiß, und ich rechne fassungslos nach. Sie ist seit über einer Woche verschwunden! War sie die ganze Zeit hier in der Klamm? Oder hat man sie irgendwo gefangen gehalten und erst vor Kurzem hergebracht? Vielleicht als der Trubel um die Siedlung sich verdichtet hat? Hastig setze ich den Rucksack ab und schnüre ihn auf.

«Bleiben Sie bei mir, okay? Bleiben Sie wach! Ich habe Essen für Sie dabei. Oder möchten Sie erst etwas trinken?» Ich ziehe die Flasche aus dem Rucksack und will ihren Kopf anheben, um ihr etwas Flüssigkeit einzuflößen, doch sie stöhnt jetzt so laut, dass ich Angst habe, sie durch die Bewegung noch mehr zu verletzen. Mein Blick fällt auf das Rinnsal Wasser an der Wand. Vielleicht ist es das, was sie vor dem Verdursten gerettet hat. Vielleicht ist sie hierhergerobbt, als sie dazu noch in der Lage war. Aber ihr Körper ist ausgemergelt, sie muss unbedingt ins Krankenhaus! Ich werfe einen Blick auf die schwer verletzte Frau und dann auf den Rand der Schlucht und überlege fieberhaft, was ich tun soll, als mich etwas stutzig macht. Es ist mehr ein Gefühl als ein greifbarer Gedanke. Das Gefühl, beobachtet zu werden. Ich schaue zu den Krähen, die nervös in der Nähe herumhüpfen, immer ein Stückchen näher kommen und auf ihren Moment warten zuzustoßen. Mir fallen die kleinen, schnittartigen Wunden überall in Lauras Gesicht und auf ihren nackten Armen auf, die vermutlich von den Schnäbeln der Biester kommen.

«Kschhh!» Ich reiße den Arm hoch. Die Krähen schreien und fliegen auf, nur um sich gleich darauf erneut niederzulassen und anzupirschen. Doch ganz plötzlich weiß ich, dass das Gefühl, beobachtet zu werden, nicht von den Raben kommt, sondern von etwas, das ich oben am Rand der Schlucht gesehen habe. Ich richte mich auf und schirme die Augen zum Schutz gegen die Helligkeit mit der Hand ab. Dann erstarre ich. Dort oben steht jemand.

JESSE

Ich habe Glück. Auf der Straße sind Bauern unterwegs, um die Ernte einzufahren, und einer von ihnen nimmt mich ein Stück auf seinem Trecker mit. Er lässt mich auf den Sitz neben sich klettern, wo ein kleiner weißer Hund sitzt. Ich nehme den Hund auf den Schoß, und wir schwanken und wackeln gemeinsam über die Straße, ohne dass einer von uns sprechen müsste. Ich bin überrascht über diese Hilfsbereitschaft, die nicht zu dem passt, was ich über Fremde gelernt habe. Er fragt mich nicht einmal nach dem Grund, warum ich ein Gewehr dabeihabe, und bedeutet mir lediglich mit einer Geste, es auf den Anhänger zu werfen, weil vorne kein Platz mehr ist. Von der Stelle, an der er mich absetzt, sind es nur noch ein paar Schritte bis zu dem Haus, in dem Rebekka jetzt wohnt. Ich trete durch den Garten ein und bleibe unter dem Birnbaum stehen. Von dort blicke ich zum Haus und ziehe meine Kapuze über den Kopf. Mein Puls ist erstaunlich ruhig.

Die Jungs aus der Schule hatten recht. Ich bin ein Verbrechersohn, so etwas vererbt sich weiter. Wir hatten das Thema auch im Biologieunterricht. Jedes Tier, jeder Mensch ist das Ergebnis von Umwelt und Genen. Wie es aussieht, habe ich wohl mit keinem von beidem besonders großes Glück gehabt. Was sollte anderes aus mir werden, mit einem Vater, der der eigenen Frau den Kopf einschlägt, und in einer Siedlung, in der nur Verbrecher leben?

Im Krankenwagen hat Vater es schließlich erzählt. Bruchstückhaft nur, aber doch deutlich genug, dass ich begriff, was damals seine Straftat gewesen war.

Vor vielen Jahren hat Vater seiner damaligen Freundin Margit eine Eisenstange über den Kopf gezogen und den Terrier erschlagen, der ein Geschenk gewesen war, ein gemeinsames Projekt – genau wie das Baby in Margits Bauch, das nicht seins gewesen sein soll. Dieser Lothar, von dem Vater schon im Wald gebrabbelt hat, hatte ihm das erzählt. Zu jener Zeit ist Lothar wohl ein guter Freund gewesen, vielleicht sein bester. «Guten Freunden traut man mehr als Frauen», hat Vater mit fieberglasigen Augen gesagt, während der Krankenpfleger den durchsichtigen Beutel hochgehalten hat.

Ich weiß nicht, ob das mit den Freunden und den Frauen stimmt, ich habe weder das eine noch das andere. Vater muss damals sehr jung gewesen sein, nicht viel älter als ich heute, und die Information, das Kind seiner Freundin sei nicht seins, hatte sich als falsch herausgestellt. Es war eine Fehlinformation, die Vater für seinen «Fehler» verantwortlich macht. Mehr weiß ich nicht. Nicht, ob Vater es heute bereut. Ob er seine Tat auch als «Fehler» gesehen hätte, wenn es sich bei dem Baby nicht um eine Fehlinformation, sondern tatsächlich um das Kind eines anderen Mannes gehandelt hätte. Vater war nicht klar genug im Kopf, um mir zu erzählen, wie es sich angefühlt hat, mit der Eisenstange vor Margits Haustür zu stehen. Ob er sich so leer und wütend gefühlt hat wie ich jetzt unter dem Birnbaum.

Ich bemerke eine Bewegung hinter einem der Fenster und trete einen Schritt zur Seite, husche zum Eingang und drücke mich in den Schatten neben der Tür. Ich weiß, dass ich jetzt schnell sein muss, bevor der Mut mich verlässt. Vorhin, auf dem schaukelnden Trecker, da hat sich die Szene noch ganz klar vor meinen Augen abgespielt. Ich muss sie nur noch ausführen. Also trete ich vor die Tür. Die Klingel ist ein kurzes, scharfes Schrillen, und ich zwinge mich, den Kopf zu heben. Ich will ihr in die Augen sehen, wenn es so weit ist, ihr und diesem Kerl. Einen Moment ist alles still, dann sehe ich hinter der Milchglastür eine Bewegung. Die Tür wird geöffnet, ich recke das Kinn. Und dann verharre ich so still, so erstarrt, als hätte ich mit meinem Schweigen ein Leben lang nur auf diesen Moment hintrainiert.

«Ja bitte?» Der Mann sieht mich einen Moment verwirrt an, als ich nichts sage.

«Wer ist es denn, Liebling?», fragt eine Stimme hinter ihm, und in meinem Kopf beginnt sich alles zu drehen, mein Magen krampft sich zusammen, als ich die fremde Frau sehe, die zu der Stimme gehört. Die beiden sehen mich verdattert an, als müssten sie meine Verwirrung spiegeln. Und als ich endlich den Mund aufmache, sage ich nichts von dem, was ich eigentlich sagen wollte, sondern nur: «Wo ist Rebekka?»

SMILLA

Einen Moment lang wage ich weder zu atmen noch mich zu bewegen. Ich stehe ganz still da, unentschlossen, ob ich mich verstecken oder auf mich aufmerksam machen soll. Die Gestalt steht ebenfalls still. So still, dass ich schon unsicher werde, ob es denn überhaupt ein Mensch ist oder lediglich ein Felsen, der mir vorher einfach nicht aufgefallen ist. Doch dann bewegt sich die Gestalt plötzlich, sie dreht sich um und verschwindet.

Also rufe ich. Ich schreie, so laut ich kann, um Hilfe, und das Echo trägt meine Stimme durch die ganze Klamm. Aber oben rührt sich nichts. Ich mache mir Vorwürfe, nicht früher reagiert zu haben. Vielleicht war das meine einzige Chance! Ein letztes Mal schreie ich, mehr aus Frust als aus Hoffnung, und trete gegen einen Stein, der klackernd wegspringt und sein eigenes Echo erzeugt. Es klackert und klackert, und ich wende mich zurück zu Laura, als mir auffällt, dass das Klackern überhaupt kein Ende nimmt. Es wird auch nicht leiser. Das ist kein Echo. Das sind Steine, die sich unter Fußtritten lösen und die Schlucht hinunterstolpern. Ich wende den Kopf abwechselnd nach rechts und links, während ich lausche. Ich versuche herauszufinden, aus welcher Richtung das Geräusch kommt, aber wegen des Widerhalls kann ich es unmöglich sagen. Sicher ist, dass sich dort jemand einen Weg in die Schlucht bahnt. Ich hocke mich wieder neben Laura.

«Wir bekommen jetzt Hilfe, halten Sie durch!»

Das Klackern verstummt. Wahrscheinlich versucht der Wanderer, sich zu orientieren. Ich setze bereits an zu rufen, um unsere Richtung anzuzeigen, als mir auffällt, dass auch der Fremde sich melden könnte. Stattdessen bahnt er sich wortlos seinen Weg zu uns. Verhält sich so ein normaler Wanderer, der helfen will? Mir wird heiß. Ich springe zu meinem Rucksack und wühle fieberhaft nach dem Taschenmesser, das ich immer dabeihabe. Pflaster, Verbandszeug, alles Mögliche berühren meine fahrigen Hände, aber wo ist das Messer? Endlich ertasten meine Finger einen metallischen Gegenstand auf dem Boden des Rucksacks, doch da höre ich hinter mir ein Knirschen, und als ich mich umdrehe, ist es schon zu spät. Etwas Schweres trifft mich am Kopf, schmettert mich nach hinten, bevor ich mich aus der Hocke aufrichten kann. Ich schlage rücklings auf etwas auf, das ich erst für Wurzeln halte, das aber, wie ich dann begreife, Lauras Beine sind. Und obwohl mein Kopf zu bersten scheint, ist mein erster Gedanke, dass ich sie schützen muss. Ich ziehe mich kriechend zurück, fort von der Felswand, neben der Laura liegt. Ich muss erst mich außer Reichweite des Fremden bringen. Dann drehe ich mich um und sehe ihn an. Er ist groß, ein Berg von einem Mann. Ich muss mich anstrengen, um ihn überhaupt zu fokussieren, denn immer wieder wird mir schwarz vor Augen, der Schmerz in meinem Kopf wird mir erst jetzt richtig bewusst. Ich greife mir an die Schläfe, da ist etwas Nasses, aber dass es Blut ist, begreife ich erst, als ich die Pistole in seiner Hand sehe. Hat er Laura genauso niedergeschlagen? Reden, denke ich plötzlich und weiß selbst nicht, warum.

«Sie müssen das nicht tun!», rufe ich. «Bürgermeister Hofer hat Ihnen eine zweite Chance gegeben! Die Siedlung hat Ihnen eine zweite Chance gegeben! Wollen Sie die jetzt wirklich einfach wegwerfen?» Ich komme mir hilflos vor, wie ich so vor ihm liege und noch irgendetwas herumzureißen versuche. Was ist schon meine Stimme gegen seine Waffe?

«Je mehr Morde Sie begehen, desto sicherer werden Sie irgendwann dafür im Knast landen, ist Ihnen das nicht klar? Man hat Sie schon mal gefasst, und man wird Sie wieder fassen, die Siedlung ist doch längst auf dem Radar der Polizei. *Sie* sind längst auf dem Radar… Mader. Oder sollte ich Madreiter sagen?» Das Herz klopft mir bis zum Hals, als ich den Namen ausspreche, aber tatsächlich flackert Erstaunen in seinen Augen auf, Irritation. Er hat nicht damit gerechnet, dass ich weiß, wer er ist.

«Das Versteckspiel ist vorbei, Madreiter. Mit einem weiteren Mord erreichen Sie gar nichts – im Gegenteil, Sie machen alles nur noch schlimmer. Wissen Sie eigentlich, wie viele Jahre es auf Mord gibt?»

«Zu wenige», sagt Madreiter, und ich zucke zusammen. Seine Gelassenheit ist beunruhigend. Während ich die Panik in meiner Stimme nicht unterdrücken kann.

«Die Polizei ist unterwegs», rufe ich, während ich versuche, weiter von ihm wegzurobben. «Ich bin kein anonymes Opfer! Die Polizei weiß, wer ich bin und wo ich bin!»

«So, weiß sie das?», fragt er ruhig. Und dann lächelt er.

Doch in dem Moment zerreißt ein schrilles Pfeifen die Luft, so laut und plötzlich, dass wir beide zusammenzucken und die Krähen aufflattern. Madreiter wirbelt herum, wir suchen beide die Quelle des plötzlichen Pfiffs und sehen Laura, die es irgendwie geschafft hat, sich auf die Seite zu rollen und an die Signalpfeife zu kommen, die am Träger meines Wanderrucksacks festgemacht ist. Madreiter starrt Laura genauso fassungslos an wie ich. Es ist ihm anzusehen, dass er sie für tot gehalten hat. Und in diesem Moment weiß ich, was Laura mit dem Pfeifen bezweckt hat. Ich stürze vor, werfe mich mit ganzem Körpergewicht gegen Madreiters Beine. Er schreit und fällt rücklings über mich, sein Hinterkopf schlägt auf den Boden. Ich umklammere seine Knie, doch als ich sehe, wie ihm die Waffe entgleitet, lasse ich los und stürze vor. Ich erreiche die Pistole und hebe sie auf. Ich wirbele herum und richte die Waffe auf Madreiter, der gerade versucht, sich stöhnend aufzurichten, und sich dabei an den Hinterkopf greift. Er ist hart auf dem Boden aufgeschlagen.

«Liegen bleiben!» Meine Stimme ist hoch, panisch. Ich schlucke und versuche das Zittern meiner Hände zu unterdrücken. Ich bin jetzt diejenige mit der Waffe! Während meine Gedanken um die Frage rasen, was als Nächstes zu tun ist, macht Madreiter erneut Anstalten, sich aufzurichten.

«Liegen bleiben!», rufe ich noch einmal. Wenig beeindruckt setzt er sich hin und hebt die Hände.

«Ganz ruhig», sagt er, und ich ärgere mich, dass die Waffe in meinen Fingern noch immer zittert.

Er streckt mir eine Hand entgegen und macht eine auffordernde Bewegung. «Gib sie mir.»

Für wie blöd hält er mich?

«Gib mir die Waffe, Mädchen. Du wirst sie sowieso nicht benutzen. Du weißt doch nicht mal, wie.»

Ich versuche meine zitternde Hand zu beruhigen und mir nicht ansehen zu lassen, dass er mich verunsichert. Ich weiß nicht, ob du dich daran erinnerst, Juli, denn du warst nie so beeindruckt von solchen Dingen wie ich. Aber als wir sieben oder acht Jahre alt waren, hat mein Vater uns einmal seine Dienstwaffe halten lassen, die er sonst immer gut verschlossen im Schrank aufbewahrte. Er hat uns die Pistole in die ausgestreckten, zur Schale geformten Hände gelegt. Ich erinnere mich noch an das erstaunliche Gewicht und daran, dass die Patronen Geräusche wie Murmeln machten, als sie über den Schreibtisch kullerten. Mein Vater hat die Finger auf die Lippen gelegt und augenzwinkernd gemeint: «Das sagt ihr aber niemandem, ja? Das bleibt unser Geheimnis.» Und wir haben ihm unser Indianerehrenwort gegeben, das damals die höchste Form des Versprechens war, die wir kannten.

Jetzt wünschte ich, mein Vater hätte uns ein bisschen mehr gesagt als das. Hätte zum Beispiel erklärt, woran man sieht, ob eine Waffe entsichert ist. Ob moderne Waffen vor dem Gebrauch überhaupt noch entsichert werden müssen und wo. Man sollte ja eigentlich meinen, der Gebrauch einer Pistole sei idiotensicher, aber was, wenn nicht?

Erneut beginnt der Mann, sich vom Boden aufzurichten, mit

einer Ruhe, die mir verrät, wie sicher er sich seiner Sache ist. Und diesmal schafft er es.

«Bleiben Sie verdammt noch mal stehen!» Ich mache einen Schritt zurück, als er mir die Hand entgegenstreckt und mir erneut bedeutet, ihm die Waffe zu geben. Er macht einen Schritt nach vorn, und ich will noch weiter zurückweichen, doch als sein Blick kurz Richtung Boden hinter mir flackert, erinnere ich mich, dass dort irgendwo die verletzte Laura liegt, und bleibe stehen. Ich begreife, was er vorhat, noch bevor er näher treten und nach der Waffe greifen kann. Und dann drücke ich ab.

Ich habe noch nie jemanden so schreien hören. Ein Zug mit dem Finger hat gereicht, und Madreiter windet sich brüllend am Boden. Was für eine perverse Erfindung so eine Waffe doch ist. Ich habe auf sein Knie gezielt und seinen Oberschenkel getroffen. Fassungslos starre ich auf die Pistole und dann auf Madreiter. Versuche mir klarzumachen, dass es das Richtige war. Nicht nur, weil dieses Schwein wahrscheinlich dich auf dem Gewissen hat, Juli. Sondern auch, weil Laura und ich aus dieser Schlucht rauskommen müssen. Madreiter hält sich fluchend das Bein, und mir wird schlecht, als ich das viele Blut sehe, das durch seine Hose sickert.

Dennoch behalte ich ihn genau im Blick, als ich in die Hocke gehe und rücklings nach Laura taste. Sie liegt genau hinter mir. Einen Schritt mehr, und ich wäre über sie gestolpert. Ich finde ihren Arm, doch er ist schlaff und kraftlos.

«Laura?», sage ich, und als ich keine Antwort höre, nicht einmal ein Stöhnen, wende ich ihr hastig das Gesicht zu, ohne den Lauf der Pistole zu senken. Laura liegt auf dem Bauch. Die orangefarbene Pfeife hängt noch zwischen ihren trockenen Lippen. Ihre Augen sind aufgerissen und starren glasig an mir vorbei ins Leere. Ich packe sie an der Schulter, rüttele sie, aber es kommt keine Reaktion. Mit der freien Hand taste ich nach ihrem Puls am Hals. Nichts.

«Laura?», rufe ich panisch. Das kann nicht wahr sein! Diese Frau hat tagelang verwundet und ohne Essen in einer Klamm überlebt! Und gerade eben hat sie sich noch selbstständig zu meiner Warnpfeife geschleift, um mich zu retten. Sie kann mir jetzt nicht einfach wegsterben!

«Laura!» Ich achte nicht mehr auf Madreiter, der inzwischen sein verzerrtes Gesicht in den Dreck drückt, sich förmlich darin wälzt. Ich lege die Pistole neben mir ab, hieve Laura in Rückenlage und erinnere mich daran, was ich über Wiederbelebungsversuche gelernt habe. Ich versuche es mit Herz-Rhythmus-Massage und Mund-zu-Mund-Beatmung, aber es dauert nicht lange, bis ich hinter mir eine Bewegung wahrnehme. Ich greife zurück zur Waffe, wirbele herum. Madreiter steht vor mir, mit wut- und schmerzverzerrtem Gesicht, in dem der Dreck klebt. Dort, wo ich sein Bein getroffen habe, ist die Hose dunkel vor Blut, ebenso wie seine Hände, mit denen er sich durchs Gesicht gewischt haben muss, denn da ist ein roter Streifen an seiner Schläfe. Ich kann ihm ansehen, dass nicht viel fehlt, und er würde sich auf mich stürzen. Aber als er jetzt den Lauf der Pistole auf sich gerichtet sieht, bleibt er immerhin stehen. Er war sich so sicher, dass ich nicht schießen würde. Diese Sicherheit ist jetzt vergangen.

«Auf den Boden! Sofort!», rufe ich. Er kommt der Aufforderung nicht nach. Nimmt mich immer noch nicht ernst. Zur Erinnerung ziele ich auf sein noch intaktes Knie, und da zuckt er doch ein wenig zurück.

«Auf den Boden!», wiederhole ich. Sein Blick ist düster, er malmt mit dem breiten Kiefer. Dann, unendlich langsam, geht er vor mir in die Hocke.

«Bauchlage und Hände auf den Rücken. Das Gesicht auf den Boden.»

Dafür hat er nicht mehr als ein Lächeln übrig. Ich bin plötzlich so wütend, dass ich kurzerhand neben ihn ziele und noch einmal abdrücke. Der Schuss ist ohrenbetäubend hier in der Klamm, und Madreiter zuckt zusammen und reißt die Hand weg, neben der die Kugel knapp vorbei in den Boden gegangen ist – knapper als gedacht, um ehrlich zu sein. Ich hätte ihm leicht einen Finger abschießen können. Sein selbstgefälliges Lächeln ist verschwunden. Er hebt andeutungsweise die Hände und legt sich dann tatsächlich auf den Boden.

«Arme auf den Rücken», wiederhole ich und sehe mich dabei suchend nach dem Taschenmesser um, das ich vorhin, als sein erster Angriff kam, aus dem Rucksack gezogen habe. Es muss mir aus der Hand gerutscht und über den Boden geschlittert sein. Ich finde es rechts neben mir zwischen den Steinen. Es ist nicht einfach, eine Pistole in der Hand zu halten und gleichzeitig ein Taschenmesser auseinanderzuklappen. Und noch schwieriger ist es, mit diesem Taschenmesser am Rucksackträger herumzusäbeln. Aber schließlich halte ich den Träger in der Hand. Ich stehe auf, trete vorsichtig an Madreiter heran und richte die Pistole auf seinen Nacken.

«Legen Sie die Hände zusammen.» Der Rucksackträger ist klobig und lässt sich nicht leicht verknoten. Die Pistole und mein Knie in seinem Kreuz sind das Einzige, das ihn davon abhält, aufzuspringen und mich abzuschütteln – ich wiege vielleicht die Hälfte von ihm. Mein Plan ist es, ihn so verschnürt und verknotet liegen zu lassen und schnellstmöglich aus der Klamm zu fliehen, um Hilfe zu holen. Auch wenn die für Laura inzwischen zu spät kommen wird. Sie liegt noch immer so auf dem Rücken, wie ich sie hingelegt habe, die Augen starr gen Himmel gerichtet. Ich schreie einen Raben an, der sich ihr hüpfend nähert und äußerst interessiert an ihrem Gesicht wirkt. Ein zweiter Rabe hüpft in Richtung ihrer Füße, flattert plötzlich vor und zwickt ihr in den mit Nylon benetzten Zeh. Er lässt sich von meinem «Kschhhh!» nicht beeindrucken, und ich muss mich abwenden, um nicht loszuheulen.

Als der Knoten festsitzt, stehe ich auf und trete schnell zurück.

Madreiter windet sich probehalber ein bisschen, und seine Finger tasten nach der Fessel. Aber er ist nur halbherzig dabei. Die ernsthaften Anstrengungen, sich zu befreien, wird er erst unternehmen, wenn ich weg bin, das wissen wir beide. Ich scheuche die Raben fort, obwohl auch das keine Lösung von Dauer ist. Ein ganzer Schwarm von den Biestern kreist inzwischen schreiend über uns am Himmel. Vielleicht hat der Schuss sie angelockt. Vielleicht wissen die Raben, dass sie immer dort fündig werden, wo Madreiter ist. Ich greife nach dem intakten Träger meines Rucksacks.

«Willst du gar nicht wissen, was aus deiner Freundin geworden ist?», fragt Madreiter plötzlich, in einem Ton, als würde er sich nach dem Wetter erkundigen. Ich erstarre. Mein Magen krampft sich zusammen. Ich weiß sofort, dass er von dir redet, Juli.

Madreiter wendet mir das dreckverschmierte Gesicht zu. Er schafft es trotz allem noch, selbstgefällig zu lächeln. «Ich dachte, deshalb wärst du hergekommen, Smilla Arnold.»

JESSE

Joseph und Johanna Lauder sind alt und besitzen einen Golden Retriever. Sie sind viel freundlicher, als einer wie ich es verdient hätte, der ein Verbrechersohn ist und mit einem Gewehr vor ihrer Haustür steht. Vielleicht liegt das daran, dass Johanna Lauder früher bei einer Stelle gearbeitet hat, die sich Jugendhilfe nennt. Das erzählt sie jedenfalls bei der Tasse Tee, die sie mir im Garten aufzwingen. Sie haben noch mehr Garten, auf der Rückseite des Hauses. Ein blühendes Paradies aus Blumen, Kräutern, Gemüsebeeten und Himbeersträuchern. Herr Lauder, der früher ein Sägewerk beaufsichtigt und dann das Weingut seines Vaters geerbt hat, sagt, seine Frau liebe die Natur. Ich sage ihnen nicht, dass ein Garten ebenso wenig Natur wie ihr Hund ein Wolf ist.

Sie wollen wissen, wer Rebekka ist und warum ich angenommen habe, sie würde hier wohnen. Aber was soll ich schon sagen? Die beiden werfen sich einen Blick zu, als ich hartnäckig in meine Teetasse starre, und dann steht Frau Lauder auf und sagt, sie habe noch Kuchen da, den sie holen will. Herr Lauder beugt sich auf dem Gartenstuhl vor, legt die Unterarme auf den Tisch und blickt mich mit warmen Augen an. «Na komm, Junge, rede mit uns. Was hast du denn noch zu verlieren?»

Da geht mir auf, dass er weiß, wen er vor sich hat, vermutlich aus der Presse. Und dass die Antwort auf seine Frage «nichts mehr» heißt. Innerhalb weniger Tage habe ich meine beste Freundin verloren, meinen Wolf, mein Zuhause und das Vertrauen in meinen Vater. Unsere Siedlung ist dabei auseinanderzufallen. Die einen wollen unserem Priester folgen, andere, wie Edith und ihr

Vater, sind bereits so Hals über Kopf abgehauen, dass ich mich nicht einmal von ihr verabschieden konnte. Ich habe *alles* verloren. Ich weiß nicht einmal mehr, wer ich bin. «Du bist ein Mensch, Jesse», hat Bürgermeister Hofer zu mir gesagt. Aber was zum Teufel bedeutet das? Menschen gibt es viele, gute Menschen und schlechte Menschen, und man hat mir doch deutlich gezeigt, zu welchen ich gehöre. Dann bricht die Geschichte aus mir heraus. Ob ich diesen Lauders alles erzähle oder nicht, macht keinen Unterschied mehr für mich. Aber vielleicht macht es einen Unterschied für Rebekka.

Ich bin ungelenk im Erzählen, denn ich bin es nicht gewohnt. Wenn ich meine Aufsätze schreibe, ist es etwas anderes, denn da kann ich die Gedanken und Sätze vorher in meinem Kopf ordnen. Herr Lauder tut mir leid, wie er da mit ernster Miene vor mir sitzt und versuchen muss, meiner Geschichte zu folgen. Frau Lauder kommt ebenfalls dazu, mit einem angeschnittenen Kuchen, der von innen braun-gelb marmoriert ist. Sie steht wie erstarrt mit dem Kuchenteller da und hört mir zu, ohne mich ein einziges Mal zu unterbrechen. Als ich fertig bin, wechseln sie und ihr Mann einen weiteren Blick. Diesmal ist es Joseph Lauder, der ins Haus geht. Er will mit der Polizei telefonieren, und ich kann es ihm nicht verübeln. Ich habe nichts anderes verdient, nachdem ich mit einem Gewehr in der Hand vor ihrer Haustür gestanden habe.

Frau Lauder atmet einmal tief durch, bevor sie den Kuchenteller abstellt und sich vor mich setzt. Als sie nach meiner Hand auf dem Tisch greift, zucke ich zusammen, aber sie hält sie trotzdem fest, bis ihr Mann wieder da ist.

«Sie haben mich zu der Dienststelle durchgestellt, an der Kommissar Hofer arbeitet», sagt dieser. «Dort weiß man nichts von einer Rebekka Walther, die vermisst wird.»

Mir schießt das Blut in die Wangen. Sie glauben mir nicht. Das war ja abzusehen.

«Aber Kommissar Hofer …», beeile ich mich zu sagen, werde allerdings von Joseph Lauder unterbrochen: «Der ist aktuell nicht auf der Wache, darum konnte der Beamte ihn nicht fragen.»

«Kommissar Hofer hat sie nie offiziell als vermisst gemeldet!», erkläre ich. «Er hat sie hier abgeliefert, bei diesem Haus, und später hat er mit dem Antennenkerl telefoniert, der sagte, es gehe ihr gut!»

Herr Lauder runzelt die Stirn. «Jedenfalls meinte die Polizei, wenn wir jetzt doch einen Vermisstenfall melden wollen, dann sollen wir vorbeikommen.»

Ich nicke heftig, obwohl mir beim Gedanken, auf eine Wache in der Stadt zu fahren und mit fremden Polizisten zu sprechen, alles andere als wohl ist. Aber ich bin erleichtert darüber, dass das Ehepaar Lauder meine Geschichte mit Rebekka nicht als erfunden abtut, und außerdem hat Joseph Lauder «wir» gesagt, was wohl bedeuten muss, dass er mich aus irgendeinem Grund zur Wache begleiten will.

«Du kannst das Gewehr in den Vorraum neben der Diele stellen», sagt Herr Lauder. «Wenn wir damit auf der Wache auftauchen, könnte es mit einem Gespräch schwierig werden.»

Das Auto der Lauders ist ein alter Ford, in dem es nach Hund riecht. Ich schweige die Fahrt über, weil ich in Gedanken schon die Fragen durchgehe, die mich später auf der Polizeiwache erwarten könnten. Doch irgendwann tippt Joseph Lauder gegen die Fensterscheibe und sagt: «Das hier ist übrigens das Tierheim, wo sie den Wolf hingebracht haben. Es gab riesige Diskussionen deswegen.» Und damit sind alle Satzanfänge aus meinem Kopf gefegt. Ich starre Herrn Lauder mit offenem Mund an.

«Den Wolf?»

«Na, du hast doch vorhin erwähnt, dass du einen zahmen Wolf vermisst.» Joseph Lauder tippt wieder an die Scheibe. «Nun, falls es davon nicht mehrere bei euch am Berg gibt, ist er hier.»

Ich bin fassungslos.

«Man hat ihn – eingefangen?», frage ich.

«Nein, der ist hier mit diesem kleinen Mädchen aufgetaucht, das jetzt alle das Wolfsmädchen nennen.»

Mir ist augenblicklich klar, dass er von Edith reden muss. Aber in der Siedlung sind wir alle davon ausgegangen, dass Edith mit ihrem Vater weggegangen ist!

«War eine ganz schön große Geschichte in den Medien, wie du dir vielleicht vorstellen kannst», sagt Herr Lauder, während ich noch immer völlig sprachlos bin. «Vor allem, weil niemand weiß, wer das Mädchen ist. Du kennst die Kleine sicher, oder? Sie ist doch von euch oben am Berg?» Er sieht mich von der Seite her an, nicht mehr beiläufig, sondern wirklich neugierig. Gerade so, als sei Ediths Identität plötzlich von nationalem Interesse und er im Begriff, das Rätsel als Erster zu lösen. Und plötzlich frage ich mich, ob ich ihm trotz allem, was er für mich tut, wirklich trauen kann.

«Ja, natürlich, ich kenne sie», sage ich ausweichend und erinnere mich wieder daran, dass Kommissar Hofer mich gebeten hat, sie nicht mit ins Dorf zu nehmen. «Wissen Sie denn, wo sie jetzt ist?»

«Soweit ich weiß, noch in der psychiatrischen Abteilung der Klinik. Ich weiß natürlich auch nur das, was wir in der Presse lesen und was die Leute sich so erzählen. Demnach ist das Kind noch in der Klinik, und der Wolf soll jetzt irgendwo anders hingebracht werden. Es hat gestern wohl einen unschönen Zwischenfall im Tierheim gegeben, und danach haben sie überlegt …» Er bricht ab und sieht mich an. Wahrscheinlich überlegt er, wie viel er mir zumuten kann. Herr Lauder hat selbst einen Hund.

«Sie wollen ihn erschießen?!»

«Da haben sich natürlich die Tierschützer eingeklinkt!», beeilt er sich zu sagen. «Ich weiß nicht genau, ob sie ihn jetzt in die Wildnis zurückgebracht haben oder vielleicht in einen Tierpark.

Es hieß in den Nachrichten nur, dass er aus Sicherheitsgründen nicht im Tierheim bleiben konnte.»

Ich wende meinen Kopf zum Fenster, hinter dem die Häuser und Bauten nun zunehmend dicht vorbeifliegen. Ich weiß, wie wir so ein Problem am Berg lösen würden, und ich kann mir keinen Grund vorstellen, warum man hier mit einem Wolf, der Schwierigkeiten macht, anders verfahren sollte. Die Wildnis gehört nicht in die Stadt, wir fallen hier nur negativ auf. Warum sollte sich jemand die Mühe machen, Freigeist anderswo hinzubringen, ihn zu füttern und zu pflegen? Ich versuche den Gedanken zu verdrängen und erkundige mich nach Edith, aber Joseph Lauder weiß nicht mehr, als er mir bereits erzählt hat. Ich muss sie so schnell wie möglich aus der Klinik holen, bevor es auch dort zu einem «unschönen Zwischenfall» kommt und es ihr so ergeht wie Freigeist.

«Da wären wir.» Herr Lauder lenkt den Wagen auf einen Parkplatz und hält vor einem großen Gebäude aus Glas und Beton. Es hat keine Ähnlichkeit mit der Wache in Almenen.

«*Das* ist die Polizeistation?», versichere ich mich, und Herr Lauder muss mir meine Nervosität wohl anhören, denn er sagt: «Keine Sorge, ich komme mit rein.»

Ich bin froh, dass Herr Lauder mich begleitet. Ich werde von einem Raum zum nächsten geschickt und hätte mich ohne ihn sicher verlaufen. Als Kinder haben wir manchmal ein Spiel gespielt, bei dem der eine den anderen mit verbundenen Augen tief in den Wald geführt und dort zurückgelassen hat, sodass man alleine wieder herausfinden musste. Ich war gut in diesem Spiel. Edith war noch besser. Aber große Gebäude funktionieren nach einer ganz eigenen Logik. Vor allem solche, in deren Gängen keine Fenster sind. Man kann nicht in den Himmel schauen, um die richtige Richtung zu finden, und muss sich darauf verlassen, dass man mitzählt und sich die Zahlen merkt: «Zweiter Stock, den Gang runter, hinter der Glastür links und dann die dritte Tür von rechts, Zimmer 122.»

Der Polizist, der die Vermisstenanzeige schließlich aufnimmt, wirkt gelangweilt. Ganz anders, als ich mir jemanden vorstelle, der sich mit so etwas Wichtigem wie vermissten Menschen beschäftigt. Desinteressiert gibt er alle Angaben in den Computer ein und sagt immer wieder: «Aber Kommissar Hofer weiß das alles bereits, oder?» Woraufhin Herr Lauder ihm versichert, Kommissar Hofer müsse eine Fehlinformation zugespielt worden sein, denn dort, wo Rebekka nun angeblich wohnen solle, wohnten nur er und seine Frau.

«Nun, das werden wir überprüfen», murmelt der Polizist, ohne von seinem Bildschirm aufzusehen. Vielleicht meint er damit, dass Herr und Frau Lauder Rebekka in ihrem Keller verstecken könnten.

Er lässt sich von mir auch eine Beschreibung des Antennenmanns geben, und wie Hofer es versprochen hat, braucht es nur ein paar Klicks und Anrufe, um zu erfahren, wer an jenem Tag bei uns am Berg war, um die Antenne zu installieren. Ich bin erstaunt darüber, wie einfach es ist. Die Städter scheinen über alles und jeden Bescheid zu wissen. Jeder Schritt ist irgendwo registriert. Vielleicht ist es ja in Wahrheit unsere Freiheit am Berg, die sie fürchten.

Der Polizist nennt die Adresse des Mannes, und Herr Lauder bestätigt, dass es nicht seine und die seiner Frau ist. Dann nimmt der Polizist einen Hörer zur Hand und ruft die Nummer des Antennenmanns an. Ich sitze mit angehaltenem Atem dabei und lausche auf das Tuten. Wenn es jetzt Rebekka ist, die den Hörer abnimmt … Aber es ist nicht Rebekka. Es ist der Antennenkerl selbst.

Ich höre seine Stimme nur gedämpft durch den Hörer. Doch was ich deutlich vernehme, ist sein Erstaunen darüber, dass die Polizei ihn anruft. Er sagt, dass er sich an Rebekka erinnert, dass er es war, der ihr die Nummer zugesteckt habe, dass sie aber nicht bei ihm sei und ihn auch nie kontaktiert habe.

Der Polizist runzelt die Brauen, stellt ein paar kritische Nachfragen und wirkt, als er den Hörer schließlich auflegt, zum ersten Mal interessiert an dem Fall.

«Da will uns einer zum Narren halten», sagt er. «Wir schicken mal eine Streife hin und schauen uns die Wohnung an. Aber viel mehr können wir nicht machen, bis wir nicht Hofer erreicht haben.»

«Danke, Herr Kommissar», sagt Joseph Lauder. Und nachdem ich ebenfalls ein Danke gemurmelt habe, stehen wir beide auf.

«Lassen Sie den Jungen ruhig hier, ich brauche noch ein paar Details fürs Protokoll und werde ihn dann später selbst nach Hause fahren», sagt der Mann, der nun einen Kugelschreiber zwischen Zeige- und Mittelfinger hin und her flattern lässt und mich ganz genau mustert. Herr Lauder wirft mir einen Blick zu, als wolle er fragen, ob das für mich okay sei, und das ist es nicht. Ich fühle mich nicht wohl auf der Dienststelle. Aber da es keine Frage, sondern vielmehr eine Anweisung war, weiß ich nicht, was ich sagen soll.

Herr Lauder klopft mir aufmunternd auf die Schulter. Ich fühle, dass hier eine Falle für mich gelegt wird, dass ich nicht hierbleiben sollte.

«Danke, Herr Lauder», murmele ich trotzdem, als er bereits an der Tür steht. Ich glaube, er hat es gehört, denn er hält kurz inne und nickt mir zu. Erst als er gegangen ist, fällt mir ein, dass Vaters Gewehr noch immer bei ihm zu Hause steht.

SMILLA

Woher kennt er meinen Namen, Juli? Woher weiß er, wer ich bin? Hast du ihm von mir erzählt? Wie sollte er sonst wissen, dass ich kommen würde, um dich nach Hause zu holen?

«Was haben Sie mit ihr gemacht?», flüstere ich.

«Schon beeindruckend, wie hartnäckig Freundschaft sein kann», sagt Madreiter, noch immer am Boden liegend. «Man könnte direkt neidisch werden auf so eine innige Verbindung. Ich habe keinen einzigen Freund, der das Gleiche für mich tun würde. Aber in Wahrheit ist es gar nicht mehr die Freundschaft, die dich antreibt, sondern die Schuld, nicht wahr?»

Ich starre ihn fassungslos an, während ein Klumpen sich in meinem Bauch formt. Dort, wo der Hass gedeiht. «Was haben Sie mit ihr gemacht?», flüstere ich noch einmal, und als er grinst, beginnt die Pistole in meiner Hand zu zittern, als wolle sie sich verselbstständigen. Statt einer Antwort sagt er: «Es ist verboten, wild im Wald zu campen. Und für zwei junge hübsche Mädchen ist es obendrein auch noch sehr gefährlich. Wer weiß, was da alles passieren kann.»

Er spielt mit mir. Aber ich darf mich nicht provozieren lassen. Ich bin diejenige mit der Waffe und er derjenige, der gefesselt am Boden liegt.

«Erzählen Sie mir nicht, was verboten ist», zische ich. «Und erzählen Sie mir bloß nichts von Schuld! Ich habe Sie etwas ganz anderes gefragt.»

«Ach ja? Erinnere mich bitte kurz, ich fürchte, ich habe es schon wieder vergessen.» Diese Spielchen. Wie kommt ein Mann, der am Boden gefesselt und angeschossen ist, bloß zu einem derartig übersteigerten Selbstbewusstsein? Aber wer die Polizei so viele Jahre lang erfolgreich an der Nase herumführen, unbehelligt vor sich hin leben und tun und lassen konnte, was er will, der muss wohl zu dem Schluss kommen, dass er unantastbar ist.

«Haben Sie sie auf Ihren Berg mitgenommen und bei sich gefangen gehalten?», frage ich. «Oder haben Sie sonst irgendwo ein Versteck für sie gebaut, wo sie Ihre Frau spielen muss?»

Er lächelt. Wieso lächelt er, dieser blöde Arsch?

«Ach, Smilla. Ist das alles, was du dir in den vielen Jahren der Suche ausmalen konntest? Du hast doch einen Kopf voller fantastischer Ideen. Da muss doch wirklich noch ein bisschen mehr passiert sein. Welche Bilder kommen einem denn mit sechzehn, wenn es darum geht, sich das Schlimmste vorzustellen, was einer Freundin passieren kann?»

Ich antworte nicht. In meinem Magen ist so viel Hass, dass ich Angst habe, mich übergeben zu müssen. Natürlich sind da Bilder in meinem Kopf, sehr konkrete sogar. Bilder, die mich nachts wach liegen lassen und die mit den Jahren immer zahlreicher geworden sind. Mit sechzehn hat man nur eine vage Vorstellung von den Dingen, die Menschen einander antun. Aber das ändert sich mit jedem Buch, jedem Film und jedem Zeitungsartikel, die man sieht und liest. In meinem Kopf hast du bereits auf so viele verschiedene Arten gelitten, Juli. Und plötzlich weiß ich nicht, ob ich eine kranke Version mehr davon ertragen kann. Nur eins will ich wissen. Das Wichtigste: «Lebt sie noch?»

Er blickt mich spöttisch an. «Was glaubst du wohl?»

Ich schlucke. Er lügt, Juli. Ich *will*, dass er lügt. Warum sollte er mir die Wahrheit sagen? Wieso redet er überhaupt mit mir? Mein Vater hat einmal erzählt, dass manche Straftäter regelrecht darauf brennen, von ihren Taten zu berichten. Das liegt wohl an der langen Zeit, die sie die Ereignisse mit sich herumtragen und in sich hineinfressen, ohne jemals darüber sprechen zu können.

Das kranke Gefühl von Macht ist, wie jedes andere Gefühl auch, nur halb so viel wert, wenn man es mit niemandem teilen kann.

«Ich weiß, dass Sie sie bei sich behalten haben, nachdem Sie sie entführt haben.»

Er zuckt die Schultern. Die Bewegung ist eingeschränkt durch die auf dem Rücken verbundenen Hände. «Ja, ein Weilchen bleiben sie alle bei mir. Ich sorge dafür, dass ihnen nicht langw…»

«Wie lange?», unterbreche ich ihn.

«Das kommt ganz darauf an. Ein paar Wochen vielleicht.»

«Sie lügen. Sie haben ein Kind mit ihr. Das lässt sich nicht in ein paar Wochen austragen.»

Er geht nicht darauf ein, wendet nur den Kopf in Richtung der zerklüfteten Steinwand. «Weißt du, dass hier in diesem Berg ein Höhlensystem liegt, wo die Täufer sich damals vor der Verfolgung versteckt haben? Die Geschichte wird in der Region totgeschwiegen, denn sie ist unangenehm und zu blutig für das, was man den Touristen gerne präsentieren möchte. Aber hier, im unzugänglichsten, zerklüftetsten Teil des Gebirges, hat vor ein paar hundert Jahren eine kleine Täufergemeinde die Berghöhlen so ausgebaut, dass sie ihre Vorräte darin trocken halten und ihre Kinder großziehen konnten. Alles im Dunkeln des Berges. Man kann sich nur schwer vorstellen, was das für ein Leben gewesen sein muss, oder? Ein Leben für Asseln und Fledermäuse vielleicht, aber für Menschen?»

Der plötzliche Themenwechsel irritiert mich. Mein Blick gleitet nervös an der Felswand entlang. Spielt er auf den Ort an, an den er dich verschleppt hat?

«Trotzdem hat keiner so lange überlebt wie diese kleine, zähe Täufergemeinde», fährt Madreiter fort. «Und weißt du, was das Tragischste an der Sache ist? Am Ende ist das Versteck aufgeflogen, weil eines der eigenen Kinder, ein kleines Mädchen, sich zu weit von der Höhle entfernt hat. Weil es im Wald gespielt hat und dabei zu nah an den Dorfrand geraten ist. Keine Ahnung, ob es sich verirrt hatte oder ob es einfach zu neugierig auf diese Welt im Licht war. Zumal an jenem Tag ein Viehmarkt im Dorf stattfand, zu dem viele Menschen angereist waren. Unter den Besuchern war dummerweise auch einer der bekanntesten Täuferjäger des Landes, Gustav Eulengold. Er hat das Mädchen am Waldrand gesehen, eins und eins zusammengezählt und ist dem Kind nachgeschlichen, bis zu den Höhlen. Es wurde ihm recht schnell klar, dass die Täufer sich mit einem Hinterausgang aus dem Höhlensystem abgesichert haben mussten. Darum ist er umgekehrt und mit seinen Täuferjägerfreunden zurückgekommen. Sie suchten und fanden den Ausgang, von dem Eulengold ausging – und zwar hier in dieser Klamm. Eulengold und drei seiner Freunde platzierten sich also vor dem Loch in der Wand, und der Rest der Täuferjäger tat, wozu sie gekommen waren: Sie drangen mit Fackeln und Waffen von vorn in die Höhlen ein und jagten die Täufer. In ihrer Panik haben viele sich verirrt und sind noch im Dunkeln des Berges gestorben. Und jene, die den vermeintlichen Sicherheitsausgang nehmen wollten, wurden von Eulengold und seinen Schergen in dieser Klamm gefangen und getötet. Es war das wahrscheinlich letzte Versteck der Täufer im ganzen Land. Man sagt, der Gletscher habe ein halbes Jahr später im Frühling geblutet, als der Schnee unter den Leichen schmolz und die Gletscherbäche ihr Blut ins Tal hinunterspülten. Aber dieses letzte Detail ist vermutlich nur Legende.»

Mir ist schwindelig, als mir aufgeht, warum er mir die Geschichte erzählt. Die Klamm als Friedhof für die letzten Täufer. Eine Klamm, die jetzt sein Friedhof geworden ist. Madreiter muss sich selbst für einen Menschenjäger halten. Für einen, der in Eulengolds Fußstapfen getreten ist. Eine Klamm, so unzugänglich wie diese, und ein Höhlensystem in einem Berg, das schon damals kaum gefunden werden konnte, sind das ideale Versteck für … Menschen. Es macht alles Sinn, Juli. Ich starre auf die Felswand, hinter der sich irgendwo ein Tunnellabyrinth befindet, ewig dunkle Höhlen, und mir wird kalt bei dem Gedanken, dass du vielleicht seit zehn Jahren dort bist und auf mich wartest.

«Sie sind ja so was von krank», stoße ich hervor.

Er lacht gequält. «Es gibt noch viel krankere Seelen als mich, Smilla. Glaub mir. Das sage ich aus Erfahrung.»

«Ich kann mir nichts Krankeres vorstellen, als einem alten Täuferjäger nachzueifern und aus reinem Spaß Frauen und Mädchen zu ermorden!»

«Spaß? Nein, viel Spaß macht so ein Mord wirklich nicht. Wenn ich es vermeiden könnte, dann würde ich auf diesen Teil am liebsten verzichten.»

Diesmal bin ich es, die lacht. Ein hysterisches, fassungsloses Lachen.

«Im Film mag das immer so leicht aussehen mit dem Töten», fährt er unbeeindruckt fort. «Aber in Wahrheit ist der Mensch zäh und das Morden eine ziemliche Drecksarbeit. Mal ganz zu schweigen von der Entsorgung der Leiche.»

Die Entsorgung! Der Mann widert mich an, Juli. Hat er dir auch solche Schauergeschichten erzählt, um vor dir anzugeben? Ich schaue zu Laura hinüber, die hier tagelang mit einer Wunde auf der Stirn ums Überleben gekämpft hat. *Der Mensch ist zäh …*

«Man könnte ja direkt Mitleid mit Ihnen bekommen», sage ich sarkastisch. Ich kann sehen, dass er die Zähne zusammenpresst, wahrscheinlich weil sein Bein ihm Schmerzen bereitet. Ich habe kein Mitleid mit ihm, Juli. Aber komischerweise empfinde ich auch keine Genugtuung, ihn verletzt zu haben. Ganz anders, als ich es mir all die Jahre vorgestellt habe. Alles, was ich empfinde, sind Traurigkeit und Ohnmacht.

«Warum Juli?», frage ich. «Warum sie? Sind Sie einfach zufällig in der Nacht bei uns vorbeigekommen? Oder sind Sie uns schon an der Bushaltestelle gefolgt? Warum haben Sie sie mitgenommen und nicht mich?»

«Wäre es dir denn lieber gewesen, ich hätte dich mitgenommen, Smilla?»

Ich antworte nicht. Nur du kennst diese Momente, Juli. Nächte, in denen ich mich vor Wut und Verzweiflung in meine Bettdecke gekrallt und verbissen habe, den Körper verkrümmt. In denen ich wütend und hilflos das Universum angefleht habe, meinen Platz mit deinem zu tauschen. Als hätte das Universum je etwas anderes gemacht, als einfach nur zu existieren.

«Wie gut hast du deine Freundin wirklich gekannt?», fragt er. «Was glaubst du, wer die Idee für die Übernachtung am Faunfelsen hatte? Es war *ihre* Idee, Smilla, nicht deine.»

«Nein!» Ich schüttele den Kopf. «Nein, *ich* habe *sie* überredet!»

«Das ist die Geschichte, die du dir erzählst, aber in Wahrheit war es ihre Idee. Oder – wenn ich so recht darüber nachdenke, vielleicht war es auch *meine*?»

Er ist verrückt, Juli. Verrückt und größenwahnsinnig. Was will er mir mit der Scheiße sagen? Dass er die ganze Zeit alle Fäden in der Hand gehalten hat, dass alles passiert ist, weil er es so wollte?

Ich schüttele noch immer den Kopf. «Sie spinnen doch! Wir waren sechzehn und haben ein paar Mitschüler über den Felsen reden hören! Wir kannten Sie doch nicht mal!»

«*Du* kanntest mich nicht, Smilla. Deine Freundin Juli sehr wohl.»

«Schwachsinn! Davon hätte ich gewusst.»

«Offensichtlich gab es Dinge, die Juli dir nicht erzählt hat, weil sie eben *nicht* der Meinung war, immer alles mit der besten Freundin teilen zu müssen. Und vielleicht hatte sie ja auch ein wenig die Nase voll davon, dass immer dir alles zugefallen ist, was sie so gerne hätte haben wollen.»

«Das stimmt doch überhaupt nicht!», sage ich aufgebracht. «Was soll mir denn zugefallen sein?» Dieses Lächeln, Juli. Es macht mich so wahnsinnig, dass ich es ihm am liebsten aus dem Gesicht treten würde! «Sie wollen mich doch nur provozieren!

Ich glaube Ihnen kein Wort von dieser beschissenen Geschichte! Als wüssten Sie etwas über Juli, das ich nicht weiß! Das ist doch lächerlich!»

«Oh, ich bezweifle ja gar nicht, dass man sich sehr nahekommt, wenn man als Freundinnen so zusammenwächst wie ihr zwei. Die gemeinsamen Ausflüge zum See, die Schulzeit, die Sache mit den Blutsschwestern, nach der Julis Finger beim Arzt behandelt werden musste, weil dein Taschenmesser nicht steril war …» Er lässt den Satz in der Luft hängen. Woher weiß Madreiter das alles, Juli? Wieso solltest du ihm von unserer Blutsschwesternschaft erzählt haben, von der nicht mal unsere Eltern wissen?

«Aber es gibt auch andere Arten, sich nahezukommen», fährt er fort, und auch das ist so lächerlich, dass ich auflachen muss.

«Eine Vergewaltigung, klar. Das ist aber ein sehr einseitiges Nahekommen!»

«Ich bin kein Vergewaltiger», sagt er ernst. «Willst du wissen, was in der Nacht am Faunfelsen wirklich passiert ist? Juli hatte sich mit mir verabredet. Sie wollte ein Geheimnis daraus machen. Etwas, bei dem einmal *sie* und nicht du im Vordergrund stehen würde. Und ich denke, es hat ihr gefallen, es direkt vor deiner Nase zu tun, Smilla.»

Ich schüttele den Kopf. «Das ist doch totaler Blödsinn. Ich habe nie im Vordergrund gestanden.»

«Nein? Wie hieß noch mal dieser Junge, den du ihr damals ausgespannt hast?», sinniert Madreiter. «Warte, ich komme gleich auf den Namen. Stefan, Sascha … Simon! Hieß er nicht so? Simon?»

Ich starre ihn an. Die Waffe in meiner Hand zittert. Was meint er damit, ich hätte dir Simon ausgespannt? Und wie kommt er überhaupt auf die Idee, *mir* etwas über dich erklären zu können? Madreiter schnalzt tadelnd mit der Zunge. «Es ist aber auch gar nicht nett dazwischenzufunken, wenn die beste Freundin gerade mit jemandem herumknutscht, den sie gut findet.»

Er redet vom See. Von dem Abend am See. Aber das war doch

nur Spaß, Juli, oder nicht? Wir haben doch alle miteinander rumgeknutscht! Wir haben uns ausprobiert. Du hast mir nie gesagt, dass du wirklich in Simon verknallt warst! Und überhaupt – was will dieser Mann von alldem wissen? Es reicht mir. Ich trete einen Schritt vor und hebe die Waffe. «Ich will nichts mehr davon hören. Sie führen mich jetzt zu ihr! Sofort!»

«Mag sein, dass ich die Idee, uns nachts im Wald zu treffen, ein kleines bisschen provoziert habe», fährt er unbeeindruckt fort. «Hat es ja auch für mich spannender gemacht, dass du mit dabei warst und friedlich auf der Lichtung geschlafen hast. Dass du geglaubt hast, es wäre wieder mal eine eurer Mutproben, die es in deiner Vorstellung ja ständig brauchte, um eine Freundschaft zu festigen. Ist dir nie aufgefallen, dass Juli diese Proben nicht gebraucht hat?»

«Sie führen mich jetzt zu ihr!», wiederhole ich lauter und mache eine unwirsche Bewegung mit der Waffe. Er schnalzt noch einmal mit der Zunge, mitleidig fast. «Aber wohin soll ich dich denn schon führen, Smilla?»

«Zu Juli. Zu diesem Versteck, dem Tunnel, wo auch immer der sein mag.»

«Du erzählst die Geschichte schon wieder falsch, du verstehst überhaupt nichts.»

«Sie verstehen mich nicht!», sage ich laut. «Sie bringen mich hin, oder ich verspreche Ihnen – ich sorge dafür, dass Sie mit diesen Beinen nie wieder aufstehen!»

Er liegt noch einen Moment still, dann verdreht er die Augen. «Und wie soll ich das wohl machen, mit auf dem Rücken gefesselten Händen?»

«Das kriegen Sie schon hin», sage ich kalt. «Und hören Sie auf, mich für total bescheuert zu halten. Ich nehme Ihnen bestimmt nicht die Fesseln ab.»

Er verdreht noch einmal die Augen, zieht aber die Beine an den Körper und versucht sich auf die Knie zu rollen. Ich spüre gar nichts, als ich ihm dabei zusehe, wie er auf dem Boden herumkriecht und es endlich schafft, einen Fuß aufzustellen. Es ist ihm anzusehen, wie schmerzhaft es ist, das angeschossene Bein zu belasten. Als er schließlich steht, bedeute ich ihm mit einer Bewegung meiner Waffe, voranzugehen, und folge ihm in einigem Abstand. Ich richte den Lauf der Pistole auf seinen Rücken, als er vor mir herhumpelt. Dorthin, wo das Auffangbecken für die Leichen ist. Ich schlucke schwer. Ich will nicht, dass du eine von ihnen bist, Juli. Der Gedanke lenkt mich so sehr ab, dass ich es zu spät bemerke. Der abgeschnittene Rucksackträger fällt zu Boden, Madreiter wirbelt herum und schlägt seinen Arm mit einer ausholenden Bewegung gegen meine Hand. Ein Schuss löst sich, doch er geht ins Leere, und die Waffe entgleitet mir. Madreiter stürzt sich auf mich und wirft mich zu Boden. Ich lande hart auf den Steinen, mit seinem vollen Gewicht auf meinem Körper. Ich schiele dorthin, wo ich die Waffe vermute, aber da liegt nur der Rucksackträger, den Madreiter sich nun greift und mir auf die Kehle drückt, die Hände rechts und links von meinem Hals. Ich fange an zu husten, versuche ihn abzuwehren, schlage mit den Händen, strample mit den Beinen.

«Na, Smilla, und wessen Idee war es jetzt, dass ich dich in die Schlucht führen sollte? Wieder deine?»

Blanke Panik steigt in mir auf. Sein Gesicht so nah vor meinem. Der Rucksackträger auf meinem Hals. Ich brauche Luft! Ich höre auf zu schlagen und taste stattdessen mit der Hand umher, biege mich, so weit ich kann, finde die nasse Stelle, die die Wunde an seinem Bein sein muss – und presse meinen Finger hinein.

Der Druck an meinem Hals lockert sich, als er aufschreit und sich krümmt, aber ich bohre meinen Finger nur noch fester in seinen Oberschenkel, sodass er den Rucksackträger loslassen und nach meiner Hand greifen muss. Ich schnappe nach Luft, huste, wende meinen Kopf zur Seite, während mein Finger sich noch immer in die Wunde bohrt. Er reißt an meinem Handgelenk, zerrt es weg, sein Gesicht ist vor Schmerz verzogen und grau wie die Klamm. Und als ich jetzt keuchend meinen Kopf auf die andere Seite wende, entdecke ich die Waffe. Sie liegt etwa einen halben Meter hinter meinem rechten Ohr zwischen den Steinen. Ich bäume mich auf, schüttele Madreiter ab und strecke den Arm aus, um sie zu erreichen.

«Smilla!» Ein Schrei von irgendwo. Ich achte nicht darauf, meine ganze Konzentration gilt der Pistole, die meine Fingerspitzen bereits berühren. Ich habe sie!

«Smilla!» Der Ruf hallt durch die ganze Klamm. Ich richte den Lauf der Pistole auf Madreiter, der vor mir am Boden kniet und nach oben starrt. Und jetzt erst folge ich seinem Blick. Eine Person steht am Rand der Klamm. Ich kneife die Augen zusammen, kann auf die Entfernung aber nichts erkennen. Mein Blick geht zurück zu Madreiter, der sich jetzt unter großen Schmerzen aufrappelt. Er schaut zwischen dem Lauf meiner Pistole und der Gestalt über uns hin und her und entscheidet sich für einen Rückzug. Er humpelt von mir weg, ganz offenbar fassungslos darüber, wie schnell sich die Situation wieder zu seinen Ungunsten gewendet hat. *Na, Smilla, und wessen Idee war es jetzt …?*

Die Übernachtung am Felsen, Juli. Das war doch meine Idee, verdammt, oder etwa nicht? Er humpelt jetzt schneller, aber ich habe ihn noch immer im Visier. Ich könnte schießen. Nichts wäre einfacher, als jetzt zu schießen, ich habe zehn Jahre lang darauf gewartet, ihn zu stellen! Hier ist dein Entführer, Juli, und ich kann ihn aufhalten, jetzt! Ich muss nur abdrücken, noch einmal abdrücken, so wie vorhin. Meine Hände zittern. Madreiter erreicht die Enge zwischen den Felsen. Ich beiße mir auf die Lippen, während ich ziele, doch was weiß ich schon übers Zielen, ich habe keine Übung darin. Ich könnte danebenschießen oder Madreiter töten, wer weiß das schon?

«Shit», murmele ich und versuche das Zittern in meinen Händen zu beruhigen. «Shit, shit, shit …» Was, wenn ich ihn wirklich tödlich verletze? Wer würde uns jemals verraten können, wo er dich versteckt hat, Juli?

«Smilla!»

Ich senke die Waffe.

«Smilla!»

Jetzt weiß ich, woher ich diese Stimme kenne! Ungläubig blinzele ich zum Rand der Klamm hoch.

«David?»

«Smilla, um Himmels willen, bist du verletzt? Wie komme ich zu dir runter?»

Was macht Greco hier? Wie hat er mich gefunden? Ich kann sehen, wie er am Rand nach einer Stelle sucht, an der er absteigen kann.

«David, bleib, wo du bist, du musst die Polizei rufen!»

«Kein Netz!»

Ich habe Kopfschmerzen vom Schlag mit der Waffe. Mein ganzer Körper tut mir weh. Ich zittere, als ich mich aufrichte und in die entgegengesetzte Richtung humpele, in die Madreiter geflohen ist, zurück dahin, wo Laura liegt. David folgt mir am Rand der Schlucht wie ein versetzter Schatten. Bei Laura angekommen, knie ich mich hastig hin, fühle noch einmal ihren Puls, rüttele an ihr, rufe ihren Namen. Sie war doch eben noch am Leben, vor ein paar Minuten! Sie hat so lange durchgehalten! Ich kann das nicht akzeptieren!

«Smilla! Was machst du denn da?», ruft Greco von oben. Ich antworte ihm nicht. Aber als er noch einmal ruft, stehe ich auf und wische mir durchs Gesicht.

«Man muss hier irgendwo hochklettern können!», rufe ich. Greco macht sich am Rand auf die Suche und winkt mich kurze Zeit später zu einer Stelle am Fels, die auf den ersten Blick noch steiler wirkt als alle anderen. Unten würde es gerade noch gehen, aber oben, wo er steht …

«Zu steil!», rufe ich.

«Hier ist eine Eisenleiter!»

Eine Leiter? Ich hebe die Hand gegen die Helligkeit am Himmel und blinzle, ohne etwas zu erkennen. Ich muss mit Händen und Füßen klettern, um die ersten Höhenmeter zu überwinden, und immer wieder lösen sich Steine unter meinen Füßen und purzeln klackernd in die Klamm hinunter. Erst als ich schon gut die Hälfte des steilen Abhangs überwunden habe, kann ich sie sehen. Eine alte Steigleiter, wie man sie auf Bergpfaden in Geröll und Gletschern findet. Ich klettere weiter und ziehe mich mit letzter Kraft an den Eisenstangen der Leiter hoch. Greco kniet oben und greift nach meinem Arm, bemüht sich, mir zu helfen, als ich zitternd neben ihm über den Rand klettere.

«David, die Lehrerin aus Almenen» ist das Erste, was ich hervorstoße. «Laura Bender, sie ist hier. Sie war bis eben gerade noch … Wir müssen jemanden holen, vielleicht kann man ihr noch helfen!»

«Himmel», murmelt Greco und nimmt mich fest in den Arm.

«Wie hast du mich überhaupt gefunden?»

«Ich war schon unterwegs, als ich dich angerufen habe. Ich habe zwar gedacht, dass du auf dem Weg in die Siedlung wärst, aber dann habe ich unten im Dorf nach der Klamm gefragt, von der du gesprochen hast. Und irgendwann habe ich die Schüsse gehört. Wer …?»

«Du hattest recht», unterbreche ich ihn, während ich mich von ihm abwende. Wir müssen weiter, Hilfe holen. «Es ist Madreiter. Wir müssen irgendwohin, wo wir Netz haben, und die Polizei verständigen.»

JESSE

Der Kommissar heißt Mayer und möchte Details über Rebekkas Eltern erfahren. Er möchte alles über die Siedlung wissen und darüber, wie wir dort leben.

Ich erzähle ihm nichts, weil ich nicht glaube, dass es dabei hilft, Rebekka zu finden. Ich glaube vielmehr, dass der Kommissar einfach neugierig ist. Er kann sich nicht vorstellen, wie es ist, ohne fließendes Wasser und Strom an einem Ort zu leben, an dem es über die Hälfte des Jahres Schnee, aber weder ärztliche Versorgung noch nennenswerte Gesetze gibt. Wahrscheinlich stellt er sich unser Leben als eine Mischung aus Abenteuer- und Gruselroman vor. Von mir bekommt er nichts von beidem zu hören. Ich will nicht die Attraktion aus der Wildnis sein, ebenso wenig, wie ich ein Verbrechersohn sein will oder eine Kopie meines Vaters. Es ist mir jetzt klar, dass ich weder Rebekka noch diesem Antennenmann etwas hätte antun können, wenn sie tatsächlich im Haus von Herrn und Frau Lauder gewohnt hätten. Ich glaube, Herr Lauder weiß das auch. Wenn er nur den geringsten Zweifel daran gehabt hätte, dann hätte er dem Polizisten verraten, dass ich mit einem Gewehr vor seiner Haustür gestanden habe. Ein paar Minuten mit mir am Gartentisch haben Herrn Lauder gereicht, um zu erkennen, dass ich kein geborener Verbrecher bin.

Ich denke mir für den Polizisten ein paar langweilige Fakten aus und zucke ansonsten viel mit den Schultern. Er ist enttäuscht, aber er tut mir nicht leid. Ich bin ihm nichts schuldig. Als er endlich einsieht, dass aus mir nicht mehr viel herauszuholen ist, fährt er mich nach Almenen. Er hat noch ein paar Mal versucht, Kommissar Hofer zu erreichen, und da dieser noch immer nicht ans

Telefon geht, macht er auf dem Weg einen Schlenker und fährt bei Hofers Wohnung vorbei. Ich bleibe im Auto sitzen, während er vor die Haustür tritt, klingelt und dann durch ein Fenster späht. Aber niemand öffnet, und innen bleibt alles dunkel. Der Polizist ist beunruhigt, als er zurückkommt und sich wieder ins Auto setzt.

«Nicht da», brummt er mehr zu sich selbst als zu mir. «Das Letzte, was wir von ihm gehört haben, war, dass er einem anonymen Hinweis im Fall dieser verschwundenen Lehrerin nachgehen wollte.»

«Frau Bender», sage ich, und er sieht mich einen Moment irritiert an, bevor er den Motor startet und rückwärts aus der Einfahrt fährt. Ihm war wohl nicht bewusst, dass ich ebenfalls einer von Frau Benders Schülern war.

«Ja, genau», sagt er jetzt. «Ist immer so 'ne Sache mit den anonymen Hinweisen. Da sollte man eigentlich doppelt kritisch sein und zumindest einen zweiten Kollegen mitnehmen. Aber Martin ist sehr … involviert in diesen Fall.»

Ich denke, ich weiß, wovon er redet. Kommissar Hofer mochte Frau Bender.

Per Funk informiert der Polizist seine Streife fahrenden Kollegen, sie sollen die Augen offen halten, falls sie Hofers Wagen irgendwo sehen. Dann fährt er zum Haus des Bürgermeisters. Er bittet mich auch diesmal, im Auto auf ihn zu warten, obwohl ich eigentlich ebenso gut aussteigen und von hier aus zurückwandern könnte. Aber ich tue, was er sagt. Durch die Frontscheibe kann ich sehen, wie Bürgermeister Hofer auf sein Klingeln hin die Tür öffnet, und ich lehne mich hinüber zum halb geöffneten Fenster auf der Fahrerseite, um zu hören, was sie sagen. Doch die beiden Männer sind zu weit weg. Ich kann nur Bürgermeister Hofers erstauntes Gesicht sehen, das bald darauf in Besorgnis umschlägt, und wie er mehrfach den Kopf schüttelt.

Schließlich schauen sie gemeinsam zu mir ins Auto, und ich

setze mich schnell wieder aufrecht hin, damit sie nicht merken, dass ich lauschen wollte. Aber jetzt winkt mich Kommissar Mayer zu ihnen. Ich schnalle mich ab und steige aus. Als ich bei ihnen bin, zieht Bürgermeister Hofer die Augenbrauen hoch. Er sieht betroffen aus.

«Der Kommissar sagt, Rebekka sei verschwunden», sagt er, und es klingt vorwurfsvoll. «Warum weiß ich davon nichts?»

«Wir haben uns auch gewundert», sagt Kommissar Mayer. «Offensichtlich hat der Junge hier auf der lokalen Dienststelle in Almenen das Verschwinden schon am nächsten Tag gemeldet, der zuständige Beamte konnte sich auch daran erinnern, als wir ihn angerufen haben. Allerdings hat dann wohl Ihr Sohn die Ermittlungen übernommen.»

«Das hat er mir nicht erzählt», sagt Hofer perplex.

Der Polizist kratzt sich am Kopf. «Ich denke, er hat geglaubt, die Sache schnell geklärt zu haben. Er hat angenommen, dass Rebekka nun mit ihrem neuen Freund zusammenlebt. Aber tatsächlich wohnt unter der Adresse das Ehepaar Lauder. Schon seit Jahrzehnten.»

Hofer schüttelt verwirrt den Kopf. «Warum sollte mein Sohn das tun?»

«Das fragen wir uns auch. Jesse Glanzer, also, der Junge …»

«Ich weiß, wer Jesse ist, das ist meine Siedlung, falls Sie das vergessen haben sollten», unterbricht Hofer ihn unwirsch. Dann besinnt er sich und atmet durch. «Verzeihung. Ich werde aus der Geschichte nur wirklich nicht ganz schlau.»

«Das geht uns ebenso, Herr Hofer», sagt Kommissar Mayer und zuckt entschuldigend mit den Schultern.

«Sie müssen wissen, mir liegt viel an den Bewohnern von Jakobsleiter. Und, na ja, ich bin etwas enttäuscht, dass niemand auf die Idee gekommen ist, mit dieser Information zu mir zu kommen.» Er sieht mich dabei so eindeutig an, dass ich betreten den Blick senke.

«Kein Grund, sich zu entschuldigen, Herr Hofer. Es tut mir leid, dass ich Sie damit überfallen habe. Sollten Sie doch noch etwas von Ihrem Sohn hören ...»

«Natürlich», sagt Hofer schnell. «Aber bitte, geben Sie mir auch umgehend Bescheid, sollte er sich zuerst bei Ihnen melden. Ist das eine Woche! Um wen muss ich mich eigentlich noch alles sorgen? Wieso hat man ihn überhaupt alleine losgeschickt, um diesem anonymen Hinweis zu folgen?»

«Das hat er aus eigenen Stücken so entschieden, Herr Hofer.»

Hofer seufzt und nickt, und als ich aufblicke, sehe ich zum ersten Mal nicht den Bürgermeister vor mir, sondern den Vater, der er ebenfalls ist. Er macht sich Sorgen. Martin Hofer ist ein erwachsener Mann, aber für seinen Vater ist er eben immer noch ein Kind. Plötzlich wünschte ich, ich könnte auch einen Vater wie Bürgermeister Hofer haben. Einen, dem alles und jeder am Herzen liegt.

Hofer bemerkt meinen Blick und erwidert ihn warm. «Willst du noch reinkommen, Jesse? Ich habe Kuchen da.»

Ich schüttele den Kopf. «Danke, aber ich muss nach Hause», sage ich. Und dann verabschieden Kommissar Mayer und ich uns, und jeder geht wieder dorthin, wo er hineingeboren wurde: der Kommissar in die Stadt, der Bürgermeister in sein Bürgermeisterhaus und ich auf den Berg.

SMILLA

Als wir Almenen erreichen, sehen wir den Polizeihubschrauber schon über dem Berg kreisen. Ich habe am Telefon eine möglichst genaue Beschreibung abgegeben, wo sich Laura Bender befindet. Das Gelände ist so eng und unübersichtlich, die Klamm nicht mehr als ein widerspenstiger Riss in der Erde, dass sie eigentlich meine Hilfe vor Ort benötigen würden. Doch Greco hält mich davon ab, zurückzugehen und die Beamten in Empfang zu nehmen. Mit all dem Dreck und der Kopfwunde gebe ich offenbar ein jämmerliches Bild ab. Und um ehrlich zu sein – ich fühle mich auch so.

Die schlechten Nachrichten erfahre ich also vom Krankenhaus aus: dass Laura Bender tatsächlich nur noch tot geborgen werden konnte. Dass die Polizei auch die anderen Leichen entdeckt hat – die Rede ist von acht bis neun –, dass man aber die Obduktion abwarten müsse, bevor man irgendetwas sagen könne. Und dass Madreiter nicht gefunden wurde.

Ich lasse das Telefon auf die Bettdecke sinken und vergrabe den Kopf in den Händen. Dass Laura Bender tot ist, trifft mich am meisten. Es waren doch nur ein paar Minuten, vielleicht ein paar Stunden, die sie noch hätte durchhalten müssen. Doch Laura Bender muss ihre letzten Kraftreserven aufgebraucht haben, um sich zur Signalpfeife zu schleifen und mich zu retten. Ich wünschte, ich hätte für sie das Gleiche tun können.

Und Madreiter? Natürlich habe ich damit gerechnet, dass er versuchen würde zu fliehen, bevor die Polizei eintrifft. Ob nun über die gleiche Leiter, die ich kurz zuvor hochgeklettert bin, oder durch irgendeinen anderen Weg. Ich bin mir sicher, dass er die Klamm in- und auswendig kennt. Aber etwas in mir hatte trotzdem gehofft, dass seine Schusswunde am Bein ausreichen würde, um den schwierigen Aufstieg zu verhindern oder zumindest genug zu erschweren, dass er Zeit verliert. Wie sollen wir dich ohne ihn finden, Juli?

Ich habe der Polizei natürlich auch von dir erzählt. Aber bevor sie nicht den Zugang zum Höhlensystem finden, bleibt die Geschichte von Eulengold nur eine Geschichte, die Madreiter aus allen möglichen Gründen erzählt haben kann. Den verhaltenen Worten des Polizeichefs am Telefon nach zu urteilen, vermuten sie dich eher unter den Leichen, und Greco macht ein Gesicht, als teile er diese Ansicht. Seiner Meinung nach ist Madreiters Geschichte von den Tunnelsystemen interessant, um daraus Schlüsse für sein Täterprofil zu ziehen, hat aber mit der Realität nicht viel zu tun. So eine Tat passe nicht in Madreiters psychologisches Profil, hat er gesagt, gleichzeitig aber eingeräumt, dass auch alles andere nicht in dieses Bild passe. Greco traut Madreiter keine neun Frauenmorde zu, denn in seinen Augen ist er kein Serienmörder. Es sei ihm nur um das Katz-und-Maus-Spiel mit der Polizei gegangen – und um seine Tochter, die er nun geholt hat. Anschließend ist er abgetaucht, so weit Grecos Einschätzung. Aber er lag schon einmal daneben.

Greco nimmt sanft das Telefon von der Bettdecke und drückt auf den roten Hörer, um das Gespräch zu beenden. Ich bin ihm dankbar, dass er immer noch da ist und dass er nicht sagt, ich solle mich jetzt ausruhen und versuchen zu schlafen. Tatsächlich ist er genauso ratlos und aufgewühlt wie ich. Ich habe keine Ahnung, was ihn dazu getrieben hat, nach mir zu suchen. Ob es lediglich seine Schuldgefühle wegen Madreiter waren, seine frühere Fehleinschätzung, die nun fast ein weiteres Opfer gefordert hätte – nämlich mich. Oder ob ihm aus irgendeinem Grund etwas an mir als Person liegt.

Ich lasse meine Hände sinken und sehe zu ihm hoch. «Was

ist?», sage ich, als ich bemerke, dass er mich mit einem Blick anschaut, als frage er sich, wie viel mehr schlechte Nachrichten jemand in meinem Zustand noch ertragen kann. «Was ist los?»

Es verstreichen Sekunden, bevor er antwortet. Dann sagt er: «Vorhin, als sie deine Wunde an der Stirn genäht haben, habe ich die Ergebnisse vom DNA-Test bekommen. Das Mädchen ist nicht Julis Tochter.»

ISAIAH

Ich habe sie an die Geschichte der Höhlen erinnert, die schon in der Vergangenheit als Zufluchtsort gedient haben. Und auf der Flucht sind wir schließlich, die einen mehr, die anderen weniger, aber das wissen die Dummköpfe nicht. Vielleicht ahnen einige mittlerweile, dass nicht alle von uns auch tatsächlich im Knast saßen. Aber sie fragen nicht, und das ist besser so. Schafe müssen keine Fragen stellen, sie müssen dem Schäfer nur folgen.

Ich habe Abel Richtung Westen losgeschickt und Jesse Richtung Osten. Sie sind jetzt Botschafter, Erkunder. In zwei Tagen sollen sie zurückkommen und berichten, ob sie die Höhlen gefunden haben. Wenn nicht, dann schicke ich sie noch mal für zwei Tage los. Der Rest von uns nutzt die Zeit, um die Zelte abzubrechen und alles für den Aufbruch vorzubereiten. Bis auf Mader, den Kneifer, sind wir jetzt wieder eine Einheit. Keiner widersetzt sich meinem Vorschlag, weil sie nun mehrfach daran erinnert wurden, was ihnen blüht, wenn sie auf einen Neuanfang im Dorf oder in der Stadt bauen. Die Zeit im Knast ist wie ein Brandmal auf jedem einzelnen Arsch dieser Schafherde. Wo immer sie hinkämen, würden sie getreten.

Mein Gott, ich hoffe, diese Höhlen liegen tiefer im Tal als dieses verschissene Jakobsleiter. Ich kann es nicht erwarten, diesen Berg zu verlassen.

REBEKKA

Ich höre Autoreifen auf Kies und mache mich klein, wie eine Larve, die sich zusammenzieht, wenn man sie anstößt. Der gedämpfte Knall der Autotür fährt mir in alle Glieder. Ich lausche und höre die Schritte auf dem Kies, dann die Haustür und wenig später das Quietschen der oberen Kellertür. Auf der Treppe geht die Lampe an. Ich sehe es an dem Lichtstreif unter der schweren Holztür, die den Weinkeller vom Rest des Hauses abtrennt. Dann höre ich die schlurfenden Schritte auf den Stufen und weiß augenblicklich, was sie bedeuten: Ich bekomme etwas zu essen. Abrupt setze ich mich auf.

Wenn man so lange im dunklen Keller lebt wie ich und die Augen nutzlos werden, dann schärft das alle anderen Sinne. Ich erkenne den Unterschied zwischen den Schritten, die kommen, um mich zum Spielen zu holen, und denen, die kommen, um mich zu füttern. In meinem Mund beginnt sich augenblicklich Speichel zu sammeln, und ich schlucke ihn verärgert hinunter.

Ich bin wirklich ein Tier geworden. Ich bin wie dieser Hund aus dem Biologiebuch, der zu sabbern beginnt, sobald das Glöckchen erklingt, weil er gelernt hat, dass auf das Glöckchen das Essen folgt. Ich habe vergessen, wer diesen Versuch an dem Hund durchgeführt hat oder wie die Theorie dahinter heißt. Aber ich kann mich noch an die Zeichnung im Buch erinnern, weil das Gestell so furchterregend aussah, in das der Hund eingespannt war: Es bestand aus Balken und Stricken, die den Hund festhielten, ihn bewegungsunfähig machten, während ein Rohr aus seinem Maul herauskam, das der Wissenschaftler für die Messung des Speichelflusses genutzt hat. Ein Bild, das mir schon im

Klassenraum einen Schauer über den Rücken gejagt hat. In diesem Keller aber lässt es mich zittern.

Ich krieche näher an die Tür, lege mein Ohr gegen das alte Holz und frage mich, was er heute für mich dabeihat. Ich bekomme von ihm immer nur etwas Kleines, ein Milchbrötchen mit Rosinen, ein Stück Kuchen, einen Apfel, etwas Süßes. Er beobachtet, wie ich alles verdrücke, alles bis auf den letzten Krümel, denn das ist ihm wichtig. Und dabei sieht er mir lächelnd zu und wirkt sehr zufrieden. Als würde das Füttern ihm beweisen, was für ein guter Mensch er ist. Wenn er dann wieder geht, nimmt er den Teller und die Gabel mit, wischt mit der Hand sogar über den Boden, wo der Teller gestanden hat. *Das mit den Süßigkeiten ist unser kleines Geheimnis, meine Liebe*, sagt er immer.

Als die Schritte vor der Kellertür zum Stehen kommen, krieche ich rasch in den Spalt zwischen dem Weinregal und der Toilettenbox, wo er mich nicht gleich sieht, wenn das Licht angeht. Ich kauere mich hin und ziehe die Beine an den Körper. Meine Hand tastet nach der Scherbe, die ich im Bund meiner Hose versteckt habe. Ich finde es beruhigend, sie zu spüren, wenn ich hier im Keller von einer Ecke in die andere krieche. Meine Haut ist dort am Hosenbund aufgeschürft und rot. Aber es ist immerhin eine Verletzung, die ich mir selbst zugefügt habe. Auf irgendeine Art gibt mir das Macht. *Ich habe jetzt mein eigenes Geheimnis, mein Lieber.*

Der Schlüssel wird ins Schloss gesteckt und klackernd herumgedreht. Das Licht fällt so brutal in den Raum, dass ich die Augen zusammenkneifen muss. Aus schmalen Schlitzen sehe ich seinen Schatten auf dem Boden und blinzele vorsichtig unter dem Weinregal durch. Erkenne seine Schuhe, seine Hose. Wenn ich es schaffe, ihn zu überwältigen und durch die offene Tür zu entkommen …

«Rebekka?» Er ächzt, während er in die Knie geht, und ich schrecke hoch, als er nun ebenfalls unter dem Weinregal herspäht. Ich ziehe die Knie noch fester an den Körper und kneife die Augen weiter zusammen. Bis in mein Versteckt hinein kann ich hören, wie seine Knie knacken, als er wieder aufsteht und um das Weinregal herumkommt. Er blickt bedauernd auf mich herab, und ich hasse mich dafür, dass ich nicht aufspringe und ihm die Scherbe in den alten, faltigen Hals ramme. Dass ich stattdessen nach der braunen Tüte in seiner Hand schiele. Meine Essenstüte. Es irritiert mich, dass er heute keinen Teller und keine Gabel dabeihat. Etwas ist anders als sonst.

Er bemerkt meinen Blick, streckt mir die Tüte hin, und ich schaffe es gerade noch, ihn ein paar Sekunden lang wütend anzusehen, bevor ich doch vorschnelle und ihm die Tüte aus der Hand reiße. Kuchen! Ich stopfe ihn mir in den Mund, wobei ich darauf achte, das Kinn über der Öffnung der Tüte zu halten. Aber in der Hektik gehen ein paar Krümel trotzdem daneben und fallen auf meinen Schoß und auf den Boden. Ich schiele zu ihm hoch, während ich weiteresse, doch er sagt nichts dazu. Nicht, dass ich langsam essen soll, um kein Bauchweh zu bekommen, und nicht, dass ich mit den Krümeln aufpassen muss. Er steht einfach nur da und sieht zu, wie ich den Kuchen in meinen Mund stopfe, mit großen Bissen und ohne abzusetzen.

«Es ist etwas passiert, Rebekka», sagt er dann.

Da erst halte ich inne. Er kratzt sich mit dem Finger hinterm Ohr, es gibt ein schabendes Geräusch, seine Haut ist alt und trocken. *Schrapp, schrapp, schrapp*. Wenn man so lange im Dunkeln lebt wie ich, dann wird man empfindlich für Geräusche. Vor allem für die kleinen dazwischen. Wenn er sagt, dass etwas passiert ist, dann bedeutet das etwas Schlimmes für mich.

«Es hätte dich gar nicht treffen dürfen», sagt er und kratzt sich weiter, *schrapp, schrapp, schrapp*. Als wäre er die Ratte und nicht ich. «Es war alles ein großer Fehler. Du bist doch auch mein Kind.»

Mein Kind. Wie das klingt. Aber es löst etwas in mir aus, dieses

Wort. Eine Traurigkeit hinter den Rippen. Wenn meine Mutter ihre klaren Phasen hat, dann sagt sie das zu mir. Dann tut ihr alles so leid, und sie beteuert, dass ich doch ihr Kind sei und dass sie mich lieb habe. Aber dann trinkt sie wieder und schreit mich an und kotzt. In meiner Situation jetzt ist es gar nicht so anders. Er bringt mir Süßes und sagt, dass wir alle seine Kinder seien, wir aus der Siedlung. Und dann geht er wieder und lässt mich allein mit der Dunkelheit.

«Wir müssen dich verschwinden lassen, Rebekka», sagt er jetzt, und ich schlucke schwer an dem Kuchen, den ich noch im Mund habe. «Ich hatte gehofft, dass uns das erspart bleibt, aber …» Er zuckt die Schultern. Da kann man nichts machen, soll das heißen. Aber man kann sehr wohl etwas machen. *Ich* kann etwas machen.

Da ist ein scharfer Schmerz an meinem Bauch, als ich die Scherbe aus dem Hosenbund reiße und aufspringe. Er reißt die Augen und den Mund auf. Sein Arm schnellt vor, um mich abzuwehren, darum erwische ich mit der Spitze der Scherbe nur seinen Unterarm, nicht seine Kehle. Vom Handgelenk bis zum Ellbogen reißt die Haut unter meiner Waffe auf. Er schreit und stolpert zurück. Damit hat er nicht gerechnet. Ich hole aus, um noch einmal nachzustoßen, in seine Brust, seine Kehle. Aber diesmal sieht er die Bewegung kommen und fällt mir in den Arm. Er hält ihn fest, dreht ihn herum, versucht mir die Scherbe zu entwinden, und jetzt wehre ich mich mit Händen, Füßen und Zähnen. Ich beiße um mich, während er nur immer wieder «Rebekka! Rebekka, beruhige dich!» ruft. Aber ich beruhige mich nicht. Ich bin blind vor Wut und Verzweiflung, auch noch, als mein Arm so weit auf den Rücken gedreht ist, dass ich nur noch vornübergebeugt stehen kann und jede Bewegung wehtut.

«Verdammt, jetzt beruhige dich doch, mein Mädchen!» *Mein Mädchen.* Ich bin nicht sein Mädchen! Ich bin auch nicht sein Kind! Nicht seine Liebe! Er ruft: «Ich will dir etwas vorschlagen! Bitte beruhige dich doch endlich!»

Ich höre auf zu zappeln, denn der verdrehte Arm tut mir so weh, dass ich schreien möchte, und die Scherbe hat er mir längst entwunden. Ich habe sie auf den Boden fallen hören und kann sie nicht mehr sehen. Meine Waffe ist weg. Meine einzige Waffe!

«Ich will dir ja nichts tun, meine Liebe! Aber du musst vernünftig sein, sonst habe ich keine Chance, dir zu helfen. Es war alles ein großes Missverständnis mit dir.»

Ein Missverständnis. Ich atme, schnaufe. Der Arm tut mir weh. Der Kuchen kommt mir hoch. *Ein Missverständnis!*

«Es hätte eigentlich nicht dich treffen sollen! Menschen sind kompliziert. Wir sind doch alle nicht frei von Fehlern. Aber das Wichtige ist, dass wir zusammenhalten, oder nicht? Dass einer dem anderen aus der Patsche hilft. Ich helfe dir aus der Patsche, Rebekka, und du mir, wollen wir es nicht so machen?»

Ich antworte nicht, aber ich wehre mich auch nicht mehr, und darum lockert er jetzt den Griff an meinem Arm. Der Schmerz bleibt. Ich glaube, er hat mir die Schulter ausgerenkt.

«Ich würde diesen Pakt mit niemand anderem eingehen», beteuert er. «Nicht nur, weil mir mehr an dir liegt als an allen anderen, das weißt du inzwischen ja hoffentlich. Sondern auch, weil niemand außer dir das Versprechen erfüllen könnte, Rebekka. Ihr Kinder aus Jakobsleiter seid fähig zu schweigen. Das ist alles, was du tun musst: Geh zurück nach Hause und erzähl niemandem davon, was dir passiert ist. Nicht einmal deiner Mutter oder Jesse, hast du das verstanden?»

Er lockert seinen Griff weiter, sehr vorsichtig. Obwohl er nicht weiß, wie ich reagieren werde. Weil ich noch immer nichts gesagt habe. Schweigen, ja, das scheine ich zu können. Immerhin etwas, wenn ich schon sonst in allem versage. Er ist erleichtert, als ich nicht zappele und auf ihn losgehe. Er will mir nicht wehtun. Auf eine ganz verquere Art mag er mich wirklich.

«Ich brauche dein Versprechen, Rebekka. Dein Ehrenwort. Es ist ja zum Glück auch gar nichts allzu Schlimmes passiert, meinst du nicht auch? Du kannst nach Hause zurück und all das vergessen, was meinst du?»

Aus meinem Hals dringen leise Schluchzer. Das kann er nicht ernst meinen. Alles vergessen? Und wie kann er sagen, dass nichts Schlimmes passiert ist? Mir ist *alles* passiert! Die Schluchzer schwellen an, sie kommen einfach aus mir heraus wie ein sehr schneller Schluckauf. Ich kann nichts dagegen tun.

«Ich brauche dein Versprechen, Rebekka!», insistiert er. Dringlich, bittend. «Wenn du versprichst, für mich zu schweigen, dann kann ich dir helfen!»

Mein Atem flattert, ich nicke zwischen den Schluchzern, obwohl ich mich gleichzeitig frage, ob das nur ein Trick ist, ein neues Spiel. «Ich verspreche es», schluchze ich.

«Kein Wort zu niemandem über das, was hier passiert ist», sagt er. Ich nicke und schlucke und heule weiter. Da lässt er erleichtert seufzend meinen Arm los, und ich halte meine Schulter, als ich mich aufrichte und zu ihm umdrehe.

«Und wenn dich jemand fragt, wo du gewesen bist, was sagst du dann?»

«Ich sage nichts.»

«Und wenn sie dich auf deine Schrammen ansprechen?»

«Nichts. Ich sage nichts!»

«Ich will, dass du weißt, wie wichtig das ist, Rebekka. Für uns beide!»

Ich nicke. Noch immer laufen mir Tränen übers Gesicht. Er hebt eine Hand und streicht sie mir von den Wangen.

«Es wird nicht einfach sein am Anfang. Aber irgendwann werden sie aufhören zu fragen, und deine Erinnerungen an all das hier werden verblassen.»

Ich zittere.

«Was ist also passiert, Rebekka?»

Mein ganzer Körper bebt, während ich die Fäuste balle. Er nimmt mein Kinn in die Hand, sieht mich fragend an.

«Was ist passiert?», wiederholt er.

«Nichts», bringe ich gepresst hervor. «Nichts ist passiert.»

«Das ist mein braves Mädchen.» Er lässt mein Kinn los, wendet sich ab, bückt sich nach etwas, das am Boden liegt, und als er es aufhebt, erkenne ich, dass es meine Scherbe ist. Meine Waffe, die er jetzt betrachtet und in seiner Tasche verschwinden lässt.

«Und das hier vergessen wir auch.» Er legt beide Hände auf meine Schultern, dann an mein Gesicht und drückt mir einen Kuss auf die Stirn. Wieder kommt mir der Kuchen hoch, ich schlucke ihn mühsam herunter. Er führt mich aus dem Keller, schiebt mich die Treppe hoch. Aber als er die Tür öffnet und ich sehe, dass es draußen Nacht ist und dass sein Auto in der Einfahrt wartet, bleibe ich stehen.

«Ich will meine Scherbe wiederhaben», flüstere ich.

Er lächelt nachsichtig. «Die brauchst du jetzt nicht mehr.»

Ich schüttele den Kopf, heftiger und heftiger, während ich mich nun gegen seinen Griff stemme. Ich habe Angst, dass am Ende doch alles nur ein Trick ist. Dass ich in den Berg zurückmuss, in den Tunnel. Ich will nicht ohne meine Scherbe in den Tunnel!

«Jetzt beruhige dich endlich, Mädchen!» Er will mich weiterschieben, über die Türschwelle und in die Nacht hinein, und plötzlich ist alles wieder da, die Dunkelheit, der Ruck an meinem Bein, der Schmerz in meiner Hüfte, während ich kopfüber im Schacht hänge und auf meinen Tod warte. Es ist ein Trick. Ein neues Spiel. Und in meiner Naivität wäre ich fast darauf reingefallen. Ich halte mich mit beiden Händen im Türrahmen fest. Eher sterbe ich, als noch einmal in den Tunnel zu kriechen!

«Rebekka!» Er nimmt meine Arme, löst gewaltsam meine Hände, und diesmal verkeile ich meine Füße rechts und links am Türrahmen. «Ich gehe nicht ohne meine Scherbe!», schreie ich.

«Pscht, still! Sei still, Mädchen!» Er legt mir eine Hand über den Mund, und ich beiße, ohne zu zögern, zu. Aber als er flucht und seine Hand wegreißt, kann ich Scheinwerfer sehen, die durch die Bäume fallen. Ein Auto hält auf das Haus zu, holpert über den unebenen Waldboden. Wir erstarren beide und stehen jetzt ganz still. Der Kies knirscht, als das Auto die Einfahrt erreicht. Aber erst als es vor uns hält und das Licht aus dem Haus darauffällt, kann ich das Polizeizeichen an der Seite des Wagens sehen. Mein Herz sackt ab. Die Fahrertür wird aufgestoßen. Und im nächsten Moment schält sich seine Gestalt aus dem Auto heraus.

«Vater?!»

Ich weiche zurück.

«Martin …» Bürgermeister Hofers Gesicht ist wie versteinert, als sein Sohn aussteigt. Einen Moment stehen sie fassungslos voreinander, und ich begreife, dass es vielleicht doch kein Trick war. Bürgermeister Hofer war ohne das Wissen seines Sohns hier. Vielleicht wollte er wirklich einen Pakt mit mir schließen.

«Was machst du hier?»

«Du hast einen Fehler gemacht, Martin.» Bürgermeister Hofer weicht ebenfalls zurück. Die Kontrolle über seinen Sohn hat er schon vor langer Zeit verloren. «Diesmal bist du wirklich zu weit gegangen.»

Martin Hofers Augen werden schmal. Er sagt gar nichts, und doch sagt sein Blick alles. Ich kenne diesen Blick inzwischen. «Wolltest du sie etwa laufen lassen?»

«Sie wird nichts sagen!» Bürgermeister Hofer tastet mit einer Hand hinter sich, bis er meine Schulter findet, und drückt sie. «Ich habe ihr erklärt, dass es ein Versehen war, und sie hat versprochen zu schweigen. Nicht wahr, Rebekka?»

Ich schweige, nicke nicht einmal. Bürgermeister Hofer muss ja noch naiver sein als ich, wenn er denkt, dass sein Sohn irgendetwas auf so ein Versprechen geben würde!

Martin Hofer lacht auf, doch sein Gesicht ist verzerrt. Ich sehe jetzt erst, dass er verletzt ist. Eins seiner Beine steht leicht abgespreizt vom Körper, und die Hose ist am Oberschenkel dunkel gefärbt. Blut. «Vater, das kann nicht dein Ernst sein!»

«Sie ist doch eine von uns, Martin! Sie gehört praktisch zur Familie!»

«Nein, das tut sie nicht! Sie ist eine kleine, nichtsnutzige Schlampe, die keinerlei Wert auf dich und dein großartiges Jakobsleiter legt. Sie wollte sogar abhauen!»

Bürgermeister Hofers Hand auf meiner Schulter drückt fester zu. «Junge Menschen probieren sich eben aus, sie machen Fehler. Vor deiner Ausbildung hattest du auch eine Phase, in der du überlegt hast wegzugehen. Rebekka wäre schon zurückgekommen.»

«Ach ja, und um was zu tun? Wann bist du eigentlich das letzte Mal dort oben gewesen, Vater? Jakobsleiter ist nicht der wildromantische Ort in den Bergen, den du so gerne darin sehen willst. Es ist richtig *hart* dort oben! Und es sind auch nicht alle Bewohner deine Kinder. Im Gegensatz zu mir, Vater. *Ich* bin dein Sohn!»

«Natürlich bist du das, Martin, ich ...»

«Und jetzt fällst du mir so in den Rücken?»

«Im Gegenteil! Ich bin derjenige, der dir den Rücken immer freihält! Ich bin derjenige, der dich schon von Kindesbeinen an aus allem herauspaukt! So wie jetzt! Ich bin dabei, deinen Fehler für dich auszubügeln. So wie ich es immer tue.»

«Wenn sie redet und ich im Gefängnis lande, dann landest du mit mir dort. Das weißt du, oder?»

Bürgermeister Hofer sieht seinen Sohn erschrocken an. «Aber niemand muss im Gefängnis landen. Rebekka wird nichts sagen, sie hat es mir versprochen. Wir sind gute Menschen, Martin. Du bist ein guter Junge! Unsere Familie hat immer nur Gutes gewollt. Jeder weiß das!»

Martin lacht auf. «Weiß sie es?» Er deutet auf mich und bohrt dann seinen Blick in meinen. «Hältst du uns für gute Menschen, Rebekka? Hältst du meinen Vater für einen guten Menschen?»

Ich ziehe den Kopf ein, ich möchte nicht in diesen Streit

hineingezogen werden, der schon länger zwischen den beiden zu hängen scheint.

«Du steckst genauso tief in dieser Sache drin wie ich», fährt Martin Hofer an seinen Vater gewandt fort. «Denk nicht, ich wüsste nicht, dass du jede von ihnen gefüttert und verhätschelt hast, wenn ich nicht da war. Du hast ihnen was zu essen gebracht, um dein Gewissen zu beruhigen, aber gerettet hast du keine von ihnen.»

Der Bürgermeister wird bleich. «Ich habe ihnen den … Aufenthalt erleichtert», stammelt er.

«Du hast ihn nur *verlängert*», korrigiert Martin.

Bürgermeister Hofer kneift die Augen zusammen und schüttelt verzweifelt den Kopf. «Wie konntest du dich nur so verändern, mein Sohn? Du warst doch immer ein guter Junge!»

«Ach, hör doch auf! An guten Jungen hattest du doch nicht das geringste Interesse, Papa! Wenn ich wirklich immer still und artig gewesen wäre, dann hättest du mich genauso vergessen, wie du Mama vergessen hast!»

«Was redest du denn da … Martin … ich …»

«*Wir* waren deine Familie, Papa!» Martin klopft sich auf die Brust, er ist so außer sich, wie ich ihn nie erlebt habe. «Wir, nicht deine Schützlinge aus Jakobsleiter!»

«Das weiß ich doch …»

«Das erste Mal, als du wirklich Interesse an mir gezeigt hast, als du wirklich einmal hinter mir gestanden hast, das war, als ich den Heuschober angezündet habe!»

«Das war doch … nur ein Versehen von dir, Martin! Kleine Jungen zündeln eben mal mit Feuer herum.»

Wieder lacht Martin Hofer auf. «Genau das hast du damals auch gesagt, Papa. Und ich war so stolz darauf, einen Vater zu haben, der für mich einsteht und lügt. Du hast mir sogar ein falsches Alibi gegeben. Plötzlich hatte ich nicht nur einen Vater – ich hatte einen Komplizen. Ich habe mich inzwischen damit abgefunden, dass das die einzige Form von Vaterliebe ist, die ich von dir erwarten kann: Komplizenschaft.»

Ich blicke zwischen Vater und Sohn hin und her, der eine dunkel vor Zorn, der andere weiß wie die Wand des Fachwerkhauses.

«Das ist nicht gerecht», stammelt Bürgermeister Hofer endlich. «So wie du es ausdrückst, klingt es ja, als hättest du all das nur für mich getan.»

«Wir haben es *füreinander* getan, Vater», korrigiert Martin Hofer, und der Bürgermeister schüttelt so heftig den Kopf wie ich vorhin.

«Nein, nein, das ist so nicht richtig. Ich wollte nie …», beginnt er, doch da beugt sich Martin Hofer plötzlich ins Auto und taucht im nächsten Moment mit einer Pistole wieder auf, die er auf mich richtet. Der Bürgermeister und ich schreien gleichzeitig auf und ducken uns.

«Wir können sie nicht gehen lassen, das ist dir wohl klar.»

«Martin!» Bürgermeister Hofer hebt die Hände.

«Wenn wir sie gehen lassen, wandern wir beide ins Gefängnis.»

«Tu das nicht, ich finde eine Lösung. Ich habe doch immer eine Lösung gefunden.»

«Du hast weggeschaut, Vater, das war deine Lösung.»

«Das ist doch nicht fair, mein Junge!»

«Es ist nicht anders als die Male zuvor. Du musst nur dein lächerliches Verbundenheitsgefühl für deine *Kinder* aus Jakobsleiter vergessen.»

«Wenn das eine Prüfung sein soll, Martin, wenn ich es bin, den du hier strafen willst, dann lass uns reden! Ich habe dich als Kind nie zurückgesetzt. Ich habe nicht gewusst, wie du dich fühlst.»

«Geh beiseite, Vater.»

Die Waffe ist noch immer auf mich gerichtet. Doch Bürgermeister Hofer bewegt sich keinen Zentimeter von meiner Seite. «Nein, Martin. Du legst jetzt die Waffe weg, und dann reden wir.»

«Geh – bei – seite!», sagt Martin Hofer noch einmal, jede Silbe einzeln betonend. «Wir können anschließend reden. Aber das hier müssen wir jetzt zu Ende bringen.»

«So bist du doch nicht», jammert Bürgermeister Hofer. «So etwas würdest du doch nicht tun!»

«Nein? Was glaubst du denn, ist mit den anderen passiert, die du gefüttert hast und die irgendwann nicht mehr da waren? Meinst du, die haben sich in Luft aufgelöst? Hätte ich nur eine von ihnen laufen lassen, dann würden wir jetzt beide nicht mehr hier stehen.»

«Ich bringe Rebekka jetzt erst mal wieder ins Haus, in Ordnung? Und dann reden wir. Ich will nicht, dass wir irgendetwas überstürzen.» Bürgermeister Hofer legt seine Hand auf meine Schulter, und ich zucke unter der Berührung zusammen. Sein Griff fühlt sich klebrig und feucht an, und jetzt erst merke ich, dass ich es bin, die am ganzen Körper durchgeschwitzt ist. Zurück in den Keller. Ich gehe nicht zurück.

Ohne weiter nachzudenken, reiße ich mich los, mache einen Satz nach rechts und will die Treppen runter, um im Wald zu verschwinden. Ich höre beide Männer schreien und dann den Schuss, den Martin Hofer auf mich abfeuert. Ich kneife die Augen zusammen, ducke mich instinktiv und stolpere, falle, gemeinsam mit Bürgermeister Hofer, wie mir jetzt klar wird. Er muss sich vor mich geworfen haben, der Schuss hat ihn getroffen, nicht mich. Gemeinsam fallen wir die Treppe vor dem Eingang herunter, doch nur ich strecke die Arme aus, um mich abzufangen, als ich auf dem Kies lande. Martin Hofer schreit noch immer. Er kommt angerannt, während ich hastig versuche, auf die Füße zu kommen. Aber er hat gar nicht vor, mich aufzuhalten, sondern lässt sich neben seinen Vater fallen und legt fassungslos die Hand auf den dunklen Fleck auf dessen Brust. Bürgermeister Hofer röchelt. Er blickt seinen Sohn ebenso fassungslos an wie der ihn.

«Papa!», schreit Martin und greift nach ihm, als müsse er ihn im Nachhinein noch auffangen und vom Fallen bewahren. Aber

Bürgermeister Hofer sagt gar nichts mehr. Sein Kopf sinkt zurück, die Augen immer noch vor Angst und Erstaunen geweitet. Martin Hofer heult auf.

Ich drehe mich um und renne in den Wald. Neben mir schlägt ein Schuss in den Baum ein. Ich zucke zusammen, wende mich im Rennen um. Hofer kniet noch neben seinem toten Vater, doch er hat seine Waffe wieder aufgenommen und zielt auf mich. Und dann ist da plötzlich ein Schatten von links, ein grauer Schatten, der durch die Luft zischt wie ein Geist. Er fliegt auf Martin Hofer zu und rammt ihn, reißt ihn um, ehe der reagieren kann. Hofer brüllt, ein weiterer Schuss fällt, aber er geht in die Luft oder in den Boden vielleicht. Und ich bleibe wie angewurzelt stehen, weil ich jetzt, als ich das Knurren und die Schreie höre, begreife, dass es tatsächlich ein Geist gewesen ist, der Martin Hofer angegriffen hat: Freigeist, Jesses Wolf.

EDITH

Papa ist da. Er ist einfach ins Krankenhaus gekommen und sagt, er hat einen Ort gefunden, an dem wir jetzt wohnen können, aber eigentlich will ich gar nicht woanders wohnen als auf meinem Berg. Ich mag meinen Gletscher. Ich mag meinen Tunnel und die Schlucht mit den Blumen. Darum trödele ich ein bisschen herum, während ich im Halbdunkeln meine Sachen und die Buntstifte zusammensuche und Papa mit seinem Gewehr an der Tür meines Krankenzimmers steht und nach draußen in den Gang vor meinem Zimmer lauscht. Er fragt, ob es auch ein bisschen schneller geht, Fräulein. Aber ich will nicht schnell sein, wenn es in die falsche Richtung geht. Ich möchte auf meinen Berg zurück.

Papa packt mich am Arm, er zerrt mich zu sich heran. «Wir müssen jetzt gehen», sagt er, und ich mache mich los und blicke ihn trotzig an. Papa ist größer und stärker als ich, und man sollte ihn nicht wütend machen. Aber er soll ruhig wissen, dass ich mit seinem Plan nicht einverstanden bin. Er schaut auf mich herunter. Dann packt er mich einfach, wirft mich über die Schulter und reißt die Tür auf, ohne etwas darauf zu geben, dass ich mit beiden Fäusten auf seinen Rücken trommele. Eine Krankenschwester schreit, als sie ihn sieht, dann einer der Ärzte und eine weitere Schwester, aber Papa richtet einfach sein Gewehr auf alle, denen wir begegnen, und ruft: «Ich nehme mir nur, was mir gehört!»

Und damit meint er mich.

Ich höre jetzt auf, mit den Fäusten zu trommeln, denn es ist sehr viel spannender, was gerade um uns herum passiert. Alle schreien wild durcheinander und versuchen, sich uns in den Weg zu stellen. Aber so richtig tun sie es dann eben doch nicht, Papa muss nicht einmal wirklich schießen. Sie haben Angst vor uns. Vor meinem großen Papa mit seinem Gewehr.

Papa hält meine Beine fest. Mein Körper wippt auf und ab, als er mit seinen langen Schritten aus dem Krankenhaus eilt. Ein bisschen ist es wirklich so wie mit dem Rotzbarsch, der seine Kinder auf dem Rücken trägt, damit ihnen nichts passiert. Ich erhasche noch einen Blick auf das Gesicht von Schwester Rita, die die Finger auf den Mund gelegt hat und ganz große Augen macht. Und weil sie von allen Schwestern die liebste war, hebe ich die Hand, aber sie erwidert das Winken nicht. Wahrscheinlich weiß sie nicht, dass man bei uns so «Tschüss» sagt. Sie ist aus der Stadt, und ich bin vom Berg.

Papa trägt mich aus dem Krankenhaus raus, und alles weicht vor ihm zurück, selbst die große durchsichtige Zaubertür. Draußen ist es dunkel. Es riecht nach Öl und Teer und Müll.

Als wir die Sirenen der Polizeiautos hören, sind wir bereits in den Straßen der Stadt untergetaucht.

JESSE

Rebekka.

Ich kann nicht glauben, sie zu sehen, als ich zwei Tage später die Hütte meiner Eltern betrete. Sie steht vom Küchentisch auf, und ich bleibe auf der Schwelle stehen, Tür und Mund geöffnet. Sie sieht dünner aus, mitgenommen. Sie sieht aus, als hätte sie Schlimmes durchgemacht. Ihre Mutter, die auf der anderen Seite des Tischs sitzt, mit dem Rücken zu mir, wendet sich auf dem Stuhl um.

«Jesse», sagt sie, weil sonst niemand etwas sagt. Und dann kommt Rebekka entschieden auf mich zu, nimmt meine Hand und zieht mich aus dem Haus. Ich folge ihr, ohne auch nur den Rucksack abzusetzen und ohne nach meiner Mutter zu sehen. Frau Walther hat sich auch dieses Mal um sie gekümmert, während ich weg war. Auf Erkundungstour, um die Höhlen zu suchen, wie alle denken.

«Seit wann bist du wieder da?», frage ich gehetzt, und sie antwortet mir, ohne ihr Tempo zu verringern: «Seit heute früh. Ich musste noch eine Aussage bei der Polizei machen, und sie haben darauf bestanden, mich in ein Krankenhaus zu bringen und untersuchen zu lassen. Aber dann wollte ich, so schnell es geht, zurück. Freigeist ist auch wieder da.»

Ich bleibe stehen. Sie zieht an meinem Arm, aber ich bin stärker. «Freigeist ist tot», sage ich. «Sie haben ihn erschossen. Er hat irgendetwas im Tierheim angestellt, und dann haben sie …»

Sie schüttelt den Kopf, um mich zu unterbrechen. «Er war es, ich bin mir sicher. Komm mit, er ist mir in den Wald gefolgt, bis hierher nach Jakobsleiter. Vielleicht kommt er zu dir, wenn er dich wittert.»

Sie zieht erneut an meinem Arm, und diesmal folge ich ihr. Ich bin wie vor den Kopf geschlagen. Freigeist lebt. Rebekka ist zurück. Einfach so zurückgekommen, während ich ganz woanders nach ihr gesucht habe. Ich sehe die Schrammen und blauen Flecken auf ihrem Kinn, ihrem Hals, ihren Handgelenken. Sie trägt einen Kapuzenpulli, darum kann ich nur Vermutungen darüber anstellen, dass der Rest ihres Körpers ähnlich aussehen muss, aber in mir steigt eine Scheißwut auf den Kerl auf, der das zu verantworten hat. Erneut bleibe ich stehen. So plötzlich, dass sie stolpert.

«Wo bist du gewesen, Rebekka? Wo hat er dich hingelockt? In die Stadt?»

Sie blickt mich lange an, und mir fällt auf, dass sich der Wald auch heute nicht in ihren Augen spiegelt. Da liegt eine Welt, zu der nur sie Zugang hat und die mir verschlossen bleibt. Langsam schüttelt sie den Kopf. «Ich war die ganze Zeit hier, Jesse. Hier am Berg.»

Sie erzählt mir die ganze Geschichte, während wir auf einem Felsen sitzen, von dem aus man die gewundene Straße nach Almenen überblickt. Die Straße, die sie nehmen wollte, um Größeres zu erleben. Von hier oben sieht es wirklich abenteuerlich aus, wie sie sich durch die Tannen und Schluchten schlängelt und irgendwo im Dickicht verliert. Hinter uns ist der Wald und zu unseren Füßen ein Tal, in dem plötzlich keine Geister mehr wohnen. Ich habe keine Angst mehr vor der Straße oder vor der Stadt, denn das Böse wohnt hier wie dort, ebenso wie das Gute. Es wohnt in Menschen, denen ich vertraut habe: in meinem Vater, in Bürgermeister Hofer und in seinem Sohn, Kommissar Hofer. Es wohnt auch in mir, mit Sicherheit, und trotzdem ist es meine Entscheidung, ob ich es über mich regieren lasse.

Ich halte Rebekkas Hand, während sie erzählt. Und wenn sie sich über bestimmte Details ausschweigt, wenn sie zu tief ins Dunkel gerät, verrät das Zittern in ihren Fingern mir, wie schwer die Tage für sie gewesen sein müssen. Ich kann mir vorstellen, dass die Höhle, das Tunnelsystem, in dem sie war, dasselbe ist, das ich die letzten zwei Tage hatte suchen sollen. Aber es ist nicht wichtig, denn ich habe nicht gesucht. Und ich habe es auch nicht vor. Ich war bei den Lauders, um ihnen die genaue Beschreibung unseres Priesters zu geben inklusive des Namens, den er sich bei uns gegeben hat. Die Lauders wollten mit der Information zur Polizei. Gut möglich, dass die jetzt gerade schon auf dem Weg ist.

Ich weiß nicht, was Isaiah angestellt hat und warum er in unserer Siedlung ist. Aber ich glaube, dass wir anderen einen besseren Neuanfang wagen können, wenn wir nicht tun und lassen müssen, was er will. Ich will selbst entscheiden können. Ich will die Möglichkeit haben, einen Arzt zu rufen, wenn meine Eltern einen brauchen. Ich will darüber nachdenken können, eine Pflegeeinrichtung für sie zu finden. Ich will, dass meine Mutter glücklich ist. Ich weiß noch nicht, ob ich den Berg verlassen kann, so wie sie es gewollt hätte. Aber ich will mich auch nicht ständig auf ihm verstecken müssen.

Wahrscheinlich wird es weiterhin Konflikte mit den Bewohnern aus dem Dorf oder der Stadt geben. Unsere Vergangenheit können wir nicht abschütteln, aber ich kann wenigstens dafür sorgen, dass unsere Zukunft ein wenig besser aussieht als die der Bruderschaft, die sich damals in den Höhlen verstecken musste, weil sie keinen anderen Ausweg sah. Wir haben einen anderen Ausweg. Und ich lasse mir von Isaiah nicht das Gegenteil einreden. Vielleicht kann ich die verfallene Schwarzalm für uns herrichten, in der der alte Janosch verstorben ist. Oder vielleicht finde ich etwas anderes für uns, nahe einem neuen Dorf, in dem man uns nicht kennt. Vielleicht ein verlassenes Haus, in dessen Garten ich einen Birnbaum für Rebekka pflanzen kann.

Ich zucke zusammen, als ich etwas Kaltes, Feuchtes im Nacken spüre, und fahre herum. Als ich ihn sehe, flattert mein Herz auf, wie ein Vogel, den man im Gebüsch aufschreckt.

«Freigeist!» Ich falle ihm um den Hals, grabe mein Gesicht in sein nach Nässe und Kadaver riechendes Fell. In der Zeit ohne mich hat mein Wolf gelernt, sich anzuschleichen wie ein echter Wolf.

EPILOG

Ich bin zurück, Juli. Zurück am Faunfelsen, wo sich unsere Wege getrennt haben. Eingemummelt in meine Herbstjacke statt in meinen Schlafsack, denn ich werde hier nicht übernachten. Ich bin nur gekommen, um dir noch eine letzte Geschichte zu erzählen.

Sie haben deinen Mörder gefunden. Denn das war es am Ende, Mord. Es fällt mir immer noch schwer, es zu akzeptieren, aber sie haben deine Leiche identifiziert. Ich nehme an, deine Eltern werden nun endlich das Kreuz aufstellen und den Frieden finden, den sie sich so lange gewünscht haben.

Die Ärzte glauben, dass meine Abgeschlagenheit an der Wunde am Kopf liegt, an den Folgen des Kampfes, darum geben sie mir Medikamente gegen die Schmerzen. Ich sage ihnen nicht, dass die Kopfschmerzen mein geringstes Problem sind. Dass ich Schmerzen ganz anderer Art habe. Die Medikamente helfen ironischerweise auch dagegen, Juli. Sie machen mich müde und stumpf.

Dein Mörder war nicht Madreiter, Juli. Aber das hast du lange vor mir gewusst. Er hatte sich bei der Polizei eigentlich schon nach einer Aussage von diesem Jesse verdächtig gemacht. Aber weil er einer von ihnen war, haben sie es nicht glauben wollen. Nicht einmal, als ein anderes Mädchen aus der Siedlung zu ihnen kam und gegen ihn aussagte. Dieses Mädchen ist sechzehn, genau wie du damals, Juli. Daran muss ich die ganze Zeit denken. Er hat sie in seinem Keller gefangen gehalten, aber die Polizei hat ihr nicht geglaubt. Sie wollten einfach nicht wahrhaben, dass ausgerechnet einer aus dem Kommissariat für Vermisstenfälle für ebenjene

Vermisstenfälle verantwortlich sein soll. Sie mussten erst zu Martin Hofers Haus fahren und es selbst sehen. Dort haben sie ihn neben seinem toten Vater auf der Einfahrt gefunden. Er hat sich ohne Widerstand festnehmen lassen. Ich versuche trotzdem, ihnen keinen Vorwurf zu machen. Ich weiß ja, wie das ist, wenn man Dinge nicht wahrhaben will.

Ich will dir auch den Rest erzählen, Juli. Damit du verstehst, in was du hineingeraten bist.

Es ist mir egal, ob du dich in jener Nacht tatsächlich mit Martin Hofer verabredet hast, während ich daran geglaubt habe, die Mutprobe am Felsen wäre nur eine Sache zwischen dir und mir. Vielleicht seid ihr euch vorher wirklich in der Stadt begegnet, in der Schlange an der Eisdiele, wie er sagt, während deine Mutter gerade zur Bank lief, um Geld abzuheben. Ich stelle mir vor, dass du geschmeichelt warst, weil ein erwachsener Mann sich für dich interessiert hat, Martin Hofer muss damals um die dreißig gewesen sein und sah sicherlich gut aus. Er sagt, dass ihr euch noch zweimal in der Stadt getroffen habt, bevor er die Sache mit dem Felsen vorschlug. Und dass du es warst, die mir den Floh ins Ohr gesetzt haben muss, und nicht umgekehrt. In meiner Erinnerung ist das anders, Juli. Aber Erinnerungen können trügen.

Es ist mir auch egal, ob seine oder meine Version der Geschichte stimmt. Denn es ändert nichts daran, dass dich keine Schuld trifft. Wir leben in einer Welt, in der es möglich sein sollte, als Mädchen an einem Felsen zu campen, ohne verschleppt und getötet zu werden. Es sollte möglich sein, sich mit einem Mann zu verabreden und leichtsinnig zu sein, unbeschwert. Was immer Martin Hofer mit dir angestellt hat, ist seine Schuld, nicht deine. Ich muss nur noch lernen, diesen Satz auch für mich selbst anzunehmen.

Bei Weitem nicht alle Vermisstenfälle, die in meinem Zimmer hängen, gehen auf Hofers Kappe. Zum Fall von Gina Bailer beispielsweise konnte keine Verbindung gezogen werden, sie war nicht unter den Leichen. Aber es sind doch immerhin genug, um sicher sagen zu können, dass Martin Hofer ein kranker Mann ist. Simon hat mich im Krankenhaus besucht. Er hat mir die Details aus seinem Vernehmungsprotokoll gezeigt. Es scheint wirklich so, dass er im Grunde kein Interesse am Morden selbst hatte. Er hat seine Opfer auch nicht aus sexuellen Motiven verschleppt. Und das ist für ihn offenbar genug, um sich über jene Schwerverbrecher zu stellen, nach denen er selbst ermittelt hat. Mir kommt das vor wie die Argumentation eines Alkoholikers, der mit dem Finger auf einen Drogenabhängigen zeigt, Juli. Es gibt immer noch Schlimmere als einen selbst. Aber wie sehr muss man den Bezug zur Realität verlieren, um nicht mehr zu sehen, dass Verschleppung und Mord doch sowieso schon das Schlimmste sind, das man einem anderen Menschen antun kann?

Es macht Hofer nicht zu einem besseren Mann, wenn er sagt, dass es nie um irgendeine von euch ging. Dass es die ganze Zeit nur um die Beziehung zu seinem Vater ging. Ich habe das Protokoll zweimal gelesen, um seine verqueren Gedankengänge nachvollziehen zu können, um immerhin ansatzweise zu verstehen, warum es dich getroffen hat. Aber ganz wird mir das wohl nie gelingen. Martin Hofers Realität ist eine andere als meine.

Sie haben auch den Tunnel gefunden, von dem Hofer gesprochen hat. Ich habe gedacht, er hätte dich und vielleicht auch die anderen dort in dem Höhlensystem gefangen gehalten, Juli. Aber in Wahrheit hat er den Tunnel nur für ein Spiel genutzt und dafür, euch durch den Berg zu schleusen, um euch auf der anderen Seite, in der Klamm, zu erschießen. Es ist eine makabre Version der Geschichte um Eulengold, die er mir erzählt hat, nachgestellt von einem Mann, der in seinen eigenen Rollenspielen gefangen war.

Ich bin dort gewesen, beim Tunnel. Sie haben ihn gesperrt, und mit den rot-weißen Absperrbändern ist er jetzt von Weitem sichtbar. Ich habe mich durch die Bänder gezwängt, mich mit angezogenen Beinen in den Eingang gesetzt und mir die Dunkelheit angesehen, in die er dich geschickt hat. Ich habe fast drei Stunden dort gesessen, Juli. Ich werde nicht wieder zurückgehen.

Bei Laura Bender war es anders. Sie war kein Opfer seiner Spiele, sondern ist einfach nur der Wahrheit ein bisschen zu nah gekommen, als sie darauf aufmerksam wurde, dass in Jakobsleiter etwas nicht mit rechten Dingen zugeht. Darum hat er sie aus dem Weg räumen müssen. Es klingt im Protokoll so, als würde er immerhin das bereuen. Er sagt, dass er sie mochte, dass sie eine starke Frau und Persönlichkeit war. Aber sie war eben auch im Begriff, alles in dieser kleinen Dorfwelt durcheinanderzubringen.

Welche Rolle Martins Vater, der Bürgermeister, bei alldem spielt, kann ich nicht einschätzen. Martin schützt ihn. Er sagt, sein Vater habe nichts gewusst und dass auch die Entscheidung darüber, wer in Jakobsleiter einziehen durfte, seit Jahren bei ihm gelegen hat. Hofer senior hatte strenge Regeln, was die Auswahl betraf, aber Martin hat dort Straftäter zugelassen, die nicht einmal ihre Haft abgesessen hatten oder noch auf der Flucht waren – gegen Geld natürlich. Wie viel ist ein Mensch wohl bereit zu zahlen, um die nächsten zehn oder fünfzehn Jahre nicht im Gefängnis verbringen zu müssen? So einiges wahrscheinlich.

Madreiter war einer dieser Bewohner, der Erste, den Hofer dort hineingelassen hat. Er hat ihn in die Siedlung geschleust wie einen Wolf im Schafspelz. Hofer wusste auch von Madreiters Tochter. Er wusste, dass Madreiter sie der Mutter entrissen und entführt hatte, und hat ihn trotzdem gedeckt. Am Ende war es wohl nicht nur Madreiter, der die Polizei an der Nase herumgeführt hat. Es war auch die Polizei selbst.

Madreiter hat es jedenfalls wieder geschafft zu fliehen. Von den anderen Straftätern, die Hofer unrechtlich in Jakobsleiter aufgenommen hat, war nur noch ein Mann namens Ishaan Jacobson da, als die Polizei in einer Art Razzia in die Siedlung eingefallen ist. Er hatte sich unter dem Namen Isaiah als Dorfpriester ausgegeben. Er hat wohl so einige Identitätswandel durchgemacht, um sich vor dem Gesetz zu verstecken.

Und nun zu dem Wolfsmädchen, Juli. Dem Kind, von dem ich hätte schwören können, es wäre deine Tochter. Madreiter hat sie sich zurückgeholt. Er ist einfach in die Klinik marschiert und hat sie mitgenommen. Die Ärzte und Schwestern sagen, es war eine Geiselaktion, doch wahrscheinlich musste Madreiter die Waffe nicht auf seine eigene Tochter richten, um sich den Weg nach draußen zu bahnen. Ich weiß, wovon ich rede, denn ich war selbst in dieser Klinik. Ich war sogar in der Nacht da, als Madreiter das Mädchen geholt hat, betäubt von Beruhigungstabletten, die wahrscheinlich einen Elefanten hätten schlafen lassen. Es sind nette Ärzte und Pfleger dort, aber ich habe keine Helden gesehen.

Der Einzige, dem ich zugetraut hätte, sich Madreiter in den Weg zu stellen, war in jener Nacht nicht dort: Greco. Ich bin froh darüber, aber er ist es nicht. Vor allem darum nicht, weil Madreiter ihm einen Brief auf dem Bett des Mädchens hinterlassen hat, nur ein paar Zeilen lang. Greco hat sie mir vorgelesen: Madreiter bedankt sich dafür, dass Greco sich in seiner Abwesenheit um seine Tochter gekümmert hat. Er schreibt, er sei sich sicher, dass Greco sie genauso zuvorkommend behandelt habe wie ihn damals. Und dass er auch diesmal gespannt sei, Grecos Diagnose zu lesen – beim nächsten Mal vielleicht, wenn sie sich träfen. Der Brief hat so vor Ironie getrieft, dass es beinahe grausam war. Natürlich ist Greco völlig aufgelöst. Ich habe ihm gesagt, dass es nicht seine Schuld ist, damals wie heute nicht. Dass wir Entscheidungen treffen, deren Ausgang wir nicht absehen können. Aber natürlich weiß er das, und er stellt sich trotzdem die Frage, was er hätte anders machen können. Unsere Vorstellungskraft ist rückwärtsgerichtet immer kreativer, als wenn es um unsere Zukunft geht. Kreativer und erbarmungsloser, vor allem das.

Ach ja, und zum Schluss: der Wolf, Juli. Man hatte ihn auf Drängen der Tierschützer zurück in den Wald gebracht und freigelassen, und dort hat er Martin Hofer bei dessen Haus angefallen, ein paar Stunden bevor die Polizei eintraf. Er hat ihn nicht getötet, aber doch genügend verletzt, dass die Narben ihn für Lebzeiten an den Angriff erinnern werden.

Ich denke, dass dich das freuen könnte, Juli. Ich denke, dass du es vielleicht sogar schon weißt. Es sind ein paar zu viele Wolfsbegegnungen gewesen, als dass ich noch an Zufall glauben könnte, auch wenn das verrückt sein mag und ich es niemandem außer dir erzählen werde. Ich würde mich freuen, wenn er jetzt auftaucht, hier auf dem Felsen. Ich denke daran, einem Verein zum Schutz von Wölfen beizutreten. Sie leisten dort Aufklärungsarbeit und definieren bestimmte Schutzzonen für die Rückkehr der Wölfe. Vielleicht könnte ich sogar mein Volontariat an den Nagel hängen und dort als Quereinsteiger arbeiten. Nur für den Fall, dass doch was dran sein sollte an der Sache mit der Reinkarnation.

Das Moos unter mir ist warm von der Herbstsonne. So warm, als hätten wir hier eben noch gelegen, du und ich. Aber das haben wir nicht. Es ist zehn Jahre her, seit wir unsere Schlafsäcke auf diesem Moos ausgerollt und uns Gruselgeschichten erzählt haben. Zeit, Abschied zu nehmen, Juli. Aber wenn du mich brauchst, dann weißt du ja, wo du mich findest. Schick einen Wolf oder so. Ich werde schon lernen, deine Zeichen zu lesen.

DANKSAGUNG

Auch wenn mir gleich eine ganze Liste von wundervollen Menschen einfällt, die meinen Dank verdienen; die mein Leben und Schreiben bereichern, die in den letzten Jahren mit mir gearbeitet, an mich geglaubt und dieses Buch, einschließlich Titel, möglich gemacht haben, möchte ich an dieser Stelle vor allem einer Person Danke sagen:

Danke, Caterina. Für dein Engagement, deine Begeisterung und die vielen Telefon-Spaziergänge, in denen wir Mord und Totschlag geplant haben. Es ist eine reine Freude, mit dir zu arbeiten. Von Herzen danke.